Laura Misellie

Von Blut und Furcht

Die Spiegel-Chroniken I

Laura Misellie wurde 1990 im Ruhrgebiet geboren. Nach einer Ausbildung in einer Anwaltskanzlei in Oberhausen entschied sie sich dafür, die Beamtenlaufbahn einzuschlagen. Heute lebt sie mit Hündin Ellie und Kater Aramis in Duisburg.
Seit April 2017 veröffentlicht sie Romane in den Genres Fantasy und New adult Romance, seit September 2020 unterstützt sie außerdem als Buchbloggerin andere Autoren.

Mehr über Laura Misellie:
www.lauramisellie.de

LAURA MISELLIE

Von
Blut
und
Furcht

Biografische Information der Deutschen Nationalbibliothek: Die Deutsche Nationalbibliothek verzeichnet diese Publikation in der Deutschen Nationalbibliografie; detaillierte bibliografische Daten sind im Internet über Dnb abrufbar.

© 2025 Von Blut und Furcht – Die Spiegel-Chroniken I | Laura Misellie

Lektorat|Korrektorat: Antonia Weigelt
Umschlagsgestaltung: Renee Rott, Cover and Art
Satz: Laura Misellie
Verlag: BoD · Books on Demand GmbH, Überseering 33,
22297 Hamburg, bod@bod.de
Druck: Libri Plureos GmbH, Friedensallee 273, 22763 Hamburg
Grafiken: CosmicMeta & OrionDigitalProducts, Etsy
ISBN: 978-3-8192-2544-4

SELFPUBLISHER
(VERBAND(

Ich stehe mit meinem Bruder mitten im Gedränge des Einkaufszentrums. Um uns herum typische Geräusche: das Rascheln von Einkaufstüten, das Lachen von Kindern und die Ansagen über das Lautsprechersystem. Während ich die Schaufenster der Geschäfte anschaue, geht Tim mit gesenktem Kopf an meiner Seite, als wäre jeder Schritt eine Qual für ihn.

»Kannst du nicht mal aufhören, so viele Geschäfte zu durchforsten?", murmelt er genervt.

Ich werfe ihm Blick zu. Natürlich weiß ich, dass er Malls nicht ausstehen kann, und besonders nicht an einem Samstagnachmittag, wenn es voll ist. »Komm schon, Tim, ich brauche ein Kostüm für Halloween«, sage ich und halte ihm ein buntes, glitzerndes Kleid vor die Nase, das ich gerade entdeckt habe. »Schau dir das an!«

»Das ist kein Kostüm, das ist ein Disco-Outfit«, antwortet er, während er an einem Hubschrauber-Spielzeug vorbeigeht, das nur darauf wartet, angefasst zu werden.

Ich schüttele den Kopf, habe aber ein Lächeln auf den Lippen. Er kann so ungeduldig sein.

»Ich möchte etwas Einzigartiges«, bemerke ich und lasse das Kleid wieder sinken. »Etwas, was niemand sonst trägt. Vielleicht ein Hexenkostüm, aber nicht das, was jede Zweite im letzten Jahr hatte.«

Weiter geht es in den nächsten Laden, der die neuesten Halloween-Trends anpreist. Als wir das Geschäft betreten, wird mir sofort klar, dass ich hier genau das Richtige finden könnte. Überall hängen Kostüme – von schaurigen Geistern bis zu glitzernden Feen. Ich lasse meinen Blick über die Regale gleiten, während Tim sich einen Platz in einer Ecke sucht, um nicht mehr in der Menschenmenge zu sein.

Ich schnappe mir ein paar Kostüme und gehe damit zu den Umkleidekabinen. Die Spiegel reflektieren die Aufregung in mir. Ich kann kaum glauben, auf eine der angesagtesten Partys der Stadt eingeladen zu sein – ausgerechnet an Halloween. Meine beste Freundin schickt mir deshalb seit einigen Minuten Selfies von ihrem Outfit. Ich probiere ein dunkles, mystisches Kostüm an, das mit langen, spitzen Ärmeln versehen und mit viel Tüll geschmückt ist. Als ich in den Spiegel schaue, fühle ich mich wie eine richtige Hexe.

Euphorisch trete ich aus der Kabine. »Was hältst du von dem?«, frage ich und drehe mich ein Mal. Es dauert einen Moment, bis er antwortet, und ich kann seine Gedanken förmlich lesen. Er denkt, dass ich mich viel zu sehr in die Rolle hineinsteigere.

»Ich weiß nicht«, sagt er schließlich. »Es sieht ein bisschen nach einem Kostüm für eine Kinderparty aus.« Ich lege den Kopf schief und überlege, ob ich ihn an den Haaren ziehen soll. »Komm schon, Tim, es ist Halloween. Da darf man sich so anziehen.«

»Ich will nur nach Hause«, brummt er.

»Es macht doch Spaß, all die gestressten Menschen zu beobachten«, sage ich. »Das ist die dunkle Magie der Mall.«

Er rollt mit den Augen, aber ich kann ein kleines Lächeln in seinen Mundwinkeln erkennen. Vielleicht ist es nicht so schlimm für ihn, wie er tut.

Nachdem ich ein paar Kostüme durchgetestet habe, finde ich schließlich das perfekte: ein schimmerndes Hexenkostüm mit einem langen Hut und einem Hauch von Glitzer. Ich fühle mich darin wie die Königin der Nacht. Ich trete aus der Umkleidekabine und sehe Tim an.

Sein Gesicht ist etwas aufgelockert. »Da kann ich echt nichts gegen sagen. Das steht dir gut«, kommentiert er endlich und gibt mir einen kleinen Schub an Selbstbewusstsein. Ich drehe mich stolz im Kreis.

»Jo«, klagt mein kleiner Bruder, und um seine Situation zu unterstreichen, zieht er meinen Namen extra lang. Auf dem Weg zur Kasse schlurft er neben mir, als würde ich ihn geradewegs zur Schlachtbank führen.

»Wolltest du dir nicht dieses alberne Spiel holen?«

Nur deswegen hat er in Erwägung gezogen, das Einkaufscenter zu betreten und sich damit in seine persönliche Hölle auf Erden zu wagen. Keine zehn Pferde hätten ihn sonst hierher bekommen, immerhin ist er nicht gerne unter Menschen.

»Es ist nicht *albern*!«, verteidigt er sein Vorhaben. »Mit dem Add-on schaffe ich es, zu einem Level-hundert-Magier aufzusteigen. Dann kann ich endlich den Clanführer der Orks vernichten. Ehrlich, meine Feuermagie ist schon so dermaßen stark, aber ich komme ohne die richtige Ausrüstung einfach nicht weiter!« Er hat diese Informationen voller Überzeugung heruntergerasselt und wirft mir einen Blick zu. In seinen Augen habe ich keine Ahnung, wovon er spricht.

Da hat er recht. Für mich zählt nur mein Outfit, um auf der Halloweenparty zu beeindrucken. Seit Wochen reden alle Mädchen meiner Klasse über nichts anderes mehr. Die Party, das passende Make-up und die richtigen High Heels. Das ist nicht seine Welt.

Streng gesehen auch nicht meine, aber was tut man nicht alles für die beste Freundin. »Du und deine Fabelwesen«, erwidere ich nur kopfschüttelnd, als wir den Laden verlassen.

»Das sind keine –«

»Ja ja«, unterbreche ich meinen Bruder. »Diese Diskussion kann ich nicht schon wieder mit dir führen. Da vorne ist der Laden, also geh und hol dir deine Fabe-« Ich ermahne mich selbst innerlich. »Dein *Spiel*. Ich hole mir einen Kaffee und wir treffen uns – *Hey!*« Unwirsch bin ich von der Seite angerempelt worden.

»Sorry«, entgegnet der Rempler knapp und verschwindet in der Menge.

Für einen Augenblick starre ich in die Leere, verspüre ein komisches Gefühl. Schließlich reibe ich mir den Arm und wende mich wieder an meinen Bruder. »Na dann.«

»Ach ... Eigentlich brauche ich das Spiel gar nicht.«

Obwohl mir nicht der Sinn danach steht, dieses Gespräch zu führen, atme ich tief durch und lege den Arm um meinen kleinen Bruder. »Hör doch nicht auf mich«, sage ich und grinse. »Ich weiß, dass das dein Ding ist. Magie, Elemente und der ganze Kram.« Mir ist klar, dass mein Bruder ein waschechter Nerd ist. Er hat keine Freunde, verbringt seine komplette Freizeit allein zu Hause und spielt irgendwelche Sachen am Computer.

»Nicht wichtig«, murmelt Tim leise und starrt wie gebannt zu dem Laden mit den Spielen hinüber.

Ich folge seinem Blick und erkenne den Grund für sein plötzliches Verhalten. Der Junge, der ein paar Häuser weiter wohnt und Timmy immerzu drangsaliert, tummelt sich mit seinen Freunden im Geschäft. Er ist nur ein freches Kind, aber größer und wesentlich stämmiger als andere seines Alters, weshalb mein Bruder ihn fürchtet.

»Du gehst jetzt da rein, holst dir dein Spiel und kommst erhobenen Hauptes wieder raus, verstanden? Du darfst ihnen nicht die Macht über dich lassen.« Er holt Luft und will protestieren, doch ich bremse ihn gleich aus. »Nein, du kaufst dir dein Spiel und ich mir mein Outfit für heute Abend. Wir treffen uns dann draußen.« Ohne auf Protest zu warten, lasse ich ihn zurück. Es bricht mir das Herz, ihn in eine solche Situation zu zwingen, aber wenn ich immer schützend meine Hand über ihn halte, wird sich nie etwas ändern.

Zufrieden verlasse ich das Einkaufscenter. Nun habe ich etwas Brauchbares gefunden, damit Freddie mich nicht den ganzen Abend damit aufzieht, dass ich mir nicht genug Mühe gegeben hätte. Ich biege um die Ecke und pralle geradewegs an der Brust eines Typen ab. Dumpf stoße ich einen Laut aus und trete einen Schritt zurück

Dein Ernst?

Zum zweiten Mal kreuzen sich unsere Wege. Der Kerl mit dem komischen Blick, als sei der Teufel persönlich hinter ihm her. Zu den Menschen, denen ich mehrmals am Tag begegnen möchte, gehört er nicht.

Zu meiner Verwunderung geht er nicht weiter, entschuldigt sich nicht. Wie erstarrt ruht sein Blick auf mir. Ist das Dreck in seinem Gesicht? Und dieser dunkle Fleck auf dem T-Shirt, was ist das?

Blut?

»Du hast es auch geschafft?«, erkundigt er sich verwundert, und ich weiche noch ein Stück zurück. Keine Ahnung, was ihm widerfahren ist, aber ich möchte nichts damit zu tun haben. Vermutlich ist er betrunken oder steht unter Drogen. »Sind nur noch wir zwei übrig? Welches Jahr haben wir? Wir müssen sofort zum Zirkel, um ihn zu warnen!«

Obwohl es ihm ernst zu sein scheint, fällt es mir schwer, ein Lachen zu unterdrücken. Ich bin doch nur auf dem Weg an die frische Luft gewesen, um Tim einzusammeln und nach Hause zu gehen. Vor der großen Party will ich unbedingt ein Nickerchen machen. Dann muss ich duschen, und es wird bestimmt eine Ewigkeit dauern, bis ich mich für den Abend zurechtgemacht habe. Wem bin ich auf die Füße getreten, um stattdessen das hier zu verdienen? Dieses Treffen mit einem Kerl, der ohne jeden Zweifel einen an der Waffel hat?

»Okay ...«, setze ich zögernd an. »Ich wünsche dir viel Erfolg bei ... was auch immer. Ich -« In der Nähe höre ich die klagende Stimme meines Bruders. Widerwillig wende ich dem Fremden den Rücken zu. Unweit entfernt entdecke ich Tim und die rüpelhaften Jungs aus der Nachbarschaft, die ihn mal wieder drangsalieren.

Diese kleinen Scheißer.

Ohne dem geistig verwirrten Kerl länger Beachtung zu schenken, laufe ich los. Im selben Moment werde ich Zeuge davon, wie Roy - so heißt der gemeine, dicke Kacker - Tim grob von sich stößt. Einer seiner Freunde fängt meinen Bruder auf, greift mit der einen Hand an sein T-Shirt und verpasst ihm mit der anderen immer wieder kleine Ohrfeigen.

In mir kocht die Wut hoch. Diese halbstarke Brut glaubt, es wäre in Ordnung meinen Bruder herumzustoßen und zu mobben.

Jetzt reicht es.

»Hey!« Ich greife nach Roys Arm, der inzwischen dazu übergegangen ist, Timmy immer wieder kleine Stöße gegen die Schulter zu versetzen.

13

Tim nutzt die Chance und bringt sich hinter mir in Sicherheit. Für ihn ist Roy groß und gefährlich, für mich ist er bloß ein jüngeres Kind, das keine Schwierigkeiten darstellt. Ich bin größer und finde, dass ich durchaus angsteinflößend wirke, wenn ich wütend werde.

Anstatt zu verschwinden, starrt Roy mir trotzig in die Augen und drängt sich mit einem heftigen Stoß an mir vorbei. Ich greife ihm an den Hals und ziehe ihn zurück, baue – hoffentlich bedrohlich – Blickkontakt zu ihm auf. Mir ist heiß, als würde mir die Wut zu Kopf steigen.

Unzählige Male habe ich Tim ins Haus schleichen sehen, Schrammen im Gesicht, die Anziehsachen zerfleddert. Das endet hier und heute. Ich lasse nicht zu, dass man ihm noch länger so übel mitspielt. Unseren Eltern verheimlicht er es, aber ich bin die große Schwester. Auch wenn ich nichts für seine Hirngespinste übrighabe, ist es meine Aufgabe, ihn zu beschützen.

In Roys Augen erkenne ich schlagartig Angst. Recht so. Er wird lernen, dass hinter jedem Kleinen, dem er wehtut, jemand Größeres steht, der ihn in seine Schranken weist. Doch dann weicht die Angst aus seinem Blick. Ich glaube, zu halluzinieren, als das Weiß in seinen Augen komplett schwarz wird und er wie ein dämonisches Wesen auf mich wirkt. Ich kneife meine zusammen, reiße sie wieder auf und stelle fest, dass ich mich geirrt habe.

Im selben Moment entspannt sich Roy. Seine Schultern sinken, ein kleines Lächeln umspielt seine Lippen. Es schlägt in Wut um, als einer seiner Freunde meinen Arm packt, um mich von ihm wegzuzerren. Roy holt aus und schlägt zu.

Blut rinnt aus der Nase seines Kumpels.

»Verschwinden wir«, murmelt ein anderer.

Sie wenden sich ab und eilen davon, ohne sich noch einmal umzudrehen. Zurück bleibe ich mit einem verängstigten Tim und einem wieder lächelnden Roy.

Fassungslos sehe ich ihn an. Wieso sagt er nichts? Warum läuft er nicht weg? Weshalb hat er seinen Freund geschlagen? Mein Blick streift die Umgebung. Hat das jemand mitbekommen? Niemand scheint uns Beachtung zu schenken. Zu sehr sind alle mit ihren Einkäufen beschäftigt. Dann nehme ich den merkwürdigen Kerl von eben wahr. Der steht einige Meter von mir entfernt und starrt mich an. Er wirkt gelassen, ganz anders als noch vor wenigen Minuten. Sogar Timmy sieht ängstlich zu mir auf, doch in *seinen* Augen liegt keine Angst. Nicht mal Verwunderung. Ist er etwa glücklich? Zwei Mal sind wir ineinander gerannt, und beide Male ist er zerstreut gewesen. Jetzt steht er da, sieht zu mir und wirkt wie die Ruhe selbst. Irgendetwas an mir scheint ihn zu freuen.

»Was ist dein Problem?«, rufe ich ihm zu und wende mich an Roy. »Und was stimmt mit dir nicht?«

Roy erwidert nichts, rührt sich keinen Millimeter. Ich senke den Blick und starre auf meine Hand. Irgendwas stimmt nicht. Habe ich was mit ihm gemacht? *Das kann nicht sein.* Mir ist noch immer heiß, Roy wirkt wie ausgewechselt. Keine Frage, ich werde schnell wütend. Das ist definitiv eine meiner Schwächen. Aber so habe ich mich noch nie dabei gefühlt.

»Jo ...« Timmys brüchige Stimme dringt durch die Stille. »Was hast du da getan?«

Verdammt, keine Ahnung.

Ich reiße mich von dem Anblick meiner Hand, dem Nachbarjungen und dem Fremden los und sehe Tim an, der in meine Augen blickt. Er mustert mein Gesicht, und ich fühle mich unwohl. Dann weicht sein Ausdruck der Angst.

Er hat sich vor mir gefürchtet.

15

»Deinen Arsch habe ich gerettet«, bemerke ich brüsk, um die Situation zu bereinigen. »Los, Mama wartet bestimmt schon mit dem Essen auf uns. Machen wir es wie sonst und erzählen ihr nichts davon.«

Am Nachmittag versuche ich, zur Ruhe zu finden. Ein Mittagsschlaf ist genau das Richtige. Obwohl es mir nicht schwerfällt, in den Schlaf zu fallen, stellt sich nicht die Erholung ein, die ich mir erhofft habe. Der Raum, in dem ich mich befinde, wird in sanftes Kerzenlicht getaucht. Da sind Schemen, zuerst verschwommen, doch mit jeder Sekunde werden sie deutlicher. Aus einem wird ein alter Mann. Sein helles Haar strahlt. Er trägt ein Nachthemd.

Moment, was?

Nein, das ist es nicht. Unzählige Male habe ich die Figuren in Tims Spielen gesehen, und ihn mindestens genauso oft damit aufgezogen, dass die Männer Kleider tragen. Tim widerspricht mir dann vehement und belehrt mich.

Das sind Roben.

Der neben dem Alten trägt sie ebenfalls, nur ist seine wesentlich schlichter. Im Vergleich zu dem goldglänzenden und samtigen Stoff wirkt der Rest unspektakulär. Mir gefällt der angenehme, blaue Ton. Königsblau ist meine Lieblingsfarbe. Sie schmeichelt dem blassen Mann jedoch nicht. Das kantige Gesicht und der haarlose Kopf bewirken ein nicht unbedingt attraktives Bild.

Mein Blick fällt auf den nächsten Anwesenden. Der ist in eine dunkelrote Robe gehüllt. Wenn Königsblau schon nicht charmant wirkt, dann dieser Mann erst recht nicht. Sein Gesicht wird eingerahmt von einem tiefschwarzen Vollbart. Die Haare sind kurz geschoren und seine Augen machen einen finsteren Eindruck, die Statur einen bedrohlichen.

Erst der nächste Mann weckt in mir kein Unwohlsein. Ich verspüre Mitgefühl, denn die silbergraue Robe sitzt im Rollstuhl. Mit der großen und dünn umrandeten Brille wirkt er auf den ersten Blick etwas nerdig. Sein kastanienbraunes Haar scheint nicht frisiert zu sein. Es ist zu lang für eine klassisch kurze Frisur und ragt wüst in alle Richtungen. Dennoch sieht er süß aus.

Ich sehe zum letzten Kerl im Raum und erschrecke. Der Typ vom Einkaufscenter. Warum taucht er in meinem Traum auf? Ist es nicht schon schräg genug, dass sich Männer in Roben darin herumtreiben? Seine Haare, die so lang sind, dass sie auf den Schultern liegen, sind bestenfalls ein schräger Trend.

Eine blitzschnelle Verkettung von Ereignissen geschieht vor meinen Augen. Die goldene Robe erteilt eine Anweisung. Die silbergraue Robe widerspricht mit lautem und selbstsicherem Ton. Die blaue Robe senkt den Blick. Der fremde Kerl sucht panisch nach einem Ausweg. Die rote Robe tritt auf ihn zu. Sie greift ihm an den Hals, seine Hand beginnt zu glühen.

Ich weiche zurück, pralle gegen kalten Stein. Was tut er ihm an? Verbrennt er ihn etwa?

Heilige Scheiße.

Ich halte die Luft an und fürchte, dass man mich bemerkt.

Die glühende Hand der roten Robe brennt sich in den Hals ihres Gegenübers und erstickt so, innerhalb kürzester Zeit, seinen klagenden Schmerzenslaut im Keim.

Aus meiner Kehle dringt ein ersticktes Schluchzen, als ich starr vor Angst dabei zusehe, wie der Junge verbrennt und nur ein Haufen Asche zu den Füßen der roten Robe bleibt.

Völlig emotionslos schlägt der finstere Mann die Hände aneinander, um sich vom Dreck zu befreien. Dann wirft er dem

Ältesten in der Runde einen ausdruckslosen Blick zu. »Sie sollten das hier reinigen lassen.« Mit den Worten wendet er sich ab und geht strammen Schrittes aus dem Raum. Zurück lässt er Männer mit betretenen Mienen.

Ich presse meinen Körper gegen die Wand. Die Kälte jagt mir einen Schauer über den Rücken. Es ist nur ein Traum.

Ich will sofort aufwachen!

Die königsblaue Robe hebt den Blick und sieht mir geradewegs in die Augen. Er sieht mich.

I ch schrecke aus dem Schlaf, bin schweißgebadet. Hektisch schaue ich in alle Richtungen. Niemand ist hier. *Alles ist gut.* Ich bin in meinem Zimmer. Es ist nur ein Traum gewesen. Das ist nicht wirklich passiert. Dem Kerl vom Einkaufscenter geht es vermutlich bestens. Na ja, den Umständen entsprechend, wenn ich mir in Erinnerung rufe, wie er ausgesehen hat. Vielleicht habe ich deshalb etwas so Merkwürdiges geträumt. Die dunklen Flecken auf seinem Shirt haben mich unbewusst glauben lassen, dass ihm Schlimmes widerfahren ist. Klar, dass mein horrorsüchtiges Unterbewusstseins-Ich ihn daraufhin gleich killt.

Ich greife nach dem Handy und entdecke zwei Nachrichten. Eine ist von Taylor, meinem Freund. Er entschuldigt sich in unzählig vielen Worten dafür, dass er heute Abend nicht mitkommt.

Kein Thema.

Immerhin weiß ich das seit einigen Tagen. Er muss wieder auf eine Familienfeier.

Taylor und ich sind seit zwei Jahren ein Paar. Ich kann nicht zählen, wie oft er keine Zeit gehabt hat, weil man in der Familie regelmäßig auf seine Anwesenheit besteht. Ich wünsche ihm schnell viel Spaß und widme mich der zweiten Nachricht. Die ist von Freddie, die ankündigt, unterwegs zu sein.

Verflucht, total vergessen!

Ich habe ihr versprochen, dass wir uns gemeinsam für die Party fertigmachen. Ich versuche, die Nachwirkungen des Traums abzuschütteln, und hole mir aus dem Schrank im Flur zwei Handtücher.

»Mama!«, rufe ich nach unten. »Freddie kommt jeden Moment. Lässt du sie bitte rein? Ich muss unter die Dusche!« Eine zustimmende Antwort dringt aus der Küche, und ich ziehe die Badezimmertür hinter mir zu, um mir den Schrecken des Tages abzuwaschen.

Als ich, mit klammen Haaren und in ein Handtuch eingewickelt, wieder herauskomme, höre ich die Stimme meiner Mutter an der Haustür. »Hallo, Frédérique!«

Prima. Jetzt wird mir meine Freundin minutenlang die Ohren volljammern, dass man sie mit vollem Namen angesprochen hat. Meine Eltern nehmen keine Rücksicht. Vermutlich ist das meine Schuld, weil auch ich sie regelmäßig ermahne, mich nicht Jolie-Mai zu nennen.

Freddie hechtet die Treppe hinauf, und ich beschließe kurzerhand, einen Moment zu warten. Vielleicht vergisst sie den Fauxpas meiner Mutter, wenn ich ihr die Zeit dafür einräume. Einige Minuten stehe ich vor dem Spiegel und starre mir in die Augen. Sie brennen ein bisschen. Das liegt bestimmt am Mittagsschlaf.

Als ich mein Zimmer betrete, stolziert meine Freundin in ihrem Kostüm vor dem Standspiegel auf und ab. Sie ist verkleidet als *Bloody Mary* und ich frage mich, was an dieser Horrorgestalt sexy sein soll.

Freddie schafft es jedoch, eine Trauergestalt wie die *Weiße Frau* in etwas Aufreizendes zu verwandeln.

Ich habe nicht das Recht, zu meckern; gehe als totales Klischee – Hexe. Kein langes Kleid mit langweiligem Spitzhut. Auch ich versuche, mich aufreizend anzuziehen, denn ich wirke bestenfalls gewöhnlich in normalen Klamotten.

Nachdem ich mich in Schale geworfen habe, mustere ich mein Spiegelbild. Mit dem kurzen Rock und der spitzenbesetzten Corsage sehe ich nicht mehr aus wie ich. Es fühlt sich befremdlich an, halbnackt das Haus zu verlassen. Wenn mir das gelingt. Meine Mutter wird etwas dagegen haben.

Irgendwas muss ich mit meinen Haaren anstellen. Es hat mich Jahre gekostet, sie auf die Länge zu züchten, dass sie nur knapp über dem Po enden. Der haselnussbraune Ton hebt meine dunklen Augen hervor. Doch für diesen Abend wirkt all das zu brav. Ich will nur ein Mal nicht wie die wohlerzogene Jo wirken.

Freddie zieht immer und überall die Aufmerksamkeit auf sich. Sie ist wunderschön mit ihrem blonden Haar, den leichten Sommersprossen, grünen Augen und enorm dichten Wimpern. Wenn sie in meiner Nähe ist, wirke ich wie eine graue Maus. Nichtssagend, in keiner Weise auffällig.

Das bin ich wohl. Ich gehe nicht gerne aus, verbringe lieber gemütliche Abende mit Taylor auf dem Sofa. Leckeres Essen, ein guter Film. Nichts ist besser als die Pizza von Alfredo drei Straßen weiter. Das ist unser Ding. Doch so ist es nicht immer gewesen. Der ruhige Alltag hat sich in unser Leben geschlichen. Damit ist auch die Langeweile gekommen. Ich bin keine aufgekratzte Person, die immer und überall auffallen möchte, entspreche nicht dem klassischen Typ Mädchen, der sich an meiner Schule haufenweise tummelt und kleine Cliquen bildet. Hohe Schuhe und kratzige Kleider sind mir zuwider und jemand, der mir schicke Satinblusen anbietet, kann sich gleich zum Teufel scheren. Am liebsten würde ich bei dem kühlen Herbstwetter den ganzen Tag in Leggins, kuscheligem Pullover und dicken Teddysocken auf der Couch herumlungern und zum wiederholten Mal *Game of Thrones* streamen.

Heute wird das anders sein.

»Wie geht es Taylor?«, ertönt Freddies zuckersüße Stimme.

Smalltalk. Ich kenne meine Freundin gut genug, um zu wissen, dass es sie nicht juckt. Nämlich deshalb nicht, weil sie selbst seit einiger Zeit ein neues Objekt der Begierde hat.

»Gut«, antworte ich knapp. »Was macht ... Wie heißt er?« Ich erkundige mich eher desinteressiert nach dem neuen Freund, der Freddie glücklich grinsend auf ihr Handy blicken lässt.

Zumindest glaube ich, dass sie ein Paar sind. Bei ihr bin ich mir selten sicher. Freddie flirtet gerne und viel, ist schon immer bei den Jungs unserer Klasse beliebt gewesen, hat aber bisher nie in Erwägung gezogen, sich auf einen von ihnen ernsthaft einzulassen.

»Das habe ich dir schon ein dutzend Mal gesagt!«, ruft sie empört.

Das hast du mit Sicherheit.

»Wirklich?«, wundere ich mich. Vermutlich vergesse ich ihn bis zur Party erneut. Wen wundert das? Wenn Freddie sich für jemanden interessiert, hält das bestenfalls eine Woche. Wieso sich Namen von Jungs merken, die ohnehin bald in Vergessenheit geraten?

»Ich hoffe, dass du noch weißt, wer er ist, wenn du ihn heute Abend kennenlernst.« Der vorwurfsvolle Ton in ihrer Stimme verschwindet so schnell, wie er gekommen ist. »Er ist wirklich toll. Du wirst verstehen, wovon ich rede, wenn du ihn siehst.«

Ich zwinge mich, zu lächeln.

Er ist also heiß.

Dass sie ebenso von seinen inneren Werten begeistert ist, kann ich mir nicht vorstellen. Dennoch nicke ich zustimmend.

Etwas später rufen wir meiner Mutter einen Abschiedsgruß zu und eilen aus dem Haus, damit sie die knappen Outfits nicht bemerkt. Als wir uns über unsere gelungene Flucht freuen, sind der neue Freund und der merkwürdige Kerl vom Vormittag längst vergessen. Wir tratschen und lachen gemeinsam, wie wir es immer tun. Ob es über die laute Stimme von meinem Vater ist, die wir noch hören, weil Rufus offenbar wieder einen seiner Hausschuhe zerfressen hat, oder die Witze, die wir über Mrs Grendl im Nachbarhaus machen, weil diese mit ihren acht Katzen redet, als wären sie Menschen. Wir finden stets Dinge, die uns stundenlang amüsieren. In solchen Momenten fühle ich, warum wir Freundinnen sind.

Freddie quietscht vor Freude, als wir bei der Party eintreffen und ihr Freund sich uns nähert. Er gibt ihr einen überschwänglichen Kuss.

Ich warte die Begrüßungszeremonie der beiden ab und schaue mich um, während ein mir bekanntes Gefühl mich einnimmt.

Wieder mal das fünfte Rad am Wagen.

Schlimmer ist nur, dass sich meine Vorahnung bewahrheitet. Der Kerl ist zwar optisch betrachtet heiß, da endet aber schon die Liste der positiven Merkmale. Er wendet sich gleich von mir ab, ohne überhaupt zu grüßen, und zieht Freddie mit sich, um sie seinen Freunden vorzustellen. Ich bleibe allein zurück und kann nicht fassen, dass ich mir schon nach zwei Minuten überflüssig vorkomme.

Mein Blick streift umher, mustert die anderen Anwesenden. Viele Gesichter kommen mir bekannt vor, aber mit keinem dieser Menschen will ich Zeit verbringen. Unerwartet drängt sich mir mein Traum wieder in Erinnerung. Ich schüttele mich möglichst unauffällig, schiebe die Gedanken beiseite und beschließe, das Bier zu suchen.

Die Menschenmenge ist überwältigend, jeder scheint in ein Gespräch vertieft, während Musik aus den Lautsprechern dröhnt. *Thriller* spielt in voller Lautstärke. Ich sehe Freddie, wie sie glücklich mit ihrem Angebeteten tanzt.

Umgeben von kostümierten Partygästen, die mit Geistern und Monstern flirten, bin ich eine Insel voller Unsicherheit. Einige meiner Klassenkameraden sind ebenfalls da, aber ich habe das Gefühl, dass niemand mehr als ein oberflächliches Gespräch mit mir führen würde.

Ich sitze auf einem der alten, knarrenden Stühle in der Ecke des Raumes. Der Kurs des Abends ist bereits entschieden – ich bin die Beobachterin, die stille Zeugin der Freude aller anderen. Ich nehme einen Schluck Punsch und schüttele den Kopf. Er ist viel zu süß und schmeckt mehr nach künstlicher Frucht als nach dem gewohnten, herbstlichen Geschmack.

Auch Alkohol wird es nicht schaffen, dieses unwohle Gefühl in meinem Inneren zu verdrängen. Immer wieder manifestiert sich vor meinem geistigen Auge der Junge, der in Flammen aufgeht.

Es ist dumm. Niemand auf der Welt ist in der Lage, jemanden mit einer bloßen Berührung zu verbrennen, geschweige denn, ihn vollends in Asche zu verwandeln. Aber ich spüre nach wie vor die Kälte der Wand in meinen Knochen, als wäre sie wirklich real gewesen.

Freddie ist seit unserer Ankunft kein einziges Mal bei mir gewesen. Sie hat nur Augen für Miles, mit dem sie jetzt knutschend in einer Ecke herumsteht – und ja, mir ist der Name wieder eingefallen. Nicht, dass es wichtig wäre.

Nur eine Person im Raum scheint sich für mich zu interessieren. Der Typ, der sich nicht vom Bierfass entfernt.

Dass der noch stehen kann.

Seine Haare sind wasserstoffblond. *Ist das etwa wieder in?* Auch noch mit einem Irokesen, die linke Seite des Kopfes kahl rasiert. In seiner Nase steckt ein großer Ring.

Auffallendes und hässliches Piercing.

Kaum zu glauben, dass ich vor wenigen Minuten neben ihm gestanden und mir von ihm ein Bier habe zapfen lassen.

Ich atme tief ein und verspüre den Drang, nach Hause zu gehen. Mich in meinem Bett zu verkriechen, mit Rufus zu schmusen und mir einen Film anzusehen. Himmel, es ist Halloween. Da läuft doch bestimmt etwas Brauchbares.

Man nimmt mich ohnehin nicht wahr. Wahrscheinlich bemerkt Freddie meine Abwesenheit gar nicht.

Die kann sich morgen was anhören.

Man ist doch nicht nur zum Knutschen auf einer Party. Außerdem ist es nicht nett, eine Freundin links liegen zu lassen. Von dieser angesagten Feier habe ich mir echt mehr versprochen.

Ich seufze, schüttele den Kopf und stelle den halbvollen Becher zur Seite. Ohne jemandem Bescheid zu geben, greife ich meine Handtasche und dränge mich durch die betrunkene Menge, hinaus auf die Veranda. Bei den Stufen gerate ich für einen Augenblick ins Wanken und fange mich am Geländer ab. Mir ist schwummrig. Eine erholsame und lange Nacht wird das richten, da bin ich mir sicher. Ich werde auf diese Weise Freddie verzeihen, dass sie mich hat sitzenlassen. Und hoffentlich etwas Schöneres träumen.

Der Rückweg fühlt sich lang an. Liegt es an den hohen Schuhen? Den viel zu kurzen Klamotten für das kühle Wetter? Am Bier? Die lärmende Musik der Party schwindet in der Ferne. Bald herrscht eisige Stille in den Straßen. Die Kälte nagt mir an der Haut, meine

Knie schlottern bei den wackeligen Schritten. Wieder gibt mein Bein kurz nach und ich stolpere.

Sehr elegant, Jo.

Etwas erschwert mir die Sicht, wie ein Film auf den Augen, und ich halte inne. Ein Geräusch schreckt mich auf. Einige Meter hinter mir ist der Typ vom Fass. Seine schräge Frisur ist echt ein Markenzeichen.

Ist er mit etwa gefolgt?

Unsere Blicke treffen sich. Lange, schweigend. Bis mich wieder das schummerige Gefühl überkommt. Mir ist schwindelig und heftige Müdigkeit überkommt mich.

Da kommt es mir wie ein Geistesblitz. Die Benommenheit ... Die Tatsache, dass mir der fremde Kerl wie ein Stalker durch die dunklen Straßen folgt ...

»Das warst du«, sage ich mit tauber Zunge. Es ist, als würde mir die Kontrolle über meine Muskeln entgleiten.

Ich muss schreien.

Doch kein Ton verlässt meinen Mund.

Etwas ist im Bier gewesen, und er hat es hineingegeben.

Wie oft hat mich meine Mutter deswegen belehrt? Immerzu hat sie mit ihren Predigten über das Verhalten auf einer Party genervt. Ich habe es stets beherzigt, mir nie Drinks ausgeben lassen.

Angst überkommt mich, und das Lächeln des Fremden jagt mir einen Schauer über den Rücken. Mir ist bewusst, dass ich keine Gegenwehr aufbringen kann. Sein selbstsicherer Blick sagt mir, dass ihm das auch klar ist.

»Nein!« Ich hoffe, dass ein Schrei aus meiner Lunge dringt, aber es ist nur ein leises Flüstern. »Bleib weg von mir!« Ich strecke die Hand aus. Eine Geste, um ihn auf Abstand zu halten. Dass ich sie doppelt sehe, lässt mich erneut taumeln.

Ich hebe den Blick. Der Kerl ist weg.

Verwundert gerate ich ins Wanken, drehe mich, sehe in alle Richtungen. Grelles Laternenlicht blendet mich.

Wo ist er?

Wie aus dem Nichts taucht er an meiner Seite auf, tippt mir auf die Schulter, ich schwanke zurück. Er ist weg.

Was zum ...

Von hinten werde ich gepackt. Innerlich stoße ich einen letzten Schrei aus, bevor ich das Bewusstsein verliere.

E in Vogelzwitschern holt mich sanft aus dem Schlaf. Wenn die merkwürdigen Träume nicht bald aufhören, wird es Zeit für eine Therapie. Erst der Blödsinn von dem Kerl aus dem Einkaufscenter und nun dieser Mist. Ein lautes Donnern lässt mich zusammenzucken, Schmerz schießt in meine Schläfen. Mein Magen dreht sich, Übelkeit drängt sich auf.

Ich bin verkatert.

Wie viel habe ich getrunken? Wann bin ich nach Hause gekommen?

Das Zwitschern nervt. Ebenso das ständige Donnern, als würde jemand etwas Schweres auf den Boden fallenlassen. Beides sorgt für hämmernde Kopfschmerzen.

»Timmy«, brumme ich. »Was auch immer du da tust, lass es bleiben!«

Ohne die Augen zu öffnen, rutsche ich aus dem Bett. Vorsichtig setze ich einen Fuß vor den anderen. Bei jedem Schritt spüre ich die verrutschte Strumpfhose. Habe ich es nicht mal geschafft, mich auszuziehen? Mein Fuß trifft etwas Hartes.

»Scheiße!«, entfährt es mir wutentbrannt.

Mit der Hand suche ich nach dem Schreibtisch, um mich abzustützen. Ich greife ins Leere und lande mit einem dumpfen Geräusch auf dem Hintern. Der Schmerz des Aufpralls jagt mir durch den ganzen Körper, bis in die letzte Haarwurzel.

Ich öffne die Augen, ohne länger auf das Stechen in meinen Schläfen Rücksicht zu nehmen. Schlimmer kann es nicht mehr werden. »Tim, wie oft habe ich dir schon gesagt, dass —« Abrupt halte ich inne.

Dem kleinen Bruder für meine Tollpatschigkeit die Schuld zu geben, wird nicht funktionieren. Er ist nicht in der Nähe, denn dieser Raum ist nicht mein Zimmer. Träume ich noch?

Die Tür wird aufgestoßen und eine Frau platzt herein. Sie hält erschrocken inne. Nichts an ihr kommt mir bekannt vor. Sie hingegen sieht nun auf mich herab, die Augen vor Entsetzen aufgerissen, macht auf dem Absatz kehrt und eilt davon.

Wo zum Teufel bin ich?

Hektisch sehe ich mich um. Nichts kommt mir bekannt vor. Ich weiß nur, dass das definitiv nicht mein Zimmer ist. Lautes Herzklopfen drängt Übelkeit und Kopfschmerz in den Hintergrund.

Ich stehe auf und stolpere zur offenstehenden Tür. Völlig egal, wer diese Frau gewesen ist, ich werde nicht bleiben, um es herauszufinden. Für eine Sekunde halte ich inne und mustere die dunkelgrauen, steinernen Wände. Einige Bilder und Kerzenhalter sind daran angebracht. Das Bett, auf dem ich gelegen habe, ist schmal und aus rustikalem Holz, bedeckt mit einer Patchwork-Decke und einem Kissen. Mein Blick fällt auf den Eingang. Große Tür. Ein ramponierter Griff ziert sie.

Das kann doch nicht sein.

Dieser Ort erinnert mich an meinen Traum. Auch das Gemälde, der bestickte Wandteppich und das sanfte Kerzenlicht jagen mir einen Schauer über den Rücken.

Ich eile los. Keine Ahnung, wohin, doch bleiben ist keine Option.

Das grelle Tageslicht blendet mich so heftig, dass ich innehalte und mit der Hand meine Augen schütze. Ich darf keine Zeit verlieren. Irgendjemandem wird auffallen, dass ich getürmt bin. Die wohlige Wärme fühlt sich großartig an auf der Haut. Das ist der einzige Vorteil an der Sonne, die mir gefühlt die Netzhäute verbrennt und meinen Kopf noch mehr zum Pochen bringt.

Als ich mich an die Lichtverhältnisse gewöhne, bin ich sprachlos. Eine schneeweiße, steinerne Treppe führt hinunter zu einem kleinen Dorf. Gleich dahinter sind erdige Wege, die sich zwischen unzähligen Gebäuden verlieren. In der Ferne der Ozean. Ich wünsche mir, das Rauschen des Meeres zu hören, doch die Geräuschkulisse des regen Treibens vor Ort übertrifft an Lautstärke alles, was ich in diesem Augenblick ertragen kann.

Wo bin ich?

Unzählige Augenpaare sind auf mich gerichtet. Die Geräusche ebben ab. Unangenehm.

»Jolie-Mai Bennett?« Die dunkle und harsche Stimme lässt mir augenblicklich das Blut in den Adern gefrieren. Obwohl sich alles in mir dagegen sperrt, drehe ich mich um. Meine Fingerknöchel schmerzen, so fest drücke ich die Hand zusammen. Er ist es. Dunkelrote Robe. Geschorenes Haar. Schwarzer Vollbart. Grimmiger Blick. Bedrohliche Statur. »Sind Sie Jolie-Mai –?«

»Ne«, sage ich knapp.

Dieser Moment ist schräg, verrückt und sicher gefährlich. Ich bin nicht lebensmüde und werde freiwillig keine weitere Sekunde in der Nähe des Mannes verbringen, den ich bisher nicht für echt gehalten habe. Ich werde nicht die Nächste sein, die er in Asche verwandelt.

Unbeholfen eile ich die weißen Stufen hinunter und bin entschlossen, mir einen der Wege notfalls mit Gewalt freizumachen. Es ist leichter, als ich zuerst angenommen habe. Man weicht mir aus, und ich verschwinde zwischen den Reetdachhäusern, renne wie von der Tarantel gestochen, in bestem Wissen um mein Leben. Irritierte Blicke und einige Menschen folgen mir. Zuerst zögernd, dann schnell. Als würden sie etwas um keinen Preis verpassen wollen.

Ich ignoriere all das, bis endlich ein Ende in Sicht kommt. Ein Vorsprung, dahinter der weite Ozean. Ich ziehe es vor, mein Glück schwimmend im Nirgendwo zu versuchen. Ich bin eine gute Schwimmerin und bereit, zu springen, doch im selben Moment stolpere ich über meine eigenen Füße, falle und stürze zu Boden. Geradewegs vornüber auf die Klippe zu. Ich bekomme etwas zu fassen, klammere mich fest, meine Beine rutschen ins Freie. Unter mir tosende Wellen, die auf Felsen prallen.

Ich sterbe.

Auf die eine oder die andere Weise wird es so kommen. Hektisch sehe ich auf zu dem Vorsprung, an dem ich mich festkralle. Gesichter zeigen sich und spähen misstrauisch zu mir herunter. Niemand macht Anstalten, mir zu helfen.

Meine Finger rutschen verdächtig ab. Ich kann mich nicht mehr lange halten. Es gibt nur eine Möglichkeit. Einen letzten Versuch. Wenn ich mich mit den Füßen von der Klippe abstoße, schaffe ich es vermutlich, neben den Felsen im Wasser aufzuschlagen. Ein großes Vielleicht, keine Frage, aber offensichtlich die einzige Möglichkeit, die mir bleibt.

Ich denke an Timmy, meine Eltern, Rufus, Freddie und Taylor. Dann kneife ich die Augen zusammen, stemme die Schuhe an die Wand und stoße mich mit aller Kraft ab.

Der Aufprall fühlt sich an wie Schlag, eisige Kälte umschließt mich. Im selben Moment spüre ich kräftigen Druck an meinem Arm. Ehe ich mich versehe, lande ich mit den Knien voran auf festem Boden. Schmerz schießt mir durch die Beine, ich falle zur Seite, die Übelkeit ist zurück. Um mich herum all diese Menschen. Ich verspüre das dringende Bedürfnis, mich wie ein Embryo zusammenzurollen. Als könnte diese Haltung mich beschützen, stärken oder gar unsichtbar machen.

Neben mir steht ein Junge, ebenfalls nass und vor Kälte zitternd. Er entfernt sich schnell, als wäre ich hier das Merkwürdige. Obwohl ich die wasserstoffblonden Haare und den Nasenring gleich erkenne, verspüre ich keine Angst mehr vor ihm. Ich bleibe liegen und harre der Dinge. Gebe innerlich auf.

Eine zaghafte Stimme ertönt in der Menge. »Ist sie das?«

»Ob es ihr gut geht?«

Sieht das verdammt nochmal so aus?

Ich bibbere und fühle mich grauenvoll, umgeben von all den Gaffern.

»Und die soll gefährlich sein?«, höre ich jemanden sagen. *Wie bitte?*

»Du hättest sie ertrinken lassen sollen, Larson.«

»Dein Ernst?«, erwidert mein Entführer. »Du bist echt ein Arsch.«

»Na, sie will anscheinend nicht hier sein. Wir sollten es enden lassen, bevor es für uns alle ungemütlich wird.«

Eine weitere Stimme meldet sich zu Wort, ruhig, kühl. »Nicht du entscheidest das, sondern der Zirkel. Außerdem kann ich mich gut daran erinnern, dass du anfangs auch nicht hier sein wolltest.«

Der andere lacht abfällig. »Bis ich wusste, was das hier ist. Aber sieh dir *sie* an. Sie wird das hier nicht durchhalten. Erst recht nicht da draußen.«

Ich horche auf. Wo ist dieses Draußen? Meint er, man kann diesen Ort verlassen? Den Strohhalm, nach dem ich greifen kann, jetzt klar vor Augen, stütze ich mich mit den Händen vom Boden ab. Noch immer zitternd richte ich den Oberkörper auf, um die beiden Kerle zu mustern, die sich unterhalten.

»Vielleicht wird sie keine Jägerin«, erwidert der mit dem kühlen Blick. Seine Erscheinung steht der dunkelroten Robe in fast nichts nach. Auch er trägt die Haare kurz geschoren, allerdings haben sie einen dunklen Braunton. Das wirkt weniger bedrohlich. Seine Mimik wirkt ablehnend, doch er schüchtert mich nicht ein. Vielmehr lässt es ihn arrogant erscheinen.

Der Kerl neben ihm unterscheidet sich in dieser Sache nicht von ihm. Auch er hat ohne jeden Zweifel ein überhebliches Auftreten. Sein Äußeres hingegen fasziniert mich. Die markanten Gesichtszüge und die Glatze lassen ihn beinahe zu hart erscheinen. Und obwohl die große Statur das Bild eher unstimmig abrundet, machen seine Augen alles wieder gut. Sie glitzern in einem unglaublich schönen und blauen Ton, als würde sich das Wasser des Ozeans in ihnen spiegeln.

»Vielleicht ist sie eine Gelehrte«, fährt der mit den braunen Haaren fort.

»Und ihre besonderen Kräfte hinter Büchern verschwenden?« Mein Entführer, den man offenbar Larson nennt, meldet sich wieder zu Wort. »Sie ist die Einzige ihrer Art.«

Der Junge mit der Glatze starrt zuerst ihn an und dann misstrauisch auf mich herunter. »Und deinem Heldenmut verdanken wir, dass sie uns in einem unachtsamen Moment einfach alle –«

»Seid unbesorgt, meine Lieben.«

Wie auf Knopfdruck erstirbt sämtliches Getuschel in der Menge. Jemand bahnt sich den Weg hindurch, und kaum, dass die Person hervortritt, erkenne ich sie. Die goldene Robe. Der alte Mann, der seelenruhig zugesehen hat, wie der Kerl aus dem Einkaufscenter in Asche verwandelt worden ist.

»Es gab einst ein gebräuchliches Wort für diese Art der Macht.« Die Augen des alten Mannes ruhen sanft auf mir und vermitteln mir das erste Mal, seit ich hier aufgewacht bin, ein Gefühl der Sicherheit. »Eine Raväis hat es sehr lange nicht gegeben.« Ein Raunen dringt durch die Menge. »Solange sie euch nicht berührt, ist sie keine Gefahr.«

Das sieht die Mehrheit mit den kritischen Blicken offensichtlich anders.

Ich hebe die Hand und beobachte das Zittern meiner Finger. Roy drängt sich in meine Erinnerung. Innerhalb weniger Sekunden hatte er sich verändert. Nachdem ich ihn angefasst hatte. Meine Augen füllen sich mit Tränen.

Ich lasse meine Hand sinken und richte den Blick in die Ferne, auf die unendlichen Weiten des Ozeans. Das hier ist kein Traum, begreife ich. Und ich bin offensichtlich am Arsch.

Habt ihr nicht alle eine Aufgabe?«, ertönt die Stimme des Alten neben mir.

Ich sehe ihn nicht an, halte den Blick auf den Ozean gerichtet. In gewisser Weise beruhigt er mich. Im Vergleich zum Meer bin ich so klein, nahezu unwichtig. Ist es deshalb nicht unbedeutend, was passiert ist? Was ich angerichtet habe, kann gar nicht so schlimm sein.

Doch, das war es.

Immerhin verängstigt es die Anwesenden. Wird die dunkelrote Robe mich verbrennen, so wie es in meinem Traum passiert ist?

Wenigstens löst sich die Menge auf und folgt dem Anstoß des Alten. Nach und nach verschwinden sie zwischen den skurrilen, kleinen Hütten mit den Reetdächern und nehmen ihre Arbeiten wieder auf. Nur vereinzelt bleiben Leute stehen und mustern mich nachdenklich. Einer von ihnen wirkt nicht mal verängstigt. Er trägt einen beigen Trenchcoat, was ich merkwürdig finde. Die Dinger sind doch seit den Vierzigern nicht mehr in, oder? Tatsächlich steht er ihm. Unsere Blicke treffen sich nur kurz, da räuspert sich die goldene Robe.

»Mein liebes Kind.« Er mustert mich noch immer sanft. »Ich bin Alois, der Vorsteher des Zirkels und das Oberhaupt dieser Gemeinschaft. Wenn du bereit bist, haben wir beide einige Dinge zu bereden. Bitte sei so gut und suche mich in der Akademie auf. Du hast viele Fragen, und ich werde sie dir beantworten können.«

Ach, ist das so?

Das bezweifele ich stark. Die Angst in den Augen aller, ihr Zurückweichen und der Fakt, dass sogar der alte Mann es konsequent vermeidet, näherzukommen, beweisen es mir. Er kennt nicht die Antwort darauf, was mit mir nicht stimmt. Aber er weiß, wo ich bin und was ich anstellen muss, damit man mich wieder fortlässt.

»Mr Fraser.« Alois wendet sich von mir ab und spricht den jungen Mann in dem Trenchcoat an, der ihm zunickt und sich respektvoll aufrichtet. »Offenbar können weder meine Worte noch die allgemeine Unsicherheit dich dazu bewegen, deiner Arbeit nachzugehen.« Für einen kurzen Augenblick glaube ich, dass es als Mahnung gemeint ist, doch die fehlende Strenge in der Stimme und das leichte Schmunzeln in seinem Gesicht verraten mir, dass es ihn amüsiert. »Da du also gerade ohne sinnvolle Beschäftigung bist, sei doch so freundlich und bring Ms Bennett zu mir, wenn sie soweit ist.« Ein wortloses Nicken genügt ihm als Antwort und langsamen Schrittes lässt er den mir fremden Kerl bei mir zurück.

Ich rühre mich nicht vom Fleck. Man hat mich nicht verletzt oder eingesperrt. Das beruhigt ungemein. Vor allem bestärkt es mich, dass ich von meinem Gegenüber nicht angesehen werde, als hätte ich die Pest. Es lässt mich aufatmen und zur Ruhe kommen. Meine Knie tun weg, ebenso die Hand. Ich blute, offenbar wegen des Sturzes auf den Steinboden.

Was ist das hier für ein Ort?

Eine Insel, aber vielleicht auch eine merkwürdige Art von Gefängnis. Völlig egal, ich muss besonnen und mit klarem Verstand an die Sache herangehen.

Das allein lässt mich den Mut aufbringen, den Trenchcoat-Träger anzusprechen. »Mr Fraser.« Meine Stimme klingt kratzig. »Ich ...« Kurz suche ich nach Worten, doch dann breche ich den Satz ab, weil ich keine finde. Worüber soll ich mit ihm sprechen?

Erleichtert bin ich, als er näherkommt. Nicht zögernd oder ängstlich. »Dein Name ist Jolie?« Seine Stimme klingt so warm und freundlich, dass ich schnell nicke, um ihn nicht direkt zu vergraulen.

Er reicht mir die Hand, um mir aufzuhelfen. Skeptisch schaue ich zu ihm hoch. Meine Berührung ist offenbar gefährlich. Ist er irre?

Er deutet nun auf eine Bank, nur wenige Meter entfernt.

Langsam stehe ich auf und komme der Aufforderung nach. Ich sitze noch nicht mal richtig, da kniet er bereits vor mir.

»Colin«, stellt er sich vor und lässt seine Hand über mein Knie schweben. Ich spüre ein wohlig warmes Kribbeln auf der Haut. Unsere Blicke treffen sich. Seine Augen haben einen angenehmen, braunen Farbton, und am liebsten würde ich mich darin verlieren, als er lächelt und sich kleine Grübchen bilden. Er wirkt aufgeschlossen und freundlich. Außerdem sieht er gut aus. Keine Ahnung, ob ich jemals jemanden wie ihn getroffen habe. Er ist schon auf den ersten Blick anders als die Jungs meiner Schule, wirkt älter und reifer. »Hast du Angst vor mir?«, fragt er leise. Zaghaft schüttele ich den Kopf. »Ich kann das heilen.« Er deutet auf die Schürfwunde an meiner Hand.

Hektisch schüttele ich erneut den Kopf. Er wird mich doch nicht wirklich anfassen, das ist wahnsinnig. Ich weiß nicht, was ich mit Roy angestellt habe, aber auf keinen Fall will ich diesem freundlichen Kerl dasselbe antun.

»Jolie, ich —«

»Jo!«, presche ich hervor und lächele schnell entschuldigend, weil es mehr einem Schrei geglichen hat.

»In Ordnung.« Colin lacht herzlich. »Soll ich dir was verraten?« Alles, ich verliere mich ohnehin in diesen Augen. »Du bist etwas Besonderes, *Jo*.« Er legt die Hand auf mein anderes Knie, ich zucke unter der Berührung. »Jeder hier ist das. Ich bin, was die Leute einen Heiler nennen.« Das ist mir nicht entgangen. Meine Beine sehen aus, als wären sie nie verletzt gewesen. »Es ist viel verlangt, aber vertrau mir und gib mir deine Hand.«

Ist er womöglich immun gegen das, was ich nicht kontrollieren kann?

»Ich habe Angst«, flüstere ich.

»Ja?« Colin zuckt mit den Schultern. »Ich nicht.«

Womöglich ist er verrückt.

Dennoch strecke ich zögernd die Hand aus.

»Bist du irre?«, ertönt eine harsche Stimme.

Ich schrecke zurück und presse meinen Rücken an die Bank, um Abstand zu Colin zu gewinnen. Als ich Larson entdecke, glaube ich, allen Grund dazu zu haben. Er hat mich schon einmal betäubt und verschleppt. Wer garantiert mir, dass er mir freundlich gesinnt ist? Was, wenn er kommt, um mir wehzutun?

»Das ist gefährlich!«

Colin beachtet ihn nicht, sieht stattdessen mich an und versucht, den Blickkontakt zu mir wieder aufzubauen. Vermutlich wirke ich wie ein scheues Reh, und er scheint zu befürchten, dass er die gewonnene Vertrautheit wieder verliert. Wieso ist ihm das wichtig? Was bin ich für sie alle? Mutprobe? Gefahr? Feind?

»Verschwinde, Flynn.«

Irritiert von der Frauenstimme, hebe ich den Kopf und sehe zu einem Mädchen hinüber. Sie mustert Larson abschätzend und starrt so lange, bis er nachgibt und verschwindet. Ihr feuerrotes Haar unterstreicht die Strenge in ihren Augen auf einschüchternde Art und Weise.

Sie sieht mich an und wirkt für einen kurzen Moment kritisch, als würde sie mir geradewegs in die Seele blicken. So sicher ich mich noch vor wenigen Sekunden in Colins Nähe gefühlt habe, so sehr verunsichert jetzt ihr reserviertes Auftreten. Da ist keine Angst in ihren Augen, aber eine Skepsis, die mich stumm anschreit.

Ich wende mich ab und blicke stattdessen wieder auf Colin hinunter. Das Lächeln, diese Grübchen und die kurzen, braunen Locken auf seinem Kopf beruhigen mich. Ich brauche das, habe Angst, fühle mich verloren. Er ist der Einzige, der dem gerade entgegenwirkt.

»Was sagst du?« Scheinbar spricht er mit ihr.

Das Mädchen nähert sich und bleibt neben uns stehen. Dann greift sie Colin mit einem amüsierten Lachen ins Haar und wuschelt hindurch. »Sie hat Angst vor mir. Wenn ich diese Wirkung nur öfter bei Idioten wie Flynn hätte.« Die Strenge in ihren Augen ist verschwunden.

Colin zeigt ein breites Grinsen und klopft auf mein Knie. »Das ist Jo.«

»Ich bin Melissa«, erwidert seine Freundin und nickt mir zu. »Ich würde dir die Hand schütteln, aber das ist jetzt noch keine gute Idee. Du bist zu … aufgewühlt.« Freundschaftlich tätschelt sie Colin die Schulter. »Du hingegen kannst sie anfassen. Das geht in Ordnung.«

»Wenn du das sagst.« Er schüttelt den Kopf, doch ihre Aussage scheint ihn zu amüsieren. »Flosse, Genosse!« Er ruft es aus und streckt mir erneut seine Hand entgegen.

Irritiert mustere ich ihn. »Das war jetzt nicht komisch.« Ich will ihn nicht vergraulen und es mir mit ihm nicht verscherzen, aber falls er soeben versucht hat, lustig zu sein, ist ihm das eindeutig misslungen.

Plötzlich lacht er so herzlich, dass ich zusammenzucke. »Du hast recht, das war erbärmlich.« Ebenfalls ein treffendes Wort, stelle ich schmunzelnd fest. »Aber sieh nur ... Ist das nicht ein Lächeln, Melissa?«

Die seufzt über den missratenen Witz, sieht dabei aber zufrieden auf uns herunter. »Ja, du bist anscheinend genug Freak, um sie inmitten dieses verschissenen Chaos zum Lachen zu bringen. Deswegen verabschiedet sich *dieser* Freak nun ...« Sie deutet an sich hinunter. »Gut gemacht, Fraser. Bis später, Jo.« Für einen kurzen Moment glaube ich, dass sie meine Gedanken lesen kann, als sie zwischen Colin und mir hin und her sieht und mir dann zum Abschied zuzwinkert.

»Danke.« Es scheint mir angebracht, es auszusprechen, als sich Colins und mein Blick erneut treffen. Ich halte ihm die Hand hin. Bestärkt, nicht mehr von Angst zerfressen. »Melissa wirkt nett und auch du bist ...«

»Charmant, gutaussehend, herzstehlend?«, bemerkt Colin.

Ja.

Vermutlich ist er all das. Ich bin mir sicher, dass er jedes Mädchen auf dieser Insel verzaubert. Auf mich hat er dieselbe Wirkung, doch es darf mich nicht kümmern. Ich habe Taylor. Er ist irgendwo da draußen und fragt sich vermutlich, warum ich nicht anrufe.

Wo ist eigentlich mein Handy?

»Danke, dass du mich nicht wie eine Aussätzige behandelst«, fahre ich fort. »Das ist wirklich nett von dir.«

»Warte ab, bis du die anderen kennenlernst.« Colin greift nach meiner Hand. Er hält sie und streicht sanft darüber. Wieder spüre ich dieses warme Kribbeln, und als er mich loslässt, sind die Schrammen restlos verschwunden. »Also die anderen sind echt ein lustiger Haufen. Rae ist Tierwandlerin und wird dich vermutlich jeden Tag zum Lachen bringen. Jesper ist cool, aber voll auf Wolke sieben, seitdem er mit Cara zusammen ist. Du wirst sie bestimmt mögen, und sie werden dir zeigen, dass ich nicht der Einzige bin, der keine Angst vor dir hat.«

Obwohl mir seine Worte Mut machen, stimmen sie mich nachdenklich. Ich will nicht jeden Tag zum Lachen gebracht werden, diese Menschen liebgewinnen. »Das klingt toll, aber ich möchte eigentlich nur wieder nach Hause.«

Colin verlässt die Hocke und richtet sich vor mir auf, zieht mich mit sich auf die Beine. »Natürlich. Ich bringe dich zu Alois. Mit ihm kannst du alles besprechen.«

Dass er mir nicht widerspricht, bestärkt mich. Der alte Mann hat nett gewirkt, und mit Sicherheit kann ich ihn dazu bewegen, mich gehen zu lassen. Und wenn ich erst zu Hause bin, zerbreche ich mir in aller Ruhe den Kopf darüber, was ich auf dieser Insel gesehen, gehört und erlebt habe.

Ich halte den alten Mann für einen netten Herrn, doch während ich vor ihm sitze und wir einander stumm anblicken, strahlt er Strenge aus. In kleinen Schritten läuft er auf und ab. An den Wänden hinter ihm prangen Gemälde, einige davon scheinen uralt zu sein. Unzählige Bücher schmücken hohe Regale, liegen verstreut auf Tischen und Stühlen herum. Mitten im Zimmer befindet sich eine große Tafel aus rustikalem Holz, wie ich sie von Arthur und seinen Rittern kenne. Inmitten des Wirrwarrs unzähliger Schriften steckt ein Buch, welches Alois in diesem Moment herauszieht und vor mir ablegt.

Ich hole tief Luft und beschließe, gleich das Thema anzusprechen, das für mich zählt. »Vielleicht können wir das hier verkürzen und Sie sagen mir einfach, was ich tun muss, um nach Hause zu kommen.«

Eisige Stille. Eine gefühlte Ewigkeit, in der er nicht antwortet. »Wir *könnten* das hier verkürzen, aber ich halte das für unklug«, sagt der alte Mann. »Dieses Gespräch ist von großer Bedeutung für dein künftiges

Leben, und ich muss sichergehen, dass du genau verstehst, was ich dir sage.«

»Sie kennen mich nicht, aber glauben Sie mir, ich will niemandem wehtun. Ich möchte nur wieder zu meiner Familie.«

Alois seufzt. Nachdem er einige Schritte gegangen ist, nimmt er rechts von mir am Tisch Platz, legt die Hände im Schoß zusammen und sieht mir geradewegs in die Augen. »Es spielt keine Rolle mehr, was du möchtest, Jolie-Mai Bennett. Dir mag nichts ferner liegen als jemandem Schaden zuzufügen. Leider hast du keine Kontrolle über diese Entscheidung.« Mir stockt der Atem. Er hält mich für gefährlich. »Verzeih mir, sollte ich unfreundlich wirken. Das liegt nicht in meiner Absicht.« Obwohl der alte Mann seine Aussage mit einem liebevollen Blick bekräftigt, klingt die Stimme so streng, dass ich ihm das nicht glaube. »Du hast das Leben dieses Jungen für immer verändert und bist dir dessen nicht bewusst. Was du getan hast und was das aus dir macht.«

»Ich habe ihn doch nur berührt.«

Erneut seufzt Alois und beugt sich vor. Er greift nach dem Buch und schiebt es mir zu. Der Einband ist aus Leder, sieht alt und mitgenommen aus. »Das Blut, das durch deine Adern fließt, gleicht einem Gift. Du bist in der Lage, es nach außen dringen zu lassen und mit einer bloßen Berührung auf andere zu übertragen.«

Ich schüttele den Kopf, stoße einen abwehrenden Laut aus. Das ist nicht möglich, völlig absurd.

Doch was ist dann mit Roy passiert?

Tränen steigen mir in die Augen. Ich habe ihm nie wehtun wollen. Nicht auf solch eine Weise. Wie ist das nur passiert? Wieso kann ich etwas, das so abwegig klingt wie die Magie in Tims Spielen?

»Ist er …?« Die Frage kommt mir kaum über die Lippen. »Stirbt er?«

Alois mustert mich ausdruckslos. »Schlag das Buch auf.«

Keine Antwort. Das ist nicht gut. Ich will nicht hineinsehen, doch da drin wird vermutlich erläutert, was hier vor sich geht. Ich sollte es wissen, damit ich einen Weg finde, von hier zu verschwinden.

Zaghaft schlage ich den schweren Einband auf. In alter Schrift steht auf cremefarbenen Papier in verschnörkelten Buchstaben *Der erste Krieg*. Diverse Skizzen und Beschreibungen zieren die kommenden Seiten. Verschiedene Wörter stechen heraus, doch ich verstehe ihre Zusammenhänge nicht. Ich halte inne. Die Zeichnung einer Figur. Auf den ersten Blick wirkt sie wie ein normaler Mensch, doch ihre Hand umschließt den Hals ihres Gegenübers, und ihre Augen sind schwarz, wie die eines Dämons. Darüber ein Wort, ein Name. *Raväis*. Darunter ein Text, den ich aufsauge.

Ein Raväis ist ein Wandler, der mit einer Berührung sein Gegenüber zu manipulieren versteht. Der Gewandelte fristet fortan ein Leben der Ergebenheit. Während des Vorgangs färben sich die Augen des Wandlers in Gänze mit Schwärze. Ist er abgeschlossen, erkennt man eben jene Dunkelheit auch in den Augen des Opfers. Es lebt von da an einzig dafür, seinen Wandler und dessen Leben zu schützen, ohne jegliche Konsequenzen zu fürchten, nicht mal den eigenen Tod. Es handelt sich um einen grausamen Akt der Selbstberaubung. Dieses starke Band der Loyalität kann durch keinen Zauber der Welt gebrochen werden. Nur der Tod des Wandlers, der die Tat ausführte, verspricht Heilung.

Ich starre auf die Worte, die langsam an Bedeutung gewinnen, verspüre keine Angst mehr. Nicht vor diesem Ort und nicht vor dem alten Mann. Er ist mit Sicherheit mächtig, doch ich begreife, wie gefährlich ich bin. Dennoch fällt es mir schwer, das alles zu glauben. Ich bin in der Lage, anderen ihren freien Willen zu rauben. Genau das ist Roy widerfahren. Darum hat er mir beigestanden und sich gegen die eigenen Freunde gewendet. Deshalb hat er im Anschluss zufrieden gelächelt. Er hat seiner Wandlerin beigestanden.

»Deswegen haben alle solche Angst vor mir«, spreche ich leise und schlage den Einband des Buches zu, den Blick apathisch auf die gegenüberliegende Wand gerichtet.

Im Augenwinkel nehme ich Alois Nicken wahr. »Sie fürchten sich nicht nur vor dem, was du bist, sondern auch davor, dass du überhaupt existierst. Die Raväis wurden vor über zweitausend Jahren im Krieg ausgelöscht.«

Das kann doch gar nicht sein. Wie soll ich existieren, wenn meine Vorfahren restlos ausgelöscht worden sind? Es muss noch jemanden geben.

»Meine Eltern ...«

»Sie sind nicht wie du«, spricht Alois es sofort aus. »Diese besondere Art des Erbgutes muss nicht in jeder Generation vorkommen. Es kann sogar hunderte Jahre schlummern. Glaub mir, niemand der noch lebenden Weisen hätte je zu glauben gewagt, dass dieses Gen noch immer in der Welt existiert. Wir gehen davon aus, dass wenigstens ein Raväis die Auslöschung vor zweitausend Jahren überlebt hat. Vielleicht hat es seitdem jene wie dich gegeben, wahrscheinlich bist du aber die Erste nach all der Zeit.«

Am Ende macht es keinen Unterschied. Ich bin allein. Wenn meine Familie nicht so ist wie ich, dann gibt es niemanden, der auf meiner Seite steht.

»Wer sind die Weisen?«, frage ich. Ich möchte die Traurigkeit in mir unterdrücken. Brauche dringend einen Themenwechsel. »Gibt es sie noch?«

»Das sind wir, mein Kind.« Alois lächelt. »Du befindest dich hier auf der Insel *Leyndarmál Eyja,* und dieses Gemäuer ist die *Akademie der Weisen.* Es gibt viele wie uns. Weitere Inseln, die versteckt im Ozean liegen und nur von unseresgleichen gefunden werden können. Sie sind das Zuhause von Menschen, die so sind wie du. Sie besitzen besondere Fähigkeiten und lernen, sie zu beherrschen und gerecht einzusetzen. Unter dem Schutz des Zirkels.«

»Also ist das hier ein eigenständiges Land?«, erkundige ich mich. »Mit einer Schule?«

»Du wirst im Unterricht viel erfahren«, setzt Alois an. »Über unsere Geschichte und den Auftrag, das Wissen der Welt in diesen Akademien zu bündeln, zu wahren und zu erhalten. Bestimmt ist Mr Fraser so freundlich und klärt dich vor dem Morgen darüber auf.«

Der Heiler.

Ein Typ, der tatsächlich mit seinen Händen Wunden verschwinden lässt.

Ich zwinge mich zu einem Lächeln. Dazu, die liebe Jo zu sein und so ungefährlich wie möglich zu wirken. Alois wird mich nicht fortlassen, doch bleiben kann ich nicht. Man sucht bestimmt nach mir. Meine Familie ist im Ungewissen. Ich will auf keinen Fall auf dieser Insel leben und alles zurücklassen, was mir lieb und teuer ist. Doch ich bin nicht dumm. Meine Ablehnung offen zu zeigen, wird mich in Schwierigkeiten bringen. Und der Alte hat recht. Ich bin nicht fähig zu kontrollieren, was da in mir schlummert. Aber man wird es mir an diesem Ort beibringen, und dann wird niemand mehr in der Lage sein, mich an einer Flucht zu hindern.

Ich stehe auf, langsam und bedacht. Will ihm keinen Grund liefern, mir zu misstrauen. Wenn jeder auf dieser Insel besondere Fähigkeiten hat, welche beherrscht er?

Bitte nicht Telepathie.

»Man wird mich hassen«, sage ich verdrießlich. »Auch Colin wird es tun, sobald ich ... Wenn es jemanden trifft, den er mag.«

»Nicht, wenn du bleibst, wer du bisher gewesen bist.«

Überrascht reiße ich die Augen auf. Was weiß er über mich und darüber, wie ich mein Leben verbracht habe?

»Deine Existenz sollte unmöglich sein, und doch bist du hier. Verflucht mit dem Blut deiner Vorväter. Deine Gabe macht dich ebenso interessant wie furchteinflößend. Es gleicht einem Geschenk, solche Macht in einem derart unschuldigen und gutherzigen Mädchen zu finden. Du könntest das Beste sein, was die Welt je gesehen hat. Oder unser aller Untergang. Der Grund für einen neuen Krieg. Die Eine, die es vermag, uns alle zu retten.«

»Retten?« Verwundert mustere ich ihn. »Wovor?«

»Die Teufelssteine sind seinerzeit geflohen, die Umbra wurden verbannt. Sie sind da draußen und können sich jederzeit erheben, um uns anzugreifen. Ein neuer Krieg ist nicht nur wahrscheinlich. Es ist gewiss, dass es ihn geben wird. Die Seher sind sich dessen sicher.«

Raväis. Umbra. Teufelssteine. Weise.

Lass mich das nur träumen.

Alois erhebt sich und kommt neben mir zum Stehen, folgt meinem Blick aus dem Turmfenster, hinaus auf die Weiten des Ozeans. »Dir wohnt eine große Macht inne und du kannst sie nicht kontrollieren. Dieser Ort wird dir helfen, damit du dich nicht in ihr verlierst. Er wird all jene beschützen, derer Gefahr du bist.«

Das bin ich. Für jeden, den ich kenne.

»Morgen unterziehst du dich einer Prüfung, die darüber entscheidet, wie du deinen Weg hier bestreiten wirst.« Er spricht aus, womit ich mir bereits sicher gewesen bin. Ich darf diese Insel nicht mehr verlassen, und eine Flucht ist fürs Erste unmöglich. »Dein bisheriges Leben endet hier. Morgen beginnt ein neues, Jolie. Ich hoffe, dass du die richtige Wahl triffst und eine Bereicherung darstellst. Das Blut in deinen Adern sagt nichts über deinen Charakter. Du allein entscheidest, wer du sein möchtest.«

Ich nicke zustimmend, zeige Einsicht und Verständnis. Es ist der richtige Weg, um mein Ziel zu erreichen. Die Flucht von diesem Ort.

Alois wendet sich mir zu. »Eine schwere Entscheidung hast du schon jetzt zu treffen. Deine Familie sucht nach dir. In diesem Moment sprechen sie mit der Polizei, weil du letzte Nacht nicht nach Hause gekommen bist. Du kannst eines von vielen verschwundenen Mädchen sein und ihnen unendliches Leid bescheren. Oder du lässt mich etwas tun, um ihnen das zu ersparen. Ich kann sie vergessen lassen. Jeden, der dich einst kannte, glauben lassen, dass du nie existiert hast.«

Auf keinen Fall!

Ich werde es schaffen, zu ihnen zurückzukehren. Dann verschwinden wir gemeinsam und bringen uns vor diesen Leuten in Sicherheit. Ich lasse Alois nicht über meine Zukunft bestimmen. Meine Fähigkeiten sind der Schlüssel. Ich werde lernen, sie zu beherrschen. Sobald ich das schaffe, wird niemand mehr in der Lage sein, mich aufzuhalten. Wenn ich dieser Mensch sein muss, um meine Familie wiederzusehen, dann gibt es keine Grenzen.

Ziellos trete ich durch das große Tor der Akademie, hinaus auf die weiße Treppe. Nun ist es an mir, auf dieser Insel zurechtzukommen und so zu tun, als würde ich einer von ihnen sein wollen. Der beste Weg, genau das zu erreichen, sind Verbündete. Ich lasse meinen Blick umherschweifen, suche Colin, entdecke ihn nicht.

Ein seltsamer Ort ist das. Ich fühle mich in die Steinzeit zurückversetzt. Von Technik ist weit und breit keine Spur. Stattdessen liegt vor meinen Füßen ein mittelalterliches Dorf. In der Ferne entdecke ich ein Pferd, das einen Hänger zieht, der mit Material beladen ist. Unzählige Holzhütten, alte Backsteinfassaden und Reetdächer bieten einen faszinierenden Eindruck von meinem hochgelegenen Standpunkt. Ein gepflasterter Weg trennt die Treppe zu meinen Füßen von der ersten Hütte. An der Holzfassade prangt das Schild *Barbier*. Gleich daneben befindet sich ein kleines Haus mit Backsteinfassade. *Kaufmann*.

Ganz weit zu meiner Linken ist eine große Holzhütte, die offenbar für irgendeine Art der Holzverarbeitung zuständig ist. Zumindest sind diverse Stämme davor gestapelt. Am anderen Ende des Weges aus Pflastersteinen ist ein Stall. Ich entdecke zwei weitere Pferde.

Ich hole tief Luft. Obwohl ich diesen Ort bestimmt niemals ins Herz schließen werde, schadet es nicht, sich ins Getümmel zu wagen. Wenn ich diese Insel wieder verlasse, nehme ich mit Sicherheit interessantes Wissen mit. Ein Teil von mir freut sich sogar auf den Rundgang. Der mittelalterliche Touch fasziniert mich. Stufe für Stufe schreite ich die Treppe hinunter und ignoriere die Blicke, die auf mir ruhen. Unten angekommen, laufe ich zuerst in Richtung der Holzfällerhütte. Vorbei am Kaufmann und dem Kürschner. Was genau das ist, weiß ich nicht. Allerdings liegen auf der Bank vor dem Eingang einige Pelze und ich vermute, dass man sie dort bearbeitet.

Bei dem Holzfäller angekommen, entdecke ich links von mir einen Zugang zum Wald. Zu gerne würde ich hineingehen. Mein Weg führt mich stattdessen an diversen Gebäuden vorbei, in denen Dinge hergestellt werden. Zeidlerei, Schmiede, Bäckerei. Ich verspüre Hunger, traue mich aber nicht hinein. Geld hab ich nicht, und man wird mir mit Sicherheit nicht aus Nächstenliebe etwas zu Essen geben.

Ich schlendere gemütlich weiter, lasse meinen Blick neugierig über diverse Fassaden gleiten. Gerberei, Weberei, Kerzenzieher, Arkanist, Handwerker und Müller. Im nächsten Gang finde ich Handerei, Schneiderei, Dachdecker, Schenke, Küferei und Ofensetzerei. Ich bin überwältigt von all den Geschäften und Eindrücken. Nichts davon findet man in dieser Art und Weise in den Städten. Das hier ist ein kleines Dorf, das sich selbst versorgt. An der Ecke entdecke ich einen Schuhmacher und sogar einen Totengräber.

Schließlich komme ich an den Vorsprung, an dem ich gestürzt bin. Er befindet sich gegenüber der Akademie, am Ende der Insel. Da ich nicht den Drang verspüre, mich der Klippe noch mal zu nähern, setze ich meinen Weg fort. Vorbei an Maurerei, Kräuterstube und Sattlerei.

Nach meinem Rundgang komme ich vor dem Stall zum Stehen. Eines der Pferde nähert sich dem Zaun, streckt den Kopf hinüber und schnaubt mich an. Sanft streiche ich ihm mit der Hand über die Nüstern, genieße den warmen Atem auf meiner Haut. Endlich kommt mir etwas vertraut vor und hat keine Angst vor mir.

Ganz anders ist es bei der Person, die in diesem Moment aus der Scheune gestürmt, in der Hand eine Schaufel, mit der sie wütend fuchtelt.

Will sie mich etwa damit schlagen?

Innerhalb eines Blinzelns steht sie schon vor mir und ich weiche erschrocken zurück. »Fass sie nicht an!«, brüllt sie. »Verschwinde!«

Zu gerne würde ich protestieren. Ihr erklären, dass ich dem Pferd nicht wehtue, aber sie wird mir ohnehin kein Wort glauben. Für sie bin ich die gruselige Wandlerin. Ich bin mir nicht mal sicher, ob ich Tiere wandeln kann. Offenbar vermutet dieses Mädchen das, weshalb ich mich zurückziehe. Solange ich nicht sicher bin, ist es besser, die Pferde nicht anzufassen.

Da ich Colin nicht gefunden habe, beschließe ich, den Weg durch den Wald zu wagen. Vorbei an der Treppe, die hoch zur Akademie führt, biege ich dahinter in den erdigen Weg ein. Nach einer Weile laufe ich zwischen sattgrünen Wiesen entlang. In der Ferne entdecke ich eine Mühle und biege auf den Pfad ab. Als ich eine kleine Brücke erreiche, die über einen Bach führt, erkenne ich einen Hof. Mehrere Getreidefelder und Weiden kommen in mein Sichtfeld. Darauf stehen unzählige Schafe und Kühe. Weitere Tiere, die ich vorerst nicht anfassen werde.

Ich sehe keinen Menschen, nur einen Hund, der selig neben dem Eingang zur Mühle schlummert. Hier bin ich scheinbar allein.

Endlich.

Als würde die Last von meinen Schultern fallen, sinke ich in der weichen Wiese auf die Knie und atme tief ein und aus. Keine feindseligen Blicke. Nur ich und die Natur. Ich habe nie viel dafür übriggehabt. Nicht, nachdem ich vor einigen Jahren im Sommer zu den Pfadfindern geschickt worden bin. Man hat mich dort wochenlang, trotz meines Flehens, nicht abgeholt. Dennoch bin ich mir sicher, dass es ausgerechnet die Natur ist, die ich an diesem Ort lieben werde. Abgeschiedenheit. Wenn mich alle fürchten und keine Zeit mit mir verbringen möchten, wird es wohl niemanden stören, dass ich allein auf der Farm herumsitze.

Ich bleibe. Es fühlt sich wie der ganze Mittag an. Die Sonne steigt höher und in dem knappen Hexenoutfit wird mich allmählich wärmer. Wahrscheinlich haben die Leute auch deshalb so geglotzt.

Ich sehe aus wie ein Vollidiot.

Der Hund, der die ganze Zeit neben der Mühle gelegen und geschlafen hat, ist inzwischen wach und kommt schnüffelnd auf mich zu. Seine braunen Augen ruhen auf mir, als er einige Meter vor mir stehenbleibt und den Kopf schieflegt.

»Komm nicht näher«, sage ich leise und senke den Blick. »Ich darf dich nicht streicheln. Ist nur zu deinem Besten, glaub mir.«

Als würde er mich verstehen, gibt er einen kurzen Laut von sich, rennt dann davon und verschwindet im Feld. Kluger Hund, sich von mir fernzuhalten.

»Das ist also die Wandlerin, von der alle sprechen.«

Ich wende mich der spottend klingenden Stimme zu und stelle fest, dass mir das Mädchen vom Stall gefolgt ist. Mit Freunden.

»Dass so etwas überhaupt frei rumlaufen darf.« Sie stößt einen abwertenden Laut aus, verschränkt die Arme vor der Brust und hebt den Kopf, als sei sie etwas Besseres. Etwas an ihr ist besonders. Auch an denen, die sich zur Verstärkung an ihrer Seite aufbauen und nicht weniger überheblich wirken.

Bei ihr stehen die beiden Kerle, die sich schon früher am Tag über mich unterhalten haben, gleich nachdem dieser Flynn mich aus dem Wasser gezogen hat.

»Provoziere sie nicht«, sagt in diesem Augenblick der mit den kristallblauen Augen und der Glatze. »Habt ihr nicht gehört, was aus dem wurde, den sie berührt hat?«

»Ach, und du weißt es?« Ich bin selbst verwundert, weil es mir laut und schnippisch entfahren ist. Aber wenn ich mich jetzt nicht verteidige, werden sie ewig auf mir herumhacken. Ich muss mich durchsetzen. Außer mir wird das niemand tun. Höchstens der nette Heiler, doch von dem ist weit und breit keine Spur.

»Du denn?«, erwidert der Typ ruhig. »Bestimmt hat man dich nicht damit belastet, welches Chaos du verursacht hast. Seit deiner Ankunft bist du immerhin ein Häufchen Elend.«

»Macht ihr das immer so?« Die Angst nagt nicht länger an mir. Auch meine Verwirrung über die Umstände ist wie weggeblasen, Wut macht sich mir breit. »Schikaniert die Neuen, die sich vor lauter Unsicherheit nicht wehren? Du glaubst, ich bin nur deswegen eine Gefahr, weil ich die Reinkarnation irgendeiner ausgestorbenen Spezies bin? Ich hätte dir schon letzte Woche den Arsch aufgerissen, als noch niemand wusste, wer ich bin! Keine Ahnung, für wen ihr euch haltet, aber —«

Ein lautes Fauchen unterbricht mich und ein riesengroßer, tiefschwarzer Puma springt zwischen uns.

Heilige Scheiße.

Ich stolpere zurück, falle zu Boden und krabbele rückwärts davon. Wieso lässt die Akademie wilde Tiere frei herumlaufen? Zu meiner Verwunderung wendet der Puma sich ab und faucht nun die anderen an. Als würde er diese Entscheidung bewusst treffen. Er macht nicht mal den Anschein, einen von uns angreifen oder gar fressen zu wollen.

Was für ein merkwürdiges Tier.

»Du hast recht.« Der arrogante Kerl mit den kurz geschorenen Haaren meldet sich zu Wort, beachtet den Puma gar nicht und wendet sich stattdessen seinem Kumpel zu. »Sie ist ein verängstigtes Mädchen. Trotzdem ist sie jetzt ein Teil des Ganzen. In ihr schlummert eine der finstersten Mächte des ersten Krieges, und sie kann sie nicht kontrollieren. Vielleicht wäre es besser, sie nicht zu provozieren.«

Ergreift er etwa Partei für mich?

»Soll das dein Ernst sein, Eric?«, giftet das Mädchen, das mich zuerst angesprochen hat. In ihren Augen lodert ein roter Schimmer, der scheinbar nur darauf wartet, hervorzubrechen. »Verteidigst du dieses Monster etwa?«

Ihre Wortwahl versetzt mir einen Stich.

»Ich lasse mich lieber von Neugier als von Angst leiten, Bec. Aber so trifft eben jeder die Entscheidung, die er am Ende besser rechtfertigen kann.« Er wendet sich ab und schenkt dem Puma einen kurzen Blick, als würde er ihn begrüßen wollen. »Rae.« Dann läuft er langsamen Schrittes davon, während das Mädchen ihm wutentbrannt hinterher starrt.

Sie teilt seine Meinung nicht, und auch die anderen scheinen verwirrt über den Standpunkt zu sein, den ihr Freund so klar vertritt. Dennoch löst sich ihre Gruppierung auf und zurück bleibe ich, allein mit dem wohl zahmsten Puma der Welt.

Der richtet die schwarzen Augen auf mich. Zu meiner Überraschung öffnet er das Maul und heraus dringt ein Wort: »Komm.«

Ich folge einem zahmen und sprechenden Puma. Wenn es nicht so schräg wäre, würde ich lachen. Er, sie oder es hat mich nicht gefressen und mich außerdem vor diesen Leuten in Schutz genommen. Da kann man vermutlich etwas Vertrauen schenken.

War es nicht sogar umgekehrt?

Ich glaube, der Puma hat sie vor mir beschützt. Ich bin wütend gewesen und bereit, jeden Einzelnen von ihnen zu verletzen.

Zaghaft blicke ich umher. Anstatt zurück zur Akademie, führt der Puma mich über die Brücke, den platt getretenen Gehweg und die Wiese, mitten ins Nirgendwo. Erst nach einigen Gehminuten kommt zu unserer Linken in einiger Entfernung ein See in mein Blickfeld. Vor uns steigt Dampf aus einer weiteren, kleinen Wasserquelle auf. Sie ist dunkel, wirkt fast schon schwarz. Eine heiße Quelle. So etwas habe ich noch nie gesehen, nur auf Fotos bewundert. Am liebsten würde ich hineinspringen. Ich brauche dringend ein Bad. Wie lange soll ich noch in meinem Kostüm rumlaufen?

Bei der Quelle befinden sich einige Leute. Colin ist bei ihnen.

Das Lächeln kommt mir so schnell über die Lippen, dass es sich nicht aufhalten lässt. Nah bei ihm steht Melissa. Etwas weiter entfernt sitzt, ineinander verschlungen und wild knutschend, ein Paar. Ich bekomme nichts von ihnen zu sehen, außer ihrem langen Haar und seinen braunen Dreadlocks.

Der Puma nimmt Anlauf und springt in die heiße Quelle. Als er wieder auftaucht, ist da kein Tier mehr.

Verdammt.

Habe ich das wirklich gesehen? Vor zwei Sekunden ist da ein Puma gewesen. Nun dringt eine schwarze und nasse Haarmähne durch die Wasseroberfläche, gestützt von menschlichen Armen, die sich am Rand festhalten. Dazu das verschmitzte Lächeln eines Mädchens, das sich offenbar über meine Überraschung amüsiert.

Colin wendet sich an sie. »Wo hast du Jo aufgetrieben?«

Das Mädchen in der Quelle verdreht genervt die Augen. »Bei der Arbeit. Während ich auf das Vieh geachtet habe, kam sie irgendwann angeschlichen. Im Schlepptau diesen arroganten Haufen.«

Colin nickt knapp. »Du hast also die Elementare kennengelernt. Man gewöhnt sich an sie. Ein paar von denen sind eigentlich in Ordnung.«

»Ach ja?« Melissa lacht abfällig und sieht zu ihm. »Und wer bitte genau? Jo, Schätzchen, findest du jemanden davon auch nur entfernt *in Ordnung*? Ach, was frage ich? Tust du nicht.«

»Na ja ...« Ich stottere, verdutzt über ihre selbstbewusste Art. »Also ...« Warum weiß sie, was ich von ihnen halte? Sie ist nicht dabei gewesen.

»Eric.« Colin zuckt mit den Schultern. »Der ist nicht so schlimm wie die anderen.«

Ist das nicht der Typ, der für mich Partei ergriffen hat?

»Nicht so zu sein wie andere, macht ihn nicht netter«, grummelt Melissa.

»Ihm gegenüber sollte sie aufgeschlossen bleiben«, kommt es von dem Mädchen aus der Quelle. »Er ist neugierig auf sie.« Genau das hat er gesagt, nicht wahr? Er will sich von Neugier und nicht von Angst leiten lassen. »Eric ist ohne Partner. Wenn sie morgen als Jägerin aus der Prüfung geht, werden die beiden einander verschrieben«, setzt sie hinzu.

Was soll das bedeuten?

»Er hat bisher jeden abgelehnt«, wirft Colin ein. »Dadurch, dass Mr Palmer einen Narren an ihm gefressen hat, kriegt er doch immer, was er will.«

»Und wie ich sagte, er interessiert sich für Jo und ihre Fähigkeit. Was wird er also wollen?«

»Zur Hölle mit dem, was Eric Castile möchte!«, entfährt es Melissa erneut. »Er ist keinen Deut besser als der Rest seiner Sorte. Wir können nicht zulassen, dass einer dieser ...« Sie atmet tief durch. »Dass ein Elementar die Krallen in ihr vergräbt.«

Als würden sie meine Meinung dazu hören wollen, fallen alle Blicke auf mich. Keine Ahnung, was sie von mir erwarten, aber ich weiß ja nicht mal, wovon sie sprechen.

Colin scheint das zu merken und lächelt. »Das ist alles etwas viel. Vielleicht solltet ihr wieder eurer Arbeit nachgehen. Ich zeige Jo noch einige Dinge.«

»Und du hast nichts mehr zu tun?«, stichelt Melissa und grinst.

»Geschichte bleibt Geschichte. Sie wird morgen immer noch dieselbe sein.« Colin zuckt mit den Schultern. »Außerdem wollte Alois, dass ich mich ihrer annehme. Ich tue also nur, was von mir verlangt wird.«

Seine Freundin verpasst ihm einen leichten Klaps auf den Hinterkopf und lacht amüsiert.

Ich senke den Blick, damit man mir nicht ansieht, dass ich mich insgeheim freue, weil Colin und ich endlich wieder allein sein werden.

Die anderen scheinen nett zu sein, aber sie sind mir für den Anfang zu viel.

Anstrengend.

»Vermutlich sollte ich jetzt beleidigt sein, oder?« Melissa steht neben mir und stößt mich mit dem Ellbogen an. »Aber keine Sorge, ich hatte dasselbe Gefühl, als ich damals herkam.«

Ich starre sie an und versuche, den Gedanken zu verdrängen. *Woher weiß sie, was ich fühle?*

»Es sind nicht die Gefühle, Jo.« Melissa lächelt. »Ich lese deine Gedanken.«

Wie bitte?

Das kann nicht wahr sein. Wobei, nach allem, was ich nun schon auf dieser Insel gesehen und erlebt habe, ist es das wohl.

Sie ist eine Telepathin. Das muss doch aufzuhalten sein.

»Nicht nötig, sich anzustrengen«, erwidert Melissa grinsend. »Dein Schädel ist keine Mauer, ich komme immer rein.«

Ich nicke bloß und ergebe mich dieser Tatsache. Sie kann zu jeder Zeit erkennen, was sich in meinen Gedanken abspielt. Na prima. Um nicht sofort an Dinge zu denken, von denen sie nichts wissen soll, lenke ich das Thema in eine andere Richtung. Ich sehe zu dem Mädchen in der Quelle.

»Du bist also die Tierwandlerin«, spreche ich das Offensichtliche aus. Wer als Tier verschwindet und als Mensch wieder auftaucht, beherrscht offenbar diese Fähigkeit.

»Rae Carpenter.«

»Du warst der Hund, nicht wahr?« Ich erkenne nun den Zusammenhang. »Warum ein Puma?«

»Eindrucksvoller.« Sie lächelt bloß.

»Aber die anderen wussten, wer du bist?«

»Wenn man weiß, womit man es zu tun hat, kann man den Unterschied in den Augen erkennen.« Ohne Vorwarnung taucht sie ab und springt plötzlich wieder als der Hund aus der heißen Quelle hervor. »Vielleicht lasse ich dich eines Tages nah genug an mich heran, damit du den Unterschied erkennst, Raväis.« Mit den Worten tapst sie auf Pfoten davon, zurück zur Farm.

Da das knutschende Paar mich nicht wahrnimmt, lacht Colin beherzt über die beiden und deutet dann an, dass ich ihm folgen soll.

Wir laufen seit einer Weile stumm nebeneinander, auf dem Weg zurück zur Akademie. Ich weiß nicht, was ich sagen soll. Obwohl ich tausend Fragen habe, kann ich unmöglich alle auf einmal stellen.

»Wer bist du, Jolie-Mai Bennett?«

»Ist nicht länger von Bedeutung«, antworte ich. »Ganz offenbar verlangt man von mir eine Entscheidung, wer ich künftig sein möchte. Was spielt es dann für eine Rolle, wer ich mal gewesen bin? Vielleicht dein schlimmster Alptraum, wenn du mich noch einmal Jolie-Mai nennst.« Ich werfe ihm ein Grinsen zu und stelle zufrieden fest, dass auch er lächelt.

»Wieso magst du deinen Namen nicht?«

»Ernstgemeinte Frage?« Für mich liegt der Grund auf der Hand. »Wenn ich Pornostar oder sowas werden möchte, dann würde ich mich wohl für Jolie-Mai entscheiden. Jo hingegen ist nur schlicht und cool. Ein Kumpel eben.«

»Und hast du viele *Kumpel*, da, wo du herkommst?« Er mustert mich prüfend. Will wissen, wer in meinem Leben eine Rolle spielt. Ich irre mich vielleicht, aber erkundigt er sich danach, ob ich einen Freund habe?

Eine Frage, auf die es eine einfache Antwort gibt. Doch ich schüttele langsam den Kopf und beschließe intuitiv, Taylor zu meinem Geheimnis zu machen. Seine Existenz spielt auf dieser Insel keine Rolle. Die Gefühle, die ich für ihn hege, werden mich nur daran erinnern, dass ich ein netter und liebender Mensch bin. Diese Seite an mir ist hier fehl am Platz.

»Ich habe nur Freddie«, antworte ich knapp. Wohl wissend, dass dieser Name männlich klingt und somit dennoch einen gewissen Eindruck erweckt.

Zufrieden stelle ich fest, dass Colin ein bisschen enttäuscht wirkt. Es darf mich nicht kümmern. Immerhin habe ich nicht vor, an diesem Ort zu bleiben.

Gemeinsam betreten wir kurze Zeit später die Akademie. Ich habe mich innerlich beruhigt, und sie wirkt nicht mehr angsteinflößend auf mich. Die grauen, steinernen Wände erscheinen weniger kalt. Sie werden durch diverse Kerzenleuchter in ein warmes Licht getaucht und hauchen dem Gebäude angenehmes Leben ein. Auf den Fluren herrscht reges Treiben. Junge und alte Menschen in Gewändern, Sportkleidung, Trenchcoats und diversen merkwürdigen Kleidungsstilen kreuzen unseren Weg.

Colin führt mich auf einen kurzen Abstecher in die große Empfangshalle und erklärt mir, dass sie für Veranstaltungen, Bekanntmachungen und insbesondere für die Essensvergabe genutzt wird. Ich sehe, dass die langen Tafeln, die sich quer durch den Raum ziehen, bereits für das anstehende Abendessen eingedeckt werden.

Ich habe so einen Hunger.

Dann führt er mich in die oberen Stockwerke. Vorbei an unzähligen Unterrichtsräumen in der ersten Etage. Bis hin in den zweiten Stock, in dem sich die Schlafsäle und die Badezimmer für die männlichen Bewohner der Insel befinden. Im Stockwerk gleich darüber befindet sich selbiges für die weiblichen Bewohnerinnen. In

60

der obersten Etage führt er mich zur Krankenstation. Alle anderen Räume dort oben gehören den Lehrern und den Mitgliedern des Zirkels. Alois Büro befindet sich hier, daher kommt mir der breite Gang bekannt vor. Ich erkundige mich nach der Treppe, neben der großen Halle liegend, die in das untere Stockwerk führt.

»Überwiegend Lagerhallen mit Lebensmitteln und diversen anderen Dingen«, klärt Colin mich auf. »Und unten, hinter der großen Tür am Ende des Flurs, liegt die Bibliothek. Der Zutritt ist dir aber erst gestattet, wenn du die Prüfung hinter dir hast.«

Warum es wichtig ist, mich vorher von alten und staubigen Büchern fernzuhalten, leuchtet mir zwar nicht ein, aber ich bin zu hungrig und zu müde, um es infrage zu stellen.

Ich möchte mich umziehen, weiß aber nicht, wie ich an neue Kleidung komme. Als ob Colin meine Gedanken liest, führt er mich zum Schlaftrakt der Mädchen und öffnet eine Tür. Im selben Moment springen die mir bekannten blonden Haare und Dreadlocks überrascht auseinander. Offenbar stören wir die Privatsphäre von Colins Freunden und ich frage mich, warum er mir dieses Zimmer zeigt, wenn es doch belegt ist.

Colin lacht, während das aufgeschreckte Paar uns mit einer Spur Verlegenheit mustert. »Leute, das ist Jo.«

Ich hebe bloß die Hand und winke ihnen diskret zu, blicke mich dann im Raum um. Dieselben grauen Steinwände mit Kerzenleuchtern. Schränke, Tische mit Stühlen. Außerdem zwei Betten. Ein großes Fenster mit Sicht auf die vielen Reetdächer des Dorfes. Insgesamt nicht besonders schön eingerichtet, aber es ist alles vorhanden, was man unbedingt braucht, um in diesem Zimmer zu wohnen.

Moment!

Das blonde Mädchen steht auf und blickt ein wenig misstrauisch drein. »Lässt du es mich bereuen, dich hier wohnen zu lassen?«

Wer hätte gedacht, dass es auf dieser Insel einen Menschen gibt, der freiwillig mit mir in einem Raum schläft. Vermutlich verdanke ich das Colins Überredungskünsten.

Ich seufze. Offenbar werde ich nicht allein sein, wie ich angenommen habe. Aber eine Mitbewohnerin ist vielleicht gar nicht so schlimm, wie es in diesem Augenblick klingt.

»Du wirst es herausfinden, wenn ich mich auf dich stürze und mit meinen dämonischen Augen willenlos mache.« Ich mustere sie und warte auf ihre Reaktion.

Als sie lautstark zu lachen beginnt, fällt mir ein Stein vom Herzen. Nur ungern würde ich das Zimmer mit jemandem teilen, der Angst vor mir hat. »Cara Beauregard«, stellt sie sich vor und stößt den Jungen an, der auf dem Bett sitzt. »Das ist mein Freund.«

Ist mir nicht entgangen.

»Jesper Kavanagh.« Er lächelt leicht.

Das sind sie also. Die Menschen, die mich angeblich alle ebenso wenig fürchten, wie Colin selbst. Die Zeit wird das zeigen. Fürs Erste bleibt mir nur, ihm zu glauben und das Beste aus meiner neuen Wohngemeinschaft zu machen.

»Na dann«, bemerkt Cara beiläufig. »Wenn ihr uns nun allein lassen würdet ...«

Sie redet mit mir, klar. Wirft mich aus meinem eigenen Zimmer.

Als aber Jesper sie verwirrt mustert, drückt sie ihn vom Bett, bis, er aufsteht. »Die Mädchen wollen jetzt ein bisschen unter sich sein. Verschwindet, wir sehen uns beim Essen.«

Colins Hand berührt meinen Arm und er beugt sich leicht zu mir. »Wow, sie mag dich. Keine Ahnung, wann sie sich das letzte Mal von ihm trennen konnte.«

Mit einem Grinsen wartet er auf seinen Freund, dann fällt hinter den beiden die Tür zu, und Cara und ich sind allein im Zimmer.

Sie scannt mich mit ihrem Blick von oben bis unten und seufzt. »Ist ja vielleicht voll angesagt, so rumzulaufen, wo du herkommst ...«, meint sie, »aber jetzt ist es Zeit, sich umzuziehen.«

Musik in meinen Ohren. Allein diese Aussage macht sie für den Augenblick zu der besten Freundin, die ich habe.

Wie sich herausstellt, ist Cara mir definitiv wohlgesonnen. Nachdem sie mir meinen Schrank präsentiert hat, indem sich haufenweise neuer Kleidungsstücke für mich befinden, zeigt sie mir das nahegelegene Bad der Mädchen. Dann räumt sie mir die Zeit ein, mir etwas anderes anzuziehen. Während ich das tue, erzählt sie mir einige Dinge über sich. So erfahre ich bis auf dem Weg in die große Halle, dass Cara die Entmaterialisierung beherrscht. Durch feste Gegenstände gehen zu können, finde ich cool. Außerdem befindet sie sich bereits ein Jahr auf der Insel, ist seit einigen Wochen mit Jesper zusammen, arbeitet in der Schneiderei und gehört den Jägern an. Diese Tatsache hat überhaupt erst dazu geführt, dass sie und Jesper ein Paar geworden sind, denn sie sind auch Jägerpartner.

Ich bin mir nicht sicher, was das genau bedeutet, aber ich nicke und höre mir an, was sie zu sagen hat. Cara ist freundlich und scheint aufgeweckt und lebensfroh zu sein. Tolle Eigenschaften. Ich werde in der Zeit, die ich auf der Insel verbringe, mit Sicherheit gut mit ihr auskommen.

Nicht mal durch das Starren der anderen, als wir die große Halle betreten, lässt sie sich irritieren. Sie führt mich zu ihren Freunden, die bereits Plätze an der langen Tafel belegt und mit dem Essen begonnen haben. Immer wieder sehe ich verstohlen zu Colin hinüber, der uns amüsiert mustert, weil Cara nicht aufhört zu reden. Ein Teil von mir wünscht sich sehnlichst, dass Jesper sie abknutscht, damit sie endlich den Mund hält. Als sie aber meine Prüfung erwähnt, werde ich hellhörig.

»Das Zeug wird dir nicht auf den Magen schlagen, keine Sorge.« Sie schüttet erst mir und dann sich einen undefinierten Saft in einen Becher und sieht mich immer wieder an. »Nicht so wie das Gebräu, mit dem Flynn dich ausgeknockt hat, um dich herzubringen. Du trinkst es und fällst in so eine Art Schlaf. Du selbst musst eigentlich nicht viel machen. Wenn man weg ist, schleicht sich Mr Brodek in die Gedanken, während man im Schnelldurchlauf seine ganze Vergangenheit noch einmal durchlebt. Es gibt gewisse Kriterien, die niemand genau kennt, wonach dann entschieden wird, welcher Bestimmung du nachgehen wirst.«

»Gelehrte oder Jäger«, rutscht es mir raus.

Eigentlich will ich sie nicht unterbrechen, doch sie nickt und nimmt einen großen Schluck aus ihrem Becher. Ich nutze den Moment, um es ihr gleichzutun. Es riecht süßlich. Als ich daran nippe, wird mir klar, was es ist. Traubensaft.

Ich liebe das Zeug.

Zufrieden sehe ich wieder zu Cara, die im selben Augenblick fortfährt. »Die Weisen der Akademie folgen einer Bestimmung. Wir reisen umher, um den Mythen, Sagen und Legenden der Welt auf den Grund zu gehen. Wir erforschen Geschichte und bringen sie zu Papier, um sie in der Bibliothek zu verwahren und zu sichern. Die Jäger sind diejenigen, die reisen. Die Gelehrten sind die, die das herangeschaffte Wissen dokumentieren. So arbeiten alle zusammen. Jesper, Rae und ich sind Jäger. Melissa und Colin sind Gelehrte. Ich hoffe für dich, dass du reisen wirst. Das ist cool, man kommt herum und sieht viele Dinge, die anderen vorenthalten bleiben. Glaubst du zum Beispiel an Werwölfe? Meerjungfrauen? Alte Märchen wie

Schneewittchen und ihre Zwerge? Solltest du, sie alle gab und gibt es wirklich.«

Wenn sie das so sagt, klingt das tatsächlich interessant. Ich meine, Schneewittchen und die sieben Zwerge? Als absoluter Märchenfan wäre das auf jeden Fall eine Reise wert. Und es ist wichtig für mich, eine Jägerin zu werden, denn als solche habe ich die Möglichkeit, die Insel zu verlassen.

»Wenn wir nicht gerade reisen oder schreiben, arbeiten wir, um unseren Teil zum Leben hier beizutragen. Dafür gibt es Kost, Logi und Kleidung quasi für lau. Außerdem hat jeder von uns speziellen Fähigkeitenunterricht, damit wir lernen, mit dem klarzukommen, was uns in die Wiege gelegt worden ist. Zusätzlich zu den Gemeinschaftsfächern natürlich. So was wie Kampftraining, Alchemie, Heilkunde, Tierkunde, Geschichte, Überlebenskunde und so manch anderes. Da die Lehrer aber auch als Jäger und Gelehrte tätig sind, findet der Unterricht nicht besonders regelmäßig statt. Ziemlich cool alles, wenn du erst mal den Durchblick hast.«

Eher stressig.

Das klingt nach einem straffen Zeitplan, und ich bin mir nicht mehr sicher, ob ich mich darauf freue. Aber das alles dient dazu, irgendwann von hier wegzukommen, also setze ich wieder mein Lächeln auf und nicke.

G ebannt starre ich ihm in die Augen. Er ist riesig, weit über zwei Meter groß. Nicht schlank, aber auch nicht dick. Er hat enorm viel Körpermasse, vermutlich Muskeln.

Himmel, was ist er und wieso starrt er mich so finster an?

Sein Blick jagt mir einen Schauer über den Rücken. Schweigend sehe ich ihm hinterher, während er geradewegs auf die Akademie zusteuert. Erst Colins leichte Berührung reißt mich aus der Starre.

»Er ist unheimlich«, bemerke ich bloß und rutsche hinunter, bis mein Kinn die Wasseroberfläche berührt.

»Das sagen die Leute auch über dich.« Colin sieht dem grimmig dreinblickenden Kerl ebenfalls hinterher. »Das ist Tombard Brok. Er arbeitet in der Steinmine weiter oben auf der Insel.«

»Jetzt?«, wundere ich mich. »Wieso so spät? Warum kam er nicht zum Essen in die Halle?«

»Du bist nicht die einzige Person, vor der sich einige hier fürchten. In den Geschichtsbüchern wirst du noch viel darüber lernen, aber die Raväis waren nicht die einzigen üblen Kreat... Entschuldige, das ist gemein. Ich meine, es hat noch andere Feinde gegeben.« Ich erinnere mich an das Gespräch mit Alois. *Umbra. Teufelssteine.* »Deine Art mag ausgestorben sein, doch die anderen sind es nicht. In der Akademie befindet sich ein Umbra. Sein Name ist Brett Bridges. Auch er hält sich weitestgehend fern von Publikum. Er kam hierher, weil er seinen Bruder tötete. Wie genau das passierte, weiß niemand, aber wie du kann Brett mit einer einzigen Berührung Schaden anrichten. Er fasst dich an und du stirbst. Du erkennst angeblich in den Augen des Opfers, wie die Seele ausgesaugt wird.«

Das ist schrecklich. Wie kommt man darüber hinweg, seinem eigenen Bruder etwas so Grauenvolles angetan zu haben?

Dieses düstere Gesprächsthema vermiest ein wenig die gute Stimmung, die noch bis eben geherrscht hat. Colin hat mich nach dem Abendessen in der Halle dazu überredet, erneut die heiße Quelle aufzusuchen. Obwohl es völlig befremdlich wirkt, mit ihm schwimmen zu gehen, habe ich mich so sehr nach einem Bad gesehnt, dass ich zustimmte, ohne darüber nachzudenken.

Da sitzen wir nun, völlig tiefenentspannt. Nur die unzähligen Fragen in meinem Kopf halten mich davon ab, endgültig zur Ruhe zu kommen.

»Alois erwähnte, dass man die Umbra nach dem ersten Krieg verbannte. Wieso darf Brett dann hier sein?«

»Er war noch klein, als es passierte«, klärt Colin mich auf. »Ein verängstigtes Kind ohne die geringste Ahnung darüber, was er ist. Wohin mit ihm? Verbannen? An welchen Ort? Niemand weiß, wo die Umbra sind. Also was? Ihn töten? Ein unschuldiges Kind?« Na ja, das ist er in meinen Augen nicht gewesen. Er ist ebenso schuldig, wie ich es bin. Wegen ihm ist ein Mensch tot. Sein eigener Bruder.

»Man beschloss, dass es sicherer ist, ihn hierzubehalten. Man wollte herausfinden, ob man einen Umbra im Guten erziehen kann.« Fragend starre ich Colin an. *Geht das?* Er grinst. »Brett ist nicht gerade charmant, aber er hat niemals wieder jemandem wehgetan. Bis jetzt zumindest nicht.«

Beruhigend, das zu wissen. Wenn er es schafft, so zu leben, besteht für mich auch Hoffnung.

»Und Tombard ist ein Teufelsstein?« Die Vermutung liegt nahe. Er ist groß und wirkt schwerfällig.

Colin nickt. »Ich weiß nicht viel über ihn. Er meidet uns ebenso sehr, wie wir ihn. Schon als Baby brachte man ihn in die Akademie. Jäger waren im Gebirge unterwegs und trafen auf eine Gruppe seinesgleichen. Glaub mir, die können nicht nur finster starren. Die haben noch immer ihren alten Instinkt, auch Ewigkeiten nach dem ersten Krieg.«

»Sie wollten die Jäger umbringen?«

»Und sie hätten es mit Leichtigkeit schaffen können. Ein Teufelsstein ist nahezu gegen alles auf dieser Welt immun. Kaum einer hier besitzt die Fähigkeit, Tombard wehzutun. Sein Körper ist so hart wie Fels. Keine normale Waffe kann ihm Wunden zufügen. Nur eine Sache kann ihn verletzen und töten. Feuer.«

Irritiert sehe ich ihn an. »Ich war nicht immer die Aufmerksamste in der Schule, aber härtet das eine nicht das andere?«

Colin lacht. »Er ist ja nicht wirklich aus Stein. Der Name rührt von seiner Immunität her. Man hätte ihn auch Teufelsbeton nennen können. Keine Ahnung, warum ausgerechnet Feuer ihn schwächt, doch so ist es. An diesem Tag im Gebirge war die Rettung der Jäger einer aus ihren Reihen. Ein Feuerelementar. Er tötete jeden Teufelsstein, der sie angriff, bis die übrigen flohen. Dann aber hörten sie lautes Weinen aus einer Nische zwischen den Felsen. Die Teufelssteine hatten ein Baby zurückgelassen.«

Ich seufze. »Und weil es nur ein unschuldiges Kind war, verbrannte man es nicht?«

»Der Feuerelementar nahm es mit zur Akademie und der Zirkel beschloss, genauso wie bei Brett, diesem Feind eine Chance zu geben. Sie wollten sehen, ob Umbra und Teufelssteine das Böse im Blut haben, oder ob sie dazu erzogen werden.«

Ich nicke und seufze erneut. Sie sind Ausgestoßene. Allein auf dieser Insel, umgeben von Leuten, die sie hassen und fürchten. »Sie sind wie ich.« Ein Teil von mir wäre Tombard am liebsten nachgeeilt. Wie gerne würde ich mit jemandem sprechen, der nachvollziehen kann, wie ich mich fühle.

Colins nächste Worte klingen wie eine Warnung, als wisse er, mit welchem Gedanken ich spiele. »Man wird nicht sehen wollen, dass du dich mit ihnen umgibst. Das wirkt nicht gut.«

Darauf hingewiesen zu werden, widerstrebt mir so sehr, dass ich ihn finster ansehe. »Nichts, was *ich* tue, macht einen guten Eindruck. Ich bin nämlich, was ich bin. Ebenso wie die beiden. Wieso sollte ich Rücksicht darauf nehmen, dass man uns nicht zusammen sehen will?«

»Es geht nicht darum, was Leute wie ich davon halten«, versucht Colin, mich zu beschwichtigen. »Der Zirkel würde misstrauisch werden. Jo, wenn man eine Raväis zusammen mit einem Teufelsstein und einem Umbra sieht, welchen Eindruck macht das?«

Einen sehr gefährlichen. Sie könnten vermuten, dass wir uns erneut verbünden. Wie in alten Zeiten. Dass wir etwas aushecken.

Dennoch kann keiner auf der Insel nachempfinden, was in mir vorgeht. Niemand, außer den beiden. Auch Colin weiß nicht, wie ich mich fühle. Er ist nur einer von denen, die es nicht gut mit mir meinen. Ich hatte mir vorgenommen, es zu verdrängen, aber nun nehme ich ihm sein Schweigen übel. »Du hast es gewusst. Dass er mich nicht gehen lässt. Ich für immer hierbleiben muss und alles verlieren werde.«

Colin blickt mich sanft an. »Du bist wütend und das zu Recht. Aber ich bin nicht dein Feind, Jo. Bitte vergiss das nicht.«

»Eine Lüge!«, entfährt es mir laut. Wutentbrannt klettere ich aus der heißen Quelle und greife nach meinem Mantel. »Das alles hier ist nur ein riesengroßer Test! Für Brett, für Tombard und erst recht für mich. Wir werden gehasst und gefürchtet, aber man lässt uns bleiben, weil wir ein Experiment sind. Wir sind nichts weiter als Testobjekte für diesen verfluchten Zirkel! Deswegen meiden die beiden euch seit Jahren. Sie haben das erkannt. Auch sie wissen, dass es nur einen einzigen Fehltritt braucht. Wenn auch nur ansatzweise zu erkennen ist, dass wir uns dem Willen der Akademie nicht beugen, dann wird der Zirkel uns umbringen!«

»Nein, Jo, das —«

»Hör auf damit!«, schreie ich. »Ich habe es gesehen! Die rote Robe hat ihn verbrannt, und sie alle waren dabei und haben zugesehen! Niemand wird mir helfen, wenn sie morgen entscheiden, dass ich das Risiko nicht länger wert bin. Ich sitze hier fest, bin eine Gefangene und innerhalb von Sekunden tot, wenn einer von diesen Mistkerlen auch nur mit dem Finger schnippt.« Ein Schluchzen dringt aus meiner Kehle, und ich wische mir die ersten Tränen aus den Augen. »Ich will hier nicht bleiben. Ich möchte nach Hause. Ich kann hier niemandem vertrauen und bin völlig allein.«

Ohne auf Colins Widerspruch zu warten, eile ich davon. Es gibt nichts, was er in diesem Moment sagen oder tun könnte, um es mir leichter zu machen. Ich habe Heimweh und bin aufgewühlt.

Obwohl ich nicht bleiben will, weiß ich, dass ich es muss. Denn so, wie es mir jetzt gerade geht, bin ich eine Gefahr für jeden. Und wenn ich einen Fehler mache, werden sie mich beseitigen, genauso wie den Jungen aus dem Einkaufscenter.

Es riecht nach Vanille und Karamell. Erneut atme ich tief ein, um den Duft wahrzunehmen, der aus der kleinen Ampulle strömt, die man mir überreicht hat. Schon seit einigen Minuten ignoriere ich die Blicke der anderen, die auf mir ruhen. Sie alle sind da.

Alois mit dem sanften Ausdruck, den schneeweißen Haaren und der goldenen, samtenen Robe, die ihn einhüllt. Die dunkelrote Robe mit dem grimmigen Blick und der bedrohlichen Statur. Er hat sich mir inzwischen vorgestellt. Lelant Palmer. Er gehört den Jägern an und ist ein Feuerelementar. Auch die dunkelblaue Robe ist anwesend. Jonathan Ayres heißt er. Mit seiner Glatze, dem kantigen Gesicht und der wirklich sehr blassen Haut habe ich ihn gleich wiedererkannt. Er gehört den Gelehrten an und kann Halluzinationen und Visionen hervorrufen. Eine gruselige Fähigkeit ist das, und ich werde mir große Mühe geben, ihn niemals zu verärgern.

Direkt vor mir sitzt Alaric Brodek. Er lächelt mich an. Die silbergraue Robe. Der Mann im Rollstuhl, der aussieht wie ein Nerd. Er trägt die Brille mit den dünnen Rändern und seine Haare sind genauso strubbelig, wie sie es in meinem Traum gewesen sind.

Es war alles echt.

All die Robenträger in meiner direkten Nähe bilden den Zirkel. Sie sind die Oberhäupter dieser Insel, und mit Sicherheit ist jeder von ihnen der Mächtigste ihrer jeweiligen Fähigkeit.

Mr Brodek lächelt noch immer. »Es riecht nach den Dingen, die man mag.«

Ich muss das also wirklich trinken.

Mir ist nicht wohl dabei. Beim letzten Mal hat man mich betäubt und verschleppt. Doch die Augen des charmanten Lehrers ruhen sanft auf mir. Anscheinend will er mir verdeutlichen, dass ich sicher bin. Dass er mir keinen Schaden zufügen wird. Alles in mir schreit *Nein*, doch ich glaube daran. Obwohl ich von ihm rein gar nichts weiß. Nicht mal, ob er Jäger oder Gelehrter ist. Was das Besondere an ihm ist. Ich weiß nur, dass dieses Gebräu in meiner Hand sein Werk ist. Er ist Lehrer der Alchemie.

Hinter den Mitgliedern des Zirkels öffnet sich eine Tür und Colin betritt mit seinen Freunden den Raum. Ich bin noch immer wütend auf ihn. Aber Cara, die händchenhaltend mit Jesper dasteht und aufgeregt wirkt, mit den Beinen wippend, hat mich nicht enttäuscht und belogen. Sie könnte meine Freundin werden. Immerhin scheint sie wegen dieser Sache hier um einiges nervöser zu sein als ich es bin.

Ich schmunzle leicht und winke ihr mit einer schlappen Handbewegung zu. Dann streift mein Blick erneut den von Mr Brodek. »Wie lange bin ich weg?«

»Nur einige Minuten«, antwortet er freundlich. »Ich bin die ganze Zeit an deiner Seite.«

Ich nicke und starre erneut auf die Ampulle in meiner Hand. Ein buntes Farbenwirrwarr tummelt sich darin. Es schimmert und glitzert. Der Trank riecht gut, und als ich die kleine Flasche an die Lippen setze, stelle ich zufrieden fest, dass er ebenso schmeckt. Ich warte gespannt auf eine Wirkung. Es fühlt sich an wie eine Ewigkeit, bis mir plötzlich die Augen zufallen und ich in ein helles Nichts abtauche.

Als ich die Augen aufschlage, verlassen die Mitglieder des Zirkels, ins Gespräch vertieft, den Raum. Colin steht mit seinen Freunden neben der Tür und sieht ihnen hinterher. Ich wende mich an Mr Brodek, der noch neben mir sitzt. Einen Hinweis gibt aber auch er mir nicht. Er rollt sich in seinem Stuhl zurück und spricht mich erst nach einem Zögern an. »Ms Bennett, auf ein Wort.«

Ich folge ihm aus dem Raum und ignoriere den zaghaften Versuch von Colin, mich anzusprechen. Schweigend laufe ich neben Mr Brodek über den langen Flur im Erdgeschoss, bis in ein Zimmer, das sich kaum von dem von Alois unterscheidet.

Mr Brodek scheint als einziger Lehrer sein Büro und seinen Schlafraum unten zu haben. Mir ist bisher keine Möglichkeit aufgefallen, die er hätte nutzen können, um in die oberen Stockwerke zu gelangen.

»Setz dich«, bietet er mir höflich an und deutet auf den Stuhl, der an seinem Schreibtisch steht.

»Danke, ich stehe lieber.« Erst als ich es ausgesprochen habe, wird mir klar, wie gemein das ist.

»Stehen würde ich auch gerne mal wieder«, erwidert Mr Brodek knapp, und bevor ich mir sicher bin, dass er wütend ist, lacht er leise.

Ich senke den Blick und schäme mich. »Es tut mir leid.«

»Bitte nicht.« Er greift nach Krug und Becher. »Etwas Traubensaft?« Ich nicke bloß. »Immer nehmen alle Rücksicht, weil sie die viel schlimmere Alternative gar nicht sehen.«

Ich greife nach dem Saft, trinke einen Schluck und sinke allmählich mit dem Po auf die Tischkante.

»Ich kam als Junge her, der sich damals für den coolsten Menschen der Welt hielt, weil es ihm leichtfiel, mit seinen Gedanken Gegenstände durch die Luft fliegen zu lassen. Besonders lustig fand ich es, wenn ich damit meine Lehrer traf.« Ich schmunzle und mir wird bewusst, dass er die Telekinese beherrscht. Nicht schlecht, das ist eine coole Eigenschaft. »Man hat hier versucht, mir meine überhebliche Art auszutreiben. Weil ich aber im Prinzip tun und lassen konnte, was ich wollte, wenn ich erst mal hinter dem Spiegel verschwand, hat das nicht so sehr Früchte getragen, wie es wohl notwendig gewesen wäre.«

Was für ein Spiegel?

Als würde er mir diese Frage ansehen, fährt er fort. »Wir reisen durch Spiegel. Sie sind mit einem Zauber belegt, der uns per Teleportation an jeden Ort bringt, an den wir wollen.« Ich nicke mal wieder, weil mir die Worte fehlen. »Na ja, einer meiner überheblichen Momente ist der Grund dafür, dass ich heute nicht mehr gehen kann. Ein unachtsamer Augenblick bei einer Reise in die Alpen. Ich stürzte einen Hang hinunter und bin seitdem querschnittsgelähmt. Aber ich hätte umkommen können und bin der Meinung, dass ich lieber auf diese Weise lebe als überhaupt nicht mehr da zu sein.«

Ich nicke bloß, mir fällt nichts Besseres ein. Erst nach einer Weile des Schweigens kommt mir ein Einfall. »Moment mal. Sie sind hier auf einer Insel mit diversen Fähigkeiten. Darunter befindet sich mindestens ein Heiler. Wieso haben Sie sich nicht helfen lassen?«

Mr Brodek schüttet mir erneut etwas Traubensaft ein und lässt dann mithilfe seiner Gedanken den Krug durch die Luft auf ein Tablett schweben. »Weil das hier nicht das Einzige ist, was mich ausmacht.« Er seufzt. »Ich bin immun gegen all das hier.«

Ist denn das zu fassen?

»Das ist ...« Ich halte es für die beste Eigenschaft der Welt. In seinem speziellen Fall ist es allerdings nicht gut, das sehe ich ein. »Warten Sie ... Heißt das, dass Sie auch immun gegen mich sind?«

Mr Brodeks Blick klart wieder auf. »Davon geht man aus. Es ist nicht bewiesen, da es bisher nicht möglich war, es mit jemandem zu testen. Allerdings bin ich bereit, dieses Risiko einzugehen. Ich war es schon einmal im Umgang mit Brett und es hat sich herausgestellt, dass ich gegen die Macht eines Umbra gefeit bin.«

Er ist der einzige Mensch, den ich gefahrlos berühren kann.

Am liebsten würde ich ihn umarmen. Nicht, weil es angebracht ist oder ich es unbedingt möchte, aber ich verspüre den Drang nach körperlicher Nähe. Danach, jemanden zu berühren, ohne das geringste Risiko.

Mr Brodek räuspert sich. Offenbar bin ich kurz in meine eigene Gedankenwelt abgedriftet. »Weil ich mir sicher bin, nicht von dir beeinflusst werden zu können, habe ich angeboten, deinen Unterricht zu übernehmen. Du musst den Auslöser des Wandelns finden und dafür brauchst du jemanden, an dem du es provozieren und üben kannst. Es ist wichtig, dass du es beherrschen kannst.«

»Und dazu sind Sie wirklich bereit?«, wundere ich mich.

Er hat gesagt, dass er froh ist, am Leben zu sein. Wieso vermittelt er mir dann auf diese Weise das Gefühl, dass ihm doch nicht allzu viel daran liegt, in dem er sich mir als Testopfer anbietet?

»Niemand sonst kann dir helfen, Jo.«

Ich unterdrücke das Strahlen nicht länger. Es gibt jemanden auf dieser Insel, dem wirklich etwas daran liegt, mir beizustehen. Der sogar bereit ist, alles dafür aufs Spiel zu setzen. Einen wahren Freund. So merkwürdig es ist, aber genau so sehe ich ihn.

»Ich wünschte, ich könnte dir sagen, dass es bald vorbei ist«, spricht er leise an. »Aber es wird eine Weile dauern, bis du hier glücklich wirst. Mit siebzehn ist man noch sehr auf seine Familie angewiesen. Du fühlst dich sicher allein. Mehr als jeder sonst hier, weil du nicht einfach nur besonders bist, sondern anders als alle anderen. Sieh es nicht als Nachteil, als Bürde oder gar als Strafe. Es ist dein Vorteil. Es ist das, was dich stärker und mächtiger macht als jeden sonst hier. Du bist kein Monster, Jo, vielmehr ein Unikat. Ein echtes Wunder. Und ich werde dir helfen, genau das in dir zu erkennen.«

Diese Worte tun mir unglaublich gut. Sie geben mir das erste Mal das Gefühl, dass alles wieder in Ordnung kommt. Ich fühle mich leicht und froh in seiner Gegenwart. Er sieht in mir etwas Gutes, wird mir helfen und hat keine Angst vor mir. Ich kann ihn berühren, wenn ich es will. Ich fühle mich sogar gut, weil er mich ohne jegliche Ermahnung nur Jo genannt hat.

»Heißt das, Sie wollen mein Kumpel sein?«, bemerke ich amüsiert.

»Ich bin an diesem Ort dein Lehrer«, weist er darauf hin. »Aber ich möchte nicht, dass du mich nur als solchen siehst. Ich bin der Mensch, den du so dringend brauchst, um dich einzuleben. Ich bin da, wenn du dich allein fühlst oder dir alles zu viel wird. Das ist nur ein schwacher Trost, überhaupt nicht zu vergleichen mit der Familie, die du verlierst. Aber ich werde dein Freund sein, wenn du es willst.«

Ja.

Ich brauche einen Verbündeten, eine Stütze in diesen schweren Zeiten. Und aus irgendeinem Grund schreibe ich ihm diese Rolle weitaus mehr zu als jedem anderen hier. Vielleicht, weil er nicht so alt ist, geschätzt Ende zwanzig. Er ist irgendwie süß, spricht mich aber als Typ Mann nicht an. Ich will jemandem an diesem Ort vertrauen.

»Einen neuen Freund zu gewinnen, klingt wirklich tröstend.«

»Dann gehen wir es an.« Er wirkt entschlossen. »Beginnen wir jetzt gleich mit deinem Unterricht.«

Die erste Übungsstunde ist nicht unbedingt erfolgreich verlaufen. Meine Augen sind nicht schwarz geworden. Solange ich nicht weiß, was mich dazu bringt, eine Wandlung zu vollziehen, ist es hoffnungslos. Was ist es nur bei Roy gewesen? Kann ich nur wandeln, wenn ich glaube, jemanden schützen zu müssen?

Eine Sache habe ich aus der Zeit mit Mr Brodek mitgenommen. Ich habe ihn berührt und mich nach einigen Versuchen nicht mehr davor gefürchtet. Allerdings finde ich es befremdlich, jemanden an den Hals zu greifen und ihm Schaden zufügen zu wollen.

Na ja, ich will es ja eigentlich nicht.

Nun bin ich auf dem Weg zu Alois, um mir die Entscheidung anzuhören, die aufgrund meiner Prüfung gefällt worden ist. Ich habe keine Erinnerung an die Minuten, nachdem ich dieses Zauberwasser getrunken hatte. Anscheinend ist das, was die Mitglieder des Zirkels daraus gewinnen konnten, aber brauchbar genug, um mich einzuschätzen.

Wie funktioniert diese Sache nur genau?

Ach, wen interessiert das noch? Es ist gelaufen und ich muss mich dem fügen, was sie entschieden haben. Zumindest für eine Weile. Bis ich den Auslöser meiner Fähigkeit entdecke und lerne, sie zu beherrschen.

Einen kurzen Moment zögere ich, dann klopfe ich an das stabile Holz, das die Mitglieder des Zirkels von mir trennt.

»Jo!«

Ich halte inne, drehe mich aber nicht um. Es ist Colin, doch was kann schon so wichtig sein, es mir unbedingt in diesem Moment sagen zu müssen?

»Viel Glück.«

Wofür denn bitte das? Ich brauche nur dazustehen und einer Reihe weiser Männer zuzuhören, wie sie eine Entscheidung über mein Leben fällen.

Unglaublich, dass ich dieses Spiel tatsächlich mitmache.

Entschlossen stoße ich die Tür auf und betrete Alois Büro. Wie eine wohlerzogene, junge Frau baue ich mich vor seinem Schreibtisch auf. Dahinter sitzen sie alle. Nebeneinander, wie die Hühner auf der Stange, und mustern mich. Lelant Palmer mit einer Spur Abschätzigkeit im Blick.

Ohne Umschweife ergreift Alois das Wort. »Der Test hat ergeben, dass du ein Teil der Jäger wirst. Der Zirkel beglückwünscht dich dazu.«

Wenn ihr wüsstet, welche Chance ihr mir damit bietet.

Mr Palmer räuspert sich. »Jäger zu sein, ist eine bedeutende, aber auch gefährliche Arbeit. Daher schickt man sie nicht allein auf Reisen. Du benötigst einen Partner, Jolie Bennett.« Ach, ist das so? Ist es nicht sein eigener Schützling, dieser Elementar, der ihm im Äußeren so ähnlich ist, dem er seit jeher einräumt, allein zu arbeiten? Man soll wohl meinen, dass ich ach so gefährliches Mädchen dann erst recht klarkomme. Ohne jemandes Hilfe, der mich fürchtet und mir vermutlich gar nicht helfen will. »Jägerpartner haben eine besondere Verbindung zueinander. Zwei Menschen, die zusammenarbeiten und einander bedingungslos loyal zur Seite stehen. Nicht nur da draußen. Man knüpft ein Band, ähnlich dem, welches einen in einer Familie verbindet.«

Ihr verfluchten Mistkerle. Erst nehmt ihr mir sie, und jetzt zwingt ihr mir wahllos eine neue auf?

Ich starre ihnen in die Augen. Einem nach dem anderen. Sie können sich Zirkel nennen, doch letztlich stehen eben jene Leute vor mir, die für den Tod des Jungen aus dem Einkaufscenter verantwortlich sind. Umso wichtiger ist es jetzt, Ruhe zu bewahren. Ich muss mich angepasst und willens zeigen, an diesem Schauspiel mitzuwirken.

Hinter mir höre ich das Knarren der schweren Tür. Als sich jemand zu mir stellt, verliere ich für einen kurzen Moment die Fassung, und mir entfährt ein genervtes Seufzen. Von allen Menschen auf dieser Insel, muss er es sein?

»Eric Castile.« Mr Palmer spricht ihn an und ich glaube, ein Lächeln in seinem Gesicht erkennen zu können. »Du bist, seit deiner Ankunft auf *Leyndarmál Eyja* und deinem Test, auf dich allein gestellt gewesen. Wenngleich das bisher zwar unüblich aber erfolgreich verlaufen ist, endet es hier und heute.«

Immerhin versaut diese Entscheidung nicht nur mir den Tag.

Ich starre geradewegs in Alois Augen, der das Wort wieder ergreift. »Eric Castile und Jolie-Mai Bennett. Mit dem heutigen Tag erklärt der Zirkel euch zu Partnern. Beherzigt die Bedeutung dieses Bündnisses und steht einander stets zur Seite.«

»Und bis der Tod euch scheidet …«, entfährt es mir unkontrolliert. Leise, aber laut genug, damit Alois mich streng mustert.

Die meinen das ernst.

Ausgerechnet ein Elementar soll derjenige sein, dem ich angeblich vertrauen kann und der mir draußen, wo auch immer, den Arsch rettet, wenn ich in Schwierigkeiten stecke? Schwer zu glauben.

»Bereitet euch auf euren ersten, gemeinsamen Ausflug vor. Nichts Gefährliches. Nur eine kleine Reise, um einander kennenzulernen und sich auf den anderen einzustimmen. Eric, du wirst deiner Partnerin zeigen, was es heißt, da draußen zu sein. Mach sie mit allem vertraut. Ein Jahrhundert sollte für den Anfang reichen.«

Ein ... Was?

Ich habe mich inzwischen damit angefreundet, dass ich durch magische Spiegel von Ort zu Ort reisen kann, um irgendwelchen Mythen und Sagen auf den Grund zu gehen. Eigentlich eine echt coole Sache. Aber Zeitreisen? Wie ist das möglich?

11

Wie ferngesteuert verlasse ich den Raum. Erst, als hinter mir die schwere Holztür zufällt, schrecke ich auf. Ich bin wieder im von den Kerzenleuchtern erhellten Gang, jemand kommt auf mich zugeeilt.

»Jo, wie ist es gelaufen?«, fragt Colin.

Ich schließe die Augen und lasse Revue passieren, was ich erfahren habe. Dafür brauche ich einen Moment. Dass Colin noch immer da ist und auf mich gewartet hat, ist nebensächlich.

»Jo, bitte«, startet er einen neuen Versuch. »Ich wollte dich nicht vor den Kopf stoßen, dich nur nicht gleich mit der ganzen Wahrheit verunsichern.«

Ich schweige. Bin nicht bereit, mich darauf einzulassen.

»Hast du deinen Schatz schon vergrault?«, höre ich Eric sagen.

Colin seufzt. »Was geht es dich an? Sie möchte nicht hier sein, das Gefühl kennst du sicher.«

»Wenn du meinst.«

Colin klingt nun aufgebracht. »Als ob das hier deine Vorstellung vom Leben gewesen wäre.«

Bei wem ist das denn bitte so? Als würde jemand freiwillig alles zurücklassen, um auf dieser Insel neu anzufangen.

»War ich vor dir hier?« Erics Stimme klingt kalt. Hat Colin ihn nicht gestern erst vor Melissa verteidigt? Ich habe angenommen, dass die beiden miteinander auskommen, und hebe den Blick, um sie zu beobachten. »Und weißt du, wo ich herkomme?«

Colin schüttelt den Kopf.

»Weißt du, welche Umstände dazu führten, dass man mich herbrachte?«

Colin schweigt.

»Dann erlaub dir gefälligst kein Urteil, Fraser.«

Eric klingt wütend, doch als sein Blick auf mich fällt, erstirbt der finstere Ausdruck in seinen Augen. »Lass uns jetzt allein. Ich muss ein paar Dinge mit meiner Partnerin besprechen.« Colin holt Luft, will protestieren. »Fraser, sie legt keinen Wert auf deine Gesellschaft. Sollte sich das ändern, schwöre ich dir, du bekommst sie unversehrt zurück.« Es klingt weniger angriffslustig, eher amüsiert.

Colin sieht zu mir, doch ich mische mich nicht ein. Als er uns allein lässt, atme ich tief durch. Ich habe heute nicht mehr die Geduld, mit jemandem zu streiten. Dafür geistert mir zu viel im Kopf herum.

Eric steht neben mir und mustert mich. »Sie haben dir nicht alles erzählt, was?«

Das kann man wohl sagen.

Nicht mit einem Wort haben sie Zeitreisen erwähnt. Andererseits, hätte ich es ihnen geglaubt?

Spielt keine Rolle.

Ich weiß ohnehin nicht, wann Colin das nächste Mal lügt.

»Als ob du mir alles sagen würdest«, erwidere ich brüsk. Nicht nett, ich weiß. Vermutlich ist es wichtig, mit Eric auszukommen, immerhin werden wir fürs Erste viel Zeit miteinander verbringen.

Andererseits bietet sich mir mit einem Ausflug das allererste Mal die Chance, zu verschwinden. Nicht ganz. Das geht nicht. Ich muss erst lernen, diese Wandlungen zu beherrschen. Aber ich möchte meine Familie sehen und ihnen sagen, dass alles wieder in Ordnung kommt.

»Ah, verstehe«, setzt Eric an. »Ich bin also bereits zu deinem Feind auserkoren.« Er schweigt kurz. Erwartet er, dass ich ihm widerspreche? »Da draußen sind wir aufeinander angewiesen. Wir sind von nun an ein Team und ich muss mich auf dich verlassen können. Andernfalls kann einem von uns leicht etwas passieren. *Das ist die Wahrheit.* Und du wirst niemals was anderes von mir hören, denn ich lüge nie. Können deine neuen Freunde das auch von sich behaupten?«

Was ist das? Ein Wettstreit? Wer ist weniger Arsch?

»Und was?« Ich verschränke die Arme und sehe ihn selbstbewusst an. »Soll ich dich deshalb als meinen Freund auserwählen? Weil du vorgibst, aufrichtig zu sein?«

»Nein, ich bin nicht dein Freund«, fährt er mir über den Mund. »Ich bin dein Partner, und deshalb solltest du mich zu jeder Zeit anderen vorziehen.«

Mit Sicherheit nicht. Ich bin wütend auf Colin, keine Frage, aber dennoch scheint er mir vertrauenswürdiger als mein neuer Weggefährte. Ich schüttele nur den Kopf. Nicht, um ihm zu widersprechen. Ich kann nur nicht glauben, dass er das wirklich ernst meint.

»Wir werden sehr viel Zeit miteinander verbringen«, fährt Eric fort. »An Orten, an denen du nicht allein sein willst, glaub mir. Du wirst noch lernen, mich zu schätzen.«

Das bezweifele ich. Er ist bloß ein arroganter Elementar. Seine bevorzugte Gesellschaft habe ich bereits kennengelernt und bin mir sicher, dass wir nichts gemeinsam haben.

»Komm mit.«

Überrascht sehe ich ihn an, weil er es so unerwartet und entschlossen ausspricht. »Wohin?«

»Ich zeig ihn dir.«

Wovon zum Teufel spricht er?

»Na los, Bennett.« Er deutet mit ausgestrecktem Arm den Gang hinunter.

Ich stehe wie angewurzelt da und rege mich innerlich darüber auf, dass er mich nicht mal mit meinem Namen anspricht. Dann komme ich zu dem Entschluss, dass er vermutlich Jolie sagen würde. In Anbetracht dieser Tatsache, ist mein Nachname die angenehmere Alternative.

»So misstrauisch?« Eric mustert mich eindringlich. »Das verstehe ich. Wir kennen uns nicht, und du weißt nicht, ob du mir vertrauen kannst. Du siehst nur in mir, was dir die anderen bereits eingeredet haben.« Ich erwidere den kühlen Blick auf gleiche Weise. »Lass mich raten, indem ich es zusammenfasse. Ich bin ein arroganter Mistkerl.« Ich will nicht schmunzeln, obwohl der Humor in seiner Stimme mich beinahe dazu bringt. Ihm ist bewusst, was die Leute von den Elementaren halten, und er macht sich darüber lustig. »Ich weiß nicht, ob ich dich eines Tages vom Gegenteil überzeugen kann. Ich bin nicht besonders charmant und lebe lieber für mich allein. Vielleicht bin ich all das, was man mir nachsagt. Aber ich bin vor allem eines: verlässlich. Glaub mir also, wenn ich dir sage, dass du sehen möchtest, was ich dir jetzt zeigen will.«

Mit diesen Worten läuft er los und lässt mir die Wahl, ihm zu folgen. Er wirkt wirklich von sich eingenommen. Und ob ich mich auf ihn verlassen kann, wird erst die Zukunft zeigen. Allerdings ist nichts schwarz oder weiß. Seine verschlossene und arrogante Art kenne ich bereits. Ich gebe zu, dass ich neugierig auf die Kehrseite der Medaille bin.

Langsam setze ich mich in Bewegung, um ihm zu folgen. Was soll Schlimmes passieren, wenn ich es tue? Ich bin immerhin die Gefährlichere von uns beiden.

Es ist umwerfend. Mir fällt kein anderes Wort für den Anblick ein, der sich mir bietet. Reihen um Reihen, Etagen um Etagen. Alle zugestellt mit unzähligen Spiegeln. Moderne, rustikale, alte, neue, antike, kleine und große. Das Glänzen der Oberfläche im sanften Licht des Kerzenscheins ist traumhaft schön, wenn nicht sogar romantisch.

Es spielt keine Rolle, dass Eric an meiner Seite ist. Seine Anwesenheit reicht nicht aus, um mir den Moment zu ruinieren.

Nun, da ich offiziell eine Jägerin bin, durfte ich die große Tür zur Bücherei passieren. Von der habe ich nichts mitbekommen, außer dem regen Treiben der Gelehrten. Sie streifen umher, rennen einander über den Haufen, mit den Nasen in Büchern, Pergamenten und Notizen vertieft. Lediglich die Schreibfedern sind mir ins Auge gestochen. Dass es keine Stifte auf dieser Insel gibt, wundert mich nicht, nach allem, was ich bisher gesehen habe.

»Der Raum der Spiegel.« Eric spricht leise, doch seine Stimme hallt durch die Reihen. »Die sogenannte Reisezentrale der Jäger. Hier.« Er deutet auf einen besonders antiken mit leichten Rissen in der Oberfläche und beschädigtem Rahmen. »Siehst du diese farbigen Schwingungen?« Ich trete näher und beuge mich vor. Er hat recht.

Auf der Spiegeloberfläche fließt ein Schimmer, wie kleine Wellen, in einem leicht grünlich-blauen Farbton. »Das heißt, dass er gerade für eine Reise genutzt wird. Jede benötigt ein eigenes Portal. Ist es besetzt, könnte man dem Jäger zwar nachreisen, aber kein alternatives Ziel mehr wählen.«

Ich nicke. Vermutlich wird das meine Lieblingsbeschäftigung. Ich habe das Gefühl, nur nickend durch die Gegend zu laufen. »Wie funktioniert das?«

»Es ist ein Zauber«, klärt Eric mich auf. »Vor jeder Reise wird eine Lösung auf die Spiegelfläche gegeben. Die Symbiose aus beidem öffnet das Portal. Man tritt hindurch und geht geradewegs an den Ort, an den man möchte.«

Wow.

Einer dieser Spiegel kann mich nach Hause bringen. Von den glänzenden, farbigen Wellen in den Bann gezogen, strecke ich meine Hand aus und berühre den Schimmer vor mir. Ein elektrischer Schlag jagt mir durch die Knochen und ich weiche zurück.

Verflucht, das tut weh!

Eric runzelt die Stirn. Er weiß vermutlich, dass ich mir eine Reise in meine Heimat vorgestellt habe und der Spiegel mich davon abgehalten hat. Für einen Moment starren wir einander in die Augen. Wieso sagt er nichts? Will er mich nicht belehren oder zurechtweisen?

»Wir reisen morgen Abend«, spricht er schließlich. »Du sollst gleich lernen, was es heißt, da draußen zu übernachten. Nach dem Abendessen geht es los.«

Gabriel Skarsgard ist ein rundlicher Mann mittleren Alters. Die schulterlangen, kastanienbraunen Haare trägt er zu einem Zopf zusammengebunden und dennoch stehen einige Locken kraus vom Kopf ab. Das halbe Gesicht verschwindet hinter einem dichten Vollbart. Der zu enge Gürtel schnürt seine Mitte so sehr ein, dass der Bauch darüber hängt. Es lässt ihn wesentlich dicker erscheinen.

»Ms Bennett, es ist mir eine Freude.« Das glaube ich ihm, denn er strahlt förmlich, während er nach meiner Hand greift, um sie zu schütteln. »Oh, keine Sorge. Sie wandeln mich nicht. Soweit ich das aktuell beurteilen kann, werden Sie es niemals bei mir versuchen.«

Er grinst bis über beide Ohren. Vermutlich wird er mir wirklich niemals einen Anlass dazu bieten, solange er *so* drauf ist. Die Frage ist nur, warum er sich da so sicher ist. »Setzen Sie sich, Ms Bennett. Zwischen Mr Fraser und Mr Toomey ist noch ein freier Platz.«

Das macht er doch mit Absicht.

Ausgerechnet neben Colin zu sitzen, lässt mich nicht vor Freude in die Luft springen. Gleiches denkt offenbar der dicke Junge zu meiner anderen Seite. Er mustert mich misstrauisch, doch ich gebe mir Mühe, es zu ignorieren. Was glaubt er denn? Dass ich mich grundlos auf ihn stürze?

»Nicht so schüchtern, meine Lieben.« Zumindest scheint Mr Skarsgard seine helle Freude an der Situation zu haben. »Ms Bennett, Sie werden sich ohnehin mit Mr Fraser versöhnen. Kein Grund, es noch länger aufzuschieben. Wenn Sie beide erahnen könnten, was ich bereits sehe.« Er gluckst erfreut, doch mich bringt es nur dazu, tief in meinen Stuhl zu rutschen und den Blick zu senken. *Ein Hellseher.* »Und Mr Toomey, ich garantiere Ihnen, dass Sie niemals mit Ihrer Sitznachbarin aneinandergeraten werden. Und nun schlagen wir alle Seite siebenhundertvierzig auf und lesen den gesamten Abschnitt.«

Ich habe kein Buch.

Liegen die irgendwo rum? Mit einer laschen Handbewegung schiebt Colin seines zu mir und rutscht wortlos näher. Ich seufze und versuche, seinen eindringlichen Blick zu ignorieren. Vermutlich ist es das Klügste, sich auf den Geschichtsunterricht zu konzentrieren.

Lange glaubte man, der Sieg müsse der dunklen Seite zugesprochen werden. Doch mit der Auslöschung der Raväis durch Verrat aus eigenen Reihen, wurde das Gleichgewicht wiederhergestellt. Nach der anschließenden Verbannung der Umbra, zogen sich die Teufelssteine in die Tiefen der Gebirge zurück. Fortan fristeten sie ein Leben als Ausgestoßene. Die Armee der Weisen obsiegte und gewann den Ersten Krieg, der Tausende von Toten gefordert hatte.

Ich bin also nicht nur ein Monster in den Augen aller, sondern auch noch eine Verräterin. Klasse. Dem ist wohl nichts mehr hinzuzufügen.

Mr Skarsgard rasselt viele Informationen herunter. Kriegstaktiken, Namen von bekannten Menschen, die am Ende dennoch den Tod gefunden haben. Für mich ist nur relevant, dass meine Vorfahren scheinbar nicht nur schlecht gewesen sind. Sie haben ihr Volk verraten, um der guten Seite zum Sieg zu verhelfen. Ein aufopfernder Schachzug. Für mich ein kleiner Anhaltspunkt, auf meine Abstammung sogar ein bisschen stolz sein zu können.

Eine knappe Stunde später ist es endlich vorbei. Obwohl ich finde, dass ich wichtige Dinge in diesen Unterrichtsstunden lerne, bin ich nicht weniger gelangweilt als früher in der Schule. Die nie endenden Gespräche über den zweiten Weltkrieg und die Nazis hallen noch immer in meinen Ohren, und sie sind damals kaum weniger uninteressant gewesen.

Ich seufze und hoffe inständig, dass Colin mich nicht erneut auf unseren Streit anspricht. Überraschenderweise kommt mein Sitznachbar dieser Möglichkeit zuvor.

»Du heißt Jo, oder?« Er lächelt verhalten. »Ich bin Carlos.«

Carlos Toomey. Ein merkwürdiger Name.

Dennoch freue ich mich darüber, dass er mit mir spricht. Schade, dass nur eine hellseherische Prophezeiung ihn dazu bringen konnte.

An diesem Abend versuche ich, zur Ruhe zu finden. Ich will für einen Moment vergessen, dass scheinbar so unvorstellbare Dinge wie magische Spiegel und Zeitreisen existieren. Doch kaum, dass ich den Raum betrete, frage ich mich, wie mir das gelingen soll. Es gibt keinen Fernseher.

Wie verbringen all die Menschen auf dieser Insel nur ihre Zeit, wenn sie abends auf ihre Zimmer gehen?

Jon Schnee wird mir fehlen.

Es überrascht mich selbst, dass es ausgerechnet eine Serie ist, die ich vermisse. Aber eigentlich ist es nicht nur das. Nun, wo ich allmählich zur Ruhe komme, fehlt mir mein abendliches Ritual. Die Couch, der Fernseher, Netflix, Game of Thrones. Wenn mir wenigstens eine Annehmlichkeit zur Verfügung stehen würde, um mir das alles, das Ausharren auf dieser Insel, erträglicher zu gestalten.

Was nun?

Seufzend sinke ich auf die Bettkante. Es gibt einige Bücher im Zimmer, aber nach Lesen steht mir nicht der Sinn. Wenn doch nur

Taylor hier sein könnte. Ich sehne mich nach ihm, seinem Lachen. Ich vermisse sogar die blöden Randbemerkungen beim Fernsehen, weil ihm etwas unlogisch erscheint. Normalerweise rüge ich ihn dafür, beschwere mich über diese Marotte. Jetzt würde ich mich gerne in seinen Arm kuscheln und ihm zuhören. Genießen, dass er ist, wie er eben ist. Nichts wäre mir lieber, als zu Alfredo zu gehen, eine große Pizza zu ordern und sie gemeinsam bei einem unserer Filmabende zu verputzen. Ich habe nicht mal Hunger, doch genau das wünsche ich mir.

Ich nehme Stimmen vor der Tür wahr. Cara verabschiedet sich von Jesper und betritt kurz darauf allein den Raum. Ihr Blick fällt auf mich, sie lächelt leicht. Wenigstens bringt sie ihren Freund nicht mit rein. Das Letzte, was ich gebrauchen kann, ist anderen dabei zuzusehen, wie glücklich sie sind.

Eine Weile sagt niemand von uns ein Wort. Cara greift sich etwas aus ihrem Schrank, verschwindet für einige Minuten wieder nach draußen auf den Flur, und als sie zurückkehrt, trägt sie ein langes Nachthemd und kuschelt sich in ihr Bett.

Das ist es also? Den ganzen Tag lernen, arbeiten oder reisen die Menschen auf dieser Insel, und nach dem Essen gehen sie gleich schlafen? Ich bin alles, nur nicht müde.

»Wie geht es dir?« Caras Stimme hallt durch den Raum und erscheint mir laut, weil draußen Totenstille herrscht.

»Gut«, erwidere ich bloß und mache es ihr nach, ziehe mir die Bettdecke bis unter das Kinn.

»Das war keine lapidare Frage, Jo«, weist sie darauf hin und setzt sich auf, um ihre Aussage zu unterstreichen. »Du warst beim Essen so still. Eigentlich hast du eine Stunde nicht ein einziges Wort gesagt. Bist du zufrieden damit, dass du eine Jägerin wirst?« Ich nicke bloß. Sie meint es nur gut, doch mir steht nicht der Sinn danach, über diese

Dinge zu sprechen. »Stört es dich, dass Eric dein Partner geworden ist? Magst du ihn nicht?«

Na ja, von Mögen kann keine Rede sein. Ich weiß nichts über ihn und bin mir nicht sicher, ob ich ihn irgendwann angenehmer finden werde.

»Dass er mein Partner ist, ist mir egal«, seufze ich leise.

»Was ist es dann?« Cara mustert mich interessiert.

Einen kurzen Augenblick zögere ich, doch dann gebe ich nach. »Ich fühle mich ... Keine Ahnung. Ich bin traurig. Mir fehlt mein Zuhause.« Sie nickt einsichtig. »Das alles hier ist so surreal. Nichts davon hätte ich je zu träumen gewagt, und doch bin ich jetzt hier, völlig allein und ohne die Unterstützung der Menschen, mit denen ich sonst rede, wenn ich so drauf bin.«

Cara sagt kein Wort, sieht mich nur an. Ich kann ihren Blick nicht deuten. Was sie wohl denkt? Bestimmt hält sie mich für weinerlich. Für eine verzogene Göre aus der Vorstadt, die ohne ihre Mami nicht zurechtkommt.

»Wie heißt er?« Sie schmunzelt leicht.

»Ich weiß nicht, wovon du redest.«

»Nein?« Nun wird ihr Schmunzeln regelrecht zu einem Grinsen.

Sie hat mich durchschaut. Sie weiß, dass es nicht nur meine Familie ist, der ich nachweine. Dass es da einen Jungen gibt, von dem ich mich nicht trennen will.

»Sein Name ist Taylor«, gestehe ich ihr schließlich.

Erst vor kurzem, in dem Gespräch mit Colin, bin ich mir sicher gewesen, dass ich ihn zu einem Geheimnis mache. Nun weiß ich nicht mehr, wieso ich das tun soll. Taylor ist ein Teil meines Lebens.

»Du vermisst ihn bestimmt schrecklich.« Cara lässt sich mit dem Rücken in ihre Matratze fallen und sieht verträumt an die Decke. »Ich kann mir nur schwer vorstellen, einen Menschen zu verlieren, den ich liebe.«

Genau das ist es. Taylor ist meine große Liebe und eigentlich besteht kein Grund, das aufzugeben.

Natürlich außer der Tatsache, dass ich ein Freak bin.

»Und bist du verliebt in Jesper?«, frage ich.

Es interessiert mich nicht unbedingt. Ich kenne Jesper nicht, habe kaum einen ganzen Satz mit ihm gewechselt. Doch er und Cara sind nahezu unzertrennlich, und sie scheint ein aufmerksamer und toller Mensch zu sein. Da liegt es nahe, dass Jesper ebenfalls ein klasse Kerl ist. Alle von ihnen sind anscheinend coole Leute. Colin und sein ganzer Haufen.

Ich mag Cara. Sie ist aufdringlich, ohne dabei penetrant zu wirken. Man nimmt ihr ihre Neugier gar nicht übel, weil sie es schafft, es wie aufrichtige Anteilnahme aussehen zu lassen. Es fühlt sich gut an, dass es jemanden gibt, den die wahre Jo Bennett interessiert.

»Jesper ist süß«, antwortet Cara. »Er ist lustig, charmant und ein wirklich toller Bäcker. Du musst unbedingt diese kleinen Küchlein probieren, die er immer macht.« Irritiert mustere ich sie. Der junge Kerl mit den Dreadlocks backt? »Jesper arbeitet in der Backstube. Na ja, genau genommen ist er die ganze Bäckerei. Er beherrscht die Replikation. Weil er exakte Kopien von sich selbst erstellen kann, stellt er seine eigene kleine Backarmee.« Cara lacht leise. »Erzähl mir etwas über deinen Freund. Was ist er für ein Typ?«

Im Vergleich zu Jesper völlig unspektakulär.

»Taylor ist klug, allerdings kein Besserwisser.« Es fällt mir nicht schwer, mir all das Tolle in Erinnerung zu rufen, das ihn ausmacht. »Er ist sportlich und fit, einer der besten in seinem Wasserballteam. Er ist verständnisvoll und ehrlich. Ich sehe ihm gleich an, wenn er flunkert, dann druckst er immer auf diese merkwürdige Art herum.« Ich lächle, als ich mich an etwas erinnere. »Letztes Jahr hat er mir eine Überraschungsparty zu meinem Geburtstag organisiert. Ich habe sofort gemerkt, dass etwas im Busch ist. Als ich ihn darauf angesprochen habe, hat er mir eine wirre Geschichte aufgetischt und echt geglaubt, er käme damit durch. Natürlich wusste ich gleich, dass er flunkert, aber es war mir egal. Er ist so unglaublich engagiert bei der Sache und hat mir einen unvergesslichen Geburtstag beschert.« Ich seufze, als die Erinnerung allmählich wieder verblasst. »Er hat eine große Familie, die ihm sehr wichtig ist. Ich habe niemanden davon je kennengelernt, aber Taylor hat mir oft von einer kleinen Schwester erzählt. Seine Eltern haben sie adoptiert, als sie fünf war, und er und sie waren immer ein Herz und eine Seele. Sie hat sich allerdings nicht in die Richtung entwickelt, die man sich gewünscht hat. Vor einigen Jahren soll sie weggelaufen sein, deshalb habe ich sie nie kennengelernt. Taylor spricht viel von ihr. Sie scheint ihm wirklich zu fehlen.«

Ob es ihm mit mir genauso geht?

Ich senke den Blick, möchte nicht darüber nachdenken.

»Klingt, als sei er ein toller Fang mit einem starken Familiensinn.« Cara starrt an die Zimmerdecke, wirkt nicht weniger sentimental als ich.

Jeder von uns hat wohl sein Päckchen mit hierhergebracht. In diesem Augenblick bin ich mir sicher, dass auch Cara ihrer Vergangenheit nachtrauert. Niemand ist freiwillig hier. Wir alle sind irgendwann von den Weisen aufgegriffen worden, und ich bedaure, dass ich kaum lange genug bleiben werde, um all ihre Geschichten zu erfahren. Cara hätte ich gerne nach ihrer gefragt, doch sie macht mir den Eindruck, nicht darüber reden zu wollen.

Stattdessen setzt sie wieder ihr Lächeln auf, dreht den Kopf zur Seite und sieht mich an. »Niemand hier wird ein echter Ersatz für diejenigen sein, die wir mal verloren haben. Aber glaub mir, Jo, einige versuchen es wirklich. Es lohnt sich, sie in das eigene Leben zu lassen. Jesper war gleich vom ersten Tag an mein Halt an diesem Ort. Es hat zwar lange gedauert, bis wir beide tatsächlich zueinander gefunden haben, aber jetzt ist es so und er macht mich wirklich glücklich. Ich hoffe, dass auch du jemanden findest, der dich so gut behandelt. Das muss nicht heißen, dass du Taylor vergessen sollst, aber ... Du wirst nicht mehr froh werden, wenn du ihn nicht loslässt.«

Er kann nicht bei mir sein, und ich kann nicht zu ihm zurück.

Obwohl ihre netten Worte nicht wirklich etwas besser machen, fühle ich mich leichter. Es hat gutgetan, ihr von Taylor zu erzählen. Dieser ganze Austausch ist schön gewesen. Ein Gespräch, als wären wir seit einer Ewigkeit Freundinnen.

Helle Wellen machen mein Spiegelbild unscharf. Wir müssen nur hindurchtreten und die Reise beginnen. Eric hält mir seine Hand hin. Dass sogar er bereit ist, sich von mir berühren zu lassen, zeugt auf jeden Fall davon, dass er mir traut. Keine Ahnung, was ihn zu dieser Überzeugung kommen lässt. Ich habe keineswegs vor, die Geste anzunehmen.

»Wir wollen doch nicht, dass wir an unterschiedlichen Orten rauskommen«, schmunzelt er.

Genau das ist es, was ich will.

Soll er von mir aus seine Reise machen. Ich kenne mein Ziel und obwohl alles in mir schreit, es nicht zu tun, trete ich durch den Spiegel und lasse Eric hinter mir zurück.

Ich warte auf ein merkwürdiges Gefühl. Ein Kribbeln. Darauf, dass mir schlecht wird, wie bei Harry Potter und dem Apportieren. Aber nein, nichts. Ich trete lediglich von einem hellen Raum durch einen Spiegel, und schon stehe ich am Straßenrand in der Dunkelheit des späten Abends und starre auf ein Haus.

Sofort füllen sich meine Augen mit Tränen. Es hat funktioniert. Das Wohnzimmer im Erdgeschoss ist hell erleuchtet. Der Anblick zerreißt mir das Herz. Sie stehen mitten im Raum. Mein Vater legt den Arm um meine Mutter. Sie weint. Ich sehe das Flugblatt an einer Laterne. Obwohl ich nichts darauf lesen kann, erkenne ich mich darauf. Ich gelte als vermisst.

Ich will in mein Haus stürmen, ihnen zurufen, dass es mir gut geht. Dass sie sich keine Sorgen machen müssen. Dass ich bald wieder da sein werde. Doch ich bewege mich nicht vom Fleck.

Wenn ich sie berühre, kann es sein, dass ich ihnen antue, was ich Roy angetan habe. Minutenlang stehe ich still und starre auf die andere Straßenseite.

Wo bist du, Timmy?

Ich will meinen Bruder sehen, mit ihm reden. Ein Blick auf sein Zimmer zeigt mir, dass er schon schläft. Es ist dunkel. Nicht mal das Nachtlicht brennt, das er braucht, um einzuschlafen. In dieser Hinsicht ist mein kleiner Bruder noch immer ein Baby.

Gott, er fehlt mir so.

Was soll ich tun? Ein Teil von mir will da rein. Der andere weiß, dass es nicht richtig ist. Ich kann ihnen keine Hoffnung machen und dann wieder verschwinden. Vielleicht gehe ich stattdessen zu Freddie. Sie ist meine Freundin. Ihr könnte ich die Wahrheit sagen. Oder Taylor. Er versteht mit Sicherheit die Zwickmühle, in der ich stecke.

»Das ist also dein Zuhause.«

Ich zucke zusammen, als ich Erics Stimme hinter mir höre. Das habe ich vergessen. Man kann dem ersten Reisenden folgen. Vermutlich sollte ich mich entschuldigen, weil ich ihn habe stehenlassen. Die Worte kommen mir allerdings nicht über die Lippen. Ich spüre den Klos in meinem Hals, kämpfe mit den Tränen.

Eric räuspert sich. »Was sollte das hier werden?«

»Ich wollte ihnen sagen, dass es mir gut geht«, antworte ich leise.

Ihm entfährt ein abfälliger Laut. »Das ist ja bisher richtig gut gelaufen.«

Aufgebracht wende ich mich ihm zu. »Sei kein Arsch!«

»*Du* bist einer«, wirft er mir vor. Er versucht angestrengt, leise zu sprechen, aber er scheint nicht wirklich wütend zu sein. »Du bist weggelaufen. Hast du geglaubt, dass das möglich ist, wenn du dazu die Spiegel nutzt? Jeder deiner Schritte kann auf diese Weise verfolgt werden. Außerdem hättest du mich nicht reinlegen dürfen. Wir sind Partner.«

»Himmel, wir haben keinen Eid geleistet, geheiratet oder sonst irgendeinen Schwachsinn«, bemerke ich in spottendem Ton. »Ich wollte nur meine Familie sehen.«

»Und geht es dir jetzt besser?«

Ich flüstere es nur. »Nein ...«

Ich fühle mich furchtbar. Schlimmer als vorher. Was habe ich mir nur dabei gedacht? Was mache ich hier?

»Dann geh rein.« Eric spricht es entschlossen aus. Als befürworte er es. »Tu, wozu du herkamst.«

Überrascht sehe ich ihn an. »Und was soll ich ihnen sagen?«

»Ein Mensch mit einem brauchbaren Plan, hätte sich das vermutlich vorher überlegt.«

In diesem Moment wird mir klar, dass er meine Handlung in keiner Weise befürwortet. Er missbilligt es. Macht sich darüber lustig.

»Sie leiden!«, fauche ich ihn wütend an.

»Und dachtest du wirklich, dass sich das ändert, wenn du hierhin flüchtest und hier festwächst?«, fährt er mich an.

Ich weiß nicht, was ich tun soll.

Im Augenwinkel nehme ich wahr, wie sich ein Portal auftut und jemand hindurchtritt. Ich lasse den Tränen freien Lauf und ergebe mich der Trauer, ohne der Person Beachtung zu schenken, die in eben diesem Moment neben uns erscheint. Es ist Colin. Wieso kommt er mir nach? Warum ist er nur so angestrengt daran interessiert, mir zur Seite zu stehen?

»Ich bin ein Jäger, kein Babysitter.« Erics Worte sind gemein und verletzend. Scheinbar ist es ihm gleich, dass unser Gespräch nicht privat ist. »Wenn du diese Sache nicht ernstnimmst, lernst du niemals, was es heißt, einer von uns zu sein. Du willst gehen? Dann geh. Nur hier kannst du nicht bleiben. Du wirst sie alle ruinieren und am Ende völlig allein dastehen.« Er greift in seine Tasche, holt eine Ampulle hervor und schüttet den Inhalt auf den Boden. Vor ihm öffnet sich ein weiteres Portal, ich sehe darin den Raum der Spiegel. »Aber tu, was du nicht lassen kannst. Ich halte dich nicht auf. Ich hatte nur nicht angenommen, dass du so schnell aufgibst.«

Ohne auf eine Reaktion zu warten, verschwindet er und lässt Colin und mich allein zurück. Er ist ein Mistkerl. Ich gebe nicht auf. Ich bin nur einen Moment schwach geworden. Ist das nicht verständlich?

Colin räuspert sich. »Er ist nicht unbedingt charmant, aber er sagt die Wahrheit.«

Und plötzlich seid ihr Freunde, oder was?

»Etwas, womit du dich nicht besonders gut auskennst«, brumme ich verdrießlich.

In Colins Ton liegt eine Strenge, die mich überrascht. »Du meinst also, dass er aufrichtiger zu dir ist, als ich es gewesen bin? Blödsinn, Jo! Hast du gedacht, Eric wurde gezwungen, sich deiner anzunehmen? Tja, so war es nicht. Er ist zu Palmer gegangen und hat darum gebeten.«

Das kann ich mir nicht vorstellen. Ihm widerstrebt diese Konstellation doch ebenso sehr wie mir.

»Was denkst du, warum Eric das getan hat? Er ist neugierig auf dich, das ist alles. Er will die Stärken und Schwächen der Raväis herausfinden. Du möchtest kein Testobjekt des Zirkels sein? Für ihn bist du nur eine Sensation.«

Obwohl ich ihm das nicht glauben will, klingt es mehr als einleuchtend. Wieso nimmt sich ein Elementar meiner an? Warum interessiert sich Eric für mich? Er hat von Anfang an kein Geheimnis daraus gemacht, dass er neugierig auf meine Fähigkeit ist. Aber ich als Person interessiere ihn mit Sicherheit nicht.

»Ja, vermutlich hast du recht«, gestehe ich Colin ein. »Das habt ihr beide. Eric ist bloß wissbegierig, und ich kann ihm nicht vertrauen. Das will ich gar nicht. Nichts hiervon! Diese verfluchte Insel irgendwo mitten im indischen Ozean mit ihrer dämlichen Akademie geht mir am Arsch vorbei! Ich will nur hier sein. Bei meiner Familie. Ich will morgen mit Freddie shoppen und ihr sagen, dass ihr Freund ein Idiot ist. Ich will mit Taylor ins Kino gehen und mich darüber aufregen, dass es einen Kerl namens Colin gibt, der mir einfach nicht mehr von der Seite weicht. Ich möchte meinen Bruder damit aufziehen, dass er ein Nerd ist. Himmel, was würde ich gerade dafür geben, mit ihm eines dieser albernen Spiele zu spielen? Ich würde es für den Rest meines Lebens tun, wenn es nur heißt, dass ich bei ihm bleiben kann.«

Ich wende mich von Colin ab und wische mir mit dem Handrücken über die Augen. Es ist zu viel für mich, und ich weiß, dass ich nicht aufgeben darf. Ebenso wenig sollte ich Colin die Schuld geben. Er hat mir verschwiegen, dass ich alles verlieren werde, aber er ist nicht der, der diese Entscheidung für mich getroffen hat. Ihn schlecht zu behandeln, ist nicht fair. Ich weiß das, doch ich bin mir sicher, dass es zu spät für eine Entschuldigung ist.

Ich meide ihn nicht wegen seiner Lüge.

Nein. Wenn ich ehrlich zu mir selbst bin, ist das nie der wahre Grund gewesen. Ich habe Angst. Nicht nur vor mir und meinen Fähigkeiten, vor der Akademie, vor all den Menschen, die mich hassen und fürchten. In Wahrheit hat es mich in die Flucht geschlagen, dass Colin nett und gleich so umwerfend gewesen ist. Ich sollte nicht zulassen, dass das passiert. Er darf mir nicht gefallen. Ich werde diese Insel wieder verlassen und zu Taylor zurückkehren.

Vermutlich ist es das Beste, sich nicht bei ihm zu entschuldigen. Wenn Colin wütend ist, wird er mich in Ruhe lassen. Dann laufe ich nicht Gefahr, ihn ins Herz zu schließen. Doch er ist anders. Ich merke es, als er sich dicht an meine Seite stellt und mir sanft die Hand auf die Schulter legt. Ich habe ihn mit meinem Verhalten nicht vergrault. Er scheint mir nicht mal böse zu sein. Wieso lässt er mir diese Gemeinheiten durchgehen? Warum sagt er mir nicht, dass ich mich furchtbar aufführe?

Er tut es nicht. Stattdessen zieht er mich an sich, fest an seine Brust. Ich vergieße nur noch wenige Tränen, dann komme ich in der Umarmung des Mannes, der eine echte Konkurrenz für Taylor darstellt, zur Ruhe.

Dieses Mal laufe ich ihm nicht weg. Eric bezweifelt das, ich sehe es ihm an. Er steht neben mir, gleich vor dem Spiegel, und ich weiß, dass er mich am liebsten an sich ketten würde, um eine erneute Flucht von mir zu verhindern.

Aber nein, dieses Mal werde ich ihn nicht hintergehen. Ich muss wissen, was es mit den Zeitreisen auf sich hat. Und nachdem ich die letzten Nächte geweint habe, brauche ich etwas Aufregendes, das mich auf andere Gedanken bringt. Was eignet sich da besser als eine Reise in das Jahr 1912?

Ich kann mich nicht daran erinnern, was zu dieser Zeit in der Welt geschehen ist. Irgendwas muss es aber geben, sonst hätte Eric nicht gerade diesen Zeitpunkt für unsere Reise ausgewählt.

Wie schon einige Tage zuvor, hält er mir seine Hand hin. Ich darf nicht mehr darüber nachdenken, dass er gemein zu mir gewesen ist. Mein Ziel ist nach wie vor dasselbe. Ich will lernen, mit dem zu leben, was ich bin. Eines Tages werde ich auf diese Weise nach Hause zurückkehren.

Entschlossen greife ich nach seiner Hand. Ich bin bereit. Wieder verspüre ich nichts, als wir gemeinsam durch den Spiegel treten. Sofort lausche ich meiner Umgebung, reiße neugierig die Augen auf. Bevor ich realisiere, wo ich bin, zieht Eric mich bereits mit sich und schleust uns so unauffällig in eine Menschenmenge. »Hak' dich bei mir ein.«

Ohne zu überlegen, lege ich meinen Arm in seinen und schlendere neben ihm durch das rege Treiben. Ich komme mir wie ein Idiot vor. Vor allem liegt das daran, dass ich merkwürdig gekleidet bin.

Sogar das Hexenkostüm war mir lieber.

Ich trage einen langen Rock, darüber eine Tunika. Angeblich gehört das zur Damenmode dieser Zeit. Die Kleidung ist immerhin um ein Vielfaches schmaler und dezenter als das monströse Ding auf meinem Kopf.

Ich trage einen Hut mit einer riesigen Feder.

Eric sieht im Vergleich dazu schlicht und konservativ aus. Der schwarze Anzug steht ihm hervorragend. Man erkennt nicht, dass darin ein unfreundlicher Mensch steckt. Nur, dass er unweigerlich anziehend darin wirkt. Ich sehe, wie eine junge Frau zu uns starrt und sichtlich verzückt von seinem Anblick ist. Er merkt es, lächelt aber nicht mal freundlich. Ein weiteres Beispiel seiner Arroganz.

Wir befinden uns an einem Hafen. Und obwohl wir vom Wasser ein ganzes Stück entfernt sind, stutze ich überrascht bei dem Anblick, der sich mir bietet.

Das kann nicht sein!

»Willkommen in Southampton.« Eric starrt teilnahmslos in die Ferne. »Heute ist der zehnte April im Jahr 1912 und das da vorne ist, wie du unschwer erkennen kannst, das größte Passagierschiff der Welt.«

Die Titanic. Heilige Scheiße.

Das erklärt die Menschenmasse, die am Hafen unterwegs ist. Dieser Tag ist ein Spektakel gewesen.

Moment!

»Heute ist der Zehnte?«, frage ich zögernd. Jeder weiß, was mit dem Schiff passiert ist. »Das ist die Jungfernfahrt der Titanic.«

Eric hält inne und drängt mich aus dem Weg, um den Menschen Platz für ihre Hektik zu lassen. »Siehst du all diese Leute?« Ich nicke bloß. »Etwa zweitausend Menschen besteigen dieses Schiff. In vier Tagen, gegen Mitternacht, wird es sinken.«

Es ist unheimlich. Hier zu stehen, in dem Wissen um die Katastrophe.

»Ich war schon oft hier«, fährt Eric fort. »Mehrmals habe ich überlegt, sie zu warnen. Aber sie würden mich einsperren. Und es ist eben ein Teil unserer Geschichte. Wir dürfen nicht eingreifen. Nicht in Dinge mit derart großem Ausmaß. Möchtest du ihnen zurufen, dass sie sterben werden? Sie aufhalten?«

Das will ich.

»Ich war dabei.« Eric spricht es aus, als sei es nichts. »Ich war auf der Titanic, als sie sank. Wenn man einen magischen Ausweg hat, ist es so einfach. Es dauerte keine drei Stunden und von den zweitausend Menschen an Bord starben fast anderthalbtausend. Frauen, Männer, Kinder.«

Das ist grauenvoll.

»Wieso zeigst du mir das?«, werfe ich ihm vor. Will er mich quälen? Findet er es etwa gut, diese Menschen immer wieder von neuem dabei zu beobachten, wie sie dem Tod geradewegs in die Arme laufen?

»Du musst etwas Wichtiges begreifen.« Er wendet sich mir zu und starrt mir eindringlich in die Augen. »Das heute ist der Beginn einer Tragödie. Es wird unzählige Leben kosten und viele weitere Menschen in die Verzweiflung stürzen. Du aber siehst nur dich selbst. Du verlierst deine Familie. Aber denk mal darüber nach. Es geht ihnen gut. Wenn du Alois gestattest, ihre Erinnerung zu löschen, werden sie ein erfülltes Leben führen. Und währenddessen kannst du einer Sache nachgehen, die so viel größer ist. Durch die Zeit reisen und Orte wie diesen besuchen. Du kannst dabei sein, wenn Geschichte geschrieben wird. Nicht alles in der Vergangenheit war tragisch. Wenn du dich auf das hier einlässt, siehst du Könige aufsteigen, lernst die großen Menschen jedes Jahrhunderts kennen. Dir steht die Welt offen, Bennett.«

Ich reagiere nicht. Gehe in Gedanken durch, was er da zu mir sagt. Es klingt gut, wie er es ausdrückt. Unsere Geschichte hat so unendlich viel zu bieten. Wieso nicht die Chance nutzen, alles davon auszukosten?

Kann ich das?

Alles zurücklassen? Mich auf ihn und seine tollen Worte einlassen? Mit ihm auf diese Reisen gehen? Mit einem Menschen, dem ich um keinen Preis vertrauen will? So viel spricht gegen ihn, und doch steht er neben mir und bietet mir die Welt.

13

Das Knistern des Feuers und die Wärme, die es ausstrahlt, schaffen eine angenehme Atmosphäre. Die Nachtluft allerdings ist kühl. Warum wir mitten im Wald sitzen, anstatt uns in Southampton eine Unterkunft zu suchen, ist mir ein Rätsel. Vermutlich möchte er mir zeigen, was es heißt, in der Wildnis zu übernachten. Als hätte ich noch nie im Freien geschlafen. Aber gut, wenn er es so will, soll er es so haben. Ich mache ohnehin kein Auge zu.

Eric stochert mit einem Ast im Feuer. Er ist die Ruhe selbst. Wahrscheinlich hat er solche Reisen schon unzählige Male unternommen. Auf der Titanic zu sein, wenn sie untergeht. Einfach unglaublich. Aber es macht den Eindruck, dass er aus irgendeinem Grund leiden möchte.

Ich bin kein Mysterium. Man weiß über meine Abstammung Bescheid. Alle wissen, was ich Roy angetan habe. Aber wer ist Eric Castile? Was hat er getan, um auf diese Insel geholt zu werden? Ob er jemanden verletzt hat? Er scheint schon lange in der Akademie zu leben.

»Wie alt bist du?«, stelle ich die Frage geradeheraus.

Es ist an der Zeit, etwas über den Menschen in Erfahrung zu bringen, an den ich gebunden bin.

Eric mustert mich kritisch. »Smalltalk?«

»Du willst, dass ich mit dir die Welt bereise und dir vertraue«, bemerke ich freundlich. »Das setzt voraus, dass ich weiß, wer du bist.«

Dem scheint er nichts entgegensetzen zu wollen, antwortet aber nur knapp. »Dreiundzwanzig.«

Gar nicht so schrecklich alt. Uns trennen nur sechs Jahre. Damit kann man leben.

»Lass dir nicht alles aus der Nase ziehen«, ermahne ich ihn noch immer freundlich. »Wie lange bist du bereits ein Jäger? Wann kamst du zu Akademie? Wie gut beherrscht du schon das, was du kannst?«

»Das, was ich kann?« Eric grinst. »Weißt du, was ich bin?«

Nein, eigentlich nicht.

»Ein Elementar«, antworte ich und fühle mich schlecht, weil ich nicht mehr darüber weiß. Es gibt nicht nur ein Element, wieso habe ich nie danach gefragt, welches in ihm schlummert?

Anstatt es mir zu sagen, lässt er die Hand kurz in die Luft schnellen und ich erschrecke mich fast zu Tode, als das Feuer vor mir in die Höhe schießt. Diese Frage ist beantwortet.

»Und weiter?«

Eric seufzt, gibt aber nach. »Ich kam bereits als Kind zur Akademie. Einige Jahre später begann ich mit den Reisen. Allein. Ich bin nie der gesellige Typ gewesen.«

»Ach, nein?« Ich kann das Lachen nicht unterdrücken. »Dabei bist du so ein charmantes Kerlchen.« Er lächelt nicht. »Das hat sich nun geändert, oder? Wir sind jetzt Partner. Außerdem scheinst du eine Menge Freunde zu haben.«

Arroganter Haufen.

Erics Blick erkaltet. »Habe ich jemals behauptet, dass ich mit den anderen Elementaren befreundet bin?«

Ich stutze. »Äh ... Nein ...« Er bringt mich aus dem Konzept. »Aber du hängst mit ihnen rum. Sie sind wie du.«

Unverständnis blitzt in seinen Augen auf. »Und wenn du morgen eine Handvoll Raväis kennenlernst, die erneut die Weltherrschaft an sich reißen wollen, wären sie dann deine Freunde, weil sie so sind wie du?«

»Das ist nicht wirklich zu vergleichen!«, setze ich mich zur Wehr.

»Nein, ganz genau!«, weist er mich in lautem Tonfall zurecht. »Es ist kaum richtig, Vergleiche zu schaffen, wenn man keine Ahnung hat, wovon man spricht.«

»Als würdest du nicht immerzu die Dinge auf eine Stufe stellen!«, rufe ich aufgebracht. »Erst heute Mittag hast du mein Schicksal mit dem der Titanic verglichen. Damit, dass ich mich aus der Erinnerung aller Menschen löschen lassen soll, die mir etwas bedeuten.« Eric holt Luft, will mich unterbrechen, doch ich fahre einfach fort. »Welche Entscheidung hast du damals getroffen? Hast du, ohne groß darüber nachzudenken, alles weggeworfen?«

Wutentbrannt springt er auf und ich erkenne ein rotes Blitzen in seinen dunklen Augen. »Du weißt nichts über mich!«

»Ganz genau!«, schreie ich und springe ebenfalls auf. »Und doch soll ich dir vertrauen? Du bist ein Fremder. Du willst, dass wir Partner sind? Dass ich dir einen loyalen Platz in meinem Leben einräume? Dann hör auf, dich wie ein Arschloch zu verhalten und mich zu verletzen, wann immer es dir passt. Du musst mir beweisen, dass ich auf dich setzen kann, aber du bist meilenweit davon entfernt!«

Wutentbrannt starren wir einander in die Augen. Ich atme schwer, schaffe es nicht, mich zu beruhigen. Das rote Blitzen in seinen Pupillen lässt sich nicht ignorieren. Das Feuer brodelt in ihm.

Ich öffne meine Augen und finde mich im Raum der Spiegel wieder. Ohne auf Eric zu warten, stürme ich los. Mit diesem verdammten Mistkerl verbringe ich keine weitere Minute.

Wutentbrannt stoße ich die Tür zur Bibliothek auf. Es ist mitten in der Nacht, und trotzdem sitzen einige Leute über Pergamente gebeugt da und dokumentieren Dinge, wie den detailgetreuen Untergang der Titanic.

»Bennett!« Eric ist mir dicht auf den Fersen und brüllt es mir nach. »Glaubst du etwa, dass du einfach weglaufen kannst?«

Ich halte inne und drehe mich zu ihm. »Und wenn doch, Eric? Was dann, he? Was will mir der tolle Feuerelementar antun?«

»Was ...? Du treibst mich in den Wahnsinn!«, brüllt er. »Ich tue dir überhaupt nichts an, aber dieser Streit ist nicht zu Ende.«

»Und wie er das ist!«, fahre ich ihn an. »Und jetzt halt dich von mir fern. Ich bin nicht in der Stimmung, mit dir zu reden. Wir wollen doch nicht, dass ich dir in diesem emotional instabilen Zustand aus Versehen zu nahekomme?«

Ich weiß, dass es wie eine Drohung klingt. Natürlich habe ich nicht vor, ihn zu berühren. Er macht mich nur so wütend.

Arroganter Sturkopf!

In diesem Augenblick werden wir von einem Tumult vor der Tür abgelenkt. Laute Stimmen, die immer näherkommen.

»Kleiner, da darfst du nicht rein!«

»Versucht doch, mich daran zu hindern! Jo!«

Ruft da jemand nach mir? Was ist hier los? Die Gelehrten sehen von ihren Büchern auf, endgültig gestört durch die Unruhe, die in ihren Hallen herrscht.

»Jo!«

Das kann nicht sein.

Ich glaube meinen Ohren kaum, lasse Eric stehen und eile auf die Tür zu. Hektisch stoße ich sie auf, laufe den Flur entlang, geradewegs auf die große Halle zu. Dann sehe ich ihn.

»Timmy!« Ich schreie es. Glücklich. Verzweifelt. Verwirrt. Rae hat seinen Arm im Griff und hindert ihn daran, zu mir zu kommen. »Tim!« Mich hält niemand fest, deshalb renne ich auf ihn zu. Erst bei ihm angekommen, stoppe ich, stoße Rae von ihm weg und reiße ihn an mich. »Timmy.« Ich schiebe ihn zurück, packe ihn an den Schultern, sehe ihm in die Augen. Dann ziehe ich ihn erneut in die Arme und küsse mehrfach seinen Haaransatz.

Rae, Melissa und Cara blicken mich irritiert an.

»Du kennst ihn?«, wundert sich meine Mitbewohnerin.

»Er ist mein Bruder!«, rufe ich laut. Dieses Mal ist es eine Warnung. An alle, die in unserer Nähe stehen und mit dem Gedanken spielen, ihn noch mal gegen meinen Willen anzufassen.

»Und was bist du? Welche Kräfte hast du?« Cara ist sichtlich verwundert über seine Anwesenheit.

Geht mir genauso.

»Keine.« Tim löst sich aus meinem Klammergriff, sieht mich mit riesigen Augen an und grinst. »Ich bin bloß ein Nerd, der seine Schwester gesucht hat.«

Obwohl ich vor Freude schreien und gleichzeitig weinen könnte, bin ich ebenso verwirrt wie glücklich. Er darf nicht hier sein. Wie hat er mich nur gefunden? Diese Insel ist unsichtbar und nicht auffindbar für Unwissende und Menschen ohne Fähigkeiten. Wie ist er hierher gelangt?

Im selben Moment merke ich, wie Eric sich neben mich stellt und meinen Bruder nachdenklich mustert, ebenfalls auf eine Erklärung wartend.

»Der Kerl aus dem Einkaufscenter, erinnerst du dich?« Tim grinst noch immer. »Er hat nach dir gesucht. Ich fand es merkwürdig. Sein Auftauchen, dein Verschwinden. Er war voller Blut und stand plötzlich vor unserem Haus. Ich weiß alles, Jo. Wer du bist und dass du was ganz Besonderes kannst. Er hat gesagt, dass er dich um jeden Preis finden muss, weil etwas Schlimmes passiert und er irgendwelche Weisen davor warnen muss.«

Die anderen werden hellhörig. Eric drängt mich zur Seite und greift nach dem Arm meines Bruders. »Wer ist mit dir hergekommen?« Strenge liegt in seinem Blick und ebenso in der Stimme.

Irgendwas läuft hier gewaltig schief.

»Er heißt Julien und er hat gesagt, er ist wie du. Er kann sich unsichtbar machen, ist das nicht cool?« Tim scheint die Nervosität der anderen nicht zu spüren. Er freut sich nur, mich gefunden zu haben. »Wir haben auf ein Zeichen von dir gewartet. Vor ein paar Tagen warst du plötzlich da. Mit dem da.« Mein Bruder wirft Eric einen finsteren Blick zu, denn offenbar hat er uns streiten hören. »Du hast den Indischen Ozean erwähnt, und Julien und ich sind los, um dich zu suchen. Ich dachte, er macht Scherze mit mir. Aber er hat das alles hier *gesehen*. Mir war erst klar, wo ich bin, als ich den ersten Schritt auf festen Boden gemacht habe.«

Eric ergreift erneut das Wort. »Weißt du, wo Julien hinwollte?«

»Er hat immer wieder was von einem Zirkel gefaselt.« Langsam scheint Tim zu spüren, dass etwas nicht stimmt. »Aber wieso? Er war wirklich nett.«

»Finden wir ihn!«, weist Eric die anderen an.

Melissa und Rae eilen sofort los, Cara hingegen mustert uns besorgt. »Okay, passt auf«, murmelt sie leise und blickt mir dann starr in die Augen. »Ihr beide helft ihnen. Ich kümmere mich um deinen Bruder, bis ihr wisst, was das alles zu bedeuten hat.«

Das will ich nicht.

Ich kann aber nicht bei ihm bleiben, will Julien finden. Cara muss auf Tim aufpassen. Sie ist nett, sie kriegt das hin.

»Lass diesen Julien nicht mehr in seine Nähe!«, ermahne ich sie. Solange ich nicht weiß, was zur Hölle hier vorgeht, will ich nicht, dass jemand bei meinem Bruder ist, dem ich nicht vertraue.

»Ich passe auf ihn auf«, schwört sie.

Ich greife Tim an dem Armen und sehe ihm eindringlich in die Augen. »Geh mit Cara. Sie ist meine Freundin und wird dir zeigen, was hier so alles los ist, ja?«

Nur zögernd nickt er. Dann greift er nach ihrer Hand und gemeinsam laufen sie los. »Willst du echte Zaubertränke sehen? Komm, ich stelle dir einen Mann vor, der sie herstellt.«

Sie wirft noch einen Blick über ihre Schulter und lächelt, dann biegen sie in Alaric Brodeks Büro ab. Das ist gut. Dort ist Tim beschäftigt und in Sicherheit.

Erst jetzt bemerke ich, dass Eric mich fragend anstarrt. »Als du Roy gewandelt hast, war Julien in deiner Nähe? Er war voller Blut?« Ich erinnere mich an sein verfärbtes T-Shirt. Ja, aus irgendeinem Grund bin ich mir da inzwischen sicher. »Das war nicht wirklich Julien.«

Verwirrt mustere ich ihn. »Glaub mir, er war echt. Er hat mich zwei Mal umgerannt und stand völlig neben sich.«

»Aber es war nicht der Julien aus unserer Zeit!«, sagt Eric es eindringlich. »Der Julien, der gerade im ersten Stock schlafend in seinem Bett liegt, reist nicht durch die Zeit. Die Gelehrten wissen nur in der Theorie, wie man die Spiegel nutzt. Julien hat panische Angst vor diesen Zeitsprüngen. Trotzdem ist er hier aufgetaucht, voller Blut, und er will um jeden Preis zum Zirkel, um uns vor etwas zu warnen. Zähl eins und eins zusammen, Bennett!«

Er eilt los und ich folge ihm. Ich kann nicht glauben, was gerade passiert. Mein Bruder ist in wenigen Tagen quer durch die Welt gereist, an der Seite eines Fremden. Dem Kerl, von dem ich mir sicher gewesen bin, dass er tot ist. Dass der Zirkel ihn bereits getötet hat. Doch was, wenn das alles noch gar nicht passiert ist? Er lebt, doch was war das dann in meinem Traum?

Eine Vision.

Es kann gar nicht anders sein. Ich habe gesehen, was noch kommt.

»Er ist in einen Spiegel geflüchtet, weil er keine Wahl hatte...«, murmele ich leise. »An dem Tag im Einkaufscenter. Er kam aus der Zukunft.«

Verwirrt, gestresst, panisch und blutbeschmiert.

Vor Alois Tür kommen wir zum Stehen, blicken uns noch einmal an, dann platzen wir hinein. Das Licht der aufsteigenden Sonne blendet mich, und ich halte mir zum Schutz die Hand vor die Augen. Nur schemenhaft erkenne ich die Anwesenden im Raum.

Alois, Mr Palmer und Mr Ayres. Julien steht neben ihnen. Scheinbar hat er bereits alles gesagt, was sie wissen wollen. Ihre Blicke verraten mehr, als jedes Buch in der Bibliothek es könnte. Doch sie sind nicht nur erschrocken über die Neuigkeiten, die ihnen soeben überbracht worden sind. Sie sind voller Sorge, als sie mich erblicken.

Auch Julien reißt die Augen auf, starrt mir zuerst panisch hinein. Dann schwindet dieser Ausdruck und Leere kehrt ein. »Wo ist dein Bruder?«

Verwirrt stehe ich da und weiß nicht, was ich zu ihm sagen soll. Von allen Dingen, die es vermutlich zu bereden gibt, erkundigt er sich ausgerechnet nach Tim? Er kann froh sein, dass ich ihm nicht vor den Augen des Zirkels in den Hintern trete, weil er meinen kleinen Bruder dieser Gefahr ausgesetzt hat.

»Du hast Nerven, mich nach ihm zu fragen!«, fahre ich ihn an. Ich bin echt wütend auf den Kerl. »Was denkst du dir dabei, ihn mitzunehmen? Was bist du für ein verantwortungsloser Scheißkerl, einen dreizehnjährigen Jungen über zwei Kontinente zu schleifen?«

»So beginnt es also«, haucht Alois fassungslos und lässt sich ermüdet auf seinen Stuhl fallen.

Wenn er damit meint, dass ich das erste Mal mit dem Gedanken spiele, einen anderen Menschen zu verletzen, dann liegt er richtig.

»Du hast ihn mit Cara mitgeschickt.« Julien spricht es aus, doch nichts daran klingt wie eine Frage. Er weiß es.

Woher?

»Es tut mir so leid, Jo.«, entschuldigt er sich und senkt den Blick. »Ich hätte zuerst zu dir kommen sollen. Ich habe es vergessen. Ich war so ... Es tut mir so ...«

Wovon spricht er? Auch Eric scheint sich das zu fragen, denn er prescht an mir vorbei und baut sich vor seinem Mentor auf. Mr Palmer zeigt das erste Mal, seit ich ihn kenne, keinen strengen und abschätzenden Blick. Er ist ebenso erschüttert wie die anderen im Raum.

»Uns steht ein zweiter Krieg bevor«, spricht er schließlich aus. »Die Umbra und Teufelssteine erheben sich erneut gegen uns. Doch dieses Mal wird es schlimmer. Sie überrennen die Akademie, und sie werden unbesiegbar sein, denn ein Umbra namens Dargoth besitzt den Qirilias. Ein mächtiges Artefakt, das unsterblich macht. Hergestellt durch Relikte alter Zeiten. In Kraft gesetzt durch einen Zauber, der dem Schutz des Zirkels unterlag. Bis heute.« Ich atme leise und flach. Was will er damit sagen? Wo ist er hin? Wenn er so gefährlich ist, soll man meinen, dass sie besser auf ihn aufpassen. »Er wurde gestohlen.« Wer in der Akademie hat ein Interesse daran, dem Feind etwas so Wichtiges in die Hände zu spielen? »Wir verlieren den zweiten Krieg. In der Zukunft, von der Julien uns berichtet hat, endet das hier. Wir werden vernichtet.«

»Und das Ganze beginnt jetzt?«, platzt es aus mir heraus.

»Es hat mit dir begonnen«, kommt es von Julien. Er hält noch immer den Blick gesenkt, sieht mir nicht in die Augen. »Mit deinem Vertrauen in Cara Beauregard.«

Ich knie neben seinem leblosen Körper. Der Mond scheint durch das Mosaikfenster des Raumes, in den man ihn gebracht hat. Er wirft gespenstische Schatten auf den Boden. Meine Hände zittern, als ich Tims Hand ergreife, die eiskalt ist. Der Anblick von seinem bleichen Gesicht lässt mein Herz schwer werden. Ich schließe die von Tränen geschundenen Augen und versuche, mich an die letzten Momente zu erinnern, die wir gemeinsam hatten. Seine strahlenden Augen, sein Lächeln, das jede Dunkelheit zu erhellen vermochte. Aber diese Erinnerungen werden jetzt von einer dunklen Wolke der Trauer überschattet. Es ist, als ob ich mich einem reißenden Fluss der Verzweiflung befinde.

Tim liegt da, die Augen wie erstarrt geöffnet, dunkle Striemen zeichnen seine blasse Haut. Mit Gift gefüllte Adern haben sich den Weg an die Oberfläche erkämpft. Angst und Schmerz müssen das letzte gewesen sein, das er empfunden hat. Dieses Wissen brennt sich in mein Gedächtnis, und dort wird es bleiben. Ich will nicht vergessen, wie es gewesen ist, ihn so zu finden. Wie lang die Sekunden gewesen sind, die ich gebraucht habe, um zu begreifen, dass er fort ist. Ich bin gerannt. So schnell ich konnte. Doch als ich Mr Brodeks Büro betreten habe, war Cara spurlos verschwunden. Nur mein Lehrer hat bewusstlos neben seinem Rollstuhl gelegen, unweit entfernt von dem Körper meines Bruders. Bestimmt hat er ihm helfen wollen, doch er hat es nicht geschafft. Auch er hat versagt.

Mein Herz ist gebrochen, doch keine Träne verlässt mehr meine müden Augen. Nur ein Gefühl ist übrig. Es vereinnahmt mich. Ich lasse die Hand meines Bruders los und stehe auf. Sehe auf ihn hinunter. Er ist eingehüllt in schneeweiße Gewänder. Wenn er doch nur miterleben könnte, dass er eine Robe tragen kann, ohne deswegen von anderen verspottet und drangsaliert zu werden.

Ich gehe schnell. Nichts in meiner Umgebung hat eine Bedeutung. All die Blicke, die sie mir zuwerfen, prallen an mir ab. Niemand traut sich, mich anzusprechen. Aus Angst. Respekt. Mitgefühl. Doch sie brauchen sich nicht zu sorgen. Es gibt nur einen Menschen, der sich vor mir fürchten muss.

Die Weisen sitzen in der Halle. Schon seit Stunden sind sie dort versammelt, denn der Zirkel sieht sich in der Pflicht, sie über die grauenvollen Erkenntnisse zu informieren. Mit Sicherheit wird eine Veränderung anstehen. Kein Jäger wird noch zum reinen Vergnügen durch die Spiegel reisen, sinnlos der Titanic beim Untergang zusehen oder Da Vinci dabei, wie er die Mona Lisa malt. Sie werden durch die Zeit eilen, auf der Suche nach etwas, das ihnen helfen wird. Um gegen diesen Dargoth bestehen zu können. Ihn daran zu hindern, den verfluchten Stein herzustellen, der ihn unsterblich machen wird.

Als ich die Halle betrete, blickt man mich verunsichert an. Rechts von mir sitzen die Elementare versammelt. Mein Blick trifft den von Eric. Ob er auch dieses Mal weiß, was ich vorhabe? Wenn es so ist, hat er entschieden, mich nicht zu stoppen.

114

Nichts, was ich jetzt tue, wird etwas verändern. Der Zirkel bringt Julien um. Es wird passieren. Und doch haben sie ihn in diese Halle gesetzt. Lassen ihm eine Henkersmahlzeit. Wie könnte ein einziger meiner Gedanken barbarischer sein als das?

Julien sieht mich und senkt den Blick. Der Feigling kann mir nicht mal in die Augen sehen. »Jo ...«

»Steh auf!« Ich greife nach ihm und reiße ihn von der Sitzbank. Er taumelt und hat Mühe, sich auf den Beinen zu halten.

Im Augenwinkel bemerke ich, wie andere erschrocken zurückweichen. Niemand wird mich aufhalten, sie alle fürchten sich vor mir.

So wie ich. In diesem Moment habe ich Angst vor mir selbst, doch ich kann mich nicht mehr bremsen. »Du bist also aus der Zukunft. Du wusstest, was passieren wird, weil du es schon einmal miterlebt hast!« In Juliens Augen erkenne ich Ernüchterung. Er weiß, was kommen wird. Sein jüngeres Ich sitzt irgendwo in dieser Halle und sieht dabei zu. »Du wusstest, dass mein Bruder sterben wird, wenn du ihn herbringst!«

»Bitte ... Jo ...« Er hebt beschwichtigend die Hände.

»Du hast ihn umgebracht!«, brülle ich.

»Cara hat es getan!«, verteidigt er sich mit verzweifelter Stimme.

»Du hast ihn hergebracht!«

»Er ließ sich nicht abhalten!«

»Er war ein Kind!«, kreische ich und gehe auf ihn zu, versetze ihm einen groben Stoß gegen die Brust. Er fällt rücklings zu Boden. »Es wäre leicht gewesen, ihn zurückzulassen.«

»Das war es nicht, weil ihr verbunden seid!«, ruft er und bringt sich hastig auf die Beine. Ich baue mich vor ihm auf, packe ihn am Kragen. »Er war gewandelt!«

Ich halte inne. *Das ist nicht wahr.* Niemals hätte ich das meinem eigenen Bruder angetan.

»Als Kind.« Julien sieht mir verängstigt in die Augen. »Er war ein Säugling. Er hat nächtelang durchgeweint, litt an Koliken. Du warst wütend auf ihn. Eines Nachts gingst du an sein Bett, hast ihn berührt und ...«

Das habe ich nicht.

»Du hast ihn in dem Moment regelrecht gehasst, Jo!«, appelliert Julien an mich. »Das hat es ausgelöst.«

Nein. Nein. Nein.

»Tim war nie ein normaler, kleiner Bruder«, weist er mich energisch darauf hin. »Er hat dich nie beleidigt oder angeschrien. Weil er dir hörig war. Er konnte gar nicht anders, als nach dir zu suchen.«

»Eine Lüge!« Wutentbrannt versetze ich ihm erneut einen Stoß. Er stolpert zurück, fällt. Ich knie mich über ihn, greife an seinen Hals.

»Tu das nicht!«, fleht er mit vor Angst aufgerissenen Augen.

Doch weder das Flehen noch der Blick lösen etwas in mir aus, das mich davon abbringen kann, es zu tun. Er greift nach mir, will sich loswinden, zerrt an meiner Hand. In mir steigt Hitze auf. Sie frisst sich durch meinen Körper, strahlt von der Brust hinein in alle Gliedmaßen, bis hin in meine Fingerspitzen. Ich spüre, wie sie mich überwältigt. Sie ist wie eine Woge der Dunkelheit. Ein Tsunami, den niemand aufhalten kann. Schwärze verschluckt Juliens Augen, er entspannt sich unter mir, sein Körper erschlafft. Die Hitze schwindet und mit ihr die unbändige Wut in meinem Inneren.

Ich atme schwer. Als wäre ich einen Marathon gelaufen. Julien ist fort, und mit ihm die Dunkelheit in mir. In meinem Hals bildet sich ein Klos, Tränen bahnen sich den Weg und rinnen ungehindert über meine Wangen. Zitternd falle ich zur Seite, rutsche unbeholfen zurück.

Was habe ich getan?

Ich spüre Blicke auf mir. Die Weisen sind ehrfürchtig, verängstigt, hasserfüllt. Als wäre ich das Inbild ihres Feindes. Ein Monster.

116

Das bin ich.

Ich habe Julien gewandelt. Völlig gleich, ob er sterben wird, das ist schlimm. Er hatte recht. Hat gewusst, was das Wandeln auslöst. Nach diesem Gefühl hätte ich lange suchen können. Ich bin ein netter Mensch. Rette sogar Regenwürmer von Pflastersteinen, damit man nicht auf sie tritt. Noch nie habe ich eine Spinne getötet, obwohl ich Krabbeltiere unheimlich finde. Ich könnte niemals jemandem Schaden zufügen.

Ich habe es getan.

Ich starre hinaus auf den Ozean. Das Rauschen der Wellen wiegt mich in der Illusion, dass nichts Schlimmes passiert ist. Niemand hat sich bisher zu mir gewagt. Mich wundert es nicht, dass sich nicht mal Colin zu mir traut. Ich habe es kommen sehen, es Alois am ersten Tag gesagt. Sie alle hassen mich. Ich kann nicht rückgängig machen, was ich Julien angetan habe.

Die ganze Zeit habe ich einen Weg gesucht, zu meiner Familie zurückzukehren. Dieser Wunsch ist verblasst. Der Ort, der mal ein Zuhause gewesen ist, wird das nie wieder sein. Nicht ohne Tim. Das Mädchen, das mal so viel hatte und ebenso viel dafür gegeben hätte, es zurückzubekommen, hat nun alles verloren.

Ich bin allein.

»Weinen kannst du, so viel du willst.« Die brüske Stimme von Eric stört meinen apathischen Zustand. Er setzt sich neben mich. Lässt wie ich die Füße über den Vorsprung baumeln, darunter spitze Felsen und wilde Gischt. »Das macht ihn allerdings nicht lebendig.«

Er hat recht. Doch wie soll es jetzt weitergehen? Der Zirkel wird mir das nicht durchgehen lassen.

»Sie haben Julien vor etwa einer Stunde zu sich gerufen«, merkt Eric beinahe beiläufig an. »Ich denke, wir werden ihn nie wiedersehen. Sie sagen, es dürfen nie zwei Abbilder eines Menschen zur selben Zeit existieren. Aber wahrscheinlich wollen sie ihn loswerden, da er jetzt einer Raväis ergeben ist.«

Julien ist bereits ein Haufen Asche.

Vielleicht hätte der Zirkel ihn gar nicht umgebracht. Sie tun es nur, weil ich mich nicht beherrschen konnte. Es ist meine Schuld.

»Mr Brodek will mit dir reden.«

»Um mir zu sagen, dass ich die Nächste bin, die in Flammen aufgeht?« Ich stoße einen abfälligen Laut aus.

»Ich glaube, er sorgt sich.«

Ja, vermutlich. Das habe ich nicht verdient.

»Ich nehme an, dass Mr Palmer dir hilft, dich von mir loszusagen?« Keine Ahnung, wieso mich ausgerechnet dieser Gedanke beschäftigt, aber er tut es. Niemand, der bei Verstand ist, würde mit mir mehr Zeit verbringen, als er zwingend muss. »Wofür denn auch das alles noch? Ihr müsst euer Zuhause retten. Dabei will bestimmt keiner *meine* Hilfe.«

Eric schweigt. Er ist fertig mit mir. Es kann gar nicht anders sein. Er fürchtet sich nicht, aber er hasst mich. Ich verüble es ihm nicht, kann mich selbst nicht ausstehen. Nicht mehr.

»Du hast deine Wut heute am Falschen ausgelassen, Bennett«, spricht er schließlich. »Ich weiß nicht, ob er die Wahrheit gesagt hat. Eventuell hast du deinen Bruder als Kind gewandelt, vielleicht auch nicht. Da draußen finden allerdings in dieser Sekunde Menschen den Tod, weil ein unglaublich böser Mann versucht, unsterblich zu werden und uns auszulöschen. Dein Bruder ist nur der Erste gewesen. Viele weitere werden ihm folgen. Wir sind hier, um das zu verhindern. Es ist von nun an unsere Aufgabe. Unsere Bestimmung.«

Er sieht mich an und unsere Blicke treffen sich. Erics Stimme klingt kalt und abweisend, doch seine Augen ruhen beinahe freundlich auf mir. »Du willst wütend auf uns sein? Auf Julien? Man hat dir die Wahl gelassen. Du hast entschieden, deiner Familie nicht die Erinnerung zu nehmen. Deshalb hat dein Bruder die Suche nach dir nicht aufgegeben. Deswegen war er hier und ist gestorben. Selbst wenn er gewandelt war und Alois ihn nicht hätte vergessen lassen können ... Es ist so oder so nicht die Schuld der Weisen. Es ist deine.«

Die schlimmsten Worte, mit denen ich gerechnet habe. Aber sie sind wahr. Eines muss ich Eric zugestehen. Er hat mir zugesichert, immer ehrlich zu mir zu sein, und er hält sich daran. Er sagt mir nicht, was ich hören will. Tröstet mich nicht.

»Was du heute getan hast, war falsch«, fährt er fort und wendet den Blick wieder von mir ab, hinaus auf den Ozean. »Aber ich verstehe dich.« Überrascht ziehe ich die Augenbrauen hoch. »Glaub mir, wenn irgendjemand hier versteht, was da heute passiert ist, dann bin ich das.«

Ist das so? *Was hat es nur mit dir auf sich, Eric Castile?*

»Erzählst du mir eines Tages davon?«, erkundige ich mich vorsichtig. Ich weiß nicht, ob es überhaupt ein Irgendwann gibt. Ob wir weiterhin Partner sein werden.

Eric seufzt. »Eines Tages mache ich das vielleicht.«

»Also hasst du mich nicht?«

»Nein«, antwortet er geradeheraus. »Aber ich verlange genau das auch von dir.« Wieder sieht er zu mir, in seinen Augen liegt eine Forderung. »Ich bin nicht dein Feind und der werde ich nie sein, außer du wirst meiner.«

Davon habe ich genug. Ich nicke, bin bereit für einen Neuanfang zwischen uns. »Deal. Da wäre nur eine Sache ... Ich kann für nichts garantieren, wenn du mich jemals bei meinem vollen Namen nennst.«

Ein kleiner Witz. Er fällt mir schwer, aber ich brauche das. Einen kurzen Augenblick, in dem ich aufatmen kann.

»Würde mir im Traum nicht einfallen.« Eric schmunzelt leicht. »Jolie-Mai klingt wie der Name einer Prostituierten.«

Vielleicht haben wir etwas mehr gemeinsam, als ich dachte.

Ich stehe auf, atme tief ein und aus. »Entschuldige, ich habe eine Entscheidung getroffen.«

Als könne er meine Gedanken lesen, nickt er. »Also keine Fluchtversuche mehr? Du schließt ab?«

Das tue ich. Es ist Zeit.

»Ich lasse die letzten Menschen, die mich lieben, zur Ruhe kommen. Sie sollen glücklich und zufrieden weiterleben.« Es bricht mir bereits in dieser Sekunde das Herz. »Wenigstens sie müssen diese Chance bekommen.«

Langsam laufe ich los. Ich bin froh, dass wir dieses Gespräch geführt haben. Ich fühle mich ein bisschen weniger allein. Es tut gut, zu wissen, dass wenigstens ein Mensch an meiner Seite steht.

»Du wirst dich eines Tages wieder besser fühlen«, ruft er mir nach. »Mit der Zeit heilen Wunden tatsächlich.«

»Auch eine Erfahrung, aus der du sprichst?«, erkundige ich mich und bin mir sicher, dass es bei ihm nicht so ist. Nicht bei dem Mann, der sich immer wieder den bevorstehenden Tod von anderthalbtausend Menschen antut. »Und ich dachte wirklich, du ziehst die Nummer mit der Ehrlichkeit durch.«

»Ich sagte, es wird besser. Nicht, dass es vorbeigeht.«

Auf meinem Weg zu Alois begegne ich Mr Brodek, noch bevor mir wieder einfällt, dass er mit mir reden möchte. Ich will mich nicht lange bei ihm aufhalten. Habe Angst, dass ich es mir anders überlege.

Doch dann stelle ich überrascht fest, dass in seinem Büro bereits der Mann wartet, zu dem ich wollte.

»Warst du auf dem Weg zu mir?« Alois mustert mich. »Um mit mir über deine Verfehlung zu sprechen?«

»Na ja, eigentlich würde ich viel lieber wissen, ob Sie schon alle Reste von Julien aus Ihrem gewebten Teppich gekratzt haben, nachdem Mr Palmer ihn umgebracht hat.« Ich spreche es kühl und berechnend aus, ernte überraschte Blicke. »Dachte ich mir.« Das Gespräch mit Eric hat mich selbstbestimmter werden lassen. Ich weiß jetzt, was ich will. Wer ich bin, und dass ich nicht allein dastehe. »Vergessen wir also, was heute mit Julien geschehen ist, und widmen uns anderen Dingen.«

Alois mustert mich zuerst sehr streng, dann jedoch nickt er nachgiebig. »Woran hast du gedacht?«

»Tun Sie es«, weise ich ihn entschlossen an. »Löschen Sie die Erinnerung meiner Eltern und aller Menschen, die mich kennen. Lassen Sie die Welt glauben, die Bennetts sind schon immer kinderlos gewesen. Sie müssen auch meinen Bruder vergessen. Ich will ihn hier beerdigen. Auf *Leyndarmál Eyja*.«

Alois nickt mir zu. »Es gibt kein Zurück.«

»Es ist nicht mehr wichtig, wer ich war«, spreche ich entschlossen. »Das Mädchen, das hierher verschleppt wurde, hat ihren wichtigsten Menschen verloren und kann nicht nach Hause zurück. Jolie-Mai Bennett ist tot, mit ihrem Bruder gestorben.« Ich sehe zu Mr Brodek. Er hat mir Mut zugesprochen. Mir gesagt, dass ich stolz sein kann auf das, was ich bin. Ich will es sein. »Ich bin eine Raväis. Ein Monster. Und jemand da draußen wollte, dass Cara Beauregard es weckt. Nun werden sie erfahren, welche Folgen das hat.«

»Du möchtest also ein Teil der Weisen sein?«, fragt Alois mich dennoch.

Ich muss.

Wenn ich die Wut für einen Augenblick beiseiteschiebe und mir die Chance lasse, auf mein Innerstes zu hören, zerreißt es mich. Ich fühle mich unglaublich leer. Als ob die ganze Welt über mir zusammenbricht. Das ist ein grauenvolles Gefühl. Dieser Kloß im Hals, die Trauer, die mich von innen auffrisst. Ich schenke anderen den Luxus, der mir selbst verwehrt bleibt. Vergessen.

Ich besitze eine Fähigkeit, die zerstört. Roy. Julien. Tim.

Ein Teil von mir hat jedes Wort geglaubt, das Julien gesagt hat. Er kam aus der Zukunft und wusste es besser. Ich habe meinen Bruder als Kind gewandelt. Er ist mir deshalb bis ans Ende der Welt gefolgt und nur meinetwegen an diesem Ort gestorben.

Ich werde niemals vergessen, dass das meine Schuld ist.

»Mein Weg wurde vorherbestimmt.« Noch weiß ich nicht viel über meine Geschichte, aber es ist genug, um zu planen, wo meine Reise hingehen wird. »Es gab schon einmal eine Raväis an der Seite der Weisen. Der Krieg hat begonnen und erneut wird eine Raväis helfen, ihn zu beenden.«

Das ist der richtige Weg. Währenddessen verliere ich mein persönliches Ziel nicht aus den Augen. Die eine Sache, die mich antreibt. Rache für den Mord an meinem Bruder.

Ich werde dich finden, Cara Beauregard.

15

Regen prasselt auf das Grab. Seit Stunden verharre ich davor, bin bis auf die Haut durchnässt. Trotzdem kann ich mich nicht dazu durchringen, aufzustehen. Wochen sind vergangen. Heute ist kein guter Tag. Eigentlich gibt es die nicht mehr. Wenn ich mich nicht auf die Wut in meinem Bauch konzentriere, auf den Hass, der in meinem Inneren brennt, dann fühle ich mich leer. Und das ist es nicht allein. Einsamkeit nagt an mir. Ich kann mich nicht erinnern, wann ich zuletzt mit irgendjemandem gesprochen habe. Jeder Mensch, der noch halbwegs bei Verstand ist, meidet mich. Bloß Mr Brodek versucht einen Weg zu finden, zu mir durchzudringen, doch ich lasse ihn nicht. Ich bin nicht bereit gewesen, nach Timothys Tod an mir zu arbeiten. Wir haben es einmal versucht, doch ich habe mich innerhalb von Sekunden erneut im Hass verloren. Dieses furchtbare Gefühl, das mich Julien hat wandeln lassen. Ich kann so nicht lernen, mich zu beherrschen. Und dass ich dazu nicht in der Lage bin, wissen auch all die anderen. Deswegen meiden sie mich nach wie vor. Sie haben Angst. Ihnen fehlt das Vertrauen in mich. Sie haben gesehen, wie ich die Kontrolle bei Julien verloren habe, obwohl er mich angefleht hat, ihn zu verschonen. Wie können sie sich also sicher sein, dass einer von ihnen nicht der Nächste sein wird? Nicht mal ich bin mir dessen sicher.

Eric hat mir in den vergangenen Wochen meinen Freiraum gelassen. Er hasst mich nicht. Überraschenderweise ist das ein unglaublich gutes Gefühl. Zu wissen, dass ich jederzeit zu ihm gehen könnte, und wir unsere Reisen fortsetzen. Doch ich spüre, dass ich nicht bereit bin. Ich kann meine Gefühle nicht kontrollieren, und ich glaube nicht, dass ich mich in dieser Verfassung in seiner Nähe aufhalten sollte.

Colin und seine Freunde meiden mich ebenfalls. Nicht mit ganz so viel Abscheu im Blick wie die anderen Weisen an diesem Ort. Eigentlich sind sie sogar sehr zurückhaltend darin, mich überhaupt zu beachten. Noch vor etwa fünf Wochen wollte ich von diesem Ort verschwinden und sie nicht in mein Leben lassen. Nun wünsche ich mir, ich hätte mir die Möglichkeit einer Freundschaft zu ihnen nicht verbaut. Es würde mir vermutlich helfen, Freunde an meiner Seite zu wissen, denn die emotionale Stärke, die ich im Gespräch mit Alaric ausgestrahlt habe, ist ein Fake gewesen. Nicht in dem Augenblick, aber schon am nächsten Tag habe ich die Lüge darin selbst erkannt. Ich mag voller Hass sein, und ich will um jeden Preis, dass Cara bezahlt, aber im Grunde fühle ich mich seit jenem Tag nur schwach und verloren. Doch ich muss diese geheuchelte Stärke in mir finden. Werde sie brauchen, um diesen ganzen Scheiß durchzustehen.

Ich reiße mich aus meinen Gedanken und starre auf die Inschrift des Grabsteins, die einen geliebten Bruder in Ehren hält. Nur wie lange er gelebt hat, das steht dort nicht. Ein Hinweis darauf, wie jung er noch gewesen ist. Es ist etwas, was nachgeholt werden sollte. Deshalb bringe ich mich auf die Beine und setze meinen Weg fort. Nicht zurück zur Akademie. Meine Füße tragen mich eine Weile den

Weg entlang, mitten über die weiten Felder, die hinter dem See liegen. Und mein Ziel ist einer der zwei Menschen, die ich in meiner derzeitigen Lage vermutlich auf keinen Fall aufsuchen sollte.

Äußerst zaghaft schleiche ich mich an den Eingang der Mine heran. Zu gut erinnere ich mich an seinen grimmigen Blick, als ich ihn zuletzt gesehen habe. Mit Sicherheit wird er nicht erfreut über meinen Besuch sein. Niemand wäre das. Doch ich bin entschlossen, das Beste daraus zu machen.

»Hallo?«, rufe ich in den Tunnel hinein. Er ist nur schwach beleuchtet, und ich möchte nur ungern dazu genötigt werden, ihn zu betreten.

Fast im selben Augenblick weiche ich erschrocken zurück. Immer lauter werdende Schritte nähern sich. Sie gleichen einem Stampfen. Ich stolpere und habe kurzzeitig Mühe, mich auf den Beinen zu halten. Intuitiv husche ich hinter einen großen Karren und bin froh, dass er mich zur Hälfte hinter sich versteckt, als ein sichtlich genervter Teufelsstein aus der Mine gepoltert kommt.

Falls ich so eingeschüchtert aussehe, wie ich mich fühle, hat dieser Fakt keinerlei Wirkung auf ihn. Tombard Brok starrt beinahe herrisch auf mich herunter. Er überragt mich bestimmt um einen Meter.

Himmel, ist der riesig.

»Raväis«, brummt er mit einer Spur Feindseligkeit in der Stimme.

»Jo«, hauche ich zuerst fast lautlos. »Ich bin Jo Bennett«, wiederhole ich lauter und kräftiger.

»Verschwinde von hier, Wandlerin«, raunt er mir bloß zu.

Er wendet sich bereits ab, als mein Leichtsinn über die Vernunft siegt, und ich ihn mit einem energischen Ruf aufhalte. »Bitte«, setze ich dann an. »Ich wollte dich nur um einen kleinen Gefallen bitten.« Tombard dreht sich nicht mal zu mir. »Ich weiß nicht, ob du es mitbekommen hast, aber mein Bruder ...« Ich halte inne und breche den Satz ab, weil mir die Worte so schwerfallen. »Auf dem Stein fehlen die Daten, wann er gelebt hat. Ich wollte dich bloß darum bitten, sie zu ergänzen.«

Einen Moment schweigt Tombard. »Du solltest nicht hier sein«, grummelt er schließlich.

»Mich hassen ohnehin schon alle«, erwidere ich leise. »Das hier wäre wohl nur ein Grund mehr auf ihrer Liste. Und ganz ehrlich? Es interessiert mich nicht, was du bist. Ich hoffe nur, dass die anderen sich irren und du so nett bist, mir in dieser einen Sache zu helfen. Nicht von Teufelsstein zu Raväis, sondern von Außenseiter zu Außenseiter.« Ich atme tief durch und wische mir eine nasse Strähne aus dem Gesicht, weil der Regen sie konstant in mein Sichtfeld schweifen lässt. »Bitte, er war mein Bruder. Alle sollen sehen, wie jung er noch gewesen ist. Ich will, dass man eines Tages weiß, dass er der Erste war.«

Tombard wendet sich mir langsam zu. Ihm scheint der Regen nicht ansatzweise so viel auszumachen, wie mir. Als würde er die Kälte der Tropfen gar nicht spüren. »Der Erste von was?«

»Dieser Krieg wird vermutlich unzählige Leben kosten. Am Ende vielleicht sogar meines«, entgegne ich. »Aber mit seinem Verlust hat alles angefangen. Er war ein unschuldiger, lieber Junge, doch Cara hat ihn einfach mit einem von Alarics Tränken vergiftet. Er hätte niemals hier sein dürfen. Und ja, das ist sehr wahrscheinlich meine Schuld, aber er war doch mein Bruder«, füge ich hinzu und kann beinahe spüren, wie mein Herz daran zerbricht.

In dem Gesicht des Teufelssteins erkenne ich keine Regung. Er wirkt absolut gefühlskalt, und ich zweifle daran, dass meine Trauer zu ihm durchdringt.

»Er wurde am 21. März 2005 geboren«, sage ich dennoch. »Und wann er starb, weißt du ja bestimmt.« Dreizehn Jahre, mehr sind ihm nicht vergönnt gewesen.

Tombard wendet sich ab und verschwindet in der Mine.

Ich höre nur seine schweren Schritte, die sich entfernen. Mir entfährt ein Seufzen.

Was habe ich auch erwartet?

Wieso sollte er mir einen Gefallen tun? Womöglich hasst er mich nicht weniger als all die anderen.

Ich kann mich nicht noch länger hier draußen aufhalten. Irgendwann muss ich zurück zur Akademie, diese Einsicht gewinne ich jeden Tag aufs Neue. Innerlich wappne ich mich bereits für die fiesen Blicke, die mich treffen werden, als ich erneut die schweren Schritte des Teufelssteins hinter meinem Rücken höre. Überrascht wirbele ich herum, bringe aber kein Wort heraus.

Tombard kommt geradewegs auf mich zu, in der Hand Hammer und Meißel. »Ich erledige das.« Er würdigt mich nicht eines Blickes. »Jetzt verschwinde und lass mich in Frieden, Wandlerin.«

»Meine Freunde nennen mich Jo«, platzt es aus mir heraus. Für einen Moment habe ich mich von Erleichterung übermannen lassen, doch sofort bereue ich es.

»Du hast keine Freunde«, erwidert er bloß, als er davonstampft. »Und ich auch nicht.«

Gabriel Skarsgard ist einer der wenigen Menschen, die mich noch anlächeln. Und das vermutlich nur, weil er in die Zukunft sehen kann und deshalb weiß, dass ich nicht vorhabe, ihm jemals Leid zuzufügen.

Carlos Toomey sitzt neben mir und hält nicht unbedingt viel Abstand, aber ich merke ihm deutlich die körperliche Anspannung an. Doch auch er sollte wissen, dass wir niemals aneinandergeraten werden. Diese Information hat uns der Hellseher bereits vor einigen Wochen zugetragen.

Ich stütze müde den Kopf mit meiner Hand und lese immer wieder die gleichen Abschnitte in dem dicken Wälzer auf dem Tisch. Inzwischen habe ich mein eigenes Buch. Das ist auch gut so, denn Colin habe ich seit einer Weile nicht mehr im Unterricht gesehen. Mein rechter Platz ist seitdem leer. Ich bilde mir ein, dass er mich meidet. Vielleicht hat er aber nur viel in der Bibliothek. Alle Gelehrten sind seit dem Verschwinden des Zaubers in die Geschichtsbücher vertieft und suchen händeringend nach einer Möglichkeit, Dargoth davon abzuhalten, den Qirilias zu erschaffen. Alaric hat mir verraten, dass sie außerdem nach einem Zauber suchen, der den Qirilias außer Kraft setzen könnte. Nur für den Fall, dass es zum Äußersten kommt.

Bei unserem Glück wird es das ganz sicher.

Ich seufze und lese erneut den Abschnitt, der mir verdeutlicht, mit welchen Feinden wir es zu tun haben werden.

Ein Umbra ist dazu in der Lage, durch eine Berührung und Aufrechterhaltung des Blickkontaktes zu seinem Opfer diesem die Lebenskraft zu entziehen. Wird dieser grausame Akt vollzogen, kann man in den Augen des Opfers für einen Bruchteil der Sekunde ein weißes Aufleuchten erkennen. Die Geschichtsschreiber sind sich sicher, dass es sich bei dem Licht um die menschliche Seele handelt, die den Körper verlässt. Im Ersten Krieg wurden die Umbra besiegt und vertrieben, doch es ist gewiss, dass sie dort draußen lauern und auf eine Gelegenheit warten, zurückzukehren.

Klingt doch fast so charmant wie meine eigene Beschreibung, nicht wahr? Die Umbra sind auf alle Fälle nicht weniger Monster als ich es bin.

Gleich auf der nächsten Seite erfahre ich mehr über Tombard Brok und seinesgleichen.

Die Teufelssteine erhielten ihren Namen aufgrund ihrer körperlichen Beschaffenheit. Nicht ihr Körper ist aus Stein, doch ihre Knochen sind es. Diese Spezies wirkt deshalb nicht nur schwerfällig, sie ist es tatsächlich. Ihr Körperbau und eine spezielle Schutzschicht ihrer Haut machen sie nahezu unempfindlich gegenüber äußeren Einflüssen. Mit körperlicher Gewalt und Waffen sind sie nicht zu verletzen, nur Feuer zeigt Wirkung auf die sonst gänzlich schmerzresistenten Wesen. Die Teufelssteine zeichnen sich außerdem durch eine große Kraft aus. Sie können Dinge mit Leichtigkeit zertrümmern und schwere Sachen stemmen. Seit dem Ersten Krieg, indem sie seinerzeit flohen, halten sich die Teufelssteine versteckt.

Im Prinzip sind das keine relevanten Informationen, die mir in meiner jetzigen Situation helfen. Eigentlich sagen die Texte in diesem Buch doch nur, dass man sich besser von ihnen fernhält. So wie von mir. Wir alle sind Monster.

Zu Beginn der Stunde habe ich einige Sätze über diese Gemeinschaft und den Zirkel entdeckt. Die Weisen sind ein Zusammenschluss vieler besonders begabter Menschen, das habe ich bereits gewusst. Auch dass es noch weitere Inseln wie *Leyndarmál Eyja* gibt, die ebenfalls alle unsichtbar für Unwissende über den Ozean verteilt sind. Auf jeder dieser Inseln befindet sich eine Akademie der Weisen, an denen Menschen wie ich ausgebildet werden sollen. Vermutlich arbeiten auch diese inzwischen an einem Plan, Dargoth und seine Anhänger aufzuhalten. Ihnen steht, wie uns auch, ein Zirkel vor. Nun weiß ich, dass dieser sich aus denjenigen zusammensetzt, die jeweils die Mächtigsten ihrer Fähigkeit sind. Es ist gut, die Strukturen allmählich besser zu verstehen. Leider trägt es nicht dazu bei, dass ich mich heimischer fühle. Das ändert sich vermutlich so lange nicht, wie die Menschen mich meiden und fürchten.

Ich hebe den Blick, weil Mr Skarsgard sich in diesem Moment vor mich stellt und sein fülliger Körper einen breiten Schatten auf mein Buch wirft. »Ms Bennett?«

»... Ja?«

»Langweile ich Sie?«

Kurz schweige ich, dann zwinge ich mich zu einem Lächeln. »Nein, natürlich nicht.«

Sag doch einfach, was du von mir willst.

Skarsgard erwidert mein Lächeln freundlich und wendet sich von mir ab. »Während des hundertjährigen Krieges zwischen England und Frankreich, der 1339 begann und 1453 endete, überschattete von 1347 bis Ende des Krieges etwas ganz Europa. Wer weiß, was das war?«

Ich horche auf. Mir sind diese Daten tatsächlich ein Begriff, weil ich mich im Geschichtsunterricht vor allem für ein bestimmtes Thema interessiert habe. »Die Pest«, platzt es aus mir heraus.

Skarsgard wirkt erst überrascht und lächelt dann erfreut. »Ms Bennett ist wieder bei uns, wie schön. Wie kam es zur Ausbreitung dieser Krankheit?«

»Ratten«, antworte ich prompt. »Sie trugen das Bakterium in sich. Flöhe übertrugen den Erreger von der Ratte auf den Menschen.«

»Ein anderer Name für die Pest?«, fragt Skarsgard.

»Der schwarze Tod«, entgegne ich.

»Ganz richtig«, sagt er. »Kommen wir zurück zum hundertjährigen Krieg. Was können Sie mir darüber sagen, Ms Bennett?«

Das erste Mal seit einer gefühlten Ewigkeit glaube ich, völlig in meinem Element zu sein. »Der Krieg wurde 1429 durch Jeanne D'Arc für die Seite der Franzosen beendet.«

»Sie interessieren sich für die Geschichte der Jungfrau von Orléans?«, bemerkt Skarsgard erfreut. So wie er mich mustert, scheint auch er voller Begeisterung für diesen Zeitabschnitt zu sein.

»Ja, sehr«, erwidere ich. Ich erinnere mich daran, dass wir das Thema vor etwa einem Jahr in der Schule durchgenommen haben, und ich fand es wirklich sehr faszinierend. »Jeanne besiegte die Engländer mit einer kleinen Einheit. Etwa ein Jahr später wurde sie dann verraten. Man verhaftete sie und verurteilte sie durch ein englisches Gericht für Ketzerei. Sie brannte auf dem Scheiterhaufen. Der französische König ließ sie im Stich, weil er Frieden mit den Engländern schließen wollte. Und das, obwohl Jeanne ihn quasi zum König gemacht hat. Er bereute seine Entscheidung, und etwa zwanzig Jahre später versuchte er, ihre Ehre wiederherzustellen. Er machte Jeanne so zur Märtyrerin. Heute gilt sie als Nationalheldin in Frankreich. Sie wurde allerdings erst 1920 heiliggesprochen.«

»Sehr gut, Ms Bennett«, lobt Skarsgard mich. »Jeanne D'Arc war eine Heldin, wurde aber für eine lange Zeit verkannt. Nicht alles, was gut ist, wird sofort als solches angesehen. Beherzigen Sie das alle, und gehen Sie regelmäßig in sich, um sicher zu sein, jeden Menschen so zu behandeln, wie er es verdient. Denn auch was schlecht scheint, kann sich eines Tages als gut herausstellen. Und wir wollen doch dann nicht erkennen, dass wir einen Menschen nur aufgrund oberflächlicher Fakten schlecht behandelt haben, nicht wahr?«

Ich lächele leicht, als sich unsere Blicke treffen. Seiner ist verheißungsvoll, und ich bin mir in diesem Augenblick sicher, dass er von mir spricht.

Normalerweise sind die Tischreihen in der großen Halle prall gefüllt. Die anderen sitzen dicht beieinander, der Lautstärkenpegel ist hoch. Lachen, Gesprächsfetzen und das Geräusch von Besteck auf Tellern dringen mir in die Ohren. Jeder scheint sich zu amüsieren und ignoriert, welches Damoklesschwert über unseren Köpfen schwebt. Nur ich sitze allein da. Um mich herum sind dutzende Sitzplätze frei. Erst einige Meter entfernt sitzen die ersten Leute, die mich hin und wieder kritisch mustern. An ihre Blicke habe ich mich inzwischen gewöhnt. Manchmal lasse ich das Essen ausfallen. An den schlechteren Tagen, wenn ich diesem Umstand nicht gewachsen bin. Aber wenn ich hungrig bin, so wie heute, komme ich nicht daran vorbei, mich herzusetzen und die Feindseligkeit auszuhalten.

Ich nippe gerade an meinem – mit Taubensaft gefüllten – Becher, als sich jemand neben mir auf den Platz fallen lässt und sein Tablett neben meinem abstellt. Intuitiv schrecke ich ein zurück und bin mehr als überrascht, als ich die langen und braunen Rastazöpfe von Jesper Kavanagh erkenne.

»Hi.« Er lächelt knapp und beginnt dann seelenruhig mit dem Essen.

Eine Weile mustere ich ihn nur verwundert. Auch einige andere sehen verdutzt aus, als ihnen auffällt, dass ich das erste Mal seit meinem emotionalen Ausbruch Gesellschaft habe. Vor allem Colin, Rae und Melissa sehen zu uns herüber und beobachten scheinbar interessiert, wie ich reagiere.

»Hast du dich nicht im Platz geirrt?«, frage ich nur leise. »Deine Freunde sind woanders.«

Jesper zuckt mit den Schultern. »Und bei dir darf ich nicht sitzen?«

Was bezweckt er hiermit?

Ich ziehe meine Hände an mich heran und lasse sie unter dem Tisch verschwinden. Nicht, weil ich wirklich Angst davor habe, ihn zu berühren. Viel mehr, um alle Gaffer zu beruhigen, die wohl genau das befürchten. »Du willst nicht in meiner Nähe sein«, flüstere ich schließlich.

»Nein?«, fragt Jesper prompt. »Und warum?«

»Weil mich alle meiden, als wäre ich das schlimmste Scheusal, das sie je gesehen haben«, bemerke ich. »Bitte, wenn du dir hier einen bösen Scherz erlaubst, lass es bleiben. Ich verstehe, dass ich etwas Grauenvolles getan habe, aber ich bin schon am Boden. Kein Grund noch draufzutreten.«

Jesper legt die Gabel zur Seite und wendet sich mir zu. »Ja, du hättest Julien nicht wandeln dürfen. Aber ich bin mir sicher, dass dir das bewusst ist.« Ohne zu überlegen, streckt er den Arm aus und greift unter den Tisch. »Gib mir deine Hand.«

Ich spüre seine Finger bereits auf der Haut und will mich wegdrehen, damit er sie nicht erreicht. »Nein, hör auf.«

Doch Jesper gibt nicht nach. Er packt meine Hand, zieht sie energisch an sich, umschließt sie mit seinen lockeren Fäusten und sieht mir eindringlich in die Augen. »Jo, es ist gut.«

»Nein ...«, stoße ich ängstlich und nur sehr leise aus.

Jesper beugt sich leicht zu mir und sieht mir dabei geradewegs in die Augen. »Du bist kein Scheusal, Jo. Cara ist eines.«

Ihn das sagen zu hören, überrascht mich. Mir ist klar, dass auch sie von allen gehasst wird, aber diese Worte ausgerechnet von ihrem festen Freund zu hören, ist etwas anderes.

»Bitte ... Sie starren schon alle«, sage ich leise und sehe mich nervös um. Wirklich jeder in diesem Raum beobachtet uns.

»Das ist mir egal«, sagt Jesper entschieden.

Mir nicht.

»Willst du mich wandeln?«, fragt er geradeheraus.

»Nein, natürlich nicht.«

»Und hasst du mich?«

Ich schüttele bloß den Kopf.

»Dann gibt es keinen Grund, weshalb ich nicht deine Hand halten sollte, wenn ich dir sage, wie leid mir dein Verlust tut.«

Mir steigen Tränen in die Augen. Außer Alaric hat mir niemand sein Beileid ausgesprochen. Ich hätte nicht mehr damit gerechnet, dass sich außer ihm oder Eric noch jemand darum schert, wie es mir geht. Aber ich bin mir nicht sicher, ob ich darauf vertrauen kann, dass sich mein Leben hier bessert. Darauf, dass es die Menschen künftig vielleicht gut mit mir meinen könnten. Auch bin ich mir – trotz Jespers nettem Lächeln – nicht sicher, ob er aufrichtig ist. Mag sein, dass ihm mein Verlust leidtut, aber das muss nicht zwangsläufig heißen, dass er bemüht ist, mich zu mögen.

Warum sollte er das auch tun?

Jesper gibt meine Hand wieder frei und nimmt seine Gabel auf. »Wo warst du den ganzen Morgen?«

Ich versuche, mich zu entspannen und das Starren der Leute auszublenden. »Bei Tim.«

Jesper nickt nachsichtig. »Ich war neulich dort, als wir zur heißen Quelle gegangen sind. Das Grab sieht kahl aus. Hinter der Farm sind einige Gewächshäuser. Donna Trevino und Milan Termenova arbeiten dort. Sie sind Erdelementare und haben ein Händchen fürs Züchten von Pflanzen und Blumen. Du solltest sie fragen, ob sie welche davon auf das Grab setzen.«

Ich lache leise und schüttele den Kopf. »Als ob mir hier jemand einen Gefallen tun würde. Vor allem kein Elementar.«

Jesper zuckt mit den Schultern. »Vielleicht bittet Eric sie für dich darum.«

Möglich, aber Eric hat mir in Southampton gesagt, er sei nicht automatisch mit allen Elementaren befreundet, nur weil er selbst einer ist. Soweit ich bisher beobachten konnte, hält er sich zwar viel in der Nähe seinesgleichen auf, aber wirklich befreundet scheint er nur mit wenigen von ihnen zu sein. Mit dem glatzköpfigen Kerl, dessen blaue Augen so funkeln, und der mich gleich zu Anfang so herablassend behandelt hat. Mit einem großen, schlanken und ziemlich arroganten Mädchen mit blonden Haaren. Und mit einem weiteren Kerl – augenscheinlich der feste Freund des Mädchens – mit dem südlichen Teint und den längeren, lockigen Haaren.

Jesper mustert mich, weil ich nicht auf seine Worte reagiere. »Milan ist ein enger Freund von Eric.« Er nickt in Richtung der Elementare. »Sie sitzen nebeneinander.«

Ich folge seinem Blick und stelle fest, dass es sich bei dem Sitznachbarn von Eric tatsächlich um den Jungen mit den Locken handelt. Vielleicht könnte ich Eric wirklich darum bitten, mit ihm zu sprechen. Doch das würde wohl voraussetzen, dass ich mit Eric rede, und das habe ich seit unserem Gespräch an dem Vorsprung nicht mehr getan.

Er lässt mir meinen Freiraum.

»Hast du dich schon für einen Job entschieden?«, fragt Jesper schließlich.

Ich schüttele den Kopf. Was würde sich da anbieten, am besten abgeschottet von allen anderen?

»Ich kann mich mit dir auf die Suche machen«, schlägt er vor. »Als Waisenkind habe ich früh gelernt, mich allein durchzuschlagen. Ich wäre für eine helfende Hand dankbar gewesen. Wenn du also –«

»Vielleicht die Tage«, unterbreche ich ihn. Noch bin ich mir nicht sicher, ob ich das Angebot annehmen soll. Mir ist es nicht geheuer, dass sich plötzlich wieder jemand für mich interessiert.

Jesper nickt. »Möchtest du dich ab morgen zu uns setzen?«

»Nein, ich denke nicht«, antworte ich. Dafür ist es noch zu früh. Und die Blicke von Colin und den anderen wirken auf mich nicht einladend genug, um es überhaupt in Erwägung zu ziehen. »Aber danke, dass du heute so nett zu mir warst.«

Auch wenn ich nicht verstehe, wieso.

Das Gefühl frisst mich von innen heraus auf. Ich soll es nicht zurückhalten, hat er gesagt. Muss es zulassen und mich der Hitze hingeben, die meinen Körper durchströmt. Das fällt mir so leicht, dass es mir Angst macht. Ich muss nur an Cara denken und daran, was sie mir genommen hat. Doch als ich in den Spiegel blicke, den Alaric hinter sich in Position gebracht hat, weiche ich erschrocken zurück und lasse von ihm ab.

»Nicht aufhören, Jo«, weist er mich an. »Du musst dich sehen.«

Das ist nicht so leicht.

Es sind nicht *seine* schwarzen Augen. Nicht *seine* dunklen Äderchen, die sich um die komplette Augenpartie auftun, wenn die Wandlung provoziert wird. Es ist, als würde ich dem Monster in mir geradewegs ins Gesicht blicken, und es gefällt mir nicht. Nichts an diesen Übungen. Ich fühle mich klein, schwach und grauenvoll. Mich dann von dem Hass in meinem Inneren überrollen zu lassen, versetzt mich in eine Lage, in der ich am liebsten weglaufen und weinen würde. Noch immer zerreißt mich meine Gefühlslage innerlich. Ich weiß nicht, welcher Empfindung ich nachgeben soll. Ich darf traurig sein. Sogar wütend. Aber ich habe Angst, das Falsche zur falschen Zeit zu sein.

»Du kannst es kontrollieren«, sagt Alaric eindringlich.

»Nein, das kann ich nicht«, widerspreche ich energisch. »Ich habe *keine* Kontrolle. Über gar nichts. Ich bin ein verdammtes Chaos. Keine Ahnung, wie ich das bekämpfen soll!«

Alaric mustert mich sanft. »Du bist mit dir selbst nicht im Reinen.«

»Wie denn auch?«, frage ich und höre die Verzweiflung in meiner Stimme deutlich heraus.

»Du musst dir selbst verzeihen.« Alaric bewegt seine Hand und zieht auf diese Weise einen Stuhl heran, der die Rückseite meiner Beine berührt und mich somit zum Sitzen auffordert. »Und du wirst sehen, dann schaffen es auch die anderen.«

Ich ergebe mich gezielt der Hitze und dem auflodernden Hass, um wie die Raväis auszusehen, die ich bin. Dieses *Ding* im Spiegel zu ertragen, fällt schwer. »Meinst du wirklich, sie können *das hier* mögen?«

»Kavanagh tut das, wie es scheint.« Alaric zwinkert mir amüsiert zu. »Wir sind alle Zeuge eures gemeinsamen Essens gestern Abend gewesen.«

Ja, aber beim Frühstück war ich wieder völlig allein.

Ich seufze. »Und woher soll ich wissen, ob ich ihm trauen kann?«

»Aus dem gleichen Grund, aus dem er entschieden hat, das Eis mit dir zu brechen«, antwortet Alaric. »Jesper ist zu Mr Skarsgard gegangen und hat ihn gefragt, welche gemeinsame Zukunft euch bevorsteht. Einige tun das. Gabriel amüsiert sich schon darüber. Colin Fraser war auch dort, falls dich das interessiert.« Alaric schenkt mir ein verheißendes Grinsen.

Kann nichts Berauschendes bei herumgekommen sein, denn er meidet mich nach wie vor.

137

»Und welche Zukunft haben Jesper und ich?«, frage ich bloß. Mit Sicherheit nichts Romantisches, das kann ich für mich bereits ausschließen.

»Verdirb mir nicht den Spaß an der Sache«, erwidert Alaric lachend. »Ich verrate nur so viel: Schenk ihm dein Vertrauen. Er wird dich nicht enttäuschen.«

Wenn dieser Rat ursprünglich von einem Hellseher kommt, werde ich damit kaum auf die Nase fallen. *Fein.* »Wie weit kann Mr Skarsgard in die Zukunft sehen?«

»Er sieht nur, was seine Gabe ihn sehen lässt.«

»Klar«, betone ich sarkastisch. »Den Ausgang des Krieges kennt er nicht, dafür aber jede persönliche Krise der Weisen, inklusive ihrer Lovestorys.«

»Kleine Schritte, Jo«, bemerkt Alaric schmunzelnd. »Es ist ein Anfang. Glaub mir, wenn du erst Freunde an deiner Seite hast, fügen sich die restlichen Dinge von ganz allein.«

Wenn ich einige Verbündete auf der Insel finden kann, wird mein Leben bestimmt um einiges leichter. Aber noch kann dieser Gedanke nicht die Trauer verdrängen. Und genau die ist der Grund dafür, dass mich mein Weg an diesem Tag allein durch die Spiegel führt. Es ist eine Reise mit vielen Stopps. Sie endet erst Stunden später vor Taylors Fenster. Inzwischen ist es Abend und ich stehe in der Dunkelheit. Beobachte, wie er vor dem Fernseher sitzt und sich eine Folge *Game of Thrones* ansieht. Ich könnte nun traurig sein, weil wir nicht zusammen sind. Wütend, weil ich heute die Wahrheit herausgefunden habe. Verzweifelt, weil jedes verdammte Wort von Julien den

Tatsachen entsprochen hat. Aber ich stehe nur da und lächele, als ich Tyrion Lannister auf dem Bildschirm entdecke – wie immer mit einem Krug Wein in der Hand. Hier zu sein, zu sehen, dass es Taylor gut geht ... Zu wissen, dass Freddie in Ordnung ist, Roy erstaunlich gut zurechtkommt und auch meine Eltern einen glücklichen Eindruck machen ... Ich fühle mich befreit. Als wäre mir eine Last von den Schultern gefallen.

»Wird das hier unser Ding?«, höre ich Erics Stimme hinter mir.

Ich drehe mich nicht um, lächele nur knapp, bis er sich neben mich stellt. »Dass ich davonlaufe und du kommst, um mich zu holen?«

»Mir war wenigstens klar, wohin die Reise gehen wird.«

»Wirklich?«, erwidere ich verwundert, weil er nichts von Taylors Existenz weiß. »Du hast erwartet, dass ich meinen Freund aufsuche?«

»Ich dachte mir, wenn du einen hast, dann ja.« Eric sieht nun ebenfalls zu dem hell erleuchteten Zimmer hinüber. »Das ist er also.«

»Sieht ohne mich meine Lieblingsserie«, erwidere ich.

Ein kleines Grinsen huscht über Erics Gesicht. »Was ist das für ein Blödsinn?«

»Ach, komm schon«, sage ich. »Das da war ein Drache. Drachen sind cool.«

»Nein, sind sie nicht.« Eric schüttelt entschlossen den Kopf. »Sie sind groß, spucken Feuer und mögen uns Menschen nicht.«

Meint er etwa ...

»Drachen sind real«, weist er mich darauf hin, bevor ich überhaupt fragen kann.

Klar, das sind sie. Natürlich. Wie konnte ich daran nach magischen Zeitreisen und Unsterblichkeitsrelikten noch länger zweifeln?

Eric wendet sich von dem Zimmer ab und stellt sich mir ins Blickfeld. »Bennett, was wird das hier? Es bringt nichts, dich noch länger zu quälen. Seit Wochen nehme ich hin, dass du dich zurückziehst. Du hast Zeit gebraucht, das verstehe ich. Aber wir haben eine Aufgabe. Diese Reisen nach Hause müssen aufhören.«

Ich nicke einsichtig. »Ich verspreche dir, heute war das letzte Mal.« Nun weiß ich alles, was ich wissen musste. Ich kann beruhigt zur Akademie zurückkehren und mich auf mein neues Leben vorbereiten.

»Was erhoffst du dir hiervon?«, fragt Eric.

»Nichts mehr«, antworte ich. »Als ich vor einigen Stunden die erste Reise antrat, war ich voller Hoffnung. Aber jetzt ...«

»Wo bist du gewesen?«, erkundigt er sich.

»Zu Hause«, antworte ich ehrlich. »Ich wollte zu dem Tag, an dem ich meinen Bruder zum Tod verurteilt habe.«

Eric zieht überrascht die Brauen hoch. »Hast du ihn gewandelt?«, fragt er dann. Er klingt beinahe mitfühlend.

Ich nicke mehrmals. »Die kleine Jo und ihre pechschwarzen Augen. Hab ihn berührt. Er schrie nicht mehr. Ganz genau wie Julien gesagt hat.«

Unsere Blicke treffen sich. Ich sehe Eric nun deutlich an, dass er Empathie ausstrahlt, aber wir sind nicht an einem Punkt, an dem er mir das durch eine körperliche Geste zeigen würde. Er tut gar nichts, schweigt nur.

Es ist, wie es ist.

»Ich bin soweit«, sage ich schließlich. »Was kann ich tun, um zu helfen?«

Eric nickt und wirkt zufrieden wegen meiner entschlossenen Worte. »Die Gelehrten konnten keinen Zauber finden, der den Qirilias außer Kraft setzt, dafür aber einen Hinweis darauf, wer uns in dieser Sache helfen kann. Der Zirkel schickt uns nach Avalon.«

Obwohl überrascht, lasse ich mir nichts anmerken. »König Artus?«

»Unser primäres Ziel sind die Druiden«, weist er mich darauf hin. »Ich erzähle dir alles, wenn wir zu Hause sind.«

Nicht mal seine Wortwahl versetzt mir noch einen Stich, denn die Akademie ist jetzt genau das: Mein Zuhause. Und Taylor ist Vergangenheit.

Das sagenumwogende Avalon hat es gegeben. Die Geschichtsbücher, die ich bisher gekannt habe, weisen überwiegend Gerüchte auf. Die zusammengetragene Recherche mithilfe von Zeitreisen, liefert hingegen Fakten.

Avalon ist einst das Zentrum weiser Druiden gewesen, der Rückzugsort von König Artus und außerdem das Versteck des Heiligen Grals. Heutzutage soll es sich dabei um den Hügel Glastonbury Tor im englischen Städtchen Glastonbury handeln. Noch heute gilt dieser Ort als magisch, aber eigentlich ist er nicht mehr als ein idyllisches Grünland mit weidenden Kühen, Schafen und wenigen Einwohnern. Glastonbury Tor soll der höchste Hügel weit und breit sein. Auf seiner Spitze steht die Ruine des Kirchturms St. Michael, und die lockt heute unzählige Touristen an, die dem Pilgerpfad folgen. In Avalon sollen sich Wesen und Magier tummeln. Angeblich kann man den Ort durch eine Pforte auf dem Hügel betreten und gelangt so zu einer Druidenakademie, wo Auserwählte in mystische Geheimnisse eingeweiht werden. Hoffen wir, dass wir in den Augen der Druiden eben jene Auserwählte sind, damit sie uns im Kampf gegen Dargoth helfen und uns eine Möglichkeit verraten, den Qirilias außer Kraft setzen zu können.

Was man in keinem normalen Geschichtsbuch, dafür aber in der Bibliothek dieser Akademie findet, ist eine Information, die mich am gestrigen Abend gleichermaßen verängstigt und fasziniert hat. Das

Tor wird bewacht von waschechten Golems. Eric wiegt mich bereits den ganzen Morgen in Sicherheit, weil man sie mit Feuer schwächen und angeblich sogar töten kann. Ich glaube das erst, wenn wir in Avalon angekommen sind.

Mir fällt der Schritt durch den Spiegel deshalb nicht leicht. Eric hält mich an der Hand und führt mich hindurch, ich schließe dabei wie immer die Augen. Kaum dass ich aus dem Spiegel trete, entziehe ich mich ihm. Hätte ich vorher die Augen geöffnet, wäre ich nicht so wagemutig gewesen. Mein Fuß versinkt in schlammigem Untergrund, und ich stoße nicht nur innerlich einen Fluch aus.

Gleich nach mir treten vier weitere Jäger aus dem magischen Portal. Weil diese Reise vom Zirkel als äußerst wichtig eingestuft wird, hat man uns in drei Teams losgeschickt.

Kritisch mustere ich Flynn Larson. Sein Irokesenschnitt und dieses dämliche Piercing sind mir noch immer ein Dorn im Auge. Vermutlich sehe ich die Sache mit meiner Entführung und Betäubung rückblickend zu ernst, aber ich kann dieses schlechte Gefühl noch nicht abschütteln. An seiner Seite ist zu meiner Überraschung Rae Carpenter, die Tierwandlerin und Freundin von Colin und Jesper. Bisher ist mir nicht klargewesen, dass sie und Flynn Jägerpartner sind.

Das andere Team habe ich bloß vom Sehen gekannt, bis wir im Raum der Spiegel aufeinandergetroffen sind. Nur knapp hat sich mir der Luftelementar als Arthur Whitman vorgestellt. Er zählt wohl zu denjenigen, die Eric nicht besonders nahestehen. Zumindest tauschen sie keine wohlwollenden Blicke aus. Dass mein Partner ihn so abweisend mustert, liegt vielleicht auch nur an seinem Äußeren. Die langen und weißen Haare trägt er offen, und sie verstecken beinahe sein ganzes Gesicht. Er ist ein schlaksiger Typ und wirkt oberflächlich betrachtet wie jemand, der körperlich schwach ist. An Arthurs Seite ist Marci Sullivan. Sie wirkt wie der zierlichste Mensch, den ich je gesehen habe. Ihre Stimme klingt piepsig, aber wenn ihre

Lungen so klein sind wie ihr Körper, ist das kein Wunder. Dafür ist sie im Vergleich zu ihrem Partner ausgesprochen schön anzusehen. Sie ist farbig, und ihre schwarzen Haare hängen in unzähligen, feinen Löckchen locker herunter. Sie hat sich mir recht freundlich vorgestellt, hat aber merklich Abstand zu mir gehalten.

Ohne mir länger Aufmerksamkeit zu schenken, laufen die anderen los. Als ich ihnen folgen will, jagt mir ein Schreck durch den Körper. Ich komme nicht voran, stecke fest. Erst da fällt mir auf, dass ich versinke.

»Sumpf!«, rufe ich. Einerseits, damit mir jemand hilft, andererseits will ich meine Begleiter warnen, damit sie nicht ebenfalls einen falschen Schritt machen.

Eric wirbelt herum. Er packt meinen Arm und zieht mich mit einem kräftigen Ruck aus dem tiefen Morast. Ich komme ihm dabei wesentlich näher als mir lieb ist, als ich gegen seine Brust stolpere.

Er stößt mich nicht von sich. Stattdessen behält er meinen Arm fest im Griff und sieht sich um. »Dass es *so* sumpfig ist, hätte ich nicht gedacht. Passen wir besser auf, wo wir hintreten, und bleiben dicht beieinander.«

Ich bin überaus überrascht, als Eric meinen Arm zwar loslässt, aber unmittelbar danach nach meiner Hand greift und sie fest umschließt. Dasselbe beobachte ich in diesem Moment bei den anderen.

Als wüsste er, dass ich mich darüber wundere, wirft er mir einen knappen Blick zu. »Nicht wütend werden, ja?«

»Wir sollten nicht —«

»Wir sind ein Team, Jo«, unterbricht er mich brüsk. Dann zieht er mich entschieden mit sich.

Ich halte es trotzdem für keine gute Idee. In der einen Unterrichtsstunde mit Alaric habe ich mich nicht gut genug angestellt, um Eric nun diesem Risiko auszusetzen. Aber vielleicht besteht kein Grund zur Panik, denn ich bin in diesem Augenblick so einiges – von verwirrt bis ängstlich – aber in keiner Weise hasserfüllt.

In den Zweierteams wagen wir uns vorsichtig voran, vorbei an Seeufern und Flussniederungen. Der Boden ist schlammig, jeder Schritt birgt ein Risiko. Um uns herum entdecke ich viele Gebüsche und auch Pflanzen. Keine davon könnte ich hier und jetzt benennen, aber ich habe gehört, dass auch das Erkennen von Grünzeug irgendwann in irgendeinem Unterricht thematisiert wird. Nur langsam nähern wir uns dem Hügel, auf dem sich der Kirchturm befindet. Immer wieder streift mein Blick die Umgebung. Ich sehe einige Frösche und Schildkröten. Ich glaube sogar für den Bruchteil einer Sekunde, einen Biber oder Otter hinter einem Gebüsch verschwinden zu sehen.

Erst als wir die Sumpflandschaft hinter uns lassen und die Spitze des Hügels und somit den Kirchturm erreichen, atme ich erleichtert durch. Weil wir nun nicht länger darauf achten müssen, wo wir hintreten, lässt Eric meine Hand wieder los und wagt sich allein voran.

Ich hingegen verharre einen Moment und sehe mich um. Optisch betrachtet würde man gar nicht denken, dass wir uns im Jahr 583 befinden. Nicht in dieser Einöde und umgeben von all dem Morast. Schließlich fällt mein Blick auf den Kirchturm. Wenn ich nicht wüsste, dass die Ruine noch 2018 hier ihren Platz haben wird, würde ich niemals davon ausgehen, dass dieses Gemäuer überhaupt einem einzigen, heftigen Sturm standhält.

»Jo!«, holt mich eine herrische Stimme aus meinen Gedanken.

Ich wirbele herum, doch als ich das Ding neben mir erblicke, weiß ich, dass die Warnung zu spät gekommen ist.

Der große Klotz aus Lehm überwältigt mich schnell. Kräftig stößt er mich gegen die Fassade der Kirche. Sein fester Griff an meiner

Schulter tut weh, doch er scheint sich nicht mal anstrengen zu müssen, um diese Stärke aufzubringen.

Intuitiv hebe ich die Arme. Mit der einen Hand versuche ich, seinen Griff zu lösen, mit der anderen greife ich nach seinem Gesicht. Ich presse sie gegen seinen Kopf und fokussiere mich, um ein Gefühl des Hasses in mir hervorzuholen. Ich spüre die Wärme, die meinen Körper durchströmt, und bin mir sicher, dass sich meine Augen im selben Moment verfärben. Ich warte darauf, dass seine ebenfalls von Schwärze verschluckt werden, doch als sich auch nach Sekunden keine Veränderung ergibt, übermannt mich die Angst. Ich hole Luft, doch die Pranke des Golems schließt sich im selben Moment um meinen Hals. »Eric!«, rufe ich, doch meine Stimme ist nicht mehr als ein raues Flüstern. Hektisch blicke ich mich um.

Eric wirkt in diesem Moment eine Feuerwelle, um einen Golem abzuwehren. Von hinten schleicht sich ein weiterer an, und es ist Rae, die sich in Form eines Gorillas auf diesen wirft und ihn zu Fall bringt, um meinen Partner zu schützen. Einige Meter entfernt ist Flynn, der durch mehrere Teleportationen hintereinander einen anderen Golem verwirren will. Marci wird von Arthur durch den Eingang des Kirchturms geschoben, um sie in Sicherheit zu bringen. Als er zu mir sieht, werfe ich ihm einen hilfesuchenden Blick zu. Doch in seinen Augen liegt ein Funke von Freude, dann grinst er leicht und wendet sich von mir ab.

Eric stößt einen Feuerball in meine Richtung, der den Golem am Rücken trifft. Der lässt von mir ab, doch er stößt nicht mal einen schmerzerfüllten Laut aus. Im selben Augenblick blitzt Flynns Gestalt für den Bruchteil einer Sekunde neben mir auf. Er berührt meine Schulter, und ich habe das Gefühl, dass sich mir der Magen umdreht, als sich mein Blickfeld kurz verdunkelt und ich hinter der Gorilla-Gestalt von Rae wieder festen Boden unter den Füßen gewinne. Eric wirkt noch einige Feuerstöße, dann drängt Rae mich in die Kirche zurück, und ich nehme nur im Augenwinkel wahr, dass er uns folgt. Ohne unserer Umgebung Beachtung zu schenken, schließt Eric hinter uns die Tür und treibt uns gleich durch die nächste.

Als ich hindurchtrete, fühlt es sich an, als würde ich um fünfundvierzig Grad fallen, doch kaum, dass ich die Tür passiert habe, stehe ich fest mit beiden Beinen auf dem Boden und gewinne Abstand zu den anderen. Schwer atmend sinke ich auf die Knie und greife mir zuerst an den Hals, dann an die Schulter. Der Schock sitzt mir noch in den Knochen und ein starker Schmerz breitet sich an meinem Schlüsselbein aus.

»Jo«, spricht Eric mich bereits an, als er noch auf mich zuläuft. Er geht vor mir in die Hocke und zieht mir unwirsch die Hand von meiner verletzten Schulter. Seine Augen weiten sich, als er wieder aufspringt und davonstürmt.

Im selben Moment nähert sich Marci mir und blickt zögernd auf mich herunter. »Ich helfe dir«, sagt sie, und als ich nicke, legt sie ihre Hand auf die schmerzende Stelle. Binnen dem Bruchteil einer Sekunde breitet sich Entspannung in mir aus. Der Schmerz verschwindet unter dem sanften Glimmern ihrer Handfläche.

Erleichtert atme ich durch.

Doch dann lenkt Eric meine Aufmerksamkeit auf sich, als er einen großen Feuerball geradewegs in Arthurs Richtung schmettert. Der weist diesen nur knapp mithilfe eines kräftigen Luftstoßes von sich. Der Versuch, sich zu verteidigen, hält Eric nicht ab. Er nähert sich ihm unablässig, packt Arthur am Shirt und schlägt ihm – ohne zu zögern – mit der Faust in das Gesicht. »Was war das da draußen?«, brüllt er ihn an.

Blut spritzt auf Arthurs weiße Haare. Als er sich Eric entgegenstellt, liegt pure Abschätzigkeit in seinem Blick. »Dieses *Ding* hätte unser kleines Wandler-Problem lösen können!«

»Du rückratloses Arschloch!«, fährt Rae plötzlich dazwischen. »Sie gehört zu uns. Wir sind aufeinander angewiesen, egal, was wir von dem anderen halten. Gerade du solltest diesen Pakt beherzigen, denn *dir* würde sonst niemand mehr den Rücken freihalten.«

»Oh bitte, seit Wochen meiden wir sie alle, und jetzt macht ihr euch für sie stark?«, erwidert Arthur schroff. »Sie ist keine von uns und wird das niemals sein.«

»Sie ist meine Partnerin«, sagt Eric bestimmt.

»Und das ist *dein* Problem«, entgegnet Arthur.

Marci entfernt sich seufzend von mir und geht auf ihren Jägerpartner zu. »Dargoth ist der Grund, wieso wir hier sind. Und uns von der Angst vor einer Raväis blenden zu lassen, wird uns in diesem Krieg noch alle das Leben kosten. Wir müssen zusammenhalten.« Sie sieht zuerst Arthur eindringlich in die Augen, dann wirft sie mir einen Blick zu. »Jo, ich möchte dich eigentlich nicht meiden. Nicht, weil du einen Fehler gemacht hast, den vermutlich viele andere in deiner Situation auch getan hätten. Ich habe nur schrecklich Angst vor dir. Davor, dass du dich noch nicht kontrollieren kannst.«

Ich nicke einsichtig. »Es tut mir leid, dass ihr so über mich denkt. Ich möchte weder dir noch jemand anderem Schaden zufügen. Ich kann es aber nicht steuern, das hat mich die Sache da gerade gelehrt.«

Ich konnte den Golem nicht wandeln.

Arthur schnaubt abschätzig. »Keine Sorge, du warst ganz die Raväis, die wir in der Halle gesehen haben, als du Julien gewandelt hast. Deine dunkle Aura und die schwarzen Augen. Das volle Programm.«

»Aber warum —«

»Golems besitzen keine Seele«, dringt mir eine sanfte Stimme in die Ohren.

Wir sind so mit uns selbst beschäftigt gewesen, dass wir die Männer in den langen, hellen Gewändern gar nicht haben näherkommen sehen.

Einer von ihnen kommt vor mir zum Stehen und reicht mir die Hand, um mir aufzuhelfen. »Eine Raväis ist wirklich ein seltener Anblick in diesen Zeiten. Sogar gänzlich einmalig.« Ein Lächeln umspielt seine Lippen, und ich lasse mich von ihm auf die Füße ziehen. »Leider sind die dunklen Mächte, derer sich ein Wandler bedient, völlig unbrauchbar im Kampf gegen seelenlose Wesen.«

Also hat es gar nicht an mir gelegen.

Natürlich, mir leuchtet es ein. Die Umbra und solche wie ich wirken unsere Macht auf die Seele eines Menschen. Wenn dieser nun keine besitzt, greift unsere Fähigkeit nicht.

»Ganz toll ...«, stößt Arthur noch immer feindselig aus. »Dann ist sie also nicht nur ein Monster, sondern auch noch unbrauchbar.«

»Alter, halt die Fresse«, mischt sich Flynn im selben Moment ein. Er lässt seinen Blick durch die Runde schweifen. »Im Vergleich zu euch allen hier, habe ich bereits einen Blick auf Jo werfen können, als sie noch nicht vor dem Scherbenhaufen ihres Lebens stand. Als sie noch einen lebendigen Bruder und Freunde hatte, die sie mochten. Dieser ganze Scheiß hier hat ihr alles genommen. Klar, jeder von uns vermisst jemanden, aber unsere Familienmitglieder sind nicht von einem aus unseren Reihen getötet worden. Wie wär's also, wenn alle, die keine Ahnung von dem Menschen Jo Bennett haben, jetzt einfach mal die Klappe halten und sich gefährlicheren Dingen widmen? Zum Beispiel dem Krieg, in dem wir schon bald stecken werden, wenn wir diese Scheiße hier nicht wie ein Team angehen.«

Was zum ...

Wenn es etwas gibt, das mich in den letzten Wochen wirklich positiv überrascht hat, dann ist es dieser Moment, dieser eine

Mensch. Flynn Larson. Vielleicht habe ich mehr Rückendeckung, als mir bisher bewusst gewesen ist.

Ich sehe zu Eric hinüber, der nur zustimmend nickt. Rae grinst leicht.

Arthur schnaubt. »Aber —«

»Ich drücke mich jetzt mal unmissverständlich aus«, unterbricht Flynn ihn auf strenge und beinahe grimmige Weise. »Jo hat meine Unterstützung. Und wenn du sie je wieder angehst oder noch ein einziges Mal so hängenlässt wie da draußen, dann teleportiere ich dich geradewegs in die Schnauze des Cerberus, klar soweit?«

Ganz sicher sieht Arthur nicht ein, dass er sich falsch verhalten hat, doch er sagt kein weiteres Wort mehr.

Gemeinsam machen wir uns schließlich auf den Weg, um den fremden Männern zu folgen – in die Druidenakademie. Denn ein prüfender Blick der Hügel, die uns umgeben, und des Wassers, von dem wir umringt sind, sagt mir, dass wir unser Ziel erreicht haben. Wir sind in Avalon.

Es riecht beinahe muffig, als müsste man dringend durchlüften. Die Wände sind zugestellt mit deckenhohen, schrecklich instabil aussehenden Regalen. Jedes der Bücher sieht alt aus, die Buchstege sind abgenutzt. In meinem Blick findet man sicher eine gewisse Ehrfurcht, während ich mich umsehe und darauf warte, dass der Druide zurückkommt, dem wir unsere Lage geschildert haben. Zu unserer Überraschung hat er ohne Umschweife gesagt, dass er uns helfen kann. Er ist gewillt, uns die Anleitung eines Zaubers zu überlassen, mit dem wir eine Chance haben, Dargoth zu besiegen, sollte er tatsächlich imstande sein, den Qirilias herzustellen. Eine Hilfe für den letzten Ausweg, sollte der Krieg nicht vorher sein Ende finden.

Wie könnte er?

Wenn der Schatten klug ist, tritt er uns erst gegenüber, wenn er unsterblich ist. Alles andere wäre ein Risiko. Ich würde es aussitzen, bis ich mir meines Sieges gewiss bin.

Als der Druide zu uns zurückkehrt, überreicht er Eric ein Pergament, das – genauso wie die Bücher in diesem Raum – aussieht, als würde es jeden Moment zerbröseln. Eric überfliegt es und nickt schließlich, obwohl ich für den Bruchteil einer Sekunde Verwunderung in seinen Augen aufblitzen sehe. Dann nickt er entschlossen und wendet sich an den Rest von uns. »Lasst uns aufbrechen.«

Die anderen Jäger lassen sich das nicht zweimal sagen und verlassen zielstrebig den Raum.

Eric hält mir unterdessen das Schriftstück entgegen. »Ich hoffe, du bist wirklich bereit. Das hier wird lange dauern und nicht leicht.«

Ich überfliege die Schrift nur kurz, habe Mühe, sie überhaupt zu entziffern.

Das ist eine verdammt lange Liste.

»Lassen uns die Golems in Ruhe, wenn wir gehen?«, frage ich an den Druiden gewandt.

Dieser nickt. »Noch auf ein Wort, Jolie Bennett.«

Ich bedeute Eric, dass er schon vorgehen kann, und wende mich dann mit fragendem Gesichtsausdruck in die Richtung des Mannes mit dem langen Gewand.

»Du bist in dieser und in deiner Zeit eine Rarität, Wandlerin«, setzt er schließlich an. »Wir neigen dazu, das zu sein, was andere in uns sehen. Doch lass mich dir mit auf den Weg geben, dass du nicht die

Dunkelheit verkörpern musst, die in dir steckt. Du hast die freie Wahl, welcher Mensch du sein wirst und wohin dein Weg dich führen wird.«

Ich starre ihn für einen Augenblick nur an, dann seufze ich. »Andere haben mir meinen Weg aufgezeigt. Ich hatte nicht wirklich eine Wahl.«

»Sie taten und tun es noch, um dich und andere zu schützen«, sagt er sanft. »Die Zirkel mögen einem hart und kompromisslos erscheinen, doch sie bestehen aus weisen und guten Menschen. Vergiss nicht, dass sie dir ein Zuhause bieten, obwohl sie dich ebenso gut vernichten könnten.«

»Als würden sie es nicht versuchen!«, platzt es abschätzig aus mir heraus. »Einer von ihnen hat mich heute einem Golem zum Fraß vorgeworfen.«

»Angst verleitet uns Menschen oft dazu, falsche Entscheidungen zu treffen. Ganz so verhält es sich mit dem Hass, deswegen gehen die beiden meist Hand in Hand. Niemand mag es, sich zu fürchten. Beide Gefühle zehren momentan an dir. Verzeihe dir selbst und denen, die dir Leid zugefügt haben. Kontrolliere dein Inneres, und du kannst zu gegebener Zeit ihrer aller Leben retten oder sie verdammen. Diese Entscheidung triffst am Ende du allein, doch triff sie weise. Es gab schon mal eine wie dich, und ihre Entscheidung hat unzählige Leben gerettet. Und das, obwohl alle in ihr nur ein Monster gesehen haben.«

»Was geschah mit ihr, nachdem sie die Seiten wechselte?«, frage ich. »Hat man sie am Leben gelassen?«

»Sie verbrachte den Rest ihres Daseins in eben dieser Akademie«, antwortet er. »Sie starb an einem Fieber, einige Jahre nach dem Ersten Krieg.«

Ich nicke und will mich gerade auf den Weg machen, als mich eine innere Stimme zurückhält. »Eine Sache muss ich wissen«, sage ich zögerlich. »War sie die einzige Raväis, die den Krieg überlebte?«

Irgendeinen Grund muss es doch für meine Existenz geben.

Der Druide lächelt sanft. »Wenn wir den Geschichtsbüchern glauben, wurden alle Raväis konsequent ausgelöscht, und die Verräterin war die letzte Wandlerin, die in diesen Hallen ihr Ende fand.«

Ich nicke nachgiebig. Vermutlich ist es zwecklos, meinen Ahnen auf den Grund zu gehen. Ich werde nie herausfinden, warum ich bin, was ich bin.

Als ich mich abwende, spricht der Druide mich noch einmal an. »Ihr Name war Neva.«

Sie war Monster und Heldin zugleich, dahingerafft durch ein einfaches Fieber, das man in unserer Zeit mühelos in den Griff bekommt.

Ich seufze. »Danke für die Gastfreundschaft«, sage ich schließlich. »Und danke für den Zauber. Wir werden sehen, ob er uns nützt.«

»Das werde ich nicht mehr miterleben«, erwidert der Druide, und wirkt bei diesen Worten beinahe erleichtert. Er lässt mich fast hinter der Tür verschwinden, als ich seine leise Stimme noch einmal höre. »Neva hatte einen Sohn.«

Mir stockt der Atem und ich halte abrupt inne.

»Zum Schutz des Kindes wurden die Überlieferungen gefälscht. Meine Ahnen zogen den Jungen auf. Avon verließ die Akademie, als er erwachsen wurde, und seither hat man nie wieder einen Wandler gesehen. Doch die Raväis wurden nie vollständig eliminiert, und das ist der Grund für deine Existenz. Nevas Blutlinie hat die Zeit überdauert. Du bist der Beweis.«

»Wieso verratet Ihr mir das?«, hauche ich nur.

»Weil die Unwissenheit Schmerz und Gefahr birgt.« Der Druide wendet sich von mir ab und schreitet davon, doch seine leise Stimme dringt noch immer zu mir. »Überlege weise, wie du mit dieser Information umgehst. Es wird nur wenige geben, denen sie keine Angst einjagt.«

Die Tür fällt hinter mir ins Schloss. Für einen Moment glaube ich, endlich allein zu sein. Doch unmittelbar, nachdem ich mich auf mein Bett geworfen habe, platzt Eric in das Zimmer – wie selbstverständlich und ohne zu klopfen. Zuerst denke ich, dass er aufgebracht ist, weil er hereingestürmt kommt. Aber dann wirft er sich ohne ein Wort rücklings auf das freie Bett und verschränkt die Hände unter seinem Kopf. Keine Ahnung, wann wir an dem Punkt angekommen sind, uns so zwanglos in der Gegenwart des anderen aufzuhalten. Scheinbar haben wir ihn inzwischen erreicht.

Vertrauen kann ich Eric immerhin, das hat er schon mehrfach bewiesen.

Eigentlich wollte ich Revue passieren lassen, was mir der Druide am heutigen Tag anvertraut hat. Jetzt überlege ich, ob ich Eric vielleicht erzählen sollte, was ich erfahren habe. Doch ich entscheide mich intuitiv dagegen und beschließe, ein belangloses Gespräch anzufangen. »Willst du was Bestimmtes? Nach einer Pyjamaparty steht mir nicht der Sinn.«

»Keine Sorge, hier schlafen werde ich nicht«, bemerkt er mit einer Spur Humor in der Stimme. »Ich habe vor dem Essen mit dem Zirkel gesprochen und ihnen die Liste ausgehändigt. Sie haben uns einige der Reisen zugeteilt, um einen Teil der Zutaten zu besorgen.«

»Also werden alle Teams losgeschickt, um unterschiedliche Dinge zu suchen?«, erkundige ich mich.

Eric nickt.

»Und um welche müssen wir uns kümmern?«

Er lacht leise, und ich höre sowohl Amüsiertheit als auch eine Spur Verzweiflung heraus. »Das wird dir gefallen. Wir brauchen Gold aus dem Topf eines Regenbogens.« Nur kurz mustert er meinen verdutzten Gesichtsausdruck und fährt dann fort. »Die Spindel, an der Dornröschen sich in den Finger stach.«

Ich reiße die Augen auf.

Eric richtet sich auf und dreht sich in meine Richtung. »All die Märchen, Sagen und Legenden haben einen Ursprung. Wir halten sie heute für Geschichten, aber alles davon war irgendwann mal real. Dornröschen und ihren Prinzen hat es gegeben. Auch die böse Königin und Schneewittchen.«

»Die sieben Zwerge?«, frage ich grinsend.

»Sie waren normale Männer«, klärt er mich auf. »Aber auch die hat es gegeben. Genauso wie Wilhelm und Jakob Grimm. Sie verfassten damals die Lebensgeschichten all dieser Menschen. Heute nennen wir sie Märchen. Die Brüder Grimm waren ein Teil von uns. Weise. Nur hielten sie sich nicht in einer Akademie auf. Sie hatten es sich zur Aufgabe gemacht, das Böse zu jagen. Hexen, Vampire, Werwölfe. Sie benutzten speziell gefertigte Dolche, die mit einem Zauber belegt waren. Einen davon brauchen wir für den Zauber der Druiden.«

Mein Herz hüpft vor Freude.

Ich werde die Gebrüder Grimm kennenlernen. GEIL!

Als Märchenfan, seit ich denken kann, freue ich mich auf diese Reisen, völlig gleich aus welchem Grund wir sie antreten. Vermutlich wird das Sammeln der Relikte die spannendste und faszinierendste Zeit meines Lebens sein.

»Wunderlampe, schon davon gehört?«, fragt Eric grinsend.

»Nicht dein Ernst!«, stoße ich begeistert aus.

»Und du sagtest, Drachen seien cool?«, bemerkt er. »Freu dich auf die Jagd nach einem, denn wir brauchen eine Drachenschuppe.« Bevor mir das Herz in diesem Punkt beinahe in die Hose rutscht, fährt er direkt fort. »Makaber wird es auch. Wir müssen das Blut eines Toten besorgen. Außerdem brauchen wir die Asche des Vesuvs.«

Pompeji!

»Und wir brauchen den Kristall einer Urhexe«, schließt Eric die Aufzählung ab. Dann schweigt er und mustert mich.

Vermutlich sehe ich bescheuert aus, weil ich ein breites Grinsen im Gesicht habe. All das klingt so unglaublich, dass ich es unbedingt erleben will. Ich habe mich von meiner Faszination mitreißen lassen und tatsächlich für einige Minuten all den Scheiß vergessen, der mir widerfahren ist. Das hat gutgetan. Doch nun kehrt dieses miese Gefühl in mir zurück und meine Freude verblasst.

»Bist du besorgt?«, fragt Eric.

»Na ja, manches davon wird nicht leicht.«

»Nichts davon wird einfach, auch wenn es so klingt. Die Spindel ist in einem magischen Reich verwahrt, zu dem wir Zugang brauchen, Kobolde wachen über den Topf voll Gold. Die Gebrüder Grimm sind schwer zu finden, Dschinns sind gefährliche und durchtriebene Wesen, die bekanntesten Urhexen lebten in Salem. Vielleicht enden wir als Drachenfutter, und hey ... Pompeji war bestimmt cool, wurde aber vom Vesuv in ein einziges Ascheparadies verwandelt. Und Grabschändung stand wohl auch nicht auf der Liste von den Dingen, die du unbedingt mal machen wolltest, oder?«

Ich schüttele den Kopf, doch um all diese Gefahren geht es mir nicht. Das Glücksgefühl, das ich für wenige Minuten verspürt habe, ist verblasst. Für einen winzigen Augenblick ist es mir gut gegangen, obwohl all diese heiklen Reisen vor uns liegen. Ich wünsche mir so sehr, dass dieses Hochgefühl wieder anhält. Dass ich auf Dauer Freude empfinde und es mir besser geht.

»Bald ist Weihnachten«, sage ich leise. »Ich kann mir kaum vorstellen, nicht bei meinen Eltern zu sein und mit meinem Bruder den Baum zu schmücken.«

»Das wird mit der Zeit leichter«, entgegnet Eric. »Du hältst an alten Traditionen fest. Alles, was du brauchst, sind neue.«

»Oh ja, mit Sicherheit reißen sich hier alle förmlich darum, mit mir die Festtage zu verbringen«, bemerke ich sarkastisch.

»Ich habe nicht viel übrig für den ganzen Kram.«

Keine Ahnung, ob das eine reine Information sein soll oder ob er mir damit indirekt klarmacht, dass er die Weihnachtstage auch auf keinen Fall mit mir verbringen wird. Doch das will ich gar nicht. Eric ist zwar freundlich zu mir, aber besonders nahbar macht ihn das nicht. Das liegt vermutlich daran, dass er zwar hinter mir steht, wir allerdings keine Freunde sind. Wir sind ein Team, das nur besteht, weil wir Pflichten zu erfüllen haben. Weil er aus irgendeinem Grund beschlossen hat, mein Partner zu sein.

Ob ich je dahinterkomme, wieso er zu Palmer gegangen ist, um darum zu bitten?

»Du sagst, du bist bereit«, spricht er mich an. »Aber du bist unglücklich und mit den Gedanken bei deinem Bruder.«

»Es tut mir leid, dass ich nicht so taff bin, wie du vielleicht gehofft hast«, entschuldige ich mich aufrichtig. »Ich will dir damit wirklich nicht auf die Nerven fallen.«

»Wie ich schon mal sagte, ich kann nachempfinden, was du durchmachst. Du bist keine Last für mich, aber ich weiß nicht, wie ich dir helfen kann.«

»Ich würde nur gern auf andere Gedanken kommen«, öffne ich mich ihm. »Mich ablenken, glücklich sein und mich für irgendwas begeistern.«

»Uns bleiben – den Informationen von Julien aus der Zukunft nach – etwas mehr als zwei Jahre, um Dargoth zu Fall zu bringen oder die Relikte für den Zauber der Druiden aufzutreiben.« Eric zuckt mit den Schultern. »Ich denke, wir haben die Zeit, um dich aufzuheitern. Wo willst du hin? Egal wo, wir gehen das gemeinsam an.«

Ist das ein kleines Lächeln in seinem Gesicht?

Ich jedenfalls kann es mir in diesem Moment nicht verkneifen. »Du bist wirklich in Ordnung, oder?«

»Das versuche ich, dir zu beweisen«, erwidert er.

»Würdest du mir einen Gefallen tun?«, frage ich also und warte zuerst auf sein Nicken. »Du bist doch mit dem Elementar befreundet, der im Gewächshaus arbeitet, oder?«

»Wenn man es so nennen kann, ja«, antwortet Eric. »Er, seine Freundin Vi und Baze sind diejenigen von den Elementaren, mit denen ich wohl am ehesten auf einer Wellenlänge bin, schätze ich.«

»Meinst du, du könntest ihn bitten, ein paar Blumen auf das Grab meines Bruders zu pflanzen?«, frage ich zögerlich. »Es sieht so kahl aus.«

Eric schaut mich einen Moment bloß an. »Ich werde ihn fragen«, sagt er schließlich. »Wie kommst du auf ihn?«

»Jesper brachte mich darauf.«

Eric nickt bloß.

»Was weißt du über Jesper? Ist er in Ordnung?«, erkundige ich mich.

»Er war Caras Partner«, erwidert Eric nur.

»Ja, das weiß ich. Ich will ihn darauf aber nicht reduzieren. Beim Essen neulich war er nett zu mir, und Alaric riet mir, ihm zu vertrauen. Aber ich würde gern deine Meinung dazu hören. Die meines Partners.« Ich setze ein kleines Lächeln auf.

Eric seufzt nachdenklich. »Soweit ich weiß, lebte Jesper auf der Straße, bevor die Akademie ihn aufgriff. Er war ein Dieb. Mithilfe seiner Fähigkeit hielt er sich an mehreren Orten gleichzeitig auf, um zu betteln und zu stehlen.« Eric zögert. »Aber Jesper war ein Waisenkind und gerade vierzehn. Er musste sich durchschlagen, also sehe ich ihm nach, was er getan hat. Ich habe nichts gegen ihn. Und du solltest das auch nicht, nur weil er Caras Partner war oder du Schwierigkeiten hast, den Leuten hier Vertrauen entgegenzubringen. Jesper hat dich vor den Augen aller angesprochen und damit riskiert, die Leute gegen sich aufzubringen. Das war ihm bewusst, trotzdem tat er es. Wenn er also nett zu dir ist, kannst du es wohl ebenfalls sein.«

Dann werde ich es riskieren.

Was könnte schon schlimmer sein als die Familie zu verlieren? Bestimmt nicht, ein wenig Zeit mit Menschen totzuschlagen, die mich am Ende vielleicht nur reinlegen.

Ein Klopfen lässt uns beide aufhorchen, die Tür wird zaghaft geöffnet.

»Störe ich?«

Verwundert blicke ich in das Gesicht von Colin. Der wirft Eric kurz einen irritierten Blick zu, als er ihn bei mir entdeckt. Einige Sekunden starren wir uns nur schweigend an.

Es ist mein Partner, der sich schließlich knapp räuspert und vom Bett aufsteht. »Nein, du störst nicht, Fraser.«

Ich will direkt protestieren. »Na ja, eigentlich —«

»Wir verschieben das«, unterbricht Eric meinen Versuch, Colin abzuweisen. »Ein netter Kerl wie er kann dich vermutlich viel besser aufheitern.«

Mistkerl.

Er zwinkert mir zu. »Morgen um neun Uhr haben die Jäger eine Unterrichtseinheit über den Qirilias.«

Ich nicke zögernd und sehe meinem Partner hinterher, als er an Colin vorbeihuscht und schließlich am Ende des Flurs verschwindet. Weil ich nicht weiß, was ich dann sagen soll, bitte ich Colin mit einer Geste herein.

Er folgt der Aufforderung und blickt sich im Raum um, als würde er nach weiteren Gästen in meinem Zimmer Ausschau halten. »Komme ich ungelegen?«

Ich zucke mit den Schultern. »Es überrascht mich eher, dich überhaupt zu sehen. Aus dieser geringen Entfernung, wenn du verstehst.«

Für einen kurzen Moment wirkt Colin wegen meiner direkten Art verwundert, dann lächelt er leicht. »Ich hatte viel zu tun.«

»Zumindest genug, um nicht mal mehr im Geschichtsunterricht zu erscheinen«, murmele ich verdrießlich. Eigentlich habe ich ihm bisher gar nicht übelgenommen, dass er mich meidet. Nun tue ich es doch, obwohl ich weiß, dass ich nicht in der Position bin, die Wütende zu spielen.

Colin nickt jedoch nachgiebig. »Ich bin dir aus dem Weg gegangen, tut mir leid. Du hast jemanden gebraucht, der für dich da ist, doch ich habe mich von dieser ganzen Sache mit Julien abschrecken lassen. Ich bin hergekommen, weil ich mich aufrichtig dafür entschuldigen wollte. Und um dir endlich mein Beileid auszusprechen für deinen Verlust.«

Ich verschränke die Arme vor der Brust. »Klar, inzwischen hat dir ja auch ein Hellseher gesagt, dass du mich nicht fürchten musst.«

Colin lächelt noch immer. »Ja, ich bin zu Gabriel gegangen.«

»Und jetzt hast du dir gedacht, du kommst nach Wochen hier hereingeschneit, entschuldigst dich dafür, dass du mich wie eine

Aussätzige behandelt hast, und alles kommt wieder ins Lot?«
Eigentlich wünsche ich mir genau das, aber ich fühle mich tatsächlich
mehr von Colin im Stich gelassen, als ich gedacht habe.

»Mit Jesper hast du —«

»Jesper und ich waren vorher *nichts*«, unterbreche ich ihn. »Du warst
als Erster nett zu mir. Du hattest keine Angst, mich zu berühren. Du
wolltest für mich da sein.« *Er hatte eben doch Angst.* »Du hast mich nicht
für ein Monster gehalten, doch das hat sich in der Sekunde geändert,
als ich mich auf Julien gestürzt habe«, rede ich mich in Rage. »Dieser
Kerl kam aus der Zukunft. Er wusste, dass Cara meinen Bruder töten
wird, doch er hat nichts unternommen, um das zu verhindern. Ich
habe ihn dafür gehasst. Verdammt, ja, ich wollte ihn wandeln. Aus
tiefster Seele wollte ich ihm genau das antun! Und ich habe es satt,
mich dafür schlecht zu fühlen. Er hat meinen Bruder auf dem
Gewissen und bekommen, was er verdient.« Aufgebracht starre ich
Colin in die Augen.

Ich warte auf einen bestürzten oder feindseligen Blick, doch er
mustert mich nur sanft.

»Ist es wirklich wichtig, was Gabriel Skarsgard dir gesagt hat?«,
entfährt es mir. »Spielt es eine Rolle, dass er in die Zukunft sieht und
dir sagen konnte, dass ich dir niemals wehtun werde? Ich bin voller
Hass auf Cara und auch auf Julien. Ich habe mich exakt wie das
Monster verhalten, das alle in mir sehen, und ich stehe dazu. Ich bin
kein schlechter Mensch und ich würde niemals einem Unschuldigen
schaden wollen, aber ich bin verdammt nochmal dazu bereit, jeden in
die Hölle zu schicken, der mir meinen Bruder genommen hat!«

Noch immer sehe ich keine Ablehnung in Colins Augen. Ich atme
tief durch.

»Du hast dich entschuldigt und ich werde dir verzeihen, dass du
mich meidest, aber du solltest nicht deine Zeit mit mir verschwenden,

denn ich bin nicht mehr das liebe Mädchen, dessen Wunden du geheilt hast.«

»Ich werde dir nicht länger aus dem Weg gehen«, erwidert Colin entschieden.

»Dann werde *ich* diejenige sein, die dich ab sofort meidet«, entgegne ich nicht weniger entschlossen.

Colin lächelt und kommt einige Schritte auf mich zu. »Warum solltest du das tun? Weil du Angst hast?«

Ich schüttele den Kopf und weiche einen Schritt vor ihm zurück. »Wovor?«

»Vor mir«, sagt er geradeheraus. »Vor jedem hier, der es vielleicht doch gut mit dir meinen könnte. Du hast Angst davor, dass du in meiner Nähe etwas anderes fühlen könntest als den Hass, den du brauchst, um nicht zusammenzubrechen. Aber ich sag dir was, Jo. Lass los. Gib auf. Brich ruhig zusammen. Ich werde da sein, um dich aufzufangen.«

»Das glaube ich dir nicht mehr.« Ich schüttele energisch den Kopf. »Was weiß ich denn schon über dich und deine Absichten?«

Colin nickt einsichtig. »Ich war mal im Begriff, Krankenpfleger zu werden. In meiner Ausbildung merkte ich, dass ich mit einer einzigen Berührung heilen kann. Meine Wunderheilungen lenkten die Aufmerksamkeit der Akademie auf mich, und als ich achtzehn war, brachten sie mich her. Es war mir egal, dass sie mich aus meinem gewohnten Umfeld rissen. Ich wollte nur den Menschen helfen. Seit meiner Ankunft auf *Leyndarmál Eyja* arbeite ich neben der Bibliothek noch beim Archiatros und ich bin glücklich damit. Ich bin ein guter Kerl und wünschte, ich könnte nicht nur körperliche Zustände, sondern auch seelische Verletzungen heilen. Das kann ich nicht mit meiner Fähigkeit, aber ich werde trotzdem alles versuchen, um zu verhindern, dass du dich in dem dunklen Teil von dir verlierst.«

»An mir ist deine Nächstenliebe verschwendet«, sage ich bloß leise.

»Geh und rette einen anderen.«

»Nein, du brauchst jemanden, auf den du dich verlassen kannst.«

Ich zucke mit den Schultern. »Ich habe Eric.«

»Er ist dein Partner, nicht dein Freund.«

»Du auch nicht.«

»Dann gib mir die Chance, dir einer zu werden«, sagt Colin energisch. »Lass mich dein Freund sein. Ich werde dich nie wieder enttäuschen, Jo.«

Ich lache leise. »Warum sollte ich dir glauben?«

»Aus dem gleichen Grund, aus dem du mir schon an deinem ersten Tag hier vertraut hast. Du hast gespürt, dass du es kannst. Du fühlst dich allein, aber ich garantiere dir, dass du dich nie wieder so fühlen musst. Nicht, solange ich da bin.«

Ich mustere Colin kritisch, bekomme weder eine Zustimmung noch eine weitere Ablehnung heraus. Eigentlich frage ich mich nur, was Gabriel Skarsgard ihm verraten hat, dass er so verflucht entschlossen auftritt.

»Gib mir zwei Wochen«, setzt Colin hinzu.

»Was ist dann?«, frage ich verwundert.

»Der Weihnachtsball an Heiligabend«, antwortet er. »Geh mit mir dorthin, und wenn du mich am Ende des Abends noch immer nicht in deiner Nähe haben willst, werde ich dich nie wieder behelligen.«

Selbstsicher ist er, das muss ich ihm lassen.

»Nein, ich bin nicht der Typ für Weihnachtsstimmung«, lehne ich dann aber ab und denke im selben Moment wehmütig an die Zeit zurück, in der Tim und ich uns auf nichts so sehr gefreut haben wie den Tannenbaum zu schmücken.

Und obwohl Colin einige Sekunden später mein Zimmer wieder verlässt, fühle ich mich gut. Besser, sogar stärker. Ich habe ihn abgewiesen, obwohl ich vermutlich nichts so sehr brauche, wie die

Nähe zu einem selbstlosen Menschen wie ihm. Ich habe ausgesprochen, wovor ich Angst habe. Nämlich, dass ich Julien gewandelt habe und fest daran glaube, dass er genau das verdient hatte. Ich bin mir treu gewesen und habe es geschafft, zu dem zu stehen, was ich bin. Vielleicht ist es zu früh, mir in dieser Sache sicher zu sein, aber ich denke, ich bin auf einem guten Weg mit mir selbst ins Reine zu kommen. Denn ich weiß nun, wer ich bin, und dass ich von der einen Person abstamme, die vor zweitausend Jahren für die Seite der Guten einen Krieg gewonnen hat. Ich bin eine Raväis. In mir ist eine Dunkelheit, die gedroht hat, mich zu verschlingen. Aber ich bin ein guter Mensch und werde alles tun, um Nevas Erbe zu ehren.

18

All die Dinge, die Dargoth für den Qirilias benötigt, jagen mir einen Schauer über den Rücken. Von harmlosen Sachen wie dem Wasser aus dem Petrifying Well, über die Knochen eines Grimm und einem Vampirzahn, bis hin zu dem Herz eines Elementares ist vieles dabei, was ich selbst vermutlich niemals besorgen könnte. Mir würde die Überwindung fehlen, aber einem bösen Menschen wie dem Schatten ist jedes Mittel recht, Unsterblichkeit zu erlangen.

Als der Unterricht der Jäger beendet ist, verharre ich an meinem Platz und lasse Eric allein gehen. Nur Flynn schaut mich kurz an, und als sich unsere Blicke treffen, halte ich ihn zurück, bevor es mir wirklich bewusst ist. »Warte«, sage ich leise. »Ich wollte mich noch bei dir bedanken für deine Hilfe da draußen.«

Tatsächlich habe ich an nichts anderes gedacht, seit ich an diesem Morgen aufgestanden bin. Dass Flynn Larson sich für mich eingesetzt und einem Elementar die Stirn geboten hat, hat mich so stark beeindruckt, dass ich mich auf jeden Fall dafür revanchieren möchte. Doch seine Worte haben auch weitere Fragen aufgeworfen, was der eigentliche Grund dafür ist, das Gespräch hier und jetzt mit ihm zu suchen.

Flynn wirft mir bloß ein Lächeln zu.

»Du hast gesagt, dass keiner der anderen mich kannte, bevor ich herkam, dass *du* aber wüsstest, wer ich war ...«

Ein Grinsen huscht über Flynns Gesicht, als er sich lässig an die Wand lehnt und einen Fuß daran abstützt. »Du fragst dich, wie lange ich dich bereits beobachtet habe.«

Ich nicke.

»Die Akademie wurde nicht erst auf dich aufmerksam, als du Roy gewandelt hast«, sagt er. »Was hat Alois dir erzählt?«

»Er sagte, dass man sich lange gefragt hat, wer von uns es sein würde. Damit meinte er meinen Bruder und mich, nicht wahr? Die Akademie wusste schon immer, dass in meiner Familie etwas nicht stimmte.«

Nun ist es Flynn, der nickt. »Nach der Geburt deines Bruders wurde die Akademie auf euch aufmerksam. Nun wissen wir ja, dass es geschah, als du deinen Bruder gewandelt hast. Aber damals wussten wir nicht, was passiert ist. Wir glaubten, dass dein Bruder eventuell Fähigkeiten besitzt. Vor allem hatten wir keinen blassen Schimmer, *was* für Fähigkeiten das sein könnten. Also setzte die Akademie Freiwillige darauf an, euch zu beobachten. Nachdem ich vor etwa einem Jahr herkam, bot man mir an, ein Auge auf dich zu werfen. Über die Jahre haben das viele getan. Die meisten Lehrer und auch einige derjenigen, die dich heute meiden und verteufeln. Doch du hast deine Kräfte nie wieder eingesetzt, erst an dem Tag, an dem ich dich geholt habe.«

Ich schlucke merklich und lasse mich mit dem Rücken gegen die Stuhllehne fallen. »Du warst also schon das ganze letzte Jahr in meiner Nähe?«

»Nicht immer, aber sehr oft, ja«, offenbart Flynn.

Ich seufze. »Du weißt also wirklich, wer ich war, bevor ich herkam.«

»Du meinst das unsichere Mädchen, das sich freiwillig in den Schatten seiner arroganten Freundin stellte? Das einem Kerl ihr Herz verschrieb, der es mit Sicherheit nicht verdient hatte?«

Verwundert hebe ich den Kopf.

»Ich konnte Taylor nicht ausstehen, aber das spielt ja nun keine Rolle mehr«, tut Flynn es mit einer laschen Handbewegung ab. Dann sieht er mir eindringlich in die Augen. »Ich war bei dir, wenn du deinen Bruder ins Bett gebracht und ihm ein Licht angelassen hast, weil er in der Dunkelheit Angst hatte. Ich war da, als ihr zu dieser Zeit voller Vorfreude auf Weihnachten gewartet habt, weil deine Familie dieses Fest mehr zelebriert hat als alles andere. Ich war in deiner Nähe, wenn Freddie dich wie einen Fußabtreter behandelt und sich quer durch eure Schule geschlafen hat.« Flynn hält inne und nach einer Weile huscht ein kleines Lächeln über sein Gesicht. »Ehrlich, Jo, das hier mag das Schlimmste sein, was dir je passiert ist. Aber ich finde, dass es möglicherweise auch das Beste ist, was dir widerfahren konnte. Du bist so gar nicht wie ein Wandler in den Geschichtsbüchern, und wenn du dich daran erinnerst, was du für ein liebenswertes, freundliches und strahlendes Mädchen warst, dann wird dir das hoffentlich eines Tages bewusst.«

Ich lächele, stehe auf und gehe in langsamen Schritten auf ihn zu. »Flynn Larson, ich wollte dich um jeden Preis verteufeln, das ist dir doch klar, oder?«

»Aber lass mich raten? Du erliegst meinem Charme?«, erwidert er lachend.

»Weder dem noch deinem schrecklichen Nasenring oder dieser scheußlichen Frisur ...«, bemerke ich schmunzelnd. »Aber vielleicht werde ich dich doch etwas mehr leiden können, als ich erwartet habe.«

Unter kritischen Blicken verlasse ich die Akademie und laufe zügig die weiße Treppe hinunter. Ich bahne mir im regen Arbeitstreiben geradeaus den Weg zwischen dem Barbier und Kaufmann sowie dem Arkanisten und Kerzenzieher und biege gleich dahinter links ab, gehe vorbei an der Gerberei. Die schwere Holztür knarrt, als ich sie aufschiebe und äußerst zögerlich das kleine Gebäude mit dem Reetdach und der Aufschrift *Bäckerei* betrete.

Ich huste, weil etwas Staubiges in der Luft liegt. Als ich meinen Blick durch den Raum schweifen lasse, wundere ich mich viel weniger, als ich das noch vor einigen Wochen getan hätte. Mir gegenüber hinter einer maroden, braunen Theke steht ein grinsender Jesper, der mich bereits heranwinkt. Aus der Backstube im hinteren Bereich winkt mir ein weiterer Jesper zu. Noch einer rennt mich im selben Moment beinahe über den Haufen, als er mit einem hoch gestapelten Berg aus Brot auf den Armen an mir vorbeiläuft. Im selben Moment dröhnt mir ein »Hi, Jo« in die Ohren, und es klingt, als würde es aus weiteren zwanzig Jesper-Mündern kommen.

Irritiert verharre ich an Ort und Stelle.

Wer von euch ist der Echte?

Das lässt sich unmöglich ausmachen, denn sie alle sehen absolut identisch aus. Und offenbar amüsiert sich auch jeder einzelne Jesper auf dieselbe Weise über meine Ratlosigkeit, denn sie alle grinsen breit.

»Du hattest angeboten, mir bei der Jobsuche zu helfen«, werfe ich schließlich in den Raum.

»Wer, ich?«, fragt einer.

»Ich?«, fragt ein weiterer.

»Oder meinst du mich?«, kommt es aus der Backstube.

Ich grinse. »Sehr lustig, Kavanagh. Hilfst du mir jetzt oder nicht?«

»Vertraust du mir denn nun?«, fragt der Jesper hinter der Theke.

»Oder vertraust du mir?«, fragt der, der den Berg aus Brot abgestellt hat und sich nun amüsiert neben mir aufbaut.

»Nein, aber vielleicht mir!«, ruft ein weiterer von links in mein Ohr.

Ich seufze. »Okay, könntest du das jetzt lassen, bitte? Ich brauche deine Hilfe.«

»Du brauchst mich?«, erwidert der Jesper rechts von mir.

»Nicht dich, aber mich«, sagt der an meiner linken Seite.

»Es ist nicht nötig, mich hiermit amüsieren zu wollen«, werfe ich in den Raum. »Ich möchte nur, dass die Dinge für mich hier endlich normaler laufen.«

»Du solltest viel mehr lächeln«, sagt ein Jesper bloß, ohne auf meinen Wunsch einzugehen.

»Ja, immer sieht sie so traurig und verloren aus«, sagt ein anderer.

»Vielleicht sollten wir —«

Ruckartig hole ich mit meiner kleinen, geschlossenen Faust aus und schlage sie dem Jesper rechts von mir in den Magen.

Der hustet, und während ich mich über seinen gekrümmten Anblick tatsächlich amüsiere, flackern all die Jesper-Gestalten um mich herum kurz auf und verschwinden schließlich ins Nirvana. Zurück bleibt bloß der eine Jesper, den ich soeben geschlagen habe.

Der richtet sich auf und lacht gequält. »Woher wusstest du es?«

»Habe ich nicht, war geraten«, erwidere ich schulterzuckend, aber noch immer mit einem breiten Grinsen im Gesicht. »Können wir uns dann jetzt den ernsten Dingen zuwenden? Ich brauche einen Job. Es wird Zeit, dass ich mich anpasse, doch ich weiß nicht, wo ich anfangen soll.«

»Da hast du aber Glück, dass ich bereits eine Idee habe.«

Der Raum ist dunkel und stickig, als Jesper mich hineinführt. Ganz offenbar hat ihn niemand mehr betreten, seit Cara verschwunden ist. Ich verharre gleich hinter dem Eingang, während Jesper die kleinen Holzläden aufreißt, um etwas frische Luft hereinzulassen, und einige Kerzen anzündet, um den Raum zu erhellen. Dass es an diesem Ort keine Elektrizität gibt, werde ich wohl nie so recht akzeptieren können.

In der Schneiderei hat alles seine Ordnung, das sehe ich sofort. Die Tische sind sauber, alle Nähwerkzeuge haben ihren Platz. An einer Seite reihen sich mehrere Körbe auf, sie sind prall gefüllt mit Woll-, Leinen- und Seidentüchern. In einem weiteren Korb befindet sich aufgerolltes Leder, im nächsten Pelz. Auf dem Tisch stehen fein aneinandergereiht mehrere Garne sowie diverse Dinge, die man für die Herstellung von Kleidung, Gurten und ähnlichen Sachen benötigt.

»In der Bibliothek findest du einige Bücher, um etwas über die ganzen Stoffe hier zu erfahren«, sagt Jesper. »Du kannst aber natürlich auch mit den einzelnen Lieferanten sprechen. Mortimer Vail, der Lehrer in Telepathie, ist hier der Kürschner und bringt dir Pelze. Elenor Voss, die Lehrerin in Heilkunde, webt dir die Stoffe. April Mirova liefert dir Leder. Aber wenn du dich ein paar Tage geduldest, kann dir Melissa alles beibringen, was du wissen musst. Sie ist nur gerade sehr in der Bibliothek eingespannt und arbeitet mit den anderen Gelehrten an dieser ganzen Dargoth-Sache.«

Ich reiße überrascht die Augen auf. »Heißt das, Melissa arbeitet auch hier? Ich dachte, Cara wäre die einzige Schneiderin gewesen.«

»Wie hätte sie das alles allein bewältigen sollen? Sie war eine Jägerin und viel unterwegs«, erwidert Jesper. »Aber wenn du mal einen Blick in das Lager da hinten wirfst, wirst du sehen, dass ihr sehr viel Vorrat habt. Das hier wird also ein gemütlicher Job für dich, und du kannst erst mal viel Zeit darauf verwenden, dir reisetaugliche Sachen für dich selbst zu schneidern.«

Ich weiß nicht ...

»Will Melissa denn überhaupt, dass ich mich hier reindränge?«, erkundige ich mich zögerlich. Das kann ich mir beim besten Willen nicht vorstellen. Und ich selbst würde auch viel lieber allein arbeiten und nicht in Gesellschaft von jemandem, der mich meiden möchte.

»Klar, alles abgesprochen. Genau genommen war es sogar ihr Vorschlag, dass ich dir das hier zeige.« Jesper grinst zufrieden. »Pass auf ... Sieh dich hier in Ruhe um und überleg dir, ob es was für dich ist. Ich muss noch ein paar Stunden arbeiten, dann treffen wir uns wieder hier und ich zeige dir was, in Ordnung?«

»Was denn?«

»Das ist eine Überraschung«, sagt er mit schelmischem Unterton in der Stimme. »Aber vielleicht guckst du mal im Lager, ob du ein Kleid findest, das weniger aussieht, als hätte eine alte Frau es dir entworfen?« Sein Blick gleitet an dem tristen, langen Stück hinunter, das ich trage.

Ich nicke zögernd und sehe ihm nicht mal nach, als er zufrieden aus der Schneiderei eilt und mich allein zurücklässt. Das trostlose Ding, das ich trage, macht zwar nichts her, aber so ziemlich jeder hier trägt schlichte Sachen bei der Arbeit und zum Leben. Niemand benötigt viel, keiner hebt sich optisch über den anderen. Nur die Jäger sind meines Erachtens cool angezogen, wenn sie in den Spiegeln verschwinden. Da ich auch eine Jägerin bin, schadet es wohl nicht, sich hier mal gründlich umzusehen.

Jesper klopft, bevor er eintritt. Zögerlich steckt er den Kopf durch die – nur einen Spalt breit geöffnete – Tür. »Hast du was an?«, gluckst er im selben Moment.

Als würde ich in einem öffentlichen Gebäude – oder dem schlecht isolierten Bau, der sich Holzhütte schimpft – nackt herumlaufen. »Komm rein«, fordere ich ihn auf.

Er lässt sich nicht zweimal bitten, und als sein Blick auf mich fällt, nickt er zuerst erstaunt und dann zufrieden lächelnd. »Ich wusste doch, dass unter den Lumpen ein attraktives Mädchen steckt.«

Das sollte ich wohl als Kompliment auffassen, doch eigentlich fühlt es sich merkwürdig an, diese Worte aus seinem Mund zu hören. Für gewöhnlich sind solch nette Dinge von Taylor gekommen.

Er ist nicht mehr mein Freund. Für ihn existiere ich nicht mehr.

Ich unterdrücke den Anflug von Trauer unter einem aufgesetzten Lächeln und werfe einen Blick auf mein Kleid. Eigentlich ist es wunderschön, und ich fühle mich wohl darin. Zumindest innerhalb dieser sicheren vier Wände, während Jesper der Einzige ist, der mich anstarrt. Es ist eng um die Taille, reicht mir bis zu den Knien und schwingt mir ab der Hüfte abwärts locker um die Beine, wenn ich mich bewege. Der weinrote Farbton hat mich gleich angesprochen, ebenso wie der schulterfreie Schnitt mit den kurzen Ärmeln und der schwarzen Spitze, die sich um den gesamten oberen Teil des Kleides zieht. Dazu habe ich mir die schicksten und dezentesten Stiefeletten herausgesucht, die ich finden konnte. Die Vielfalt an Kleidung, die das Lager der Schneiderei aufweist, ist wirklich unglaublich.

Aber auch als ich den Blick wieder hebe und Jesper mustere, staune ich nicht schlecht. Er hat sich nach der Arbeit umgezogen und sieht aus wie ein waschechter Gentleman. Der schwarze Anzug mit dem weißen Hemd darunter steht ihm hervorragend. Die eleganten Leder-Schnürschuhe machen etwas her, und ganz besonders stylisch finde ich den Hut in Verbindung mit der gemusterten Krawatte und dem wadenlangen, schwarzen Trenchcoat.

»Wie sehe ich aus?«, fragt Jesper, strafft den Mantel nach außen hin weg und dreht sich einmal schwungvoll im Kreis.

Ich belächle amüsiert die Hosenträger, die sichtbar werden. »Sehr schick«, antworte ich. »Jetzt bin ich umso neugieriger, was du damit bezweckst.«

Jesper kommt lockeren Ganges auf mich zu, greift nach dem Mantel, der auf dem Tisch neben mir liegt, und steht bereit, um mir hineinzuhelfen.

Er ist also nicht nur wie ein Gentleman angezogen.

»Wir gehen aus«, sagt er.

»Sind wir nicht ein bisschen overdressed für die Schenke?«, erwidere ich grinsend.

»Mit Sicherheit«, stimmt er mir zu. »Deshalb stehlen wir uns jetzt durch die Spiegel davon und unternehmen eine kleine Reise.«

Von Eindrücken überwältigt, lässt Jesper mich nur kurz an der Bar verharren. Kaum dass ich mein Bier geleert habe, zieht er mich schwungvoll mit sich auf die Tanzfläche, die aussieht wie ein Schachbrettmuster. Von der lauten Rock ´n` Roll Musik dazu animiert, strahlt er über das ganze Gesicht und übernimmt die Führung, weil er offenbar schnell bemerkt, dass ich mit seinem Enthusiasmus völlig überfordert bin. Doch wie könnte es anders sein? Vor dem Club haben mich bereits die Oldtimer und vor allem die rot-beigen Mopeds mit den hellen Reifen in ihren Bann gezogen. In der Sekunde, als uns die Musik verschluckt hat, bin ich hin und weg gewesen von der roten Jukebox in der Ecke, dem langen Tresen und den bunten Tischen und Stühlen. An der Bar habe ich die Auswahl zwischen kultigen Getränken wie Vodka Highballs, Martinis und Side Cars. Am Ende habe ich mich nur für mein Bier entschieden, weil ich mir nicht sicher war, ob ich das andere Zeug überhaupt mag.

Jesper sieht in seinen Klamotten aus, als würde er perfekt hierher passen. Nicht bloß in diese Welt, vor allem in diese Zeit.

Die englischen 50er Jahre, wow.

Ich bin auf positive Weise geflasht. Zwar kommt mir die Musik bekannt vor, aber ich kann nicht benennen, wer das Lied singt. Im Vorbeigehen und bei einem Blick auf die Jukebox stechen mir zumindest Namen wie Chuck Barry, Jerry Lee Lewis, Sam Cook, Elvis Presley, Marilyn Monroe und Buddy Holly in die Augen.

Aber es ist mir nicht wichtig, wer die Lieder singt und ob mir wohl ein Martini schmecken würde. Ich fühle mich fantastisch. Das erste Mal seit einer sehr langen Zeit ist es, als sei ich leicht und frei. Kein trauriger Gedanke dringt zu mir durch. Kein noch so großer Schnitt meiner Vergangenheit zieht mich in diesem Moment runter.

Jesper wirbelt mich selbstbewusst über die Tanzfläche, und ich habe Mühe, nicht ins Stolpern zu geraten und zu stürzen. Seine gute Laune ist vor allem eines – ansteckend. Ich glaube, dass ihm das sehr wohl bewusst ist. Vermutlich hat er mich deshalb hergebracht.

Obwohl ich mich auf die Party konzentrieren möchte, komme ich nicht umhin, darüber nachzudenken, was zu dieser Zeit in der Welt geschah. Doch mir fällt nichts ein außer der Krönung von Königin Elizabeth. Wenn die Leute dieser Zeit wüssten, dass sie auch 2018 noch immer an der Macht ist, würden sie sich vermutlich wundern.

Nach vielen Stunden der Trinkerei und Tanzerei halte ich mich nur noch erschöpft auf den Beinen. Eigentlich verdanke ich nur Jespers beherztem Griff um meine Taille, dass ich noch stehe. Das eher langsame Lied von Sam Cook im Hintergrund spielt uns in die Karten, um endlich einen Gang herunterzuschalten. Ohne darüber nachzudenken, verschränke ich die Arme hinter Jespers Kopf – nicht, um ihm nahe zu sein, vielmehr nur, um mich so unauffällig wie möglich an ihm festzuhalten, damit ich nicht zusammensacke. Dabei halte ich es im Grunde für eine sehr dumme Idee, denn ich möchte ihm auf keinen Fall falsche Signale senden.

Um das direkt klarzustellen, räuspere ich mich. »Ich muss dich das jetzt einfach fragen ... Warum das alles hier? Du gehst mit mir aus, bist so unglaublich fürsorglich, und ich habe den Eindruck, dass du schon den ganzen Abend mit mir flirtest.«

Jespers herzliches Lachen lockert die Stimmung gleich wieder auf und lässt meine Sorge, er könnte mein nahbares Verhalten fehlinterpretieren, beinahe schon verfliegen. »Ich mache dich nicht an, Jo, falls du das befürchtest. Ehrlich gesagt bin ich wohl zurzeit nicht weniger traurig als du. Caras Verrat hat mich verletzt. Ich habe sie geliebt und sie hat ... Ich suche keine neue Liebe, aber ich dachte daran, dass es uns beiden guttun könnte, wenn wir Freunde werden.«

Die Vorstellung gefällt mir. Obwohl ich mir in den letzten Tagen wegen Jespers Beweggründen nicht sicher gewesen bin und an seinen Absichten wohl zwanghaft zweifeln wollte, hat er mir an diesem Abend bewiesen, dass er ein toller Kerl ist. Trotzdem sind wir wohl nicht mehr in einem Alter, in dem man sich drückt und dann beschließt, dass man befreundet ist. Solche Dinge funktionieren so nicht, sie entwickeln sich nicht mal eben.

»Einfach so?«, frage ich also. »Du willst mit einem Freak befreundet sein, der seine Kräfte nicht kontrollieren kann?«

»Wir alle waren mal an diesem Punkt«, erwidert er schulterzuckend. »Ich hatte damals Leute, die mich nett aufgenommen haben. Ich hatte *sie*.«

»Bitte sei nicht meine Cara«, entgegne ich mit einem Lachen in der Stimme.

Zuerst befürchte ich, dass ich ihm damit vielleicht zu nahetrete, doch als auch er lacht, legt sich meine Sorge. »Nein, aber ich denke, wir beide können am ehesten nachfühlen, was in dem anderen gerade vorgeht.« Mit Nachdruck zieht Jesper mich enger in seine Arme, ohne den Blickkontakt abreißen zu lassen. »Ich habe dich heute hierher eingeladen, weil ich uns die Chance geben wollte, auszutesten, ob wir gut miteinander auskommen. Ich für meinen Teil fand den Abend mit dir großartig, und denke, dass es uns beiden guttun wird, unsere inneren Dämonen gemeinsam zu verscheuchen.«

Ich hatte heute Spaß mit ihm, zum Teufel also mit meinen Zweifeln.

»Verrate mir doch, wie ein Waisenjunge von der Straße so wird wie du«, bemerke ich.

Jesper wirkt für einen kurzen Moment überrascht. Vermutlich fragt er sich, woher ich von seiner Vergangenheit weiß. Dann scheint ihm ein Licht aufzugehen. »Eric und du, ihr versteht euch anscheinend echt gut, nicht wahr?«

»Sei nicht böse auf ihn, dass er mir ein bisschen was über dich erzählt hat«, sage ich bloß sanft.

»Wer bin ich, wütend auf den einzig wahren Eric Castile zu sein?«, erwidert Jesper sarkastisch. Sofort stelle ich mir innerlich die Frage, was er wohl von ihm hält. »Es ist ja kein Geheimnis, wer ich vorher war. Wer ich sein musste.«

»Du bist wahrscheinlich froh, dass die Weisen dich gefunden haben, oder?«, vermute ich laut. »Sie gaben dir ein Zuhause, Kleidung, regelmäßige Mahlzeiten ...«

»Ich liebe unsere Insel und die meisten Menschen dort«, antwortet er. »Okay, die Elementare sind ein arroganter und von allen bevorzugter Haufen Mistkerle, aber ich muss mich ja nicht mit ihnen zusammensetzen, also was solls.«

»Eric hatte für dich eigentlich ziemlich lobende Worte übrig«, bringe ich an.

»Castile ist ein Elementar, wie er im Buch steht«, äußert Jesper dennoch mit einer Spur Abfälligkeit in der Stimme. »Er ist die Nummer eins unseres Zirkelmitglieds Lelant Palmer. Keine Ahnung, was die beiden verbindet. Vielleicht ihre Fähigkeit, aber vermutlich verstehen sie sich einfach prächtig, weil sie beide arrogant und distanziert sind. Die Elementare halten sich nahezu alle für erhaben. Sie denken, sie wären besser als der Rest von uns. Mächtiger.«

»Sind sie das?«, frage ich nichtwissend.

»Es gibt Mächtige in den Fähigkeiten, jene, die stärker sind als alle anderen. Aber es gibt sie unter allen Gaben, nicht nur bei den Elementaren. Und nichts für ungut, Eric mag ein starker Elementar sein, aber einer der Mächtigen muss er deswegen nicht zwangsläufig sein.«

»Und seid ihr mal aneinandergeraten?«, frage ich neugierig. Irgendwoher muss Jespers Abneigung ihm gegenüber kommen.

»Wenn du wissen willst, wer der echte Eric Castile hinter der aufgesetzten Maske ist, die er dir als dein Partner zeigt, dann solltest du Melissa fragen.«

Ich nicke nur und sinke daraufhin mit dem Kopf an Jespers Brust. Seit meinem ersten Aufeinandertreffen mit Eric habe ich mich gefragt, was er wohl von mir will. Er hat bewiesen, dass ich ihm als meinem Partner vertrauen kann. Doch sein Innerstes hält er vor mir verborgen. Wer weiß, welche Abgründe darin lauern. Er hat gesagt, dass er Verständnis für meine inneren Dämonen hat. Anscheinend – und ich bin mir ziemlich sicher, dass es so ist – hat er seine eigenen.

»Also was sagst du, Jo?«, fragt Jesper nach einer Weile des Schweigens. »Setzt du dich ab morgen zu deinem neuen Freund an den Tisch und verschließt dich nicht mehr vor der Welt?«

Es ist wohl an der Zeit, alles hinter mir zu lassen. Den Schmerz, den Hass, die Angst, die Zweifel. Zumindest sollte ich es eine Weile versuchen und sehen, wohin es mich führt.

E inige Tage sind verstrichen, viele davon gefüllt mit meinem
privaten Unterricht bei Alaric und vor allem mit noch mehr
Stunden, in denen Jesper mir geholfen hat, mein Reaktionsvermögen
im Nahkampf zu testen. Ich habe zwar eine mächtige Fähigkeit, doch
da ich diese nicht immer einsetzen kann und sollte, muss ich lernen,
mich anders zu verteidigen. Die blauen Flecken auf meinem Körper
sind der Beweis dafür, dass ich mich zwar bemühe, aber wohl nicht
allzu gut anstelle. Ich bin klein und schwach, schaffe es nicht mal,
gegen einen einzigen Jesper zu bestehen, geschweige denn gegen
seine Replikationen. Aber ich will um jeden Preis besser werden.
Wahrscheinlich war ich noch nie in meinem Leben so lernwillig wie
an diesem Ort und in dieser Lage.

Wenn ich meine Zeit nicht mit Jesper auf den Feldern nahe der
heißen Quelle im Training verbringe, kämpfe ich mich in diversen
Unterrichtsfächern durch dicke Wälzer und versuche, Dinge zu
lernen und zu begreifen, die jeder normale Mensch da draußen für
verrückt halten würde.

Alaric – in seiner Position als der Lehrer in Alchemie – ist mit uns den Zauber des Qirilias durchgegangen, um uns vor Augen zu führen, wie das mächtigste Artefakt der Welt hergestellt wird. Es handelt sich dabei um einen Trank, der mit den Relikten als Zutaten gekocht wird. Aus diesem formt sich mit der richtigen Zauberformel ein Kristall, der dem Träger die Unsterblichkeit verleiht.

Wenn nicht Jesper mich in unserem Training grün und blau schlägt, dann tut es jemand anderer in den Kampftrainingsstunden. Nach einer Stunde im Unterricht für Mentaltraining weiß ich außerdem, dass ich dafür nicht die geringste Veranlagung habe. Geschichte bei Gabriel Skarsgard wird eines meiner Lieblingsfächer, denn ich mag sowohl den rundlichen Kerl und seine Gabe als auch das Wissen, das er mir vermittelt.

Begeistert hat mich auch meine erste Stunde in Mythologie bei Elenor Voss. Nach einem dreißigminütigen Vortrag über Drachen bin ich mir inzwischen nicht mehr gänzlich sicher, ob ich diese Wesen Auge in Auge wirklich noch toll finden werde. Bei Kobolden hingegen sieht die Sache anders aus. Zwar gelten sie als gerissene, bösartige Wesen, aber eigentlich schreibt man ihnen diese Charaktereigenschaften nur zu, weil sie ihr Volk und ihr Zuhause mit allen Mitteln zu schützen versuchen. Und da Kobolde keine besonders großen und kräftigen Wesen sind, kämpfen sie mit List und Taktik. Fast schon liebenswerte Geschöpfe, wenn man sich ihrer winzigen Körpergröße bewusst ist, während man sich gleichzeitig Illustrationen ihres Äußeren ansieht.

Tierkunde bei Ada Sheridan wurde für mich erst spannend, als ich den Zusammenhang dieses Unterrichts mit dem in Überlebenskunde verknüpfen konnte. Denn es ging nicht – wie zuerst erwartet – um die Anatomie von Pferden oder ähnlichen Tieren, sondern um wilde, gefährliche oder auch giftige Tiere, auf die wir bei unseren Reisen treffen könnten. Passend dazu haben wir von dem arroganten

Wasserelementar, der Überlebenskunde unterrichtet, gelernt, wie wir dort draußen zurechtkommen, wenn wir verletzt, verschollen und vergiftet sind oder sonst irgendwie in Schwierigkeiten stecken.

Gleichermaßen wichtig und auch interessant war schließlich Heilkunde bei Ellen Cormick an diesem Morgen. Sie weiß alles über die Natur und aus welchen Dingen man welches Mittel herstellen kann.

Nach den vergangenen Tagen raucht mir ziemlich der Schädel, aber mich beruhigt ungemein, dass ich nicht allein bin, sondern Eric an meiner Seite habe. Er hat all dieses Wissen mit Sicherheit schon viel mehr verinnerlicht als ich nach gefühlten fünf Minuten.

Als ich nach dem Heilkundeunterricht auf dem Weg durch das kleine Waldstück hinter der Akademie schlendere, um mich mit Jesper an der heißen Quelle zu treffen und dort zu trainieren, habe ich wirklich – sogar ganz tief in meinem Inneren – das Gefühl, dass sich die Dinge eines Tages richten werden. Zumindest für mich, wenn schon nicht für die ganze Welt.

Seitdem ich beim Essen nicht mehr wie die Hauptattraktion allein im Saal sitze, sondern Jesper und seine Freunde stets an meiner Seite habe, fühle ich mich wieder stärker und nicht mehr wie das unsichere Mädchen, das vor dem Scherbenhaufen ihres Lebens stand. Colin lässt mir meinen Freiraum, versucht mich zwar immer wieder in kleinere Gespräche zu verwickeln, bedrängt mich aber nicht. Rae behandelt mich auf eine nicht unfreundliche Art meistens gleichgültig. Ich glaube nicht, dass sie mich hasst, aber vermutlich will sie auch nicht um jeden Preis mit mir befreundet sein. Melissa verweilt immer nur kurz am Tisch, schlingt ihr Essen herunter und verschwindet dann wieder in der Bibliothek. Ihre Aufgabe als Gelehrte scheint sie sehr ernst zu nehmen, deshalb habe ich sie noch immer nicht in der Schneiderei gesehen und bringe mir bisher alles selbst bei. Am Ende kommen dabei hoffentlich brauchbare Kleidungsstücke für mich selbst heraus – trotz meiner eher kläglichen Nähversuche. Bald steht eine neue Reise mit Eric an und ich möchte – wie die anderen Jäger – ausreichend ausgestattet sein, um da draußen zurechtzukommen.

Ich atme tief ein, als ich die Waldgrenze hinter mir lasse und sich vor mir die weiten Felder erstrecken. Den Anblick sauge ich förmlich auf, um meinen inneren Frieden zu finden. Alles wird gut. Was war, lässt sich nicht mehr ändern, doch ich allein entscheide, wie der Weg für mich weitergeht. Mit Leuten wie Flynn, die mir gegenüber tolerant auftreten, und anderen wie Jesper, Eric, Alaric und Colin, die es scheinbar aufrichtig gut mit mir meinen, fällt es mir jeden Tag ein bisschen leichter, diesen Ort als mein Zuhause zu betrachten und mich wohlzufühlen.

Leider muss ich in diesem Augenblick feststellen, dass es noch immer jene auf der Insel gibt, die es überhaupt nicht gut mit mir meinen. Es ist die eine Sache, wenn sie mich meiden, aber als ich zuerst das schneeweiße Haar von Arthur Whitman im Augenwinkel bemerke und sich schließlich die etwas moppelige Frauengestalt mit den kurzen Haaren und dem fiesen Blick vor mich schiebt, begreife ich schnell, dass die Elementare mal wieder darauf aus sind, mich zu triezen.

»Dass sie dich noch immer frei herumlaufen lassen.«

Ich gehe in mich und versuche, mich zwanghaft an das friedfertige Gefühl in mir zu klammern, das mich seit dem Abend mit Jesper erfüllt. Dann setze ich ein Lächeln auf und lege so viel Freundlichkeit in meine Stimme, wie ich aufbringen kann. »Ich glaube, wir beide haben uns auf dem falschen Fuß kennengelernt. Du bist Rebecca Parrish, oder? Eine Feuerelementarin?« Zumindest lässt das gelegentliche rote Funkeln in ihren Augen, wie ich es auch in Erics bereits gesehen habe, mich das glauben. Immerhin passt es auch in diesem Moment gut zu dem kastanienbraunen Farbton ihrer Haare. Schade, dass sie keineswegs freundlich wirkt.

Mit meiner netten Wortwahl habe ich ihr offenbar kurz den Wind aus den Segeln genommen, und mein Blick fällt auf das große Mädchen neben Arthur, der mich abschätzig mustert. Auch mit ihr hatte ich keinen guten Start. Sie und ich sind beim Stall aufeinandergetroffen, als ich beinahe eines der Pferde berührt habe. In ihren Augen erkenne ich ein sanftes, helles Glimmern, ähnlich dem von dem glatzköpfigen Kerl, der immer in Erics Nähe ist. »Du beherrscht das Wasser, oder?«, frage ich neugierig. Wenn ich ehrlich zu mir selbst bin, finde ich die Elementare und ihre Fähigkeiten ziemlich faszinierend. Aber Jesper hat recht, sie alle wirken überheblich. Bei ihr ist das nicht anders. Sie ist recht groß, hat aber eine schlanke Figur, einen sehr hellen Teint und diese wunderschönen, langen und blonden Haare. Ich glaube weder sie noch Rebecca sind wesentlich älter als ich, dennoch haben wir nicht das Geringste gemeinsam.

Auch die hübsche Blondine wirkt zuerst verwundert, weil ich nur allzu freundlich auf ihr Auftauchen reagiere. In diesem Anflug von Verunsicherung schafft sie es sogar, mir ihren Namen zu nennen. »Tammin Natas.«

»Ich würde es mir an deiner Stelle nicht allzu gemütlich hier machen«, sagt Rebecca, die scheinbar ihre Sprache wiederfindet und sich daran erinnert, dass sie auf mich herabblicken wollte.

Ich nicke einsichtig, höre die Feindseligkeit in ihrer Stimme deutlich heraus. Keine Ahnung, ob es echte Abneigung ist – obwohl ich nicht wüsste, was ich ihr bisher getan haben sollte – oder ob auch aus ihr nur die Angst vor meiner Fähigkeit spricht. »Tut mir leid, aber ich werde nicht wieder gehen.«

Arthur stößt einen abwertenden Laut aus.

Sofort wandert mein Blick zu ihm, und ich muss mich wirklich anstrengen, nicht die Beherrschung zu verlieren. »Von einem Feigling will ich nichts hören.«

»Ich hatte keine Angst, ich wollte dich loswerden!«, platzt es aus ihm heraus.

»So wie wir alle«, sagt gleich darauf Rebecca und versetzt mir mit ihrer ausgestreckten Hand einen heftigen Stoß gegen die Schulter.

Ich muss mich beruhigen. Ich muss ...

Es gelingt mir nicht. Ich spüre die Wut in mir und das heiße Gefühl, das sich durch meine Organe frisst und in mir immer höher steigt. »Du solltest dir lieber zwei Mal überlegen, ob du mich anfasst«, flüstere ich und lege einen drohenden Unterton in meine Stimme, der ihr hoffentlich klarmacht, dass das mein Ernst ist.

»Und wenn nicht?«, fragt Rebecca und tritt noch einen Schritt näher, baut sich beinahe Nase an Nase vor mir auf. »Wandelst du mich dann, um mich zu unterwerfen?«

Ich kann mich nicht von diesen Menschen herumschubsen lassen. Es liegen Jahre vor mir. Wenn wir den Schatten besiegen, sogar mein ganzes Leben. Diese Feindseligkeiten ertrage ich keine Jahrzehnte. Sie müssen begreifen, wen sie vor sich haben. Dass ich ihnen nicht wehtun möchte, wenn sie mich in Frieden lassen, ich aber in der Lage bin, es zu tun, wenn sie mich dazu bringen.

Ich lasse der Wut in mir freien Lauf, spüre wie sie in Hass umschlägt, und balle die Hände zu Fäusten, als mir die Hitze den Hals hinaufsteigt.

Im selben Moment weicht Rebecca erschrocken zurück und reißt die Augen auf. Ich kann es zwar spüren, aber ihr verängstigter Blick zeigt mir, dass vor ihr nicht länger Jo steht, sondern eine Raväis.

Ein kräftiger Griff an meiner Schulter zerrt mich zurück. Ich stolpere, falle zu Boden und lande unsanft auf dem Hintern. Ich sehe hinauf und entdecke eine wuchtige Gestalt.

»Du dummer Stein, halt dich raus!«, höre ich Rebeccas giftige Stimme.

Gleich danach ertönt Tombards dumpfes Stöhnen und er weicht so schnell zurück, dass er beinahe auf mich tritt. Ich ziehe die Beine ein, rappele mich auf und stelle mich an seine Seite. Die riesige Hand presst er sich auf seinen Unterarm. Fast verdeckt sie die Wunde restlos, aber ich kann sehen, dass Rebecca ihn verbrannt hat. Er hätte sich nicht mit ihr anlegen dürfen. Sie ist eine der Wenigen auf dieser Insel, die die Macht hat, ihn zu verletzen.

Wie auf Knopfdruck hole ich den Hass in mir wieder an die Oberfläche und bin mir sicher, noch nie so schnell der Raväis in mir nachgegeben, geschweige denn sie mit Absicht beschwört zu haben. Für einen kurzen Moment bin ich selbst überrascht, wie schnell es mir inzwischen gelingt. Die Übungen mit Alaric zahlen sich endlich aus.

Wütend mache ich einen Schritt auf Rebecca zu. Nicht, um ihr wehzutun, aber um ihr Angst einzujagen. In ihren Augen erkenne ich, dass ich damit Erfolg habe. Ihre Aura beginnt zu lodern, und ich weiß, dass sie im Begriff ist, irgendwie ihr Feuer auf mich zu wirken. Doch im selben Moment wird sie von einer Wasserfontäne von den Füßen gerissen und landet unbeholfen auf dem Po.

»Jo!«, hindert mich die harsche Stimme von Eric nun ebenfalls an meinem Vorhaben.

Ich drehe mich um und ernte sofort den starren Blick von dem Wasserelementar, der an Erics Seite steht. Dieser Kerl hat keine Angst vor mir. Keine Ahnung, wieso, aber er wirkt erhaben auf mich und sieht mir geradewegs in meine pechschwarzen Augen. Umringt von all den Elementaren, besinne ich mich und verdränge die Dunkelheit in mir. Ohne ein Wort wende ich mich von meinem Partner und seinem Freund ab und stattdessen wieder Tombard zu. Der presst sich noch immer die Hand auf den Arm. Ich sehe im Augenwinkel, wie Rebecca sich aufrappelt und wutentbrannt in Erics Richtung starrt. Doch dann wendet sie sich mit ihren Freunden ohne ein weiters Wort ab und sie verschwinden gemeinsam hinter der dichten Waldgrenze.

»Colin kann das heilen«, sage ich leise und will nach Tombards Hand greifen.

»Nein«, brummt er und entzieht sich mir, bevor ich ihn berühren kann. »Ich brauche weder deine Hilfe noch die eines Heilers.«

»Aber mir hast du gerade beigestanden, also —«

»Nicht dir, Wandlerin!«, unterbricht er mich harsch. »Sondern dem Feuermädchen. Du warst nicht länger du selbst.«

»Ich wollte sie nur ein bisschen verängstigen, weil sie mich provoziert hat«, rechtfertige ich mich.

»Dein Fluch ist kein Spielzeug!«, belehrt er mich mit rauer und schroffer Stimme. »Du bist eine menschliche Waffe, die außer Kontrolle ist. Setze sie ein, um Gutes zu tun, oder lass es ganz bleiben.«

Das leise Lachen des Wasserelementares dringt zu uns herüber. »Und solche Worte von einem Stein.«

Ich sehe ihn nicht mal an, bin tatsächlich berührt von Tombards Ernsthaftigkeit. Er hat recht. Man hat ohnehin schon Angst vor mir, ich sollte die Menschen nicht noch zusätzlich treffen, indem ich mit meiner Gabe experimentiere. »Es tut mir leid«, flüstere ich an den Teufelsstein gewandt.

Er mustert mich kritisch, dann nickt er. Schließlich blickt er geradewegs über mich hinweg und wendet sich an Eric und seinen Begleiter. Doch wieder sagt er keinen Ton, nickt nur noch einmal, was wohl ein knapper Dank für ihre Hilfe sein soll, dann wendet er sich ab und stampft schweren Schrittes davon.

Ich blicke ihm hinterher. Er und ich, wir sollten Abstand zueinander halten. Dennoch hat er mir geholfen, und ich verspüre innerlich den Drang, seine Nähe zu suchen.

»Passiert das öfter?«, fragt Eric und stellt sich mit seinem Freund zu mir. »Rebecca, Arthur und die anderen, sie —«

»Ich komme zurecht«, unterbreche ich ihn knapp.

»Wirklich, Schwarzauge?«, bemerkt der Wasserelementar mit einem Grinsen. »Bevor du das nächste Mal die Dunkelheit loslässt, würde es völlig reichen, Bec zu schlagen. Sie ist eine Gelehrte und kann nicht kämpfen.«

Irritiert mustere ich ihn. »Ein Tipp aus ihren Reihen?«

»Ich habe es dir schonmal gesagt ...«, bemerkt Eric nachdrücklich. »Nicht alle Elementare sind befreundet.«

»Aber der Kerl, der sich über *einen Stein* lustig macht, der ist dein Freund?«, erwidere ich.

»Ich war der Kerl, der dem Stein gerade den Arsch gerettet hat«, sagt der Wasserelementar prompt. »Ich heiße übrigens Bazilton Slater. Freunde nennen mich Baze.«

Ich lache abschätzig. »Ich erinnere mich noch gut daran, wie du an meinem ersten Tag auf mich herabgeschaut hast. Nichts für ungut, Eric«, ich sehe ihn an, »aber deine Freunde müssen ja nicht meine sein.«

Er lächelt auf gehässige Weise. Mir wird klar, dass ich meinen Unmut an ihm auslasse, obwohl er mir gar nichts getan hat. Das scheint ihn nun ebenfalls grantig zu stimmen. »Nein, aber wenigstens habe ich welche. Wen außer Jesper hast *du*? Deinen Heiler, der dich mit seinen heimlichen Blicken anschmachtet? Für wen weist du ihn ab? Für Taylor, der nicht mal mehr weiß, dass du existierst?«

Scheißkerl.

Er mag mein Partner sein, loyal zu mir stehen und mich nie anlügen, aber er ist so taktlos wie ein Elefant im Porzellanladen. In Momenten wie diesen bin ich mir nicht sicher, ob ich ihn jemals wirklich mögen werde.

Ich verbuche diesen Tag als Erfolg, denn als ich das letzte meiner Kleidungsstücke für die nächste Reise fertiggenäht habe, stelle ich zufrieden fest, dass ich mir heute nicht ein einziges Mal in den Finger gestochen habe. Und das, obwohl Colin vor einiger Zeit hereingekommen ist und mich mit seinem Starren abgelenkt hat. Viel geredet haben wir nicht, weil Melissa das erste Mal mit mir in der Schneiderei ist. Sie hat mich freundlich gegrüßt und seitdem die meiste Zeit hinten im Lagerraum verbracht. Vermutlich lacht sie sich innerlich kaputt, weil sie unsere Gedanken hören kann, während Colin und ich uns anschweigen und nur gelegentlich kurze Blicke austauschen.

»Gibt es nicht Spannenderes, als mir beim Nähen zuzusehen?«, frage ich, als ich mein Jägeroutfit zur Seite lege und zu ihm hinübersehe.

»Ich habe nichts zu tun heute und deshalb wollte ich gern etwas in deiner Nähe sein«, antwortet er sanft.

»Wir müssen also die Welt vor Dargoth retten und du hast so gar nichts zu erledigen, um dieser Sache zum Erfolg zu verhelfen?«, entgegne ich, grinse dabei aber leicht.

Er erwidert es, schweigt jedoch.

Eigentlich ist es süß, dass er sich anstrengt. Und nachdem Eric mich so platt darauf angesprochen hat, dass ich Colin abweise und

187

das anscheinend für einen Kerl, der wirklich keinen blassen Schimmer hat, wer ich bin, versuche ich die Sache anders zu betrachten. Colin hat mir gleich vom ersten Moment an gefallen. Ich wollte es nicht zulassen, weil es Taylor gab. Rational betrachtet gibt es keinen Grund, die Annäherungsversuche des netten Heilers abzublocken.

Vermutlich strahle ich genau das aus, denn Colin setzt sich in Bewegung und neben mich an den Tisch. »Hast du dir Gedanken wegen des Weihnachtsballs gemacht?«

»Himmel Herr Gott«, ertönt Melissas lachende Stimme aus dem anderen Raum. »Ja, sie wird mit dir hingehen.«

Colin und ich grinsen einander an. Ich bin mir noch nicht sicher, ob Melissas Gabe ein Segen oder ein Fluch für mich sein wird. In diesem Moment amüsiert sie mich zumindest.

Um Melissas Worte zu unterstreichen, zucke ich mit den Schultern, als würde ich sagen wollen, dass es Schlimmeres gibt, als mit ihm dorthin zu gehen.

Er wirft mir einen gespielt empörten Blick zu, als ich erneut Melissas Stimme vernehme. »Also entweder unterhaltet ihr euch jetzt oder ihr tut sonst etwas, um eure verfluchten Gedanken abzustellen.« Sie lugt kurz in den Raum hinein. »Colin, Jo fand dich schon in der ersten Sekunde toll. Aber sie hat einen Freund, da, wo sie herkommt. Der ist nun zwangsläufig Geschichte. Sie hat das inzwischen eingesehen und ist bereit, sich auf deine Flirtversuche einzulassen. Jo, Colin mochte dich die ganze Zeit über, das hat nie aufgehört. Er hat immer überlegt, wie er auf dich zugehen soll. Mach es ihm nicht schwer, jetzt, wo er es endlich auf die Reihe kriegt, in Ordnung? Ich kann mir diese Kopfmonologe nämlich echt nicht noch länger anhören.«

Mit den Worten verschwindet sie wieder aus meinem Blickfeld, und ich wende mich gerade grinsend an Colin, als ich feststelle, dass er nähergerutscht ist.

»Sie hat recht«, flüstert er, sein Gesicht nur noch unweit von meinem entfernt. »Das hat sie bedauerlicherweise immer.«

Das hat sie wohl.

In diesem Moment springt die Tür auf, Colin und ich schrecken auseinander, und ich blicke in das zuerst überraschte und dann amüsierte Gesicht von Eric.

»Ich wollte euch nicht stören bei ... was auch immer«, spricht er uns mit einem schelmischen Gesichtsausdruck an. »Soll ich später wiederkommen?«

»Ist es denn wichtig?«, frage ich bloß. »Oder bist du hier, um verbale Ohrfeigen zu verteilen?«

»Also *ich* war ja wohl nicht grundlos unfreundlich zu Baze«, entgegnet Eric. »Na ja, lassen wir das. Ich wollte mit dir über unsere Reise sprechen.«

»Ich ...«, beginne ich meinen Satz und breche ihn wieder ab, als ich merke, dass sein Blick zur Tür rechts von mir gleitet und er mir gar nicht zuhört.

Melissa steht da und starrt Eric an. Der verdreht offensichtlich die Augen und murmelt etwas Unverständliches.

Colin grinst kurz, dann nickt er nachsichtig. »Ich lasse euch dann mal allein, damit ihr euch besprechen könnt.«

»Ich komme mit«, platzt es aus Melissa heraus. Sie verlässt so schnell die Hütte, dass sie ebenso gut Teleportation beherrschen könnte anstelle von Telepathie.

»Manchmal habe ich echt ein beschissenes Timing«, murmelt Eric leise. Dann tritt er an den Tisch heran und greift – ohne zu fragen – nach den Sachen, die ich darauf abgelegt habe. »Die Weisen haben das Wetter überwacht und sind sich ziemlich sicher, dass morgen am späten Nachmittag im County Kerry ein Regenbogen zu finden sein wird.«

»Wo bitte ist das?«, frage ich.

»In Munster, das ist eine Provinz in Irland. Raue Küste und so, wir sollten zu dieser Jahreszeit nicht viele Menschen dort treffen. Außerdem bringt uns der Spiegel in die Nähe des Regenbogenendes, das finden Menschen ohne Hilfe sowieso nie.«

Ich kann mein Grinsen nicht unterdrücken, noch bevor ich die Frage stelle. »Und wir suchen also den Topf voll Gold?«

Eric nickt ernst. »Wir sollten uns beeilen, wenn wir ihn finden. Die Leprechauns beschützen ihr Gold. Wir sollten auf jeden Fall vermeiden, von einem über die Regenbogenbrücke gezogen zu werden.« Ich hoffe, dass mein fragender Gesichtsausdruck genug Ansporn bietet, etwas mehr ins Detail zu gehen. Eric seufzt. »Wir müssen auf einen Leprechaun warten, ihn an den Schultern packen und ihn ... na ja ... gelinde gesagt zwingen, uns das Versteck des Goldes zu verraten. Das wird er vermutlich nicht gern tun, denn diese griesgrämigen Naturgeister sind verdammt geizig. Wir sollten uns aber bei seiner Festnahme nicht in den Regenbogen ziehen lassen, weil der die Brücke zum Reich der Kobolde ist. Wenn wir erst mal da drin sind, sind sie in der Überzahl und wir vermutlich geliefert.«

Eine Weile nicke ich bloß monoton und starre meinen Partner an. »Und wie zwingen wir einen geizigen, unfreundlichen Kobold dazu, uns sein Gold zu überlassen? Meinst du, er erliegt deinem Charme?«, frage ich mit sarkastischem Unterton.

»Nein«, antwortet Eric prompt. »Aber dir wird er es sagen. Du wirst ihn wandeln.«

Entsetzt reiße ich die Augen auf. »Wird er uns verletzen wollen?«

»Leprechauns sind keine gewalttätigen Wesen.«

»Dann werde ich ihm das nicht antun!«, weigere ich mich entschieden.

»Du glaubst also, wir erreichen mit bloßen Worten etwas?«, erwidert Eric abschätzig.

»*Du* mit Sicherheit nicht.« Ich schüttele genervt den Kopf, weil Eric mir seit einigen Tagen wie ein Kotzbrocken vorkommt. »Aber es sollte Plan A sein, dass wir es dennoch versuchen.«

Keine Ahnung, welche Laus ihm über die Leber gelaufen ist, aber nur, weil er schlecht drauf ist, wandle ich noch lange keinen unschuldigen Kobold.

Du machst in deinem neuen Outfit als Jägerin echt was her«, sagt Alaric nach unserem Unterricht und lächelt.

Ich finde meinen Look auch cool, muss ich sagen. In den Leggins und den beinahe kniehohen Stiefeln fühle ich mich wohl und es ist bequem. Die helle, schulterfreie Leinenbluse mit den langen und weiten Ärmeln, die am Handgelenk zusammengebunden sind, reicht mir bis über den Hintern. Ein Korsett aus Leder mit mehreren Riemen sorgt dafür, dass sie nicht wie ein Sack an mir herunterhängt. Auf Hüfthohe trage ich einen Ledergürtel mit kleineren Beuteln und einem Halter für einen mittelgroßen Dolch. So etwas bei mir zu tragen, daran werde ich mich mit Sicherheit noch gewöhnen müssen, aber ich bin mir bewusst, dass es nicht schaden kann, eine Waffe dabei zu haben. Auch im Stiefel trage ich einen kleinen Dolch bei mir. Man weiß nie, wofür der mal gut sein wird.

»Wie fühlst du dich?«, fragt Alaric, weil ich auf sein Kompliment noch immer nicht reagiere.

Ich zucke mit den Schultern. »Heute reise ich nach Irland, um mich mit einem Kobold anzulegen und ihm sein Gold zu stehlen. Ich würde sagen, ich hatte schon schlimmere Tage.«

Alaric mustert mich kritisch. »Du wirst besser darin, dich selbst zu beherrschen. Du kannst die Wandlung bewusst provozieren und bist in der Lage, die Raväis in dir schnell wieder zu unterbinden. Du scheinst dich wieder mit Colin Fraser zu verstehen und hast, so merkwürdig ich das finde, ausgerechnet in dem Mann einen Freund gefunden, der Cara näherstand als jeder andere.«

»Und?«, frage ich, weil ich nicht weiß, worauf er hinauswill. Ich befürchte, dass ich heute schroff mit ihm umgehe. Aber die Tatsache, dass ich mit dem in letzter Zeit sehr schlecht gelaunten Eric eine Reise antrete, drückt meine Laune ziemlich.

»Und trotzdem habe ich erfahren, dass du vor einigen Tagen mit den Elementaren aneinandergeraten bist.«

»Sie haben mich provoziert«, rechtfertige ich mich nur leise. »Rebecca Parrish hat Tom verletzt.«

»Tom?«, fragt Alaric verwundert.

»Der Teufelsstein, der alle meidet?«, helfe ich ihm auf die Sprünge.

»Ich weiß, wer das ist, Jo«, belehrt Alaric mich noch immer irritiert. »Aber wieso war er in deiner Nähe? Du solltest —«

»Stopp«, unterbreche ich ihn. »Ich weiß, was jetzt kommt. Man sollte eine Raväis und einen Teufelsstein nicht zusammen sehen. Aber wir waren gar nicht gemeinsam unterwegs. Tom kam dazu, als —« Ich breche den Satz ab.

»Als du bewusst deine Fähigkeit eingesetzt hast, um Rebecca zu verängstigen«, vollendet stattdessen Alaric meine Worte. Ich höre die Enttäuschung in seinem Ton direkt heraus.

»Ich bin nicht stolz darauf, okay?«, setze ich gleich zur Verteidigung an. »Das kommt nicht wieder vor. Ich war nur so ... wütend.«

»Ich dachte, dir würde es besser gehen«, flüstert Alaric es nur und es klingt beinahe so, als täte ich ihm leid.

»Das ist auch so!«, betone ich energisch. »Das war nur ein Aussetzer. Ein kleiner Rückfall.« Es missfällt mir, so darüber zu denken. Als wäre ich schon immer dieser wütende Mensch gewesen. Ich war nichts, nur ein Mädchen ohne Selbstbewusstsein, die Freddie am Rockzipfel hing, um cool zu sein und dazuzugehören. Wie unglaublich lächerlich mir das nach den letzten Wochen an diesem Ort vorkommt. In Anbetracht dessen, was auf uns zukommt. Ich sehe nicht nur Schlechtes darin, wie ich mich seither verändert habe. Ich bin stärker geworden, stehe für meine eigenen Überzeugungen ein und traue mich, meine Meinung laut kundzutun, auch wenn ich es manchmal besser lassen sollte.

»Es sind meine Erinnerungen, die mich hin und wieder dazu verleiten wollen, das Monster zu werden, das man in mir sieht«, murmele ich leise. »Ich werde außerdem das Gefühl nicht los, dass man mich hier aufgenommen hat, weil man genau diese Seite in mir eines Tages braucht.«

»Du glaubst, der Zirkel wird dich zwingen, deine Kraft zu seinen Gunsten einzusetzen?«, fragt Alaric.

»Eric meint, ich soll den Kobold wandeln, damit er uns hilft.«

»Einem netten Mädchen wie dir fällt doch bestimmt noch ein anderer Weg ein, nicht wahr?«, erwidert er mit einem Lachen. »Es ist der ewige Konflikt zwischen dem besseren Weg und dem Leichten. Lass dich niemals unter Druck setzen und vertraue auf dein Bauchgefühl, es wird dich leiten. Eric Castile ist im Herzen bestimmt ein guter Mann, aber er hat Dinge erlebt, die ihn haben abstumpfen lassen. Empathie war noch nie seine Stärke, deshalb wirkt er auf die meisten hier oft unterkühlt.«

Ich horche neugierig auf. Dass mein Partner schroff und kalt ist, ist mir nicht neu. Aber was ist bloß in seiner Vergangenheit passiert?

Dass Eric sein eigenes, dunkles Päckchen mit sich herumschleppt, ist mir schon bewusst, seitdem wir in Southampton waren. Colin war Krankenpfleger, Jesper obdachlos ...

»Was geschah in Erics Leben, bevor er zur Akademie kam? Unter welchen Umständen habt ihr ihn geholt?«, frage ich neugierig.

Alaric schenkt mir ein sanftes Lächeln und schüttelt dann den Kopf. »Vielleicht wird er dir das eines Tages selbst erzählen. Von mir erfährst du es heute nicht.«

Vielleicht liegt es daran, dass ich mich inzwischen wohler fühle. An diesem Ort, in der Kleidung, mit den Reisen. Denn als ich mit Eric durch den Spiegel trete, mustere ich ihn eingehend und stelle fest, dass er ein stattlicher Typ ist. Seit meinem Gespräch mit Alaric an diesem Morgen habe ich über meinen Partner nachgedacht und werde immer neugieriger auf seine Geschichte, seine Vergangenheit. In Jeans und Pullover kann ich ihn mir nur schwer vorstellen, nachdem ich ihn bisher durchweg in mittelalterlicher Kleidung gesehen habe. Das helle Hemd mit den weiten Ärmeln verleiht ihm etwas Lockeres, obwohl er von Grund auf angespannt wirkt. Der Brustpanzer und das Messer, das in einem seiner Armschoner steckt, verleihen ihm da draußen den nötigen Schutz. Mit der braunen Lederhose und den wadenhohen Stiefeln wirkt er wirklich, als sei er einem anderen Zeitalter entsprungen. Ich hatte aber schon immer ein Faible für diese Art von Kleidung, weshalb es eines der wenigen Dinge ist, die mir nun auch an Eric zusagen.

Als ich den Schritt durch den magischen Spiegel mache, peitscht mir schon kurz darauf heftiger Wind um die Ohren, und ich bin froh, den langen Fellmantel übergeworfen zu haben. Der Boden ist schlammig und ich versinke mit den Schuhen darin, während ich mich noch immer mit einer Hand an Erics Arm festhalte. Ein erster Blick auf meine Umgebung zeigt mir, dass wir uns nicht mal in der Nähe eines Dorfes oder einer Stadt befinden. Um uns herum ist nichts weiter als freies Land auf der einen und der raue Ozean auf der anderen Seite. Dann fällt mein Blick auf den Himmel. Ich sehe den bunten Farbenschimmer über uns, doch aus dieser Perspektive sieht er in keiner Weise aus wie ein Regenbogen. Aber wir sind ja auch an einem Standort aus dem Spiegel getreten, den normale Menschen ohne Magie nie erreichen würden.

»Da vorne!«, ruft Eric es laut, damit ich ihn trotz des tosenden Windes hören kann. Er deutet mit dem Finger auf die Klippe einige Dutzend Meter entfernt.

Keine Ahnung, warum er glaubt, ausgerechnet dort auf einen Kobold zu treffen, aber ich werde ihn nicht infrage stellen. Eigentlich hoffe ich nur, dass wir nicht lange auf einen warten müssen, denn trotz des langen Mantels friere ich mir in der eher dünneren Kleidung darunter den Hintern ab.

Gemeinsam bleiben wir an der Klippe stehen. Fröstelnd reibe ich mir die Arme und sehe mich immer wieder neugierig um. Wie lange wird es dauern, bis sich uns ein Kobold zeigt?

»Jo!«

Erschrocken wirbele ich herum. Direkt als ich Eric anstarre, fällt er mir auf. Die Hand meines Partners packt nicht einfach seine Schulter, er hat den Arm des kleinen Wichtes fest im Griff. Der wehrt sich mit aller Kraft, doch für Eric ist es ein Leichtes, ihn dennoch zu kontrollieren.

Mein Partner bedeutet mir mit den Augen, dass nun mein Part gekommen ist. Mein Versuch, den Kobold zu *bitten*.

Doch der starrt mir finster in die Augen. Seine winzige Gestalt ist beinahe amüsant. Etwas größer hätte ich ihn mir schon vorgestellt. Seine Kleidung ist grün, das Haar rot und er trägt einen Hut. Obwohl ihn das jung wirken lässt, halte ich ihn für einen sehr alten Kobold, als ich die tiefen Furchen seiner Falten im Gesicht erkenne.

»Wir brauchen dein Gold«, sage ich freundlich. »Ich bitte dich, uns zu helfen.«

Doch statt einer Antwort, starrt er mir weiter trotzig ins Gesicht und hebt dabei noch das Kinn, um seine Ablehnung mit einer gewissen Arroganz zu unterstreichen.

»Das wird nichts«, brummt Eric. Er ist schlecht gelaunt. Vermutlich fehlt ihm bei dem Wind und der winterlichen Kälte die Geduld.

Ich gehe vor dem Kobold auf die Knie und stelle überrascht fest, dass ich selbst dann noch um einiges größer bin als er. Dann flehe ich ihn mit Nachdruck in der Stimme an, uns das Versteck des Goldes zu verraten, doch der kleine Kerl blickt mir bloß düster in die Augen, während Eric ihn grob festhält.

»Wandle ihn!«

Erics ruppige Stimme verleitet mich dazu, ihn anzusehen. »Nein, das mache ich nicht. Lass ihn doch los. Vermutlich tust du ihm weh und er redet deshalb nicht mit uns.«

»Wenn ich ihn loslasse, verschwindet er.«

»Aber so wird er uns nichts verraten.«

»Nein, aber wenn du tust, wozu du hier bist, dann schon«, betont Eric eindringlich.

»Ich werde keinen unschuldigen Kobold wandeln«, sage ich laut und schüttele entschieden den Kopf. »Ich kann ihm das nicht antun.«

»Jo!«, ermahnt Eric mich so energisch, dass es klingt, als würde er mich anschreien. Bestimmt ist das seine Absicht. Ich kann ihm im Gesicht ablesen, dass er äußerst unzufrieden mit mir ist.

»Nein«, weigere ich mich dennoch.

»Dann bist du schuld, dass wir versagen werden«, wirft er mir abschätzig vor. »Wenn du nicht bereit bist, über deinen Schatten zu springen und zu tun, was nötig ist, wird uns das eines Tages ruinieren!«

Seit Wochen werde ich dafür verurteilt, Julien gewandelt zu haben. Dabei hat der Kerl zu verantworten, dass Cara mir meinen Bruder genommen hat. Alle denken, ich habe überreagiert. Hier und jetzt ist mir allerdings bewusst, dass eine Wandlung falsch ist, doch wieder sind andere der Meinung, das sei nicht richtig.

Wütend starre ich Eric an. »Tim ist tot, weil ich mit dieser Fähigkeit geboren wurde. Ich wollte keine Raväis sein, meine Familie nicht verlassen, meinen Bruder nicht beerdigen! Nichts davon wollte ich und doch ist es passiert, weil ich mich nicht kontrollieren konnte. Jetzt kriege ich es endlich einigermaßen auf die Reihe, und nun stellst *du* dich hier vor mich und willst mich zwingen, diesem unschuldigen Wesen zu schaden. Er versucht nicht mal uns zu verletzen, obwohl du ihm wehtust!«

»Stell nicht *mich* als den Bösen hin«, schreit Eric mich an, und nun zweifle ich keineswegs mehr, dass er wütend auf mich ist. »Du allein trägst die Verantwortung für deine Taten, Bennett! Du hast das also alles nicht gewollt? Dein Bruder hätte nie auf die Insel kommen dürfen, da hast du verdammt recht, aber du bist schuld daran, dass er es getan hat. *Du allein.* Ich bin nicht der Mensch, der ihn dir genommen hat. Ich will nur einen Weg finden, uns allen den Arsch zu retten. Also hör auf, nur an dich selbst zu denken und an dein Gewissen. Du hattest keines, als du Julien gewandelt hast, und jetzt ist es ebenfalls fehl am Platz. Seit Wochen lässt du dich vom Hass auf Cara verzehren und jetzt, wo wir genau das brauchen, bist du nicht bereit, notwendige Opfer zu bringen.«

»Ich *habe* ein Opfer gebracht, du verdammtes Arschloch! Ich habe *alles* und *jeden* verloren. Ich habe mit meinen eigenen Händen den leblosen Körper meines kleinen Bruders in ein Loch geworfen, um ihn zu beerdigen.«

»Und weißt du was?«, fährt Eric mich ungehalten an. »Das ist Wochen her. Niemand interessiert sich mehr dafür. Er war nur ein unbekannter Junge aus England, der keine Rolle für das große Ganze gespielt hat.«

Seine Worte fühlen sich an wie ein Stich in mein Herz. Ich bin in diesem Moment so unfassbar wütend, dass mir unkontrolliert die Tränen in die Augen steigen. Mein Schreien wird erstickt durch den Kloß in meinem Hals. »Timothy war mein Ein und Alles und jetzt ist er weg. Wegen euch, diesem Krieg und diesem verfluchten Miststück, das euch verraten hat. Ich habe alles für die Sache geopfert, was ich hatte, aber eine Sache werdet ihr ganz sicher nicht bekommen. Eine gefügige Wandlerin ohne freien Willen. Ich allein entscheide, was ich tue, niemand sonst. Keine Weisen, kein Zirkel und vor allem nicht du, du arrogantes, empathieloses –« Ich breche den Satz abrupt ab.

In diesem Augenblick erkenne ich sie in dem sanften, bunten Schimmer gleich an Erics Seite. Kleine, grün gekleidete Männchen mit greisenhaftem Aussehen, roten Haaren und Hüten auf dem Kopf. Ein Teil von mir will Eric darauf aufmerksam machen, als die Gestalten deutlicher werden und sie ihre Hände nach ihm ausstrecken. Doch ich bekomme kein Wort heraus, denn der andere Teil in mir ist so unfassbar wütend auf ihn, dass mir in diesem Moment gleich ist, was mit ihm passiert.

Die Blicke der Kobolde sind grimmig, sie scheinen wütend zu sein. Dann greifen sie nach Eric, ziehen ihn in den Regenbogen. Erst, als ich seinen überraschten Gesichtsausdruck sehe, besinne ich mich eines Besseren und rufe seinen Namen. Doch auch für mich ist es nun zu spät, denn als ich zu dem kleinen Kobold hinuntersehe, den

Eric in seiner Überraschung losgelassen hat, pustet der mir etwas ins Gesicht. Mir wird augenblicklich schwindelig und binnen weniger Sekunden verliere ich das Bewusstsein.

Als ich wieder zu mir komme, höre ich unzählige Schritte in meiner Nähe, die eher klingen wie das Tapsen kleiner Tiere. Noch etwas benommen reibe ich mir mit dem Handrücken über die Augen und setze mich aufrecht hin. Mein Blick fällt auf den Untergrund, auf dem ich liege. Es ist ein großes Tuch, das ein Bett aus Zweigen zusammenhält. Als ich mich bewege, pieken mir einige davon in die Hand, andere in den Hintern und die Oberschenkel. Ich schaue mich um. Scheinbar bin ich in einer Hütte, die gerade genug Platz für mich bietet. Der Ausgang ist so klein, dass er mich eher an die Hütte eines größeren Hundes erinnert. Ich werde wohl heraus*kriechen* müssen. Neben mir liegt mein Mantel. Entschlossen greife ich danach, bewege mich dann auf allen Vieren fort und krabbele aus dem kleinen Verschlag, der mit Sicherheit unter normalen Umständen einer ganzen Koboldfamilie Unterschlupf gewährt.

Kaum dass ich mich aufgerappelt habe, lasse ich den Mantel sinken und zu Boden gleiten. Der Anblick, der sich mir bietet, raubt mir die Sprache. Für einen Moment nehme ich nicht mal mehr die Kobolde wahr, die scharenweise um mich herumflitzen und mich gleich kritisch mustern. Ich habe nur Augen für die Ansammlung von kleinen Holzhütten. Es müssen Dutzende sein. Dann streift mein Blick den Wald um uns herum und ich realisiere, dass wir uns auf einer Lichtung befinden. Doch die Bäume hier sehen nicht so aus, wie die in England. Es sind dunkelbraune, dünne Stämme. Die dichten Baumkronen sind weder grün, wie im Sommer, noch orange oder gelb, wie im Herbst. Sie sind dunkel, lila und lassen nur wenig Licht hindurch. Doch dort, wo ein Lichtstrahl es zum Boden schafft, schimmert er auf eine Weise, die mich fasziniert. Es ist ein Funkeln in diversen Farben, als läge vor mir ein einziger Regenbogen. Auch das Farbenspiel auf der Lichtung löst Faszination in mir aus. Kleine, leuchtende Punkte tanzen durch die Luft, wirken wie Glühwürmchen. Es ist, als würde alles um mich herum ein wenig glitzern. Die sanften Farbtöne – rosa, pink, blau, lila, gelb, orange – sie alle wirken beruhigend auf mich.

Und es ist nicht nur das, was ich sehe. Zwar höre ich noch immer das Tapsen der kleinen Koboldfüße, doch wenn ich es ausblende, vernehme ich, dass der Wald seine eigene Melodie summt. Es ist ein Zusammenspiel von raschelnden, summenden, pfeifenden und piepsenden Tönen, als wäre hier an diesem Ort alles im Einklang miteinander. Und was mich beinahe ebenso überrascht, es ist mild. Hier herrscht kein Winter. Die Wärme auf der Haut zu spüren, fühlt sich großartig an.

Schließlich reiße ich mich aus meiner Starre und sehe zu Boden. »Was ist hier los? Wo ist euer Anführer? Gibt es jemanden, mit dem ich sprechen kann?«

Ich höre nur ein pipsig klingendes Stimmengemurmel. Niemand scheint sich mehr sonderlich für mich zu interessieren. Verunsichert schaue ich mich um.

Wo steckt Eric?

Was haben sie mit ihm gemacht? Ob er auch in einer der Hütten liegt?

Da mich die Kobolde nicht beachten, mache ich mich in ihrem Gewusel auf die Suche nach meinem Partner. Vorsichtig setze ich einen Fuß vor den anderen, damit ich nicht aus Versehen auf einen der Kobolde trete. So arbeite ich mich von Hütte zu Hütte, doch sie alle sind leer. Von Eric gibt es nirgendwo eine Spur.

»Elfric, Miss.«

Ich fahre vor Schreck zusammen und mein Kopf prallt gegen das Holz, als ich mich aufrichten will. Ich stoße mir den Kopf an einem Blumenstrauß, der im Eingang der Hütte hängt, in der ich Eric zuletzt vermutet habe.

»Wie bitte?«, wundere ich mich und wende mich der erstaunlich tief klingenden Stimme zu.

Gleich hinter mir steht ein Kobold. Er ist größer als die anderen, doch sonst unterscheidet er sich in keiner Weise von ihnen. Die gleiche Kleidung, der Hut, das faltige Gesicht.

»Der Name ist Elfric«, sagt er ausdruckslos.

»Wessen?«, frage ich verwirrt. »Ihrer?«

Er nickt. »Und wie nennt man Euch?«

»Jo«, antworte ich höflich. »Ich bin —«

»Wir wissen, wer Ihr seid«, unterbricht Elfric mich ohne einen besonderen Unterton. »Ihr und der Mann, mit dem Ihr strittet, kommt von einer der Inseln.«

Ich habe keine Ahnung, ob der Kobold mir wohlgesonnen ist, deshalb will ich so viel wie möglich von mir preisgeben, um ihn von mir zu überzeugen. »Also wisst Ihr von unserer Aufgabe? Von Dargoth? Dass wir Jäger sind und versuchen —«

»Wir wissen, dass Ihr versuchtet, einen der unseren mitzunehmen«, fällt er mir ins Wort. »Ihr bedrohtet ihn. Nur unser rechtzeitiges Eingreifen konnte das Schlimmste verhindern.«

Ganz offensichtlich ist er mir nicht wohlgesonnen. Ich schlucke schwer und beschließe, zu schweigen.

»Und während wir fort waren, um Euch aufzuhalten, kamen sie und holten Dogal.« Eine Spur Verzweiflung liegt in seiner Stimme und lässt mich aufhorchen.

»Jemand war hier und hat einen Kobold entführt?«, frage ich verblüfft.

»Böse Menschen mit dunkler Aura und kaltem Herzen. Menschen wie Ihr.«

Umbra!

Was bezwecken sie hier? Wieso dringen sie in diese friedliche Idylle ein und entführen einen Kobold?

»Wo ist der Mann, mit dem ich am Regenbogen war?«, frage ich. Ich spüre die Unruhe in mir. Obwohl ich wütend auf Eric bin und ihn am liebsten erwürgen würde, möchte ich ihn sofort an meiner Seite haben.

»Er ist ein Gefangener.« Elfric mustert mich prüfend, wartet wohl meine Reaktion ab. Doch ich werde mich hüten und die Kobolde verurteilen. Noch immer bin ich mir sicher, dass wir sie nicht mit roher Gewalt oder Einschüchterung von uns überzeugen werden.

»Wir können die Eindringlinge noch immer spüren«, setzt der Kobold schließlich hinzu. »Sie sind noch in diesem Wald. Wir holen Dogal zurück.«

Deswegen hat sich niemand sonst für meine Anwesenheit interessiert. Sie alle sind in Aufbruchsstimmung, um ihren Freund zurückzuholen.

»Wissen Sie nicht, mit wem Sie es zu tun haben?«, werfe ich besorgt ein. »Die Menschen, die Dogal geholt haben, sind gefährlich. Sie nennen sich Umbra und können mit einer einzigen Berührung töten.« Der trotzige Blick des Kobolds sagt mir, dass ihn das nicht interessiert. Er und seinesgleichen werden sich nicht aufhalten lassen. Entschlossen nicke ich und richte mich selbstbewusst auf. »Lassen Sie meinen Partner frei und wir werden Ihnen helfen. Wir holen Dogal zurück.«

»Eure Aura ist so dunkel wie die der Menschen, die ihn uns geraubt haben«, setzt Elfric zögerlich an. »Aber Euer Herz ist warm und schlägt voller Mitgefühl. Euer Innerstes ist ... Es war eine Zeit gebrochen, doch es ist rein. Es steht Euch frei, uns zu begleiten. Aber Euer Gefährte wollte einem von uns Leid zufügen. Er bleibt gefangen.«

Sie vertrauen Eric nicht. Kein Wunder, er hat sich wirklich schrecklich aufgeführt. Ich werde sie auf die Schnelle auch nicht von ihm überzeugen können, dafür bin ich selbst zu wütend auf ihn.

»In Ordnung, das können wir später klären«, zeige ich mich einsichtig. »Ich werde Ihnen trotzdem helfen. Ich sehe nicht so aus, aber ich kann gefährlich sein, wenn ich will.« Und ich bin wohl allemal stärker als diese winzigen Männchen.

Elfric mustert mich erneut. Dann scheint er zu dem Entschluss zu kommen, mir zu vertrauen, und deutet mit einem Nicken auf eine der Hütten. »Eure Waffen sind dort.«

Ich atme schwer. Bei den großen Schritten gerate ich gelegentlich ins Stolpern auf dem unebenen Grund, doch ich renne immer weiter, dicht gefolgt von einer Horde Kobolde, die wesentlich schneller sind als ihre kurzen Beinchen es vermuten lassen. Eigentlich wollte ich einen Vorsprung und es vermeiden, dass sie in Gefahr geraten. Allerdings weiß ich nicht, wie viele Umbra in diesen Wald eingedrungen sind. Es kann gut sein, dass ich der Situation allein gar nicht gewachsen bin.

»Da!«, höre ich Elfric rufen und entdecke sie in diesem Moment selbst.

Es sind drei Umbra, zwei Männer und eine Frau. Sie kommen nicht so schnell voran, weil zwei von ihnen mit vereinten Kräften einen Käfig tragen, in dem sich mit Sicherheit Dogal befindet.

Die Umbra wenden sich überrascht um. Als sie uns entdecken, lassen sie den Käfig unsanft zu Boden und machen sich bereit, nehmen eine Kampfhaltung ein. Keine Ahnung, wie wir gegen diese drei finsteren Gestalten bestehen sollen. Aber ich zwinge mich, nicht darüber nachzudenken, und ziehe den Dolch aus meinem Gürtel.

Die Kobolde stürzen sich auf den Mann, der den Käfig beschützt. Ich hingegen gehe zögerlich und voll körperlicher Anspannung auf die anderen beiden zu.

Ich bin sowas von geliefert.

Wie soll ich es mit zwei Umbra gleichzeitig aufnehmen? Ich bin so bescheuert. Was habe ich mir nur dabei gedacht, mich ohne Eric auf diese halsbrecherische Mission einzulassen? Wie gehe ich die Sache an?

Im selben Moment stürzt sich die Frau auf mich. Ganz offenbar hat sie vor, ihre Kraft bei mir anzuwenden, denn sie zieht nicht mal eine Waffe, um mich zu verletzen. Ich hingegen hoffe, dass der Kampfunterricht sowie Jespers Training mir genug gebracht haben, um mich jetzt und hier zu behaupten.

Ich packe die Frau an den Oberarmen und wirbele sie an mir vorbei, als sie sich auf mich wirft. Dabei fällt sie zu Boden, doch ebenso schnell ist sie wieder auf den Beinen. Den Dolch fest mit meiner Hand umklammert, stelle ich mich auf alles ein. Noch vor wenigen Wochen hätte ich niemals gedacht, dass ich imstande sein könnte, einen Menschen zu verletzen. Doch ich begreife schnell, dass ich in einer Welt gelandet bin, in der mir keine Wahl bleibt. Genau jetzt, Auge in Auge mit der Umbra, muss ich mich verteidigen. Töten oder getötet werden. Da ist kein ungutes Gefühl in mir. Keine Angst davor, zu tun, was notwendig ist. Nicht jetzt, nicht in diesem

Moment. Aber heute Nacht, da bin ich mir sicher, wird mich das, was in den nächsten Minuten hier geschieht, um den Schlaf bringen. Na ja, vielleicht.

Vielleicht bin ich dann aber auch tot.

Es ist nicht das erste Mal, dass ich diesen Gedanken nicht verdrängen kann. Als ich an der Klippe stürzte, glaubte ich, ich würde sterben. Ich dachte es auch, als ich auf der Insel aufwachte, weit weg von zu Hause. Vermutlich werde ich – wenn ich diesen Tag überstehe – noch unzählige Male an den Punkt gelangen, an dem ich dem Tod ins Auge blicke. Doch was sagen wir dem Gott des Todes?

Nicht heute.

Vermutlich sollte ich mich von den Zitaten meiner Lieblingsserie leiten lassen. Nicht nur hier und jetzt, sondern auch in Zukunft. Denn eine Sache rufe ich mir genau in diesem Moment in Erinnerung. Und obwohl es Worte eines Schauspielers sind in einer nicht realen Welt, so werden sie mir helfen, wenn ich sie beherzige.

Vergiss nie, was du bist. Der Rest der Welt tut es auch nicht. Trage es wie eine Rüstung, dann kann dich niemand damit verletzen.

Vor mir stehen unheimliche Gestalten, doch ich bin verdammt nochmal eine Raväis. Neva hat sie alle vor zweitausend Jahren fertiggemacht, nun bin ich an der Reihe.

Als sich die Umbra erneut auf mich wirft, sammele ich all meine Stärke. Ich packe sie und reiße sie mit einer der Techniken, die Jesper mir gezeigt hat, zu Boden. Dann lasse ich ohne eine Sekunde des Zögerns meinen Dolch auf sie hinabsausen. Bevor die silberne Spitze ihre Brust trifft, werde ich grob zurückgerissen und falle mit dem Rücken auf den weichen Untergrund.

Der männliche Umbra ist so schnell über mir, dass ich keine Chance habe, wieder auf die Beine zu kommen. Er ist im Begriff, mir seine Hände um den Hals zu legen. Vielleicht will er mich erwürgen, möglicherweise wird er mir das Leben entziehen. Reflexartig strecke ich die Hand aus und lege sie an seine Wange. Für einen Augenblick scheint er verwirrt zu sein, wieso ich ihn auf so sanfte Weise berühre, anstatt mich mit aller Gewalt zu Wehr zu setzen. Doch als die Hitze in mir aufsteigt und er seine Augen vor Überraschung aufreißt, ist es schon geschehen. Schwarze Augen starren für den Bruchteil einer Sekunde auf mich herab, dann verschwindet die Dunkelheit darin und der Umbra lässt augenblicklich von mir ab. Die Frau starrt unterdessen verwundert zu ihrem Gleichgesinnten hinunter. Als dieser völlig apathisch von mir steigt, sehe ich Angst in den Augen der Umbra.

Sie wussten nicht, wer ich bin.

Jetzt, wo diese Tatsache offensichtlich ist, will die Frau die Flucht ergreifen. Sie wendet sich abrupt ab und rennt wie der Teufel. Doch sie schafft nur wenige Meter, als etwas Glänzendes durch die Luft saust, sie im Rücken trifft und sie direkt darauf zu Boden fällt.

Erschrocken lege ich den Kopf in den Nacken, noch immer auf dem Boden liegend, und entdecke Eric. Er wirkt deutlich abgehetzt, aber nicht minder wütend. Mit wenigen Schritten erreicht er die Kobolde. Die haben den anderen Umbra überwältigt, wollen ihn scheinbar gefangen nehmen, doch mein Partner hält nicht inne. Die Aura um ihn herum beginnt zu lodern, zuerst schwach, dann stärker. Schließlich sehe ich das erste Mal, wozu Eric imstande ist. Er brennt. Ich sehe deutlich, wie Flammen von seiner Haut aufsteigen, ohne ihn zu verletzen oder Brennbares an ihm zu zerstören. Er ist ganz Herr der Lage und seiner Fähigkeit. Seine Hand schnellt an den Kiefer des Umbra. Er drückt zu, und die eigentlich kleine Berührung versengt die Haut des Feindes, bis er schließlich zu glühen beginnt und nur wenige Sekunden später nichts weiter von ihm übrig ist als ein Haufen Asche. Ganz so, wie Lelant Palmer es mit Julien in meiner Vision getan hat.

Wie er es tatsächlich getan hat.

Das Röcheln der Frau reißt mich aus meiner Starre. Dann wird auch schon Eric auf sie aufmerksam. Mit zügigen Schritten nähert er sich ihr. Dieses Mal wende ich den Blick ab. Mir hallt der Schrei des Mannes noch in den Ohren, als ich auch schon ihr schmerzverzerrtes Kreischen höre. Kurz darauf herrscht Totenstille.

I ch schaue erschöpft in das große Feuer, das inmitten der Lichtung brennt. Die Kobolde braten Essen über den Flammen und tanzen drumherum. Hier wird so herzlich gefeiert, dass ich mich kaum noch daran erinnern kann, wie griesgrämig die Kobolde zu Anfang auf mich gewirkt haben. Der Reihe nach stellen sie sich zu mir, immer mal wieder. Keiner besonders lang. Doch sie alle sind dankbar für die Rettung von Dogal und geben mir nun das Gefühl, dass ich ihr Gast bin und nicht länger ein Eindringling in ihrer Welt. Ein Talael war dabei, ein Sodoir, ein Pucca und sogar Dogal selbst hat sich für die Rettung seines Lebens bedankt.

Erst Elfric, der scheinbar etwas wie der Älteste und somit der Anführer dieser Gemeinschaft ist, verharrt bei mir und reicht mir einen Krug. »Ihr seid hoffentlich nicht verletzt, Miss Jo.«

»Nein, nur müde«, erwidere ich lächelnd, trinke einen Schluck und huste schlagartig, so sehr brennt der Inhalt des Kruges auf dem Weg durch meine Speiseröhre.

Elfric wirkt amüsiert. »Ihr könnt für heute Nacht ein Lager bekommen. Wir schulden Euch Dank. Unsere Gastfreundschaft ist das Mindeste, das wir anbieten können.«

»Das klingt wundervoll«, stimme ich zu. »Und wie ist Ihr Plan mit Eric? Darf er mich begleiten, wenn ich aufbreche, oder wollen Sie ihn wieder festnehmen?« Eigentlich glaube ich nicht, dass sie es erneut wagen würden. Nicht nach der Show, die er abgezogen hat. Aber ich muss sichergehen, dass wir gemeinsam zur Akademie zurückkehren können.

»Er hat sich befreit und kam uns allen zu Hilfe«, lobt Elfric ihn anerkennend. »Zwar tat er es nicht für uns, doch ich bin mir sicher, er tat es für Euch.«

Ich zucke bloß mit den Schultern. Wen kümmert das schon? Natürlich kam Eric, um mich zu suchen und mir zu helfen. Aber das allein macht nicht wieder gut, was zwischen uns vorgefallen ist. Er ist verlässlich, mutig und stark. Aber er ist auch unverschämt und verletzend gewesen, darüber kann ich nicht einfach hinwegsehen.

»Euer Freund wird mit Euch abreisen dürfen«, stimmt Elfric zu. »Und nehmt dies mit als Zeichen unseres Dankes.« Er reicht mir einen kleinen Lederbeutel, dessen Inhalt klimpert, als ich ihn an mich nehme. »Dafür kamt Ihr her.«

»Wollen Sie nicht wissen, wofür wir es brauchen?«, frage ich freundlich.

Elfric schüttelt den Kopf. »Ich bin mir sicher, dass es für eine gute Sache ist. Darf ich fragen, was Ihr bezüglich des Gewandelten unternehmen wollt?«

»Wenn Eric mit der Befragung fertig ist und ihn nicht einfach in Flammen aufgehen lässt, werde ich ihm sagen, was er künftig tun soll.« Darüber habe ich mir, seit ich an diesem Feuer sitze, eingehend Gedanken gemacht. Zuerst wollte Eric ihn mit zur Akademie nehmen, doch dann hat er wohl eingesehen, dass eine Befragung direkt vor Ort ausreicht. Wenn wir alles wissen, was der Umbra weiß, haben wir für ihn keine Verwendung mehr. Deshalb habe ich einen Plan. »Ich werde ihm sagen, dass er hierbleibt«, bemerke ich. »Er wird an Ihrer Seite bleiben und Sie und all die anderen hier mit seinem Leben beschützen, sollten erneut Umbra in Ihren Wald eindringen und einem von Ihnen schaden wollen.«

Elfric nickt überdeutlich, was wohl erneut seinen Dank unter Beweis stellen soll.

Einige Zeit, nachdem der Kobold mich allein mit meinem Krug voll Alkohol am Feuer zurückgelassen hat, tritt Eric zwischen den Bäumen hervor und auf die Lichtung. Sein Blick streift sofort die Umgebung.

Als wir einander ansehen, zögert er nicht und kommt geradewegs auf mich zu. »Er weiß nur unwichtige Kleinigkeiten, nichts von Bedeutung«, sagt er direkt und lässt sich mit diesen Worten neben mich fallen.

Ich nicke bloß, schweige und werfe ihm den Beutel mit den Goldmünzen auf den Schoß.

»Gut, dann können wir ja bald aufbrechen«, sagt Eric zufrieden. »Auch wenn diese Gnome mich nicht mehr finster anstarren, ich muss mich nicht länger als nötig in ihrer Nähe aufhalten. Keine Ahnung, worin sie wirklich gut sind. Im Fesseln anlegen auf jeden Fall nicht, die waren ein Witz.«

Obwohl ich mir fest vorgenommen hatte, ihn mit Missachtung zu strafen, wende ich mich ihm nun zu. »Und siehst du alles so? Ist das hier für dich nur ein Witz? Dass wir uns streiten, du mich unglaublich verletzt und jetzt so tust, als wäre nie etwas gewesen. Diese Wesen sind keine Gnome, sie sind Kobolde. Sie sind ein freundliches und großzügiges Volk. Sieh nicht auf sie hinab, dazu hast du kein Recht.«

Eric senkt den Kopf. »Ich rede doch nur so einen Stuss, weil ich nicht weiß, was ich sonst sagen soll«, murmelt er einsichtig.

»Wie wäre es mit einer Entschuldigung?«, erwidere ich brüsk.

»Die bekämst du, wenn ich glauben würde, dass du sie annimmst«, sagt er leise. »Ich bin ein Idiot, Bennett.«

»Du bist ein Arschloch«, grummele ich verdrießlich.

Eric seufzt und starrt ins Feuer, als könnte er mir nicht mal in die Augen sehen. »Ich ...« Er scheint sichtlich mit sich zu kämpfen, Worte zu finden. Dann fährt er fort und klingt in keiner Weise mehr wie der raue Eric am Regenbogen oder der, der mich in Gegenwart seines Kumpels damit aufzieht, dass ich meinem Freund nachtrauere. »Diese Zeit ist nicht leicht für mich.«

»Das Jahrhundert?«

»Nein, die Jahreszeit. Diese wenigen Wochen vor Weihnachten«, gesteht er. »Ich war in der letzten Zeit nicht viel an deiner Seite und nicht so für dich da, wie ich es hätte sein sollen. Stattdessen war ich gemein zu dir und habe heute diese schrecklichen Dinge gesagt. Ich bin ein Arsch, da hast du völlig recht, aber es tut mir aus tiefster Seele leid. Mir fällt es nicht leicht, meine Gefühle zu kontrollieren. Nicht momentan.«

Scheißkerl.

Wie kann er solche Dinge sagen, wenn ich auf ihn wütend sein möchte? Mir diese empfindsame Seite an ihm zeigen, wo ich ihn doch unbedingt für einen gefühllosen Mistkerl halten will.

Ich atme tief ein und aus und verdränge das wütende Gefühl in meinem Bauch. Zurück bleibt nur Nachsicht, denn was auch immer Eric im Begriff ist, mir über sich zu erzählen, es fällt ihm schwer. »Was passierte so kurz vor den Feiertagen, dass du sie heute nicht mehr ertragen kannst?«, frage ich sanft.

»Ich habe Menschen verloren, die mir wichtig waren«, sagt er bloß. »Sie ...« Er hält inne. Offenbar beschließt er in diesem Moment, mir nicht alles anvertrauen zu wollen. Das nehme ich ihm nicht übel, denn es scheint ihn sehr zu belasten. Wir stehen uns wohl nicht nahe genug, um unsere tiefsten Geheimnisse miteinander zu teilen.« »Ich kam zu dieser Zeit auf die Insel und bin seither gern für mich. Ich halte mich nicht viel bei anderen Menschen auf, meide Dinge wie den Weihnachtsball und versuche einfach nur, diese furchtbare Phase durchzustehen.«

Ich nicke nachsichtig. »Meinetwegen kannst du dich nicht unsichtbar machen, oder? Weil wir Partner sind. Ich zwinge dich in dieser schlimmen Zeit unter Leute, fordere deine Aufmerksamkeit. Das willst du gar nicht.«

Eric reibt sich mit der Hand über den Nacken. »Ich wollte dich als Partnerin, aber ich habe natürlich nicht darüber nachgedacht, was das zu dieser Jahreszeit für mich bedeutet. Und die Suche nach den Relikten ist ohnehin wichtiger als mein persönliches Befinden, also wen kümmert es, wie es mir geht?«

Verdammter Mistkerl.

Noch vor fünf Minuten hätte ich ihn erwürgen können, jetzt würde ich ihn am liebsten in den Arm nehmen. Obwohl Eric mir keine Details nennt, weiß ich, dass er mir gerade ein Stück aus seinem Inneren offenbart hat. Ich bin mir sicher, dass ihm das nicht leichtgefallen ist. Es bedeutet etwas. Vor allem wohl, dass er sich wirklich bemühen möchte, damit diese Sache mit uns funktioniert.

Wenigstens weiß ich jetzt, warum er in der letzten Zeit so schlecht gelaunt gewesen ist. Für das nächste Jahr bin ich vorbereitet und werde versuchen, ihm aus dem Weg zu gehen. Ich sollte Rücksicht nehmen, denn er hat mir in den letzten Wochen ebenfalls den Freiraum gegeben, den ich nötig hatte.

Doch hier und jetzt bedarf es eines Themenwechsels. Um uns herum feiern und tanzen die Kobolde, doch zwischen uns ist die Stimmung am Tiefpunkt. »Darf ich dich was fragen?«, erkundige ich mich. Er sieht mich an und ich weiß, dass seine Antwort davon abhängt, welche Frage ich ihm stelle. »Warum haben du und Melissa sich neulich in der Schneiderei so komisch verhalten?« Ich setze ein breites Grinsen auf und freue mich innerlich darüber, dass auch seine Mundwinkel amüsiert zucken.

»Na ja ...«, antwortet Eric zögerlich. »Vor einiger Zeit fing etwas an und es endete eben nicht besonders gut.«

»Warum?« Ich ernte sofort einen kritischen Blick.

»Weißt du, wann ich mit dir über mein Privatleben rede? Wenn du mich an deinem teilhaben lässt. Du hast mir nie etwas von deinem Ex-Freund erzählt und zuletzt auch nicht, dass du dich in Colin Fraser verknallt hast.«

Ich zucke mit den Schultern. »Wir sind schließlich keine Freunde, wieso hätte ich es dir gegenüber erwähnen sollen?«

»Weil wir Partner sind.«

»Dieses Wort, das dir offenbar echt viel bedeutet ...«, murmele ich leicht genervt. »Ja, du bist mein Partner, doch ich weiß trotzdem so gut wie nichts von dir. Wieso sollte ich dir private Dinge von mir erzählen? Es wird uns bei der Suche nach den Relikten nicht helfen.«

»Ebenso wenig wie Geheimnisse«, betont er.

»Wer von uns ist denn bitte das wandelnde Mysterium?«, erwidere ich streng und dennoch freundlich. »Weiß denn überhaupt jemand etwas über deine Vergangenheit? Außer der Zirkel?«

Eric weicht meinem eindringlichen Blick nicht aus, doch ich erkenne seine emotionale Mauer förmlich in seinen Augen. »Nein«, antwortet er dann bloß.

»Und mir willst du es auch nicht anvertrauen, trotz dieser hochgelobten Partnerschaft, die wir beide haben«, werfe ich ihm vor und versuche, nicht gemein zu klingen. »Warum?«

»Nicht mal meinen engsten Freunden habe ich erzählt, was vor meiner Zeit in der Akademie passiert ist. Unter welchen Umständen sie mich holten. Es tut mir leid, dass ich —«

»Entschuldige dich nicht«, unterbreche ich ihn direkt. »Nicht dafür, dass du kein offenes Buch bist. Es ist in Ordnung, wirklich. Wir stehen uns eben nicht nahe und müssen manche Dinge nicht voneinander wissen, um unserer Aufgabe nachzukommen. Aber verlang im Gegenzug nicht von mir, dass ich dir dann mein Herz ausschütte. Ich bin nicht wütend auf dich, weil du deine Geheimnisse bewahrst, sondern weil du dich heute aufgeführt hast wie ein Idiot. Und trotzdem sitze ich hier und habe dir schneller verziehen, als du es verdient hast. Vielleicht macht das am Ende mich zum Idioten ...«

Ich zucke mit den Schultern, weiß aber nichts mehr zu sagen.

Zuerst mustert Eric mich überrascht wegen meiner brüsken Worte, dann lacht er leise. »Ich lerne jeden Tag etwas Neues über dich. Heute wohl ganz besonders.«

»Und soll das jetzt wieder fies gemeint sein?«, frage ich sofort.

»Nein, keineswegs«, erwidert er prompt und hält abwehrend die Hände in die Höhe. »Du bist heute ohne mich losgeeilt, um diesen Kobolden zu helfen. Du hast dich ihretwegen gegen zwei Umbra gestellt. Das war mutig. Und du redest mit mir und scheinst mir wirklich zu verzeihen, obwohl ich es nicht verdient habe. Das ist nachgiebig und offenherzig von dir.«

Das mag stimmen, doch welches Wissen zieht er nun daraus? »Verwechsle meine Nachgiebigkeit nicht mit Schwäche«, bemerke ich streng.

Ein kleines Lächeln zeichnet sich um Erics Mundwinkel ab. »Glaub mir, Bennett, ich halte dich für stärker als du dich selbst.«

Sein Lächeln erwidernd, beschließe ich das Thema erneut auf sein Privatleben zu lenken. Hauptsache, wir geraten nicht wieder in Streitigkeiten. »Und war Melissa vielleicht zu stark für dich? Warum hast du es in den Sand gesetzt?«

»Wer sagt denn, dass es meine Schuld war?«, äußert Eric direkt empört. Etwas in seiner Stimme verrät mir, dass ich richtig liege, deshalb ziehe ich nur eine Augenbraue in die Höhe. Er seufzt. »Die Sache mit uns fing gerade an und dann habe ich sie versetzt. Sie wollte mit mir auf den Weihnachtsball gehen und ich dachte, ich würde es hinkriegen, aber na ja ... Habe ich nicht.« Er räuspert sich und steht auf. »Lass uns schlafen gehen. Ich würde morgen gern früh aufbrechen. Elfric hat mir da drüben im Wald ein Lager gemacht. Schläfst du bei mir oder willst du dich in eine der Hütten zwängen?«

Ich bin mir nicht sicher, was mir lieber wäre. Die Hütten sind unbequem, das Stroh piekst. Und ich bin immer noch ein bisschen wütend auf Eric. Doch eigentlich will ich es nicht mehr sein. Ihm geht es nicht gut, da sagt oder tut man schonmal Dinge, die man nicht so meint. Ich habe immerhin einen Menschen gewandelt, als ich in meiner Gefühlswelt versunken bin.

Eric würde sich am liebsten von allen distanzieren, doch vielleicht täte es ihm gut, mal nicht allein zu sein. Und mir würde es ehrlich gesagt auch besser gehen, wenn ich nicht wieder allein schlafen müsste. Vor allem hier draußen.

Doch ich kann ihm nicht nahe sein. Bei Taylor ging es mir immer noch an den schlechtesten Tagen wieder besser, wenn er mich beim Schlafen nur im Arm gehalten hat. Doch Eric ist weder Freund noch Kumpel und erst recht nicht mein Seelentröster.

Ich seufze, als ich nach meiner Denkpause schließlich antworte. »Geh du in dein Lager, ich schlafe in der Hütte.«

Keine Ahnung, mit welcher Antwort er nach dieser Zeitspanne gerechnet hat, denn er wirkt sowohl überrascht als auch einsichtig. »Mir wäre wohler dabei, wenn wir uns auf den Reisen nicht trennen.«

»Wenn wir irgendwo in der Wildnis wären, würde ich dir vielleicht sogar zustimmen. Aber hier und heute nicht«, erwidere ich entschieden und mache mich schließlich auf, um in die beengte Hütte zurückzukriechen, in der ich heute aufgewacht bin.

N och am frühen Morgen brechen Eric und ich auf. Die Nacht auf meinem Strohbett war alles andere als komfortabel, aber ich habe sie überstanden und bin froh, als wir durch das magische Portal in den Raum der Spiegel gelangen.

Von uns beiden scheint augenblicklich eine kleine Last abzufallen. Wir haben eines der Relikte, das Gold aus dem Topf eines Regenbogens. Damit sind wir unserem Ziel einen Schritt näher. Dieses Hochgefühl kann auch die schlimmste Nacht nicht dämpfen.

Eric streckt den Arm aus und drückt mir dabei den Lederbeutel mit dem Gold gegen den Bauch. »Der muss zu Alois.« Sein schlapper Gang und der müde Unterton in seiner Stimme sagen mir, dass auch seine Nacht draußen im Wald vermutlich nicht besonders prickelnd war.

Ohne Proteste nehme ich das Gold an mich und mache mich gleich auf den Weg in die oberste Etage der Akademie. Ich will es nur schnell hinter mich bringen und dann ein langes Bad nehmen.

Alois Stimme ruft mich herein, nachdem ich gegen die schwere Holztür geklopft habe. Als er mich sieht, legen sich Überraschung und Freude über sein Gesicht. »Jo, komm nur herein. Wie schön, dass ihr wohlbehalten zurück seid.«

Wenn ich nicht so gerädert wäre, würde ich mich vermutlich zu seiner Freundlichkeit äußern, da sie mich ziemlich verwirrt. Das letzte Mal habe ich mit ihm gesprochen, nachdem ich Julien gewandelt hatte, und ich erinnere mich daran, dass an diesem Tag keiner von uns dem anderen besonders wohlgesonnen war.

»Ich habe das Gold«, sage ich nur und werfe ihm den Beutel mit einer laschen Handbewegung auf den Tisch. Dann will ich mich abwenden und gehen, doch seine sanfte Stimme hält mich zurück.

»Möchtest du dich setzen?«

»Nein«, erwidere ich prompt. »Ich —«

»Setz dich, Jo«, unterbricht Alois mich nun ein wenig strenger und deutet auf den Stuhl, der gleich vor mir steht.

Beinahe wie ein trotziger Teenager, der ich zuweilen bei meinen Eltern auch gewesen bin, lasse ich mich ihm gegenüber auf das Polster fallen. »Was?«

»Nun ...« Alois verhakt seine Finger ineinander und beugt sich vor. »Sag nicht *Was* in diesem Ton zu mir. Ich möchte nur ein wenig mit dir plaudern.«

»Hier ist es nicht so windig wie in Irland«, bemerke ich prompt und ernte, wie erwartet, einen verwunderten Gesichtsausdruck. »Sie sagten, wir plaudern. Worüber, wenn nicht über das Wetter?«

»Wie war eure Reise?«, fragt er und gibt sich völlig ungerührt wegen meines unhöflichen Verhaltens.

»Windig«, antworte ich schmunzelnd.

»Jo ...«

»Nein, nicht *Jo*«, fahre ich ihn ungeduldig an. »Wir waren in Irland, haben einen Regenbogen gesehen und einen Haufen Kobolde. Was wollen Sie von mir?«

»Ich möchte wissen, warum du auf eine derart unverschämte Weise mit mir sprichst«, sagt Alois nun um einiges eindringlicher.

»Weil mir nicht klar ist, wieso ich mit jemanden auf nette Weise plaudern sollte, der bereit ist, seinen Teppich mit einem Häufchen Asche zu dekorieren.«

»Also bist du nachtragend, weil wir den Julien aus der Zukunft nicht am Leben lassen konnten?« Alois stößt einen überraschten Laut aus. »Das würde man wohl nicht erwarten von der Person, die ihn zuvor gewandelt hat, nicht wahr?«

»Er war schuld am Tod meines Bruders, das ist *meine* Ausrede. Welche ist Ihre?«

»Er war gewandelt«, erwidert Alois trocken, und es fühlt sich an wie eine verbale Ohrfeige. »Und er war aus der Zukunft. Wir haben schon einen Julien bei uns. Es darf niemals zwei zur selben Zeit geben.«

Noch immer schweige ich. Seine harten Worte haben mir einen Dämpfer verpasst.

»Wir tun Dinge, weil sie erledigt werden müssen, nicht weil wir es so wollen. Ich bin sicher kein Mensch, der einem anderen Schaden zufügen möchte, aber wir stehen vor schwierigen Entscheidungen auf unserem künftigen Weg. Ich bin bereit, sie zu treffen. Bist du das auch?«

»Was meinen Sie?«

»Ihr wart lange fort, wenn man bedenkt, dass du nur die Aufgabe hattest, einen Kobold zu wandeln.«

»Ich sagte es schon zu Eric und Ihnen sage ich es erst recht in aller Deutlichkeit. Ich bin nicht ihre Marionette und treffe eigene

Entscheidungen. Ich sah einen anderen Weg und den habe ich gewählt. Sie haben Ihr Gold, wo ist also das Problem?«

»Du hast auf dein Bauchgefühl vertraut und es hat dich davon abgehalten, den Kobold zu wandeln?«

»Ja.«

»Aber es hat euch in Schwierigkeiten gebracht, nicht wahr?«

»Ich musste wählen zwischen dem leichten Weg und dem besseren. Ich traf eine Entscheidung.«

Alois starrt mir eindringlich in die Augen. Nach einer Weile nickt er. »In Ordnung. Danke für das Gold, Jo. Du solltest dich jetzt etwas ausruhen von deiner Reise.«

Weil ich nicht länger mit ihm diskutieren will, stehe ich auf und belasse es dabei.

Doch bevor ich die Tür erreiche, spricht er mich erneut an. »Es freut mich zu sehen, dass du Freunde gefunden hast. Du wirst feststellen, dass vieles leichter wird mit einigen Vertrauten an der Seite. Bevor du das nächste Mal in mein Büro kommst, beherzige bitte, dass wir zwar einen Feind haben, doch der ist nicht auf dieser Insel.«

Das wird sich noch zeigen.

Wieder hat das Lager der Schneiderei mir aus der Klemme helfen können. Obwohl alle seit Tagen kein anderes Thema kennen als den Weihnachtsball, hatte ich mir bisher nur wenige Gedanken darüber gemacht. Vor allem nicht über mein Kleid. Es ist Melissa gewesen, die mich an diesem Morgen in unsere Hütte gescheucht und mich gezwungen hat, sämtliche Kleider anzuprobieren, die genug für eine Party dieser Größenordnung hermachen. Im Anschluss an diesen

Marathon, der beinahe an Folter grenzte, hat Melissa mich sogar bis ins Zimmer begleitet, um mir die Haare hochzustecken.

Während sie nun mit der langen, tristen Mähne kämpft, starre ich mein Spiegelbild an. Obwohl niemand mehr in mir etwas Gewöhnliches sieht, empfinde ich mein Äußeres noch immer als so unspektakulär, dass ich mich gleich an die Halloweenfeier zurückerinnere. Mein ganzes Leben wurde auf den Kopf gestellt, ich sollte etwas an mir verändern.

Vielleicht wird es Zeit für eine neue Frisur.

»Na, das mache *ich* aber nicht«, sagt Melissa grinsend.

Ich seufze. Wieder mal habe ich nicht daran gedacht, dass sie meine Gedanken lesen kann. »Nach allem, was passiert ist, brauche ich eine Veränderung.«

»Das verstehe ich«, sagt sie mitfühlend. »Gleich morgen kannst du zum Barbier gehen. Wenn du möchtest, begleite ich dich.«

Das ist auf charmante Weise aufmerksam von ihr. Immerhin tut sich das weibliche Geschlecht bezüglich Frisurfragen oft schwer und bereut gern mal vorschnelle Entscheidungen.

Wieder fällt mein Blick in den Spiegel.

Scheiß drauf, dann bereue ich es eben.

Ruckartig stehe ich auf, hole das kleine, scharfe Messer meiner Jägerausstattung und setze es so schnell auf Schulterhöhe an meinen Haaren an, dass ich nur noch Melissas erstickten Laut höre, bevor ich es tatsächlich durchziehe. Wieder und wieder gleitet die Klinge durch meine Haare. So lange, bis ich mir sicher bin, dass sie alle in etwa auf gleicher Länge sind. Dann wende ich mich um und entdecke Melissa neben dem Bett. Sie hat die Augen vor Entsetzen aufgerissen, hält sich die Hände vor den Mund und scheint sprachlos zu sein.

Mich bringt ihr Verhalten zum Grinsen, bis sie plötzlich ihre Sprache wiederfindet und ungewohnt laut und schrill klingt. »Bist du verrückt geworden? Wie kannst du einfach ... Sowas macht man doch nicht ... Sieh nur, was du angerichtet hast. So kannst du doch nicht auf den Ball gehen ...«

Ein Klopfen unterbricht ihr aufgelöstes Gebrabbel und Jesper steht in der geöffneten Tür. Sein Blick fällt zuerst auf Melissa, die sich bloß wieder die Hände auf den Mund presst, und dann auf mich und meine neue Frisur. Wie erwartet grinst er. »Also ich würde ja fragen, ob ich irgendwas tun kann, aber offensichtlich kommt bei euch beiden jede Hilfe zu spät«, gluckst er. »Melissa, geht es dir gut? Du solltest atmen. Ist lebensnotwendig und so ... Jo, du siehst ...«

»Das sieht ja fürchterlich aus«, höre ich eine entsetzte Stimme.

Die Person, der sie gehört, platzt im selben Moment ungefragt in mein Zimmer und starrt mich mit großen Augen an. Ich kenne sie bereits flüchtig, habe aber bisher kein Wort mit ihr gewechselt. Sie sieht aus wie ein perfektes Barbiepüppchen mit ihrem perfekten geformten Gesicht und dem langen Haar. Sie müsste etwa in meinem Alter sein und arbeitet, soweit ich weiß, gemeinsam mit Bazilton Slater als Fischerin am anderen Ende der Insel. Und sie ist die Freundin von Milan, also wohl auch eine der engeren Freundinnen von Eric. Doch leider ist sie ebenso sehr ein Elementar, weshalb sich meine Begeisterung über ihr Auftauchen in Grenzen hält.

»Setz dich«, weist sie mich an.

»Äh, nein?«, sperre ich mich intuitiv. »Wer bist du überhaupt?«

»Vittoria von Siena«, erwidert sie spitz. »Und nun setz dich. Mal sehen, ob ich noch was retten kann. Jungs, das wird eine Weile dauern, geht schon mal vor.«

Melissa, die sich offenbar ebenfalls angesprochen fühlt, nickt noch immer fassungslos und verlässt das Zimmer. Jesper hingegen scheint zu merken, dass ich mit der Situation ein bisschen überfordert bin und wirft sich, statt zu gehen, auf mein Bett. Dann merke ich, wen das Mädchen, das Eric in meiner Erinnerung mal Vi genannt hat, eigentlich angesprochen hat. In der Tür erscheinen Bazilton und Milan.

»Schwarzauge, was hast du getan?«, fragt Bazilton amüsiert. »Bist du mal wieder durchgedreht und es war niemand zum Wandeln in der Nähe?«

»Milan!«, zischt Vi in diesem Moment und greift mir in die Haare. Ihr Freund versteht sofort und versetzt dem Wasserelementar einen leichten Stoß. »Verzieh dich, Kumpel, bevor sie das Messer noch benutzt, um dir was Wichtiges abzuschneiden.« Milans Lachen, als er das sagt, wirkt tatsächlich so sympathisch, wie ich es bisher selten bei einem Elementar gesehen habe. Dann schmeißt er hinter Bazilton die Tür zu, kommt näher und wirft sich schließlich auf das freie Bett im Zimmer.

Warum zur Hölle laden die sich alle selbst ein? Ich hole Luft, um zu protestieren. »Ich weiß nicht, was das hier werden soll, aber —«

»Ich rette deine Haare«, fällt Vi mir ins Wort und seufzt so theatralisch, als würde mein spontaner Haarschnitt ihr tatsächlich den Tag versauen. »Bevor ich zur Akademie kam, war ich Frisörmeisterin. Du bist in guten Händen.«

Das bezweifele ich noch, da ich außer Eric aus Prinzip keinem Elementar vertrauen möchte. Doch gegen ihren festen Griff in meinen Haaren kann ich mich nur schwer zu Wehr setzen. Als sie dann auch noch die kleine Schere, die sie aus ihrer Tasche gefischt hat, gefährlich nah an mein Ohr hält, gebe ich lieber nach und hoffe, dass sie mir das Ding nicht in den Hals rammt.

»Ich sollte mich wohl bedanken«, murmele ich schließlich.

»Bedank dich erst, wenn ich dieses Fiasko richten konnte«, sagt Vi bloß. Im Spiegel beobachte ich, dass sie sich auf meine Haare konzentriert, während Milan grinsend zu ihr sieht.

Als sich unsere Blicke treffen, lächelt er freundlich. »Wir kennen uns noch nicht. Milan Termenova, ich bin ein Erdelementar.«

223

Dass diese Leute ihre Fähigkeit immer als eine Art Markenzeichen stolz mit sich herumhertragen ...

»Du bist ein Freund von Eric«, sage ich wissend und erwidere sein Lächeln zaghaft.

Milan nickt. »Ich habe mich übrigens um den Gefallen gekümmert, um den Eric mich gebeten hat.«

»Was hat er gewollt?«, fragt Vi beinahe teilnahmslos.

»Jo hatte gehofft, jemand würde das Grab ihres Bruders etwas herrichten«, antwortet ihr Freund. »Ich war gestern da und habe einige winterharte Blumen gepflanzt. Jetzt sieht es schon viel schöner aus.«

Nun ist es Vis Blick, der meinen im Spiegel trifft. Für einen Moment blitzt etwas in ihren Augen auf, was ich als Mitgefühl definieren würde, dann aber verhärtet sich ihr Gesichtsausdruck wieder und sie widmet sich erneut meinen Haaren.

»Danke, Milan, das ist sehr nett von dir«, bemerke ich.

Er zuckt mit den Schultern. »Habe ich gern gemacht.« Sein Blick gleitet durch den Raum, er lächelt knapp zu Jesper hinüber und setzt sich schließlich vernünftig auf. »Lebst du dich ein?«

»Klar«, antworte ich knapp. Was soll ich ihm denn sagen? Dass es schwer ist? Dass es sich manchmal anfühlt wie die Hölle auf Erden?

»Wirklich?«, erwidert er ungläubig. »Wurdest du nicht neulich erst von Rebecca angegangen?«

»Oh, diese fiese feurige Pummelfee!«, platzt es aus Vi hervor.

Mir entfährt ein Prusten und ich höre Jespers und Milans Lachen hinter uns.

»Dieses Biest hat dir nichts entgegenzusetzen«, fügt Vi hinzu. »Aber sie ist vernarrt in Eric, deshalb wirst du mit ihr wohl nie ins Reine kommen.«

Ich werfe ihr einen überraschten Blick zu. »Rebecca steht auf Eric?«

»Was hast du denn gedacht, wieso sie dich so behandelt?«, bemerkt Vi, als hätte mir dieser Fakt klar sein müssen. »Du darfst jetzt viel Zeit in Erics Nähe verbringen, während er Rebecca auf Abstand hält. Sie ist eifersüchtig.«

»Ich dachte, sie wäre nur kein netter Mensch«, äußere ich meine Vermutung. »Außerdem behandelt sie mich nicht wirklich anders als all die anderen, die mich hassen. Oder soll Arthur Whitman auch in Eric verknallt sein?«, frage ich grinsend.

»Nein, Arthur ist nur ein Arsch«, murmelt Milan ebenfalls amüsiert.

Das ist er, und kaum jemand auf dieser Insel scheint das anders zu sehen. Trotzdem wird er mir auch in Zukunft das Leben schwermachen, und ich weiß nicht, was ich dagegen tun soll. Ich seufze schwer.

»Was ist los?«, fragt Vi beinahe etwas ruppig. »Bereust du schon das Drama auf deinem Kopf?«

»Nein«, äußere ich bestimmt. »Es war mal etwas, das ich ganz allein für mich bestimmen konnte.«

Vi mustert mich einen Moment nachdenklich und hält mit der Schere in der Hand inne. »Schätzchen ...«, sagt sie dann. »Du willst vielleicht nicht, dass Erics Freunde auch deine sind, aber ihm hast du zu verdanken, dass ich hierzu bereit bin. Also Kopf hoch und still halten, ich rette dieses Drama jetzt. Und mit der Zeit kommen auch alle anderen Dinge wieder in Ordnung. Zumindest wird es irgendwann etwas weniger wehtun.« Diese Worte klingen dieses Mal nicht ansatzweise arrogant, und als sich unsere Blicke im Spiegel treffen, zwinkert sie mir zu.

»Verrätst du mir, warum du ausgerechnet mit Elementaren vor meiner Tür auftauchst?«, frage ich und versetze Jesper einen leichten Stoß gegen den Arm.

Wir sind ihnen förmlich davongerannt und bahnen uns nun gemeinsam den Weg durch die Mengen, die in die große Halle stürmen, wo der Weihnachtsball stattfindet.

Jesper seufzt und wirkt für einen kurzen Augenblick nicht wie der fröhliche Kerl, der mich binnen gefühlter fünf Minuten von sich überzeugen konnte. »Alois hat Bazilton und mich zu sich gerufen. Er hat uns zu Partnern gemacht.«

Ich verharre an Ort und Stelle und greife nach Jespers Arm, um ihn ebenfalls zurückzuhalten. »Er hat *was*?«

Jesper scheint auch keineswegs begeistert zu sein, seine Mimik ist ungewohnt düster. »Jetzt, wo Cara weg ist, wollte man mir einen neuen Partner zuteilen. Und da auch Baze seit einigen Monaten ohne einen dasteht, fand man das offenbar passend. Aber na ja, du kommst auch irgendwie mit Eric aus und die beiden sind beste Freunde, also vielleicht wird es mit Bazilton gar nicht so schlimm, wie ich annehme.«

Vermutlich hat er recht. Möglicherweise ist Bazilton ein ebenso verlässlicher Partner, auch wenn er nicht besonders nett ist. Er und Eric könnten sich in dieser Hinsicht ähnlich sein.

»Warum hatte er denn keinen Partner? Ich dachte, Eric wäre der Einzige gewesen, dem man das gestattet hat?«, erkundige ich mich verwundert, als wir unseren Weg wieder fortsetzen.

»Eric hat man es nur durchgehen lassen, weil Lelant Palmer ihm den Rücken freihält«, erwidert Jesper. »Wie gesagt, die beiden haben eine besondere Verbindung zueinander und deshalb ist Eric ziemlich unantastbar.« Dann wirft Jesper mir einen Blick zu, der noch düsterer wirkt als zuvor. »Bazilton hatte bis vor einigen Monaten einen Partner. Deinen Mentor.«

»Alaric?«, bemerke ich überrascht.

»Hat er dir von seinem Unfall erzählt?«

Ich erinnere mich an unser damaliges Gespräch. »Er sagte, er sei in den Alpen einen Hang hinuntergestürzt.«

»Beinahe witzig, dass er ihn schützt ...«, murmelt Jesper verdrießlich. »Mr Brodek fiel nicht einfach, er wurde von Bazilton gestoßen.«

Ich bin mit Sicherheit kein Fan von dem Wasserelementar, aber das kann ich mir trotzdem nicht vorstellen. *Wieso sollte er das tun?*

»Zu seiner Verteidigung muss man sagen, dass es unglückliche Umstände waren«, setzt Jesper schließlich hinzu. »Sie wurden von einem kleinen Rudel Wölfe überrascht. Bazilton stieß Mr Brodek von sich, um ihn zu schützen, als sie angefallen wurden. Dabei soll er den Hang nicht gesehen haben, und Mr Brodek stürzte und ist seitdem querschnittsgelähmt. Das ist die Geschichte, die man sich erzählt.«

Ich bin wie erstarrt und fürchte, dass die Partnerschaft von Jesper und Bazilton eine schlechte Idee ist. Alaric belastet seinen alten Partner nicht, also scheint er es ihm nicht übel zu nehmen, aber selbst unter den nettesten Umständen hat der Wasserelementar unüberlegt gehandelt und damit einen anderen verletzt. Wenn er das bei Jesper macht, reiße ich ihm den Kopf ab.

»Bereit für den Ball?«, fragt der mich plötzlich und kommt mit mir vor der großen Halle zum Stehen.

Ich werfe einen Blick hinein und bin wie erschlagen von der winterlichen, weißen und glitzernden Atmosphäre, die durch unzählige Kerzen erhellt wird.

»Bereit für die Geier, die uns anstarren werden?«, bemerke ich und setze dann ein entschlossenes Lächeln auf. »An deiner Seite immer.«

Die Blicke aller, als Jesper und ich Arm in Arm die große Halle betreten, brennen förmlich auf meiner Haut. Es fühlt sich an, als würde er mich zur Schlachtbank führen. Vermutlich fragen sich die meisten, was ich auf dem Ball verloren habe. Andere denken bestimmt, dass Jesper verrückt ist, mich so nah an sich ranzulassen. Doch als wir zu Colin, Melissa und Rae stoßen, lässt das Starren nach. Ich habe die Hoffnung, dass der Rückhalt einiger weniger mit der Zeit dafür sorgen wird, dass man mich zumindest kommentarlos erduldet. Eine kleine Verbesserung ist zumindest spürbar und das habe ich mit Sicherheit den vier Menschen an meiner Seite zu verdanken. Meinen Freunden.

Vielleicht.

»Rae, du siehst ...« Eigentlich fehlen mir die Worte und ich frage mich sofort, warum ich sie überhaupt anspreche.

»Kontrastreich aus?«, vollendet sie grinsend meinen Satz.

Im Vergleich zu dem weißen Winterparadies um uns herum auf jeden Fall. Raes schwarzes Kleid liegt eng an ihrer Haut und hebt ihre Kurven deutlich hervor. Sie wirkt nicht besonders winterlich.

»Ich stehe nicht so auf Gefunkel und Geglitzer«, begründet sie ihr Auftreten.

Ich nicke nachsichtig. Entscheidet am Ende jeder selbst. Dann streift mein Blick das orangefarbene Kleid von Melissa, das zu ihren roten Haaren passt, und ruht schließlich auf Colin, der im Anzug vor mir steht. »Du siehst echt schick aus.«

»Und du einfach nur traumhaft«, erwidert er strahlend und begutachtet mich. »Das Kleid ... Und die neue Frisur.«

Ich werfe Melissa einen kurzen Blick zu und wir beide grinsen. »Ich hatte bei beidem Hilfe, ist immerhin mein erster *Ball*.« Und ich bin sehr zufrieden mit meinem heutigen Aussehen. Vi hat es tatsächlich geschafft, meine Haare zu retten, und das Kleid, für das Melissa und ich uns entschieden haben, ist für hiesige Verhältnisse wirklich ein Traum. Es hat keinen unnötigen Firlefanz und ist sehr hell, aber nicht wirklich weiß. Ab der Hüfte abwärts fällt es locker und gleitet beim Gehen sanft über den Boden. Ein Wunder, dass es mir bei meiner Körpergröße überhaupt so gut passt. Normalerweise sind bodenlange Kleider immer zu lang für mich.

»Du siehst jedenfalls umwerfend aus«, betont Colin es erneut und ich erwidere sein Lächeln dankbar. »Ich hole uns etwas zu trinken.«

Er kann einen echt umhauen, das stelle ich jedes Mal fest, wenn wir uns sehen. Seine etwas längeren Haare laden dazu ein, durchzuwursteln. Die kleinen Grübchen, wenn er lächelt, lassen ihn sympathisch erscheinen. Und ich weiß, dass er mich mag. Nicht nur, weil er es immer wieder betont und nicht lockerlässt, ich erkenne es auch an der Art und Weise, wie er mich ansieht.

Ich mag den Kerl wirklich.

Sofort würde ich mir am liebsten auf die gedankliche Zunge beißen. Ich meide bewusst den Augenkontakt zu Melissa und sehe mich stattdessen in der Halle um.

Einfach jeder hier sieht toll aus. Sie alle haben sich herausgeputzt, sogar die Lehrer und der Zirkel. Gemeinsam sitzen sie auf der kleinen Tribüne am Ende der Halle und genießen ein Essen, das sogar auf die Entfernung aussieht wie ein Fünf-Sterne-Menü. Erics Freunde sitzen an einer Tafel nicht weit vom Zirkel entfernt, doch meinen Partner sehe ich nicht bei ihnen. Er zieht das durch, bleibt über die Feiertage wie ein Einsiedler in seinem Zimmer. Auf der anderen Seite in der Halle sitzen an einer weiteren Tafel einige Gesichter, die mich mal nicht mit Abschätzigkeit mustern. Carlos Toomey nickt mir zu und Flynn Larson grüßt mich mit einer Fingergeste, die vermutlich cool wirken soll. Ziemlich weit entfernt von allen anderen sitzen schließlich Rebecca und ihre Freunde. Ich schaue hinauf zu dem Zirkel und ernte ein anerkennendes Nicken von Alaric, der wohl sehr froh ist, dass ich mich heute hergewagt habe. Niemandem liegt mehr daran, dass ich mich wohlfühle, und das sorgt noch immer für die gleiche Verbundenheit ihm gegenüber wie an meinen ersten Tagen auf Leyndarmál Eyja.

»Wollen wir uns zu Flynn und den anderen setzen?«, fragt Rae in die Runde.

Wir machen uns automatisch auf den Weg. Ich fange noch ein freundliches Nicken von Marci Sullivan auf, die ich beim Gehen bemerke, als ich just unsanft von der Seite angerempelt werde. Unter lautem Geschepper fällt etwas zu Boden und das beschert mir augenblicklich die Aufmerksamkeit aller. In der Halle sorgt es außerdem schlagartig für eine merkwürdige Ruhe. Dann stelle ich fest, dass die Aufmerksamkeit der anderen nicht nur mir gilt, sondern viel mehr dem Zusammentreffen von mir und der Person, die gerade nervös vor mir auf die Knie geht, um ihre Sachen wieder aufzuheben.

Julien Davis.

Nicht der, den Lelant Palmer verbrannt hat, sondern die jüngere Version aus unserer Zeit. Ich kann mich nicht daran erinnern, ihn bisher gesehen zu haben. Bestimmt hat er mich gemieden. Und wenn ich in die Gesichter der Umherstehenden schaue, hat das wohl bisher auch jeder für eine gute Idee gehalten.

»Es ... Es tut mir leid ... Ich ... Ich bin sofort weg«, stammelt Julien hastig.

Doch als er seine Sachen aufgesammelt hat und sich an mir vorbeischieben will, stelle ich mich ihm intuitiv in den Weg. Ich kann im selben Moment hören, wie er angespannt die Luft einzieht.

Alle Augen ruhen auf mir und darauf, was ich jetzt tue. Ich weiß, was sie alle befürchten. Was wahrscheinlich auch Julien selbst glaubt. Und ich verstehe ihre Sorge und die ängstlichen Blicke. Ich kann nachvollziehen, wieso Julien vor mir steht und so deutlich zittert, dass es sogar dem Zirkel auffallen muss, obwohl der weit von uns entfernt sitzt.

»Ms Bennett«, ertönt in diesem Moment die strenge Stimme von Alois. Er spricht meinen Namen wie eine Warnung aus, als würde er mich von einer Dummheit abhalten wollen.

»Warum kann er nicht einmal still sein?«, entfährt es mir sofort. Ziemlich leise, aber in der drückenden Stille hört man mich vermutlich durch die ganze Halle.

Meine Aufmerksamkeit gilt nur Julien und dem erbärmlichen Anblick, den er bietet. In meinem Kopf rasen die Gedanken. Ich bin mir sicher, dass auch Melissa und jeder andere Gedankenleser in diesem Raum aktuell nicht daraus schlau wird. Ich selbst brauche eine ganze Weile, um meiner Gefühle Herr zu werden. So lange, dass es sich wie eine Ewigkeit anfühlt. Der Julien Davis meiner Zeit ist noch ein unschuldiger, junger Kerl. Er hat noch nicht mitansehen müssen, wie wir alle abgeschlachtet werden. Er musste noch nicht durch die Spiegel fliehen, um uns in der Vergangenheit zu warnen. Vielleicht wird er das in unserer Zeitlinie auch niemals tun müssen, weil wir den Krieg gewinnen. Und wenn es doch erneut so kommen sollte, kann der Julien, der hier vor mir steht, eine andere Entscheidung treffen als sein Zukunfts-Ich. Ihn nun anzuschreien, zu toben, zu weinen oder ihm Vorwürfe zu machen, wird nichts bringen. Es ist nicht seine Schuld, dass Timothy fort ist. Nicht er hat ihn auf dem Gewissen. Er ist nur ein Weise, der sich unsichtbar machen kann und es vermutlich für den Rest seines Lebens in meiner Gegenwart tun wird, wenn ich jetzt etwas mache, was ihn glauben lässt, er hätte keine andere Wahl. Heute muss ich so sehr über mich hinauswachsen wie noch nie zuvor in meinem Leben, und ich hoffe, dass man mir das hoch anrechnen wird.

»Vielleicht solltest du dich lieber irgendwo hinsetzen, wenn du essen möchtest«, sage ich schließlich leise und deute auf den nun leeren Teller in seiner Hand. Es gelingt mir nicht, die Anspannung in meiner Stimme zu unterdrücken, doch immerhin lässt Juliens Zittern merklich nach.

Er nickt hektisch und eilt los, um mir nicht länger nah zu sein. Doch dann – keine Ahnung, wieso er es tut und wo er den Mut so plötzlich herholt – hält er inne und kommt zu mir zurück. »Es wird nicht helfen, das weiß ich. Aber ich muss es einfach sagen, weil ich nicht glaube, dass du mir je wieder die Chance dafür lassen wirst ...«, sagt er und in seiner Stimme höre ich die Angst noch immer deutlich heraus. »Was mit deinem Bruder passiert ist, tut mir unendlich leid. Und ich möchte, dass du weißt ...«, er hebt die Stimme an, damit ihn alle hören können, »dass *jeder* weiß, dass ich dir die Wandlung meines Zukunft-Ichs nicht zum Vorwurf mache. Ich habe dir das Herz gebrochen und dir etwas Wertvolles genommen, was du nie wieder zurückbekommst.«

Seine Worte rauben mir im selben Moment jegliches Gefühl von Freude, das ich an diesem Abend hatte. Die Erinnerung an meinen Bruder und an den Tag, an dem ich mich verloren habe, trifft mich völlig unvorbereitet. Doch das, was er sagt, nimmt mir auch die Anspannung. Es löscht dieses Gefühl des Hasses in mir aus, an dem ich mich seinetwegen festgeklammert habe. Der Julien aus der Zukunft traf eine Entscheidung, nachdem er unendliches Grauen erlebt hat und gar nicht mehr klar denken konnte. Der Julien, der jetzt vor mir steht, scheint ein netter Kerl zu sein, der niemals jemandem bewusst schaden würde.

Alle scheinen auf meine Reaktion zu warten, und ich atme tief durch, um die Tränen zurückzuhalten und meine Gefühle wieder in den Griff zu bekommen. »Wenn wir diesen Krieg verlieren sollten und dir erneut die Flucht in die Vergangenheit gelingt, hoffe ich, dass du dich an heute erinnerst und deine Prioritäten anders setzen wirst.«

»Ich schwöre dir, das werde ich«, versichert Julien entschieden.

Schweigen hüllt uns ein, denn ich weiß nicht, was ich noch sagen soll.

Colin schiebt sich in dieser Sekunde an meine Seite und hält mir ein Glas entgegen. »Alles in Ordnung?«, flüstert er.

Nein, gar nichts ist ok.

Ich fühle mich zurückkatapultiert an den Tag, an dem ich Tim verloren habe. An dem ich Julien gewandelt habe. Ich fühle, was ich an diesem Tag gefühlt habe. Doch heute ist es nicht der Hass, der die Oberhand gewinnt. Es ist die Trauer, die sich durch mein Innerstes frisst wie ein hartnäckiger Virus, den ich scheinbar nicht loswerde. Aber ich muss zeigen, dass es mir besser geht. Es ihnen zumindest allen vormachen, damit sie endlich aufhören, sich meinetwegen und wegen meiner künftigen Entscheidungen Sorgen zu machen.

Ich starre noch einen Moment zu Julien, dann setze ich ein kleines Lächeln auf und nicke. »Ja, alles in Ordnung«, lüge ich so überzeugend, wie ich kann. Ich nehme Colin das Glas aus der Hand und wende mich noch einmal an den Kerl, den ich nicht länger hassen möchte. »Frohe Weihnachten, Julien.«

Ich sehe, wie seine Anspannung restlos verfliegt und er erleichtert durchatmet, als ich ihn schließlich stehenlasse und mit Colin gemeinsam zu unseren Freunden hinübergehe.

Meine Hand liegt in seiner. Er hält mich dicht bei sich, während er mich mit gleichmäßigen Schritten über die Tanzfläche führt. Ich fühle mich wohl in seiner Nähe, aufgehoben und geborgen. Doch glücklich werde ich an diesem Abend nicht mehr sein, egal, wie schön es ist, mit Colin zu tanzen.

Mein Aufeinandertreffen mit Julien ist nun einige Stunden her. Seither lächele ich die ganze Zeit, doch innerlich fühle ich mich leer. So leer, wie schon lange nicht mehr. Aber ich will es nicht zeigen, nicht mal Colin gegenüber, denn er verspricht sich so viel von diesem Abend, dass ich ihm durch meine Zurückhaltung kein falsches Signal senden will.

»Ich werde gleich gehen, denke ich. Das war ein langer Tag«, sage ich also.

Colin nickt nachgiebig. »Ja, du hast dich heute wirklich tapfer geschlagen. Ich bin stolz auf dich«, sagt er anerkennend. »Das mit Julien hast du perfekt geregelt.« Ich nicke bloß. »Hast du dir Gedanken gemacht?«, fragt Colin schließlich mit einem Grinsen. »Darüber, ob ich dir weiterhin den Hof machen darf?«

Ich lache möglichst herzlich. »Wenn du es nie wieder so nennst, dann ja.« Mir ist wohl bewusst, dass ich ihm damit zugestehe, dass zwischen uns etwas ist und dass ich bereit bin, mich darauf einzulassen.

In mir fehlt aber dieser Funke. Ich bin mir nicht sicher, ob ich wirklich schon an diesem Punkt bin. Aber worauf warte ich noch? Colin ist ein gutherziger, charmanter und gutaussehender Kerl. Er ist zwar ein paar Jahre älter als ich, doch das stört mich nicht und hat bei dem Leben, das wir hier führen, ohnehin keine Bedeutung. Ich muss ihn schließlich nicht mehr meinen Eltern verkaufen.

»Ich weiß, dass wir uns nicht lange kennen«, setzt Colin leise an. »Eigentlich weißt du so gut wie nichts über mich. Und ich weiß überwiegend Dinge über dich aus Büchern und weil andere, die dich damals beobachtet haben, sie mir über dich erzählten. Ich wusste immer von Taylor und hatte Verständnis dafür, dass du ihn anfangs nicht erwähnt hast. Aber hier und jetzt möchte ich von dir wissen, ob du damit abgeschlossen hast. Bist du wirklich bereit, Taylor hinter dir zu lassen?«

Wie ich es hasse, dass einfach jeder hier etwas über mich weiß, was ich ihm nicht selbst erzählt habe. Doch das ist nicht ihre Schuld, sondern die des Systems. So funktioniert es eben, und ich kann nichts mehr daran ändern. Ebenso wenig daran, dass Taylor nicht mehr weiß, dass ich existiere. Es muss unweigerlich der Vergangenheit angehören. Er fehlt mir. Immer seltener. Natürlich denke ich manchmal wehmütig an ihn zurück, doch bei allem, was ich verloren habe, ist es sein Verlust, der am wenigsten schmerzt.

»Er spielt eine Rolle mehr«, sage ich also.

Was nicht heißt, dass Colin offene Türen einrennt. Doch er versteht es als einen Wink. Sein Arm schließt sich fest um meinen Rücken, er zieht mich dicht an sich und seine Lippen finden meine. Ein erster Kuss, zaghaft, wie ein Test. Ein zweiter, länger, leidenschaftlicher. Als hätte er einen Preis gewonnen.

Aber das bin ich nicht. Er will mich, daraus macht er seit Wochen kein Geheimnis. Und er möchte alles. Sofort. Überschüttet mich mit Komplimenten und Gefühlen. Ich sollte mich darüber freuen, in seinen Augen so begehrenswert zu sein.

Aber ich habe an diesem Abend schon lange durchgehalten und möchte Abstand. Er lässt mich ziehen und mir fällt eine Last von den Schultern, als ich der Halle entkomme. Draußen in einer Ecke stehen fertige Krüge mit frisch gezapftem Bier. Ich greife mir einen davon und steuere auf die Tür zu, um zum Grab meines Bruders zu gehen und mich dort hinzusetzen. Ihm nahe zu sein in dieser Nacht. Zeit mit ihm zu verbringen.

Das ist doch bescheuert.

Mein Bruder ist tot und mich in der Eiseskälte vor einen Stein zu setzen, hilft weder ihm und schon gar nicht mir dabei, dieses Weihnachten durchzustehen.

Also steige ich die Treppe hinauf und streife ziellos durch die Gänge. Zuerst geschieht es unbewusst, doch dann schaue ich mich um und stelle fest, dass ich auf der Etage der Männer bin. Eric ist in diesem Moment allein und ich wage zu bezweifeln, dass es ihm damit wirklich besser geht. Ich laufe die Türen ab und verharre erst vor der mit den Namen *Castile* und *Slater*. Bazilton ist noch auf dem Ball.

Ich klopfe entschlossen, doch gleich danach bereue ich es. Bestimmt wird er wütend sein, weil ich seinen Wunsch nicht respektiere, allein sein zu wollen. Wieso kann ich nicht einfach akzeptieren, dass er sich an den Feiertagen wie ein Einsiedler verhält? *Dumme Idee. Ich bin so blöd, blöd, blöd ...*

Als sich die Tür öffnet, höre ich sofort auf, mich innerlich zu verfluchen. Stattdessen blicke ich in das ausdruckslose Gesicht von Eric, und bevor er dazu kommt, mich ebenfalls zu verfluchen, platzen die Worte nur so aus mir heraus. »Du kannst mich wegschicken oder mich anschreien, weil ich dich nicht allein versauern lasse ...« Ich halte kurz inne, doch an seiner Mimik ändert sich nichts, deshalb nutze ich, dass er mich noch nicht davongejagt hat. »Du hast jemanden verloren. Ich habe jemanden verloren. Wir sind Partner. Wir sollten uns gegenseitig helfen, diese scheiß Phase durchzustehen.« Wieder zögere ich kurz, doch Eric reagiert nicht auf meine Worte. »Hier bin ich«, sage ich also wieder entschlossener. »Und ich bringe Bier mit, falls das ein ausschlaggebendes Argument dafür ist, mich hereinzubitten.«

Eric verschränkt die Arme locker vor der Brust und lehnt sich gegen den Türrahmen. Sein Blick wirkt nicht unbedingt einladend. »Solltest du den Abend nicht lieber mit deinem Date verbringen?«

»Das habe ich«, erwidere ich prompt. »Aber dann wurde ich traurig und dachte an meinen Bruder, weil die Weihnachtszeit für uns immer etwas ganz Besonderes war. Ich wollte zu seinem Grab, aber irgendwie bin ich jetzt vor deiner Tür gelandet, weil ich denke, dass mir deine Gesellschaft helfen wird, diesen Abend restlos durchzustehen.«

Vermutlich sollte ich mir den Mund zunähen, bevor ich noch erbärmlicher wirke.

Eric wirkt überrascht. »Wieso gerade ich?«

»Weil du verstehst, was in mir vorgeht«, sage ich ohne Umschweife. »Das hast du selbst gesagt, vor einigen Wochen an der Klippe. Du hast vom ersten Moment an zu mir gehalten, mich keine Sekunde fallengelassen, nicht mal in meinen dunkelsten Momenten. Bei dir muss ich nicht so tun, als wäre ich glücklich.«

»Und bei deinen Freunden musst du das?«

»Ich habe sie in dem Glauben gelassen, dass es mir heute gut geht, weil es die Dinge sonst nur unnötig kompliziert macht. Und mein Verhalten ihnen gegenüber ändert schließlich nichts daran, dass es auch dir schlecht geht.«

»Und das interessiert dich?«

»Mich interessiert deine ganze Geschichte«, sage ich ehrlich. »Aber ich weiß, dass du noch nicht bereit bist, sie mir zu erzählen. Trotzdem stehe ich jetzt hier und biete dir an, einfach ... *da* zu sein.«

»Und wenn ich das nicht will?«

Ich zögere kurz. Vielleicht gehe ich gerade zu weit. Aber ich glaube wirklich, dass es genau Erics Nähe an diesem Abend ist, die mich nicht zusammenbrechen lassen wird. Weil ich bei ihm sein kann, wer ich bin. Mit allen Schatten und jedem dunklen Gedanken. »Sag mir, dass ich gehen soll, und ich gehe«, flüstere ich bloß.

Nun ist es Eric, der einen Moment kein Wort sagt. Er starrt mir nur in die Augen. Ich habe keinen blassen Schimmer, was in ihm vorgeht. »Und wenn ich das auch nicht möchte?«, fragt er so leise, als ob es niemand hören dürfte.

Innerlich lächele ich zufrieden. »Dann steckst du wohl fest, deshalb entscheide ich für dich.« Mutig mache ich einen Schritt auf ihn zu–

Noch steht er mir im Weg und ich komme nicht vorbei, also hebe ich den Kopf und unsere Blicke treffen sich. Er lächelt nicht, wirkt emotionslos, aber ich weiß, dass ich ihn überzeugen konnte. Keine Ahnung, wie, aber ich habe es geschafft, mich in seiner dunkelsten Stunde an ihn heranzuwagen. Er tritt zur Seite und lässt mich herein.

»Ich will es dir nicht ausreden, aber warum ich?«, frage ich. Immerhin bin ich mir bewusst, dass ich in all den Jahren die Erste bin, die sich in dieser Phase seines Lebens bis hierhin vorwagen konnte.

Eric lässt die Tür hinter mir ins Schloss fallen, beugt sich leicht herüber und nimmt mir dabei den Krug aus der Hand. »Weil du in den letzten Wochen so ziemlich jede schlechte Seite an mir kennengelernt hast und trotzdem hier stehst.« Ein kleines, gezwungenes Lächeln umspielt seine Lippen, bevor er einen großen Schluck trinkt.

Ich erwidere sein Lächeln weit offener. »Du bist mein Partner. Ich habe eine Weile gebraucht, um mich daran zu gewöhnen, aber ich denke, ich weiß nun, was alle darunter verstehen und was es *dir* bedeutet, dieses eine Wort«, sage ich leise. »Ich bin an deiner Seite. Hinter den Spiegeln. Hier in der Akademie. Immer.«

Von Anfang an hat er auf diesen Pakt zwischen uns gepocht und ihn als Begründung gesehen, komme was wolle zusammenzuhalten. Ich fand es zuerst idiotisch, dann irgendwann nur noch merkwürdig, aber inzwischen kann ich es sehen. Wir lernen uns erst kennen, sind nicht immer einer Meinung, und wir können streiten als gäbe es kein Morgen. Aber am Ende habe ich erkannt, dass wir uns ähnlich sind. Denn Eric Castile ist nicht weniger allein, als ich es bin.

Eric mustert mich einige Sekunden ausdruckslos, lässt dann den Krug sinken und stellt ihn auf die Kommode neben sich. Er streckt mir die Hand entgegen, ohne ein Wort zu sagen.

Noch vor einigen Tagen hätte ich ihn gefragt, was er will. Ich hätte gezögert, wäre auf Abstand geblieben. Kaum dass ich ihn berühre, zieht er mich an sich. Mit den Armen umschließt er mich langsam, streicht behutsam dabei über meinen Rücken. Ich spüre sein Kinn, das er sanft auf meinem Kopf ablegt.

Ich sage kein Wort, atme einfach nur ein und aus, und entspanne mich. Mein Kopf legt sich wie von selbst an seine Brust. Das hier fühlt sich anders an. Nicht sonderbar. Und doch ist es nicht damit zu vergleichen, in Colins Nähe zu sein. Der Typ, der mich geküsst hat. Mit dem ich jetzt zusammen bin, denke ich.

Um den Moment nicht noch intimer werden zu lassen, grinse ich und beschließe, Eric zu necken. »Schön, dass du mal kein Arsch bist.«

»Du erwischt mich in einem schwachen Moment, Bennett«, bemerkt er. »Das kommt so gut wie nie vor und wird hoffentlich nicht mit deinem Freund thematisiert.«

»Wie gesagt, ich stehe zu dir«, verspreche ich. »All deine Geheimnisse sind meine, heute und in Zukunft.«

Eric drückt mich kurz mit Nachdruck, als würde er auf diese Weise darauf reagieren wollen. »Du scheinst wirklich langsam zu verstehen, was eine Partnerschaft bedeutet.« Einen Moment herrscht Stille, dann höre ich sein leises Lachen. »Weißt du, was wir mal thematisieren könnten? Was ist mit deinen Haaren passiert?«

»Hör bloß auf«, erwidere ich. »Irgendwie hatte ich einen Kurzschluss und musste was ändern. Zum Glück kam deine Freundin Vittoria vorbei und hat mich gerettet.«

»Wirklich?«, hakt Eric verwundert nach. »Vi hat dir ihre Hilfe angeboten?«

»Aufgezwungen trifft es eher«, betone ich. »Sie sagte, sie täte es wegen dir.«

»Sie weiß, dass ich zu dir stehe, also hat sie anscheinend beschlossen, es auch zu tun«, vermutet er. »Warst du denn zu ihr etwas netter als du es zu Baze gewesen bist?«

»Sie war eigentlich ganz nett, anders als dein Kumpel. Er ist ein arroganter Arsch.« Noch während die Worte meinen Mund verlassen, vernehme ich, dass die Tür aufgestoßen wird.

Ich löse mich aus Erics Umarmung und entdecke Bazilton in der Tür, ein Grinsen umspielt seine Lippen.

»Schwarzauge«, grüßt er.

Ich stoße ein Seufzen aus. »Du könntest mich wenigstens mit meinem Namen ansprechen.«

»Weil du so nett über mich redest?«, erwidert er amüsiert. »Aber wenn ich auch eine Umarmung kriege, nenne ich dich, wie du willst.«

Ich schüttele den Kopf und verdrehe genervt die Augen. Diesen Kerl und seine blöde Art von Humor werde ich vermutlich niemals ausstehen können. »Nacht Eric«, sage ich bloß und beschließe, zu gehen. »Bazilton.«

»Ach komm schon ...«, sagt dieser und baut sich in der Tür auf, um mir den Weg zu versperren. »Sprich mich doch einfach mal mit Baze an.«

»Sprich du mich am besten gar nicht an«, grummele ich nur.

»Schwarzauge, komm schon«, zieht er mich auf. »Eines Tages werden wir Freunde sein, du wirst schon sehen.«

»Apropos Freunde«, sage ich. »Wie ich gehört habe, sind du und Jesper nun Partner. Wenn du glaubst, er sei darüber nicht begeistert, multiplizier das mit zehn und du weißt, was *ich* davon halte.«

Bazilton lässt sich nicht dazu herab, ebenfalls unfreundlich zu werden. »Ich glaube, Jesper und ich werden das Ding schon schaukeln«, sagt er zuversichtlich.

»Wenn du ihn nur keinen Hang hinunterstößt«, platzt es aus mir heraus.

Sofort sehe ich die Veränderung in Baziltons Miene. Eine Mischung aus Schock und Schmerz, als würde das sanfte Glimmern in seinen Augen erlöschen. Ich begreife sofort, dass ich zu weit gegangen bin. Er macht auf dem Absatz kehrt und ich höre seine schnellen Schritte auf dem Flur.

Glanzleistung, Jo. Wie immer.

Eric seufzt und ich wende mich ihm zu. »Er gehört zu den Guten«, sagt er bloß und klingt dabei nicht, wie ich erwartet hätte, wütend.

»Sag das Alaric, der nie wieder laufen kann«, murmele ich.

»Keine Ahnung, wer dir von dieser Sache erzählt hat, aber vielleicht solltest du deinen heißgeliebten Mentor erst mal fragen, was passiert ist«, äußert Eric bestimmt. »Ich bin mir sicher, dass du danach anders denkst.«

Dazu besteht wohl kein Grund. Wenn Bazilton etwas Bösartiges getan hätte, würde ich das bestimmt bereits wissen. Ich seufze. »Weißt du, wo er hin ist? Ich sollte mich entschuldigen.«

»Keine Sorge, er wird dir verzeihen«, bemerkt Eric, greift nach dem Krug und lässt sich auf sein Bett sinken.

»Weil er bei Gabriel war?«, vermute ich laut. »Redet er deshalb davon, dass wir Freunde werden? Weil er es schon weiß?«

»Keine Ahnung, ob er dort war oder nicht.« Eric zuckt mit den Schultern. »Er wird dir verzeihen, weil ich ihn kenne und weiß, dass er nicht nachtragend ist.«

Ich nicke einsichtig. »Eric?«, spreche ich ihn zögernd an und warte darauf, dass er den Blick hebt und mich ansieht. Doch als er das nicht tut und stattdessen ausdruckslos in den Krug starrt, fahre ich einfach fort. »Warst du bei Gabriel?«

Er stößt ein leises, traurig klingendes Lachen aus. »Das waren wohl alle, die sich in deiner Nähe aufhalten.«

»Und was hast du ihn gefragt?«

»Das, was ihn alle fragen. Ob du mich eines Tages wandeln wirst.«

»Mehr nicht?«

»Nein«, antwortet er zuerst knapp, holt dann aber Luft. »Man sollte seine Zukunft dem Zufall überlassen und nicht allzu viele Fragen darüber stellen. Man erfährt sonst vielleicht Dinge, die man eigentlich nicht wissen will.«

Wieder nicke ich einsichtig. »Und was hat Gabriel gesagt?«

Nun hebt Eric doch den Blick und sieht mich an. »Na, was wohl?«, erwidert er, streckt mir den Krug entgegen und klopft mit der anderen Hand neben sich auf das Bett. »Glaubst du, ich würde dich in meine Nähe lassen, wenn mir die Antwort nicht gefallen hätte?«

Ich setze mich zu ihm und lasse mich mit dem Rücken auf die Matratze fallen, verhalte mich ebenso zwanglos, wie Eric es bei mir getan hat. Dann frage ich mich, ob ich Gabriel auch mal einen Besuch abstatten sollte. Doch Eric hat recht. Ich will eigentlich nicht wissen, was auf mich zukommt, denn ich bin mir sicher, dass nicht alles davon mir gefallen wird.

Jeder Zentimeter meines Körpers tut mir weh. Es ist aussichtslos, immer wieder gegen Jesper und seine Replikationen zu kämpfen. Sie werden mir auf ewig den Arsch aufreißen, weil es viele sind. Doch ich weiß, dass es mich verbessern wird, deshalb beklage ich mich nicht bei ihm. Eher schlecht als recht humpele ich über den Feldweg, bis mir auf meinem Rückweg zur Akademie etwas ins Auge sticht. Unweit entfernt ist das Grab meines Bruders. Schon auf dem Hinweg zur heißen Quelle habe ich dort gehalten, um mir die Blumen anzusehen, von denen Milan gesprochen hat. Nun steht da jemand in einer dunkelblauen Robe, ein Mitglied des Zirkels.

»Hallo Ms Bennett«, spricht mich der Mann an. »In Anbetracht der Umstände wollte ich etwas Zeit verstreichen lassen, bevor ich mich vorstelle.« Tatsächlich hatte ich mit ihm bisher am wenigsten Berührungspunkte. »Mein Name ist Jonathan Ayres«, fährt er fort, weil ich keinen Ton sage. »Ich bin Mitglied des Zirkels von Leyndarmál Eyja und Gelehrter der hiesigen Hallen.«

»Hi«, bemerke ich knapp und mustere ihn verwundert. »Was tun Sie hier? Keiner von Ihnen hat sich bisher die Mühe gemacht, herzukommen.«

»Weißt du das ganz sicher?«, fragt Mr Ayres sofort. »Du hältst wohl kaum den ganzen Tag hier Wache, nicht wahr?«

Das mag stimmen, allerdings kann ich mir nicht vorstellen, dass sich von denen da oben jemand für den Tod meines Bruders interessiert. Außer Alaric.

»Wie ich hörte, scheiterte der Versuch von Alois, ein Gespräch mit dir zu führen.«

»Und jetzt schickt er Sie?«

»Nein, ich bin nur hier, weil ich deinem Bruder meine Ehre erweisen wollte«, sagt er sanft. »Aber es freut mich, dass sich unsere Wege hier zufällig treffen. Ich wollte schon eine Weile mit dir sprechen, doch es erschien mir lange Zeit verfrüht.«

Ich verschränke die Arme vor der Brust. »Und was wollen Sie von mir?«

»Zuerst möchte ich dir mein Lob aussprechen für deine Reaktion bei dem gestrigen Weihnachtsball. Nicht viele hätten die Größe bewiesen, die du gezeigt hast.«

Ich stoße einen abschätzigen Laut aus. »Alois dachte, ich würde ihn wandeln.«

»Das dachten wohl viele«, stimmt Mr Ayres mir ohne Umschweife zu. »Manchmal holt uns die Vergangenheit ein, und unsere Reaktion darauf zeigt uns, ob wir an unseren Erinnerungen gereift sind. Du bist das offensichtlich. Es macht mich sehr froh, das zu wissen.«

Wie schön, dass mal jemand von euch Mistkerlen mit mir zufrieden ist.

»Und was ist mit Ihren Erinnerungen?«, entfährt es mir. »Würden Sie erneut zulassen, dass Julien umgebracht wird?«

Mr Ayres Blick verdunkelt sich. Ich habe den Eindruck, dass sein kantiges und ohnehin schon blasses Gesicht noch mehr an Farbe verliert. »Es war mir ein Grauen, das mitansehen zu müssen. Ich schlafe schlecht deswegen. Tat es schon, bevor es passierte.«

»Wie meinen Sie das?«, erkundige ich mich verwirrt.

»Gabriel sah schon Tage vorher, was geschehen würde«, offenbart Mr Ayres mir. »Doch er wusste nicht, *warum* es geschehen musste. Er erzählte mir davon, und fast zeitgleich hörten wir das von dir. Mir war klar, dass es in irgendeiner Weise in Zusammenhang steht, also versuchte ich, Kontakt zu dir aufzunehmen.«

Vor Überraschung lasse ich die Arme sinken und reiße die Augen auf. »Moment mal, das mit dem Traum waren Sie?«

Er nickt. »Ich kann Halluzinationen und Visionen hervorrufen, dich alles sehen lassen, was ich will. Und so habe ich dir zugespielt, was Gabriel in der Zukunft sah.«

Mir fällt es wie Schuppen von den Augen. »Deswegen haben Sie mich angesehen. In diesem Traum meine ich. Sie haben mir direkt in die Augen gestarrt. Ich habe mich fast zu Tode erschreckt.«

»Das war nicht meine Absicht«, entschuldigt er sich. »Ich wollte dich warnen.«

»Das hat nicht besonders gut funktioniert, finden Sie nicht?«, entfährt es mir patzig. Gleich darauf seufze ich und lasse den Kopf hängen. »Aber Sie haben es versucht. Und jetzt sind Sie hier beim

Grab meines Bruders ... Ich sollte mich wohl bedanken, statt Sie anzumachen.«

»Du hast jedes Recht, wütend zu sein«, sagt Mr Ayres sanft, wendet sich mir zu und legt mir behutsam die Hand auf die Schulter. »Aber wir sind keine Teufel, Ms Bennett. Jeder hier verlor einst, was er liebte, doch in der Gemeinschaft finden wir die Stärke, mit diesen Verlusten umzugehen. Und manchmal reicht schon der eine rechte Mensch, dem wir unser Herz erneut öffnen.« Er zwinkert mir zu, dann lässt er mich allein – und das zumindest etwas klüger als zuvor.

Ziemlich untypisch für einen Gelehrten, reist Colin gerne durch die Spiegel. Für unser erstes Date hat er meine Erwartungen übertroffen und mich in den seit langer Zeit spaßigsten Tag meines Lebens entführt; zu einem Ausflug in den Freizeitpark. Nicht in irgendeinen, nein, sondern tatsächlich nach Disneyland in Paris. Schon unter normalen Umständen – und damit meine ich mein altes, unspektakuläres Leben – hätte mein Weg mich wohl niemals dorthin geführt. Doch nach Stunden voller Süßigkeiten und anderen Leckerbissen, dem Schießen und Werfen an diversen Buden, unzähligen Fahrten mit Achter- und Wasserbahnen fühle ich mich so glücklich aber auch so ausgelaugt wie noch nie zuvor.

Deshalb steht mir nicht der Sinn danach, mich heute Abend noch mit den anderen in der Schenke zu treffen. Doch Colin hat mich gebeten, dass wir gemeinsam hingehen, und weil er mir so einen wundervollen Tag beschert hat, möchte ich nicht ablehnen.

Hand in Hand treten wir aus dem Spiegel und – anders als bei Eric und mir – entfernen wir uns nicht sofort wieder voneinander. Nach dem Kuss mitten in der großen Halle weiß ohnehin jeder, dass Colin Fraser verrückt genug ist, sich auf eine Raväis einzulassen. Auch wenn wir über Geknutsche bisher nicht hinaus sind, was sich im Vergleich zu meiner Beziehung mit Taylor wie im Kindergarten vorkommt.

Aus der Entfernung vernehme ich Tumult, doch ich denke mir nichts dabei. Nicht mal, als ich jemanden fluchen höre. Immerhin mache ich das selbst oft genug. In der Bibliothek recken die ersten Neugierigen ihre Köpfe nach oben, weil auch ihnen die lauten Stimmen nicht entgehen. Als wir mit einigen anderen durch die riesige Tür in den Gang treten, der uns an der großen Halle vorbei zum Ausgang der Akademie führt, merken wir jedoch, dass irgendwas an der Unruhe nicht normal ist.

»Da ist eine Neue«, höre ich jemanden tuscheln. »Sie hat ihren Freund mit einer Berührung getötet.«

»Etwa eine Umbra?«, antwortet ein anderer.

»Nein, irgendwas anderes«, höre ich wieder die erste Stimme heraus. »Der Kerl muss Schaum und Blut gespuckt haben und ist angeblich an seinen aufgelösten Innereien erstickt.«

Ich werfe Colin mit weit aufgerissenen Augen einen Blick zu. Er erwidert ihn auf gleiche Weise. Dann höre ich, wie jemand um Hilfe ruft. Die Stimme kommt von draußen.

»Wir brauchen einen Heiler!«, höre ich den Schrei, der mir durch Mark und Bein geht.

Colin und ich lösen unseren Griff und rennen hinaus, bleiben erst oben an der weißen Treppe wie angewurzelt stehen. Hektisch scannen unsere Blicke die Umgebung. Unglaublich viele Menschen stehen da unten. Sie bilden einen Kreis um jemanden. Inmitten des Tumults kniet eine blonde Frau, die ihr Gesicht hinter den Händen versteckt. Sie weint und schreit. Das Schrille in ihrer Stimme tut mir in den Ohren weh. Dann entdecke ich Flynn einige Meter neben ihr und mein Herz setzt für einen Moment aus. Er liegt da, mit verkrampfter Körperhaltung. Ihm läuft eine Mischung aus Schaum und Blut aus dem Mund. Neben ihm steht Rae mit hilflosem Gesichtsausdruck und umklammert die Hand ihres Partners.

»Colin.« Ich haue ihm hektisch gegen den Arm.

Er zögert keine Sekunde, bevor er die Stufen hinuntereilt und sich neben dem Weisen auf den Boden wirft. Seine Hände streichen konzentriert aber schnell über Kopf und Torso. Ich sehe das helle Leuchten seiner Handflächen, doch Flynns Zustand scheint sich noch zu verschlimmern. Die Heilung wirkt nicht. Ich folge meinem Freund nur langsam, gehe mit Bedacht die Treppe hinunter, weil mein Blick an Flynn haftet, der um sein Leben kämpft – und zu meinem absoluten Entsetzen dabei ist, zu verlieren.

»Fraser!«, brüllt in dieser Sekunde jemand hinter mir.

Ich beobachte, wie Alaric vom oberen Treppenabsatz mittels seiner telekinetischen Kräfte ein kleines Fläschchen zu Colin fliegen lässt. Der fängt es auf, zwingt es Flynn zwischen die Lippen und schüttet ihm den gesamten Inhalt in den Mund. Flynn hustet und spukt. Colin drückt ihm die Hand auf den Mund, um ihn zum Schlucken zu bringen.

Nach einigen Sekunden, die sich wie endlose Minuten anfühlen, beruhigt sich Flynn. Seine Atmung wird flacher, dir körperlichen Verkrampfungen lösen sich. Was auch immer ihn beinahe umgebracht hätte, es ist offenbar dasselbe wie bei dem Kerl, wegen dem die Frau weinend und schreiend am Fuß der Treppe kauert.

Erneut legt Colin Flynn die Hände auf die Brust und wirkt seine Heilkräfte, um die Schädigungen der inneren Organe zu reparieren. Schon kurz darauf scheint es Flynn wesentlich besser zu gehen, doch er liegt noch immer bleich und erschöpft da, die Hand von Rae fest umklammert.

Weil er außer Gefahr ist, lenkt nun die Frau wieder meine Aufmerksamkeit auf sich. Neugierig nehme ich eine Stufe nach der anderen und bewege mich auf sie zu. »Hey«, sage ich behutsam. Ich möchte, dass sie sich weniger verloren fühlt. Nicht so wie ich bei meiner Ankunft.

Sie hebt sie den Kopf und gibt den Blick auf ihr Gesicht frei. Mich trifft wie ein Schlag, den ich in keiner Weise habe kommen sehen.

Freddie!

Ich höre ihr Wimmern, sehe ihre aufgequollenen Augen. Eines wird durch einen dunklen Schatten in Szene gesetzt. Blaue Flecken zieren ihre nackten Arme.

»Freddie ...«, hauche ich, und sie starrt verwundert zurück. »Es kommt alles in Ordnung. Du bist in Sicherheit.«

Welch Ironie, diese Worte aus meinem Mund zu hören.

Ich strecke die Hand nach ihr aus, will sie berühren, halten, beruhigen.

Colin packt unwirsch und grob meinen Arm und zerrt mich zurück. »Nein!«, warnt er mich eindringlich. »Fass sie nicht an. Sie ist giftig.«

Wie bitte? Das kann nicht sein. Freddie war nie so gewöhnlich wie ich, aber sie hatte doch mit Sicherheit keine Fähigkeit.

»Was soll das heißen?«, frage ich verwirrt. »Sieh sie dir an, Colin. Sie ist meine Freundin und braucht jetzt meine ...« Ich lasse den Satz offen.

Freddie sieht mich mit aufgerissenen Augen an, wippt vor und zurück, stammelt etwas. Immer wieder dieselben Worte. Es dauert einige Sekunden, bis sie es laut genug sagt, um sie verstehen zu können. »Miles ist tot. Ich hab ihn umgebracht.«

24

Mein Herz klopft mir bis zum Hals. Ich laufe am Fuß der weißen Treppe hin und her, kann nicht fassen, dass sie Freddie hereingeholt haben und ich nicht mit ihr gehen durfte. Da taucht sie wie aus dem Nichts hier auf, ist völlig aufgelöst, hat Flynn beinahe umgebracht und dann ...

Sie hat gesagt, dass sie ihn umgebracht hat.

Ihre Worte hallen wider und wider in meinem Kopf. Sie lassen mich an meinem eigenen Verstand zweifeln, an meiner kompletten Vergangenheit mit Freddie. Niemals wäre sie dazu in der Lage, einen anderen Menschen zu töten. Sie war zuweilen ein Biest, aber *das* würde sie nicht tun.

»Jo, denk nach«, spricht Colin mich sanft an. Dass er in diesem Augenblick die Ruhe selbst ist, regt mich noch mehr auf als die Tatsache, dass sie mich nicht zu ihr lassen. »Dass du zu ihr willst, verstehe ich. Aber wie würde das auf sie wirken? Dieses Mädchen ist nicht mehr deine Freundin. Sie ...« Er lässt den Satz offen, als müsste es mir von allein klarwerden.

Und das wird es. Wie eine Bombe in meinen Gedanken. Alois hat jeden vergessen lassen, dass ich existiere. Freddie weiß nicht, wer ich bin. Meine Anwesenheit würde ihr nichts bedeuten.

Flynn röchelt und ich schaue zu ihm. Rae sitzt noch immer besorgt an seiner Seite, doch er scheint sich besser zu fühlen und hat sich aufgerichtet. Er ist bestimmt wütend auf Freddie. Ich weiß, dass Flynn weder von ihr noch von Taylor viel gehalten hat.

»Was hat sie dir angetan?«, frage ich, den Blick starr auf sein blutverschmiertes T-Shirt gerichtet.

»Sie hat ihn vergiftet«, antwortet Colin an seiner statt. »Als er sie berührt hat, um sie herzubringen, ist das Gift über ihre Haut auf ihn übertragen worden. Das ist nicht normal.«

Ich stoße einen abschätzigen Laut aus. »Du meinst, dass sie ihren Freund umbringt und dann noch Flynn vergiftet? Nein, das ist verdammt noch mal nicht *normal*.«

»Nein, dass sie giftig ist«, betont er. »Niemand ist das einfach so, Jo. Man wird dazu gemacht. Jemand hat ihr das angetan.«

Verblüfft reiße ich die Augen auf. »Wer würde das tun?«

»Fällt dir niemand ein? Jemand, der Leute braucht, die an seiner Seite kämpfen? Die gefährlich sind und so verängstigt wegen ihres neuen Lebens, dass sie sich ihm bedingungslos fügen, wenn er ihnen die Hand reicht?«

Dargoth schart Menschen um sich, die keine Fähigkeiten haben. Er macht sie zu etwas Besonderem, etwas Gefährlichem.

Aber es kann doch kein Zufall sein, dass es Freddie getroffen hat.

Mir ist das alles zu viel. Freddie, die ihren Freund auf dem Gewissen hat. Colin, der mich mitleidig ansieht. Flynn, der bestimmt nicht nachvollziehen kann, wieso ich mich Freddie noch immer verbunden fühle. Dargoth, der unschuldige Menschen in seinen Machthunger mit hereinzieht. Und die Tatsache, dass mich meine Vergangenheit nicht loslässt, obwohl ich endlich bereit dazu gewesen bin, nach vorne zu blicken.

Ich starre auf die Inschrift des Grabsteins meines Bruders und fühle mich schlagartig zurückkatapultiert in meine eigene Hoffnungslosigkeit. In den ängstlichen Zustand des Tages meiner Ankunft auf Leyndarmál Eyja. Ich hätte nicht angenommen, die Menschen, die ich einst liebte, wiederzusehen. Nicht mehr, nachdem ich beschlossen hatte, dass meine letzte Reise nach Hause die letzte war. Ich habe es Eric versprochen und wollte mich daran halten. Doch auch er hätte wohl niemals damit gerechnet, dass das hier geschieht. Kein Mensch hätte das. Nicht mal Gabriel, der Hellseher, der jeden unwichtigen Mist in der Zukunft erkennen kann.

Er hätte es gesagt, falls doch. Oder nicht?

Vermutlich hätte er das. Vielleicht hat er das auf gewisse Weise. Genau an dieser Stelle habe ich mit Jonathan Ayres gestanden und er sagte, dass unsere Reaktion auf die Vergangenheit zeigt, ob wir an unseren Erinnerungen gereift sind. Hat er darauf angespielt? Wusste er bereits, was Freddie Miles angetan hat und dass Flynn geschickt wird, um sie zu holen?

Es spielt keine Rolle mehr, nun ist sie hier. Frederique Cardinale ist in der Akademie der Weisen, weil jemand sie – vermutlich im Auftrag von Dargoth – zu einer Eitura gemacht und sie ihren Freund vergiftet hat. Und wenn ich meine Sorge um sie und die unzähligen Fragen beiseiteschiebe, bleibt nur eine einzige Sache offen; freue ich mich, dass sie wieder ein Teil meines Lebens sein wird? Denn genau so wird es sein. Das hier wird nun ihr Zuhause.

Flynns Eindruck von ihr war nicht falsch. Freddie war schon immer eine arrogante, selbstherrliche Person, die es genießt, wenn andere in ihrem Schatten verschwinden und sie jeden überstrahlt. Ich habe das jahrelang hingenommen und mich dem gebeugt. Zu gut erinnere ich mich daran, wie unwichtig ich mir in ihrer Gegenwart vorgekommen bin, wie glanzlos. Ich konnte nie mit ihr mithalten. Wozu auch? Ich hatte Taylor. Freddies einziger Zeitvertreib neben der Schule war es, Kerle aufzureißen. Ich kann nicht mehr zählen, mit wie vielen Typen sie geschlafen hat. Die Suche nach welchen fiel ihr nie schwer. Alle waren immer gleich vernarrt in die blonde Schönheit mit den Sommersprossen und den funkelnden, grünen Augen. Sie war sich diesem Fakt zu jeder Zeit bewusst und hat es genossen, es regelrecht ausgenutzt. Doch dann war da Miles. Viel habe ich von ihm nicht mitbekommen. Nur auf der Halloweenparty habe ich ihn gesehen und fand ihn nicht besonders charmant. Und das war schon der Abend, an dem Flynn mich herbrachte. Was danach geschah, weiß ich nicht, und offen gestanden hat mich Freddies Privatleben auch nicht eine Sekunde mehr gekümmert. Ich hatte andere Dinge im Kopf.

Ich atme tief ein und aus. Mein Blick fällt erneut auf den Grabstein vor meinen Füßen.

Timothy Bennett. Geliebter Bruder.

Nein, Freddie war nicht länger wichtig, als ich auf dieser Insel ankam. Doch nun ist sie hier und jemand muss an ihrer Seite sein, damit ihr die Ankunft hier leichter fällt, als es bei mir der Fall war. Und wer außer mir käme da infrage?

Es ist eiskalt und trotzdem kann ich mich nicht dazu aufraffen, zur Akademie zurückzukehren. Eigentlich bin ich doch nur mit Colin auf dem Weg in die Schenke gewesen, um einen wundervollen Tag gemütlich mit unseren Freunden ausklingen zu lassen. Doch nun sitze ich wieder hier draußen in den Feldern, vor dem Grab meines Bruders, und friere in der Dämmerung des Abends.

Ich vernehme das dumpfe Geräusch sich nähernder Schritte, doch ich hoffe inständig, dass mir niemand nachgekommen ist. Keine Ahnung, was ich ihnen sagen soll.

Doch dann spüre ich ein leichtes Beben des Bodens, als sich die Schritte nähern, und mir wird bewusst, wer da auf mich zukommt. Ich hebe wortlos den Blick und entdecke die wuchtige Gestalt des Teufelssteins Tombard Brok neben mir, der verwundert auf mich hinuntersieht.

»Vor wem versteckst du dich?«, brummt er.

Ich lache leise. »Ausnahmsweise versteckt der Zirkel mal jemanden vor mir. Du bekommst nicht viel mit in deiner Mine, nicht wahr?«

»Darin sehe ich nichts Schlechtes.«

»Nein, vermutlich nicht.«

»Was geht in der Akademie vor, dass du lieber hier draußen in der Kälte sitzt?« Er lässt einen großen Beutel zu Boden fallen und kramt darin herum. Heraus holt er ein Leinentuch, das sogar in dem Licht der Dämmerung verdreckt aussieht. Er hält es mir entgegen.

Ich greife danach und werfe es mir über die Schultern, um mich darin zu wärmen. »Jemand Neues ist hier.«

»Das passiert. Manchmal kommen viele. Manchmal monatelang keiner. Ich weiß nur, dass nie jemand kommt, der so ist wie ich, also kümmert es mich nicht.« Tombard zögert. »Wobei ich nicht leugnen kann, dass mich *dein* Auftauchen interessiert hat.«

»Dafür bist du mir bisher erstaunlich gut aus dem Weg gegangen.«

Er stößt einen zustimmenden Laut aus. »Du bist eine Wandlerin, ich ein Teufelsstein. Wenn wir noch Brett Bridges hinzuholen, würden sie uns vermutlich von der Klippe werfen. Und ich kann nicht schwimmen.«

»Schwer wie ein Stein.« Ich schmunzele.

Mein Blick streift die Stelle an seinem Arm, an der Rebecca Parrish ihn vor nicht allzu langer Zeit verbrannt hat. »Was macht die Wunde?«

»Sie heilt.« Ich nicke bloß. »Wer ist der Neue?«

Keine Ahnung, warum Tombard daran interessiert ist, ein Gespräch mit mir zu führen. Erstaunlicherweise ist er der Einzige, mit dem ich in diesem Moment zu reden bereit bin. »Es ist eine Sie. Und sie ist meine Freundin. Na ja, sie *war* es. In dem Leben, das ich hinter mir lassen wollte.«

»Das ist in der Tat ungewöhnlich«, staunt er.

Dass sich zwei Menschen auf der Insel erneut begegnen, obwohl sie sich von früher kennen? Bestimmt. »Colin sagte, man hat sie zu einer Eitura gemacht. Er glaubt, dass Dargoth dahintersteckt.«

»Es tut mir leid, dass das jemandem geschieht, den du kennst«, erwidert Tombard tonlos.

Ich lächele und schaue zum Grabstein. »Immerhin ist sie am Leben, nicht wahr? Es ist merkwürdig. Ich will unbedingt zu ihr, mit ihr reden, ihr beistehen. Aber Alois hat ihr Gedächtnis gelöscht und sie hat keine Ahnung, wer ich bin. Es ist meine Freikarte, sie zu ignorieren. Eine Stimme in mir sagt, dass ich das tun sollte. Sie war keine gute Freundin, und ich verstehe heute nicht mehr, wieso ich das je anders gesehen habe. Aber sie war ein Teil meines Lebens und ich will für sie da sein, weil ich weiß, wie man sich fühlt, wenn man alles verliert.«

»Das ist großherzig von dir«, bemerkt Tom anerkennend.

»Nein, ich habe nur ein schlechtes Gewissen«, gebe ich zu. »Was, wenn man ihr das gezielt angetan hat? Ich meine, wie wahrscheinlich ist es, dass Dargoth sich ausgerechnet meine Freundin herauspickt? Was, wenn er weiß, dass es mich gibt? Wenn er weiß, wo ich herkomme, und er Freddie gezielt ausgewählt hat? Er könnte alles von Cara erfahren haben.«

»Möglicherweise«, stimmt Tombard zu. »Aber wenn Dargoth wirklich Eituras rekrutiert, dann wird er Hunderte vergiften. Deine Freundin war vermutlich nur ein Bauernopfer. Wie hat man sie denn entdeckt?«

»Sie hat ihren Freund vergiftet.«

»Wirklich?« In dem Gesicht des Teufelssteins erkennt man nur selten einen deutlichen Ausdruck, doch ich sehe ihm deutlich Verwunderung an. »Das ist merkwürdig.«

»Warum?«

»Wir hatten es mal im Unterricht. Der Auslöser, der bei einem Eitura Gift freisetzt, ist Angst. Wieso sollte sie sich vor ihrem Freund fürchten?«

Das ist eine gute Frage. Und nur sie kann sie beantworten.

Als ich auch am kommenden Tag fast ausschließlich an Freddie denke, beschließe ich am späten Nachmittag, sie auf ihrem Zimmer aufzusuchen. Alaric war so nett, mir zu verraten, wo ich sie finde, doch auch er riet mir, mir nicht zu viel von unserem Aufeinandertreffen zu erhoffen. Ich klopfe an die Tür und frage mich im selben Moment, wie ich das Gespräch am besten anfangen soll. Ich bin eine Fremde für sie. Welchen Grund hätte sie, mir ihre Gedanken anzuvertrauen?

Doch als sie mir öffnet, erstrahlt ihr Gesicht. »Ich hätte nicht mit Besuch gerechnet.«

»Ich wollte nach dir sehen und fragen, ob du etwas brauchst«, erwidere ich bloß.

Freddie bittet mich mit einer Geste herein. »Das ist nett.«

Als ich an ihr vorbeitrete, ist es, als würde der Durchgang meinen Kopf leerräumen. Mir fällt nicht ein, was ich sagen soll. Verzweifelt versuche ich mich daran zu erinnern, was mir damals geholfen hat.

Aber außer Alarics Worten, dass ich kein Monster sei, fällt mir nichts ein.

Damit sollte ich das Gespräch besser nicht beginnen.

»Kennen wir uns?«, höre ich Freddies zaghafte Stimme. Keine Ahnung, ob sie jemals so geklungen hat. Eigentlich tritt sie selbstbewusst auf und selten besonders leise. Als ich mich zu ihr umdrehe, fällt mir ihr nachdenklicher Ausdruck auf. »Du hast mich beim Namen genannt und sagtest zu jemandem, dass wir Freundinnen sind.«

Ich wundere mich darüber, dass sie das in ihrem Zustand überhaupt mitbekommen hat. Aber gut, sie erinnert sich an meinen Annäherungsversuch, vielleicht macht es das hier nun leichter. »Wenn wir herkommen, wird uns angeboten, die Erinnerung all jener löschen zu lassen, die uns einst kannten.« Ich warte auf einen kritischen Blick. Einen, der Unverständnis ausdrückt. Doch Freddie wirkt deutlich gefasster, als ich es damals gewesen bin. »Meine Eltern hätten nie aufgehört, nach mir zu suchen. Du hättest dich gefragt, wo ich bin. Taylor wäre wahrscheinlich irgendwann durchgedreht. Und als Tim ... Ich wollte, dass ihr nicht leidet.«

»Taylor North?«, erkundigt sich Freddie. »Der aus meiner Klasse?« Ich nicke. »Wer bist du?«

»Jo Bennett.«

»Ich kenne die Bennetts«, platzt es aus ihr heraus. »Nette Leute. Sie wohnen in meinem Bezirk. Ihnen gehört ein großes Haus am Ende der Straße. Eigentlich merkwürdig, weil sie ja keine Kinder haben.« Ich ignoriere den kleinen Stich, den mir ihre Worte versetzen. »Oh ...«, bemerkt sie dann leiser, weil es ihr wohl im selben Moment klar wird. »Du hast also unsere Erinnerungen löschen lassen? Alois bot mir dasselbe an.«

Davon bin ich ausgegangen. Nur sucht bei Freddie wohl niemand nach einer Schülerin, die verschwunden ist, sondern nach einer flüchtigen Mörderin.

»Wir sind also Freundinnen?«, fragt sie hoffnungsvoll.

Ich lächele leicht. Es fühlt sich so an, als hätte ich Freddie seit Jahren nicht gesehen, doch so tief ich auch in mich hineinhorche, ich finde kein Gefühl des Vermissens. Sie hat mir nicht gefehlt. Wenn ich nicht glaubte, sie im Stich zu lassen, würde ich am liebsten brüllen, dass ich nie wieder ihre Freundin sein will. Zu viel Zeit ist vergangen, zu viele Dinge sind passiert. Ich bin an den Ereignissen gereift und verspüre nicht den Drang danach, mich ihr auf kurz oder lang wieder auf diese ungesunde Weise zu unterwerfen. Hier, an diesem Ort, bin ich nicht mehr die unscheinbare Jo. Ganz im Gegenteil.

»Ich habe Miles betrogen.« Freddie schmettert mir diese Information entgegen, als gäbe es kein dringlicheres Thema. »Mehrfach. Du kennst mich vermutlich gut genug, um zu wissen, dass ich nicht gern lange bei einem Kerl bleibe.«

Ich zucke mit den Schultern und hole Luft, um passend zu reagieren. »Ach weißt du, das —«

»Er hat es herausgefunden und ist wütend geworden. Siehst du das?« Energisch deutet sie auf ihren Arm und dann auf ihr Gesicht. »Dieser Mistkerl hat mich geschlagen. Er war schon seit Längerem aggressiv. Es war nicht das erste Mal. Aber er hatte sich gar nicht mehr im Griff.«

»Er hat dich also öfter —«

»Ehrlich, Jo, so wütend wie vorgestern habe ich ihn noch nie gesehen«, unterbricht sie mich erneut.

Ich seufze – wohl mehr innerlich, weil ich dieses Gespräch anstrengend finde. »Wenn das nicht das erste Mal passiert ist, wieso hast du ihn nicht verlassen? Ich meine, offensichtlich hattest du keine Lust mehr auf ihn.« Es fühlt sich mies an, es so zu formulieren, aber ich weiß, dass Freddie es immer genau so empfindet und selbst so ausdrücken würde.

»Hast du ihn mal gesehen?«, fragt Freddie und wartet auf mein Nicken. »Er war echt heiß und mein Leben mit ihm war bequem.«

Fies.

»Als er mich vor zwei Tagen erneut schlug, weil ich ihm nicht erzählen wollte, wo ich gewesen bin, da ist er ausgerastet. Er schlug auf mich ein und wollte nicht aufhören. Und dann, ganz plötzlich, brach er zusammen. Er fing an, Blut zu spucken. Da war Schaum vor seinem Mund. Ich wollte ihm helfen, doch meine Berührungen haben es nur noch schlimmer gemacht.«

»Du hattest Angst vor ihm«, stelle ich fest.

»Ja schon, aber ich wollte doch trotzdem nicht, dass ihm etwas passiert.«

Du bist ihm passiert. *Das allein hat ihn dazu verleitet, zum Schläger zu mutieren.*

»Dieser Mann, Alois, er hat mir gesagt, was passiert ist. Mir erklärt, was auf mich zukommt«, bemerkt Freddie schließlich nachdenklich.

»Und hast du immer noch Angst?«, erkundige ich mich.

»Nein, irgendwie nicht.« Sie zuckt belanglos mit den Schultern. »Ich weiß, es sollte nicht so leicht sein. Ich müsste mich hiergegen sträuben und nach Hause wollen. Aber meine Mutter ist den ganzen Tag betrunken und merkt doch ohnehin nicht, ob ich da bin.«

Ich erinnere mich nur zu gut an die Mutter des Jahres. Freddies Vater ließ sie sitzen, als Freddie noch klein war. Ihre Mutter fing daraufhin an zu trinken. Ich kann mich nicht daran erinnern, die Frau jemals nüchtern gesehen zu haben. Vermutlich sucht Freddie deshalb immer die Bestätigung irgendwelcher Kerle, um sich wie etwas Besonderes vorzukommen.

»Es tut mir leid, dass du das hier durchmachen musst.« Zumindest diese Worte fallen mir leicht.

»Alois sagte, es ist nicht meine Schuld. Ich könne nichts dafür. Und vielleicht hat er recht. Ich meine, ich habe Miles ja nicht mit Absicht wehgetan.«

Sie macht es sich leicht. Aber auch das ist typisch für die Freddie, die ich kenne. »Hat man eine Vermutung, wie es dazu kam, dass du – «

»Dass ich zum Monster geworden bin? Nein!«, platzt es aus ihr heraus. »Wie vielen ergeht es wohl gerade wie mir?«

Das werden wir wohl erst erfahren, wenn es zu spät ist. Fürs Erste geht Freddie mir eindeutig zu leicht mit den Änderungen in ihrem Leben um. Was sie getan hat, spielt sie runter. Mag sein, dass man sie zu einer Eitura gemacht hat, doch am Ende war es ihre Existenz, die eine andere ausgelöscht hat. Und nach diesem Gespräch bin ich mir einer Sache so sicher, wie noch nie zuvor: Ich mag sie nicht.

Ich liege in Colins Arm, mit dem Kopf auf seiner Brust, und würde am liebsten schweigen. Doch er zeigt Redebedarf und fragt mich schon den ganzen Abend über meine Vergangenheit mit Freddie aus. »Macht es dir was aus, dass sie nun hier ist?«

Erst diese Frage holt mich aus meinem Stimmungstief und verleitet mich dazu, meinen Gedanken und Gefühlen Luft zu machen. Ich richte mich auf und beginne aufgewühlt mit den Händen zu fuchteln, während ich rede. »Es waren keine zehn Minuten und sie hat mich gleich in den Wahnsinn getrieben!«, platzt es aus mir heraus. »Mir war damals nicht klar, was sie für eine einfach gestrickte Kuh ist. Nur Kerle, Kerle, Kerle. Ihr perfektes Aussehen. Als gäbe es nichts Wichtigeres im Leben. Jetzt hat man sie hierher verschleppt. Sie hat ihren Freund vergiftet, der sie regelmäßig schlug, weil sie ihn betrogen hat – typisch Freddie – und dann bringt sie Flynn fast um. Doch das alles lässt *Miss Perfect* völlig kalt, denn unser Möchtegern-Oberhaupt sagt ihr doch allen Ernstes, dass es nicht ihre Schuld gewesen ist! Wie kann er nur, Colin? Wie kann er ihr einreden, dass es in Ordnung ist und sich ihrer Schuld nicht stellen muss? Ja, anscheinend war Miles ein Mistkerl, denn er hat sie geschlagen. Dass sie ihn betrogen hat, hätte kein Grund dafür sein dürfen. Aber er hätte doch niemals deswegen sterben müssen. Und was macht Freddie? Es lässt sie völlig kalt, dass sie das getan hat. Es tut ihr nicht weh, alles zurückzulassen. Die Entscheidung, allen die Erinnerung an sie zu nehmen, scheint für sie nur ein lästiger Wimpernschlag zu sein.« Ich breche meinen Ausbruch ab und sehe zu meinem Freund. »Warum grinst du so blöd? Das ist nicht lustig.«

Er richtet sich nun ebenfalls auf, legt den Arm um mich und drückt mir einen sanften Kuss auf die Schläfe. »Es beruhigt mich ungemein, dass du inzwischen erkennst, dass Freddie nie ein guter Mensch war. Doch du warst mit ihr befreundet und dein Wunsch, ihr beizustehen, war richtig und vernünftig. Zumindest für eine Weile solltest du es versuchen. So lange, bis sie sich hier zurechtfindet. Danach kannst du dich immer noch zurückziehen. Ich bin mir sicher, dass Freddie dann gut ohne dich zurechtkommt.«

Ich seufze gequält. Vermutlich hat er recht. Ganz sicher kann ich es nicht mehr auf Dauer mit ihr aushalten, aber eine Zeit lang sollte es noch möglich sein. Um der alten Zeiten willen. Ich falle in die Matratze zurück und starre an die Decke. Die Dämmerung hat den Raum in sanfte, gedämpfte Töne getaucht, und das Licht schafft eine intime Atmosphäre.

»Hey«, sagt Colin leise und rutscht an mich heran. »Was denkst du gerade?«

Ich drehte den Kopf in seine Richtung. »Ich bin einfach nur müde.«

Aus Colins Gesicht weicht der sanfte Ausdruck, er wirkt enttäuscht. »Ich dachte, wir könnten uns die Zeit noch etwas vertreiben.« Mit dem Oberkörper sinkt er auf mich, drückt mir einen zärtlichen Kuss auf die Lippen.

»Ich fühle mich gerade nicht ... Es ist nicht der richtige Moment für mich«, weiche ich diplomatisch aus. Jetzt mit ihm intimer zu werden, kann ich mir nicht vorstellen.

»Komm schon, Jo. Wir sind zusammen.« Mit der Hand fährt er mir über den Bauch, lässt sie hinuntergleiten, seine Finger krallen sich in den Stoff meines Kleides.

»Nein«, verweigere ich mich. »Ich habe jetzt keine Lust.«

Zu meiner Verwunderung liegt in Colins Augen ein Hunger gemischt mit Unverständnis, und er lässt nicht von mir ab. Er bringt sich über mir in Stellung, senkt erneut die Lippen auf meine. Seine Finger zerren am Rock, um den Saum über meine Knie zu bekommen. »Das mit uns passt so gut, Jo. Findest du nicht?«

»Wir ... kommen gut miteinander aus.« *Die romantischste Aussage des Jahrhunderts.*

Colins Mimik schwankt zwischen Verlangen und Anklage. »Du sollst wissen, ich möchte einhundert Prozent. Du bist umwerfend.«

Ich versuche, die Lage zu entschärfen. »Das ist schön«, sage ich sanft. »Aber ich bin noch nicht soweit.«

Ein Moment der Stille folgt. Colin atmet tief ein. »Ist es Taylor?«

»Nein, das hat überhaupt nichts mit ihm zu tun«, versichere ich. »Ich brauche nur Zeit.«

»Um über ihn hinwegzukommen.«

»Um mich dir öffnen zu können«, entgegne ich. »Du bist ein toller Kerl. Aber ich brauche für ... sowas hier mehr Zeit.«

Colin nickt. »Ich wollte nur, dass du weißt, wie sehr ich dich will.«

»Ist angekommen«, sage ich mit einem Lächeln. *Entschärft.* »Ich muss jetzt erst mal zur Ruhe kommen und etwas entspannen.«

Als hätte ich Öl ins Feuer gegossen, lodert wieder etwas in Colins Augen auf. »Dabei könnte ich dir helfen.« Mit einem verschmitzten Lächeln rutscht er sachte an mir hinunter, seine Lippen folgen der Bewegung. Zärtlich benetzt er meinen Hals mit kleinen Küssen, wandert zu meinem Dekolleté. Mit der einen Hand nestelt er an den Schüren meiner Corsage, um sie zu lösen, die andere hat ihren Weg an den Saum meines Kleides gefunden und fährt unter den Stoff.

»Colin«, ermahne ich ihn.

»Du kannst so viel Zeit haben, wie du möchtest«, flüstert er. »Wir müssen nicht gleich miteinander schlafen, aber ich kann dir helfen, dich etwas locker zu machen.« Sein Kopf ist auf Höhe meines Schoßes, mit beiden Händen schiebt er das Kleid über meine Hüfte und drückt mir einen Kuss auf die freie Haut über meiner Panty, die als Höschen herhält.

Locker?!

»Danke für das Angebot«, presse ich verbissen heraus. »Aber auch danach steht mir nicht der Sinn.« Seine Finger umklammern den Bund, ziehen daran. »Colin, hör auf!«, donnere ich und versetze ihm einen Stoß gegen die Schulter.

Er richtet sich auf, in seinem Blick liegt Unverständnis. »Okay, ich wollte nur —«

Ein Klopfen schreckt mich auf, nahezu im selben Moment wird die Tür aufgestoßen und Eric kommt im offenen Durchgang zum Vorschein. Er wirkt nicht überrascht, Colin bei mir anzutreffen, doch kurz scheint er zu überlegen, wie er das hier einordnen soll.

Colin weicht von mir zurück.

Ich bedecke mich zügig und setze ein erfreutes Lächeln auf.

»Eric, dich hat man eine Weile nicht gesehen«, spricht Colin ihn freundlich an.

Doch anstatt auf die netten Worte einzugehen, ruht Erics Blick auf mir. »Ich habe das mit deiner Freundin gehört«, sagt er schließlich. »Geht es dir gut?«

Wie lieb von ihm, sich aus seinem Einsiedlerleben zu kämpfen und deswegen extra zu mir zu kommen. »Nur ein bisschen überrumpelt, aber sonst werde ich wohl damit klarkommen ... Irgendwie.«

»Brauchst du etwas?«

»Ich bin da, sollte das der Fall sein«, kommt es im selben Moment von Colin. »Aber nett, dass du extra hergekommen bist, um nach ihr zu sehen.« Dieses Mal klingt er besonders freundlich, und wir alle können die Botschaft dahinter einordnen.

»Natürlich«, erwidert Eric angespannt höflich. »Aber als meine Partnerin kann sie auch zu mir kommen. Jederzeit.«

»Ich bin ihr Freund, und sie ist bei mir in besten Händen.«

Eric grinst. Ihm wird nicht entgangen sein, wo diese Hände bei seinem Auftauchen gewesen sind. »Du siehst erschöpft aus, Jo«, bemerkt er jedoch nur.

»Ja«, stimme ich zu. »Bin echt müde.«

»Dann sollten wir dich nicht länger vom Schlafen abhalten«, kommt Eric mir entgegen. »Wollen wir zusammen gehen, Colin?«

»Unbedingt«, erwidert der. Dass er mit dem Ende des Abends nicht glücklich ist, sieht man seiner verdrießlichen Miene an.

Doch dass Eric hereingeplatzt ist, wirkt wie ein Wink des Schicksals. Ich sollte dafür dankbar sein und meine Gedanken bis Morgen auf Eis legen.

Ich lehne an der Wand und beobachte Freddies Test. Colin steht neben mir und hält meine Hand. Auf meine Frage hin erklärt er mir, was genau da vor sich geht. Als ich selbst dort gelegen habe, bin ich lediglich eingeschlafen. Umso interessanter ist es, das Schauspiel nun von außen beobachten zu können.

»Der Trank, den sie da geschluckt hat, versetzt sie in diesen kurzen Schlaf«, sagt Colin. »Mr Brodek hat daraufhin ebenfalls einen zu sich genommen, der es ihm möglich macht, in Freddies Kopf einzudringen.«

Alarics Hände liegen an den Schläfen meiner Freundin und er ist dicht über sie gebeugt, als wolle er sie küssen. Das würde Freddie im wachen Zustand vermutlich nicht passen, denn Alaric passt nicht in ihr Beuteschema.

»Was sieht er in ihrem Kopf?«, frage ich leise.

»Er reist durch ihre Vergangenheit«, flüstert Colin. »Dabei begutachtet er von ihrer Geburt an jede Entscheidung, die sie traf, und erkennt dabei ihre Beweggründe und Empfindungen.«

»Also sieht er sich gerade einen Porno an«, murmele ich abschätzig.

Colin lacht leise. »Jede Entscheidung, die wir in unserem Leben getroffen haben, gibt Aufschluss darüber, wer wir tief im Inneren sind. Ob wir mutig oder feige sind, ehrlich oder Lügner, gewissenhaft oder faul, loyal oder egoistisch, kämpferisch oder ausweichend. Und anhand dieser Kriterien weist uns der Zirkel einer Gruppe zu.«

Ich nicke und brauche keine weiteren Erklärungen. Allerdings frage ich mich, wie Alaric anhand meiner Erinnerungen darauf kam, dass ich eine gute Jägerin abgeben würde. Das Mädchen, dessen Gedanken er da gerade erforscht, ist immerhin der erste und beste Beweis dafür, dass ich in der Vergangenheit schwach gewesen bin.

Ein schmerzverzerrter Fluch durchbricht das Schweigen. Obwohl Jesper lacht, reibt er sich über den Arm und gewinnt Abstand zu mir. »Was ist los mit dir? Du bist doch sonst nicht so kampfwütig.«

»Da gelingt es mir endlich, dir den Arsch aufzureißen, und es soll gleich was nicht stimmen?«, erwidere ich amüsiert.

»Ich habe nur den Eindruck, dass dich was beschäftigt«, erwidert er schulterzuckend und richtet sich vollständig auf, um sich wieder in Kampfstellung zu begeben.

»Und was sollte das sein?« Ich schlage nach ihm.

Er weicht aus und pariert gekonnt einen Tritt. »Dich hat ein Teil deiner Vergangenheit eingeholt, den du nicht vermisst hast.«

»Mich macht Freddies Selbstverständlichkeit wütend, ist das falsch?«

»Nein, was deine Fertigkeit angeht, solltest du öfter sauer auf jemanden sein«, bemerkt Jesper glucksend und setzt zum Schlag an, dem ich beinahe intuitiv ausweiche. »Aber ist das alles?«

»Was sollte mich denn noch umtreiben?« Ich hole aus und schaffe es, Jesper mit der flachen Hand einen Schlag auf die Schläfe zu versetzen.

Er schüttelt sich nur, macht einen Satz und kriegt mich zu packen. Von hinten hält er mich locker im Würgegriff. »Bei dir und Colin alles in Ordnung?«

»Natürlich, wieso fragst du?« Schwer atmend zerre ich an seinem Arm, um mich zu befreien.

»Wir sind doch Freunde, oder?«, erkundigt er sich. »Also zwei Menschen, die sich alles erzählen. Wenn sie traurig sind, glücklich, verliebt, wütend ...«

Ich mache eine ruckvolle Bewegung und es gelingt mir, Jesper in einer Rolle über die Schulter zu ziehen. Er landet unsanft auf dem Boden, ich verharre über ihm kniend. »Hast du dich verliebt?«, ziehe ich ihn auf.

»Nein, aber du, oder nicht?«

Colin und ich sind mehr als einmal knutschend in der Öffentlichkeit gesehen worden. Das sollte solche Fragen aus dem Weg räumen, finde ich. »Liebe ist ein großes Wort«, erwidere ich nur.

»Und hier beginnt der Teil, der nur funktioniert, wenn wir beide wirklich Freunde sind«, setzt Jesper an, die Hände von sich gestreckt, als wolle er sich ergeben. Oder darum bitten, ihn für das Kommende nicht zu schlagen. »Willst du Colin wirklich? Bist du glücklich?«

Für einige Sekunden fehlt mir die Sprache. »Ich verstehe nicht ...«

In Jespers Augen liegt schlagartig ein vorwurfsvoller Ausdruck. »Am Abend des Weihnachtsballs ... Wo warst du, nachdem du deinem Freund gesagt hast, dass du müde bist und schlafen gehst?«

Gerne wäre ich erleichtert, dass er nichts von unserem Zwist in meinem Zimmer gehört hat, aber das macht es nicht besser. »Okay, warst du da und hast gemerkt, dass ich es nicht war?«, frage ich verwundert.

»Ich habe einen neuen Partner, schon vergessen? Und wir kommen nicht umhin, uns zu unterhalten. Er ist ein redseliger Kerl, ehrlich gesagt.«

Ich lasse die Schultern hängen und verdrehe genervt die Augen. »Du und Bazilton, ihr seid jetzt also Freunde?«, frage ich verdrießlich.

»*Wir beide* sind Freunde, also fände ich es gut, wenn wir immer ehrlich zueinander wären.«

»Du kennst die Wahrheit doch bereits«, reagiere ich unwirscher als beabsichtigt. »Aber mach da nichts draus, was es nicht war.«

»Und *was* war es?«, erkundigt sich Jesper ruhig. »Wieso hast du Colin stehenlassen und bist dann zu Eric gegangen?«

Ich verstehe, dass er neugierig ist. »Hör zu, du bist mein Freund, aber es gibt Dinge, die ich dir nicht anvertrauen kann«, erkläre ich mich sanft. »Eric und ich kommen uns näher. Ich erfahre Dinge über ihn, die andere nicht wissen. Die kann ich dir nicht sagen, denn es sind *seine*, verstehst du das?«

»Natürlich«, sagt Jesper direkt. »Ich würde niemals von dir verlangen, mir Erics Geheimnisse zu präsentieren. Aber ich frage mich, was so wichtig war, um Colin anzulügen. Du hättest ihm sagen können, wohin du gehst.«

»Nein, hätte ich nicht«, platzt es aus mir heraus. »Denn ich hatte nicht vor, zu Eric zu gehen. Ich war traurig. Der Zusammenstoß mit Julien ... Ich habe Colin gesagt, dass es mir gut geht, aber das stimmte nicht. Gelogen habe ich, um niemandem die Stimmung zu verhageln. Dass ich bei Eric war ... Als ich Julien gewandelt habe, hat Colin sich in Luft aufgelöst. Doch Eric ist geblieben. Er hat mir nur wenige Stunden nach meiner Wandlung von Julien zugesichert, immer für mich da zu sein und mich nicht zu verurteilen. Er war da, als ich am Tiefpunkt war, und es hat ihn nicht gestört, sich um ein Wrack zu kümmern. Und als es mir nach dem Wiedersehen mit Julien auf dem Ball nicht gut ging, war ich mir sicher, bei Eric Zuflucht zu finden, ohne mich verstellen zu müssen. Bei ihm spiele ich nicht auf heile Welt, weil es ganz einfach nicht nötig ist. Doch bei Colin habe ich das Gefühl, dass ich das nicht kann, weil er mich vom ersten Tag an *retten* wollte. Und er drängt sich auf, als wolle er damit irgendwie beweisen, dass er mich nicht wieder hängenlässt. Dabei macht es das nur schwieriger.«

»Ist dir klar, was du da sagst?«, fragt Jesper, doch es klingt in keiner Weise vorwurfsvoll. »Du hast das Gefühl, dich deinem Freund nicht mitteilen zu können, stattdessen aber einem anderen. Einem, mit dem du kuschelnd im Zimmer stehst, obwohl du mit deinem Freund auf Wolken schweben solltest.«

Ich werde Bazilton umbringen.

»Es gibt keine Wolken«, murmele ich. »Es ist nicht wie mit Taylor damals.« Schlagartig wird mir klar, warum Colin sich vor einigen Tagen so aufdringlich und aufgesetzt gegenüber Eric verhalten hat. »Du hast es ihm gesagt«, stoße ich aus. Jesper wirkt verwirrt. »Ich habe Bazilton etwas Fieses an den Kopf geworfen und als Quittung erzählt er dir, dass Eric und ich an diesem Abend zusammen waren. Und anstatt mich zuerst darauf anzusprechen, bist du zu Colin gegangen, nicht wahr? Du hast ihm erzählt, dass ich gelogen habe.«

»Nein, das habe ich nicht!«, beteuert Jesper vehement. »Siehst du, das meine ich damit, dass ich dein Freund sein möchte, Jo. Völlig egal, was Baze mir über dich und Eric erzählt hätte, ich wäre *niemals* direkt damit zu Colin gegangen.«

»Aber du bist doch auch sein Freund«, erwidere ich ungläubig.

»Natürlich stehe ich hier und sage dir, dass du mit Colin ehrlich umgehen solltest. Du musst ihm sagen, wenn es dir nicht gut geht.

Und vor allem solltest du deine Freundschaft mit Eric nicht vor ihm verheimlichen.«

»Warum hat er ihn dann neulich angefeindet?«, frage ich irritiert. »Welchen Grund hätte er gehabt?«

»Na, er ist ja nicht blind«, bemerkt Jesper. »Wir merken, dass zwischen dir und Eric nicht mehr die anfängliche Distanz herrscht. Und das ist gut und richtig so, immerhin seid ihr Partner. Aber du musst verstehen, dass es Colin verunsichert, wenn du einem anderen nahestehst und ihn stattdessen nicht ...«

»Nicht *was*?«

»Colin hat das Gefühl, dass du sowas wie eine Mauer um dich rum hast. Dich ihm nicht öffnest.«

»Weil ich nicht bereit war, die Beine breitzumachen?«

Jesper fällt alles aus dem Gesicht, ein paar Mal setzt er an, um Worte zu finden. »Das meinte ich nicht. Und er bestimmt auch nicht. Ehrlich, er hat nichts in diese Richtung gesagt.«

Ich seufze und wende Jesper den Rücken zu. Auch sein Seufzen nehme ich wahr. Keine Ahnung, worüber wir genau streiten.

Nur leise nehme ich das Gespräch wieder auf. »Es ging mir nicht gut, deshalb bin ich zu Eric gegangen. Zwischen uns läuft nichts. Und das sage ich dir als deine Freundin.«

»Alles klar, mehr wollte ich nicht wissen«, sagt Jesper nachsichtig. Er schlingt seinen Arm um mich und zieht mich auf sich runter. »Und wenn du das nächste Mal *raus* musst, dann signalisier mir das irgendwie. Ich flüchte mit dir. Mir kannst du alles sagen, und bei mir darfst du jederzeit ein hoffnungsloses Wrack sein.«

Einige Wochen vergehen. Wochen, in denen ich nur so viel Zeit mit Eric verbringe wie nötig, um Colin nicht zu verunsichern. Und Wochen, in denen ich Freddie – so gut es geht – aus dem Weg gehe. Meine Zeit ist voll von Dates ohne aufdringliche Vorfälle, lustigen Aufenthalten in der Schenke, dem Training meiner Fähigkeit mit Alaric, dem Kampftraining mit Jesper, unzähligen Unterrichtsstunden in den verschiedensten Fächern und meiner Arbeit mit Melissa in der Schneiderei.

Doch obwohl ich versuche, Freddie zu meiden, fällt mir auf, dass sie auch von anderen gemieden wird. Nicht so extrem wie ich zu Anfang. Aber weil beinahe jeder glaubt, dass sie verängstigt sein müsste wegen ihrer neuen Lebensumstände, halten alle wegen des Wissens um ihren Auslöser Abstand zu ihr, um nicht blut- und schaumspuckend wie Flynn auf dem Platz zu enden. So beobachte ich jeden Tag mehr, wie die selbstsichere Freddie sich verändert. Während ich mit der Zeit auf Leyndarmál Eyja taffer geworden bin, scheint sie immer unsicherer und einsamer zu werden. Hier interessiert sich niemand für ihre perfekte Haut, die funkelnden Augen und das traumhafte blonde Haar. Ich glaube sogar, dass man sie vor allem deswegen meidet, weil sie sich zu sehr darauf verlassen hat, dass ihre Attribute ihr helfen würden.

Als ich an diesem Nachmittag mit Melissa in der Schneiderei bin, um unserer Arbeit nachzugehen und mich gedanklich auf die nächste Reise mit Eric vorzubereiten, kommt Freddie unerwartet in die Hütte geschlichen. Den Blick hält sie gesenkt und grüßt Melissa beinahe auf schüchterne Weise. Auch das wäre mal anders gelaufen, denn Melissa steht ihr in puncto Schönheit in nichts nach. Früher hätte Freddie sich davon bedroht gefühlt und entsprechend zickig darauf reagiert.

»Können wir reden?«, fragt sie an mich gewandt, nachdem Melissa sie freundlich zurückgegrüßt hat.

»Ich bin ziemlich beschäftigt«, erwidere ich knapp. Eigentlich ist das nicht wahr, ich sterbe beinahe vor Langeweile. Aber ich möchte mich nur ungern mit ihr unterhalten.

»Du weichst mir schon seit Wochen aus«, sagt Freddie leise mit einem vorwurfsvollen Unterton.

Ich lege die Schere zur Seite und halte inne, reagiere aber nur mit Schweigen auf ihre Worte.

»Ich erinnere mich wieder an dich. Also an uns,« platzt es dann aus ihr heraus.

Überrascht hebe ich den Blick. *Wie ist das möglich?*

»Ich meine ... Nicht so richtig. Aber dieser Mr Ayres hat eine Möglichkeit gefunden, mir zu helfen.«

»Wie?«, frage ich und bin mir nicht sicher, ob ich mich auf ihre Antwort freuen soll.

»Er hat mir meine Erinnerungen in Form von Halluzinationen wiedergegeben. Es ist jetzt, als wüsste ich alles wieder.«

»Schön für dich.«

»Jo, wir waren doch beste Freundinnen«, setzt sie zögerlich an. »Warum gehst du mir —«

»Okay, pass auf«, unterbreche ich sie. »Keine Ahnung, *was* Mr Ayres dir da in den Kopf gesetzt hat, aber wenn du dich auch nur ansatzweise daran erinnerst, wie du mit mir umgesprungen bist, solltest du nicht hier stehen und darauf pochen, dass wir *beste Freundinnen* gewesen sind. Du solltest besser wissen.«

Freddie wirkt, als hätte ich ihr eine Ohrfeige verpasst. »Ich war dir keine gute Freundin.«

»Nein, warst du nicht«, stimme ich prompt zu.

»Das tut mir leid, Jo.«

»Warum? Was genau tut dir denn leid?«, reagiere ich ungehalten.

»Du bist nun mal, wer du bist. Und auch als du hier aufgekreuzt bist, warst du keinen Deut anders als früher. Ich weiß, woher diese plötzliche Einsicht kommt. Du hast hier keine Freunde. Niemanden, der sich von deinem aufgesetzten Charme einlullen lässt. Die Leute meiden dich und das ist Neuland für dich. Nur deshalb kommst du her und versuchst etwas zu retten, was eigentlich noch nie zu retten war.«

Melissa berührt mich am Arm und zieht meine Aufmerksamkeit auf ihr besorgtes Gesicht. »Das ist es nicht«, flüstert sie. »Sie hat Angst.«

Dass ich nicht lache.

»Dir war das alles nie egal, nicht wahr?«, fragt Melissa an Freddie gewandt. »Du hattest von Anfang an schreckliche Angst vor diesem Ort. Und vor allem vor dir selbst.«

Ich stoße einen abschätzigen Laut aus. »Du kennst sie nicht, deshalb —«

»Ich kann in ihren Kopf sehen«, unterbricht sie mich und der Ausdruck in ihren Augen zeigt pures Mitgefühl. »Sie weiß, was sie getan hat, und sie hat unglaubliche Angst davor, wieder jemandem was anzutun.«

»Dann muss sie lernen, sich zu beherrschen«, entgegne ich hart.

»Das ist bei einer Eitura nicht so leicht«, flüstert Melissa, als wolle sie, dass Freddie sie nicht hört. »Bei dir ist der Auslöser Hass, und diese Empfindung ist leicht zu beherrschen, insbesondere weil man nicht den ganzen Tag damit herumläuft. Ich kann am besten in den Kopf anderer sehen, wenn sie mein Mitgefühl wecken. Das kommt schon oft vor und ist nur schwer auszublenden. Aber Angst, Jo, das ist ... Menschen fürchten sich ständig vor etwas. Sie muss nur eine Spinne sehen und würde in der Sekunde jeden vergiften, den sie berührt.«

Dass es so schlimm ist, war mir nicht bewusst. Das macht Freddie zu einer echten Gefahr, die jederzeit präsent ist.

»Ich kam nicht her, um unsere Freundschaft aufleben zu lassen«, spricht sie uns an und ihre Stimme wirkt gefasster, als würde sie all ihren Mut zusammennehmen. »Ich weiß, was du bist, Jo. Ich weiß, was du kannst.«

Nein!

»Ich bin nicht hier, um dich zu bitten, wieder meine Freundin zu sein. Ich möchte, dass du —«

»Nein!«, spreche ich es dieses Mal laut und entschieden aus.

»Jo —«

»Ich werde dich auf keinen Fall wandeln, Freddie!«, betone ich.

»Aber versteh doch, was dieses Leben für mich bedeutet«, fleht sie mich an. »Ich kann nie wieder jemandem nah sein, nie wieder jemanden in den Arm nehmen, ohne Angst haben zu müssen, ihn zu vergiften. Das ist Folter, Jo! Ich will so nicht leben. Wenn du mich wandelst, kannst du mir befehlen, keine Angst mehr zu fühlen. Gar keine Gefühle mehr zuzulassen.«

»Ich nehme dir damit deinen freien Willen«, weise ich sie eindringlich darauf hin. »Ich würde dir alles nehmen, was dich ausmacht.«

»Und wieso schert dich das, du kannst mich nicht ausstehen!«, brüllt sie mit zittriger Stimme.

Ich schüttele entschlossen den Kopf. »Du bist verrückt. Nein, ich wandle dich nicht.« Um dieser überflüssigen Diskussion aus dem Weg zu gehen, presche ich an ihr vorbei und stürme aus der Hütte.

Draußen werde ich gleich von verunsicherten Blicken empfangen, weil man bereits auf unsere Lautstärke aufmerksam geworden ist.

»Jo, ich flehe dich an«, verfolgt mich Freddies gequälte Stimme, dicht gefolgt von ihr selbst.

»Nein, nein, nein, nein, *nein*«, wiederhole ich laut und energisch. »Halt dich fern von mir und bitte mich nie wieder darum. Ich bin nicht Monster genug, um dir das antun zu können.«

»Aber ich habe solche Angst, Jo.« Freddies Lippen beben.

»Ich sagte nein!«, schreie ich. »Hör auf damit.« Ich will davonlaufen, pralle aber im selben Moment gegen jemanden.

Ein fester Griff schließt sich um meine Oberarme. »Schwarzauge«, sagt Bazilton. Wir werfen einander nur kurz einen Blick zu, und obwohl ich wirklich nur noch weg will, entspanne ich mich aus unerfindlichen Gründen in seiner Nähe. »Ihr unterhaltet ja ganz Leyndarmál Eyja. Na komm, ich glaube, du brauchst einen Tee.«

Ohne Gegenwehr lasse ich mich von ihm führen und blende die Blicke der Umherstehenden aus. Mir ist alles recht, sogar Bazilton an meiner Seite zu haben, solange ich mich dafür nicht länger mit Freddie und ihrer dummen Idee auseinandersetzen muss.

»Dürfen wir überhaupt hier sein?«, frage ich leise.

Gabriel Skarsgard läuft pfeifend und bester Laune durch die dunkle, alte und rustikale Küche. Er hat uns im Vorbeigehen zwei Tassen auf den Tisch gestellt und uns dann gleich wieder unseren Raum für ein Gespräch gelassen.

»Mit mir darfst du das, keine Sorge«, erwidert Bazilton lächelnd. »Ich bin jeden Tag hier, wenn ich Skarsgard die Fische liefere, die Vi und ich draußen gefangen haben. Ist echt kein Problem.«

Ich atme entspannt durch und greife nach der Tasse.

»Er wusste bestimmt schon, dass wir kommen«, flüstert Bazilton und hält mich zurück, bevor ich einen Schluck trinken kann. Er kramt einen kleinen Lederbeutel aus seiner Tasche hervor und schüttet ein bisschen vom Inhalt in meinen Tee, bevor er mir die Möglichkeit lässt, ihn erneut an die Lippen zu setzen.

»Was ist das?«, frage ich misstrauisch.

»Whisky.« Bazilton zwinkert mir frech zu, bevor er sich selbst davon einschüttet. »Im Boot ist es oft kalt und das hält einen warm. Ich dachte mir, du könntest nach der Showeinlage einen Schluck gebrauchen.«

Da liegt er nicht falsch.

Zaghaft nippe ich an der Tasse. Das Whiskyaroma kommt durch den starken Tee kaum durch, doch ein Brennen läuft mir die Speiseröhre hinab.

»Ich kann dich trotzdem nicht leiden«, murmele ich.

»Oh, okay«, erwidert Bazilton verdutzt. »Und ich dachte, wir trinken direkt auf Brüderschaft oder so. Ich nahm an, du wählst immer mit Alkohol deine Freunde aus.« Wieder zwinkert er auf diese freche Weise und ich merke, dass er mich bloß aufziehen möchte.

»Wir sind weder Freunde noch werde ich dich hier gleich vor Dankbarkeit umarmen oder so«, sage ich und starre auf den bräunlichen Inhalt meiner Tasse. »Aber ich bin es. Dankbar meine ich. Für das hier.«

»Möchtest du darüber reden?«, fragt er freundlich.

»Und wem erzählst du es dann dieses Mal?«, entgegne ich. »Jesper? Eric?« Ich bin ihm längst nicht mehr böse, aber zumindest sollte es nicht unerwähnt bleiben. Bazilton lächelt bloß, scheint aber genau zu wissen, worauf ich anspiele. »Hast du es Jesper erzählt, weil ich gemein zu dir war?« Zu meiner Überraschung fällt es mir nicht schwer, diese Frage freundlich zu stellen.

»Du warst fies zu mir? Wann war das?«, kontert er amüsiert.

»Hatte Eric also recht?«, vermute ich laut. »Hast du mir das schon verziehen?«

»So ziemlich im selben Moment«, gesteht Bazilton ein. »Was du zu mir gesagt hast an dem Abend, das war zwar nicht nett, aber es war nicht erfunden. Ich habe Alaric diesen Hang hinuntergestoßen, um ihn zu schützen. In keiner Weise habe ich kommen sehen, dass ich ihm damit am Ende mehr schade als helfe. Deshalb habe ich es Jesper nicht gesagt. Ehrlich gesagt habe ich mich bloß verplappert, weil die Stimmung zwischen uns so steif war. Und ich war irgendwie froh darüber, dich an dem Abend bei uns im Zimmer zu sehen. Habs vermasselt, das für mich zu behalten. Tut mir leid, wenn ich damit deine Privatsphäre verletzt habe.«

Seine Worte klingen aufrichtig und ich lächele ihn an. »Warum warst du froh darüber?«

»Weil Eric sich jedes Jahr zu dieser Zeit einigelt, während ich losziehe und mich amüsiere. Ich wollte schon oft bei ihm bleiben, aber er jagt mich förmlich davon. Und er redet nicht darüber, was mit ihm los ist. Dann komme ich vom Ball zurück und ihr steht dort, Arm in Arm, weil du es geschafft hast, dass er dich reinlässt. Da habe ich mich eben gefreut, weil es mich wieder daran glauben lässt, dass Eric lernt, mehr aus sich herauszukommen.« Er zögert einen

Moment. »Na ja, es tut mir jedenfalls leid, dass ich es Jesper erzählt habe.«

»Und mir tut es leid, dass ich dir einen Fehler vorgeworfen habe, der eigentlich herzensgut von dir gemeint war«, erwidere ich freundlich.

Er nickt nachsichtig. »Was war das da gerade mit dir und diesem Mädchen?«

Ich trinke einen Schluck von meinem Tee und stütze den Ellbogen auf dem Tisch ab. »Sie will von mir gewandelt werden.«

»Oh, wow, okay«, bemerkt er verdutzt.

»Ich habe ihr gesagt, dass ich das nicht tun werde. Ich meine, es ist nicht richtig.« Bazilton senkt den Blick und wendet sich leicht von mir ab. »Das ist es nicht«, betone ich erneut, doch ich merke, dass er mir auszuweichen versucht. »Was hast du?«

»Ich weiß von Eric, dass man es in Erwägung gezogen hat«, flüstert er kaum hörbar, damit Mr Skarsgard es nicht mitbekommt. »Der Zirkel hat darüber gesprochen. Sie halten es für eine Lösung, weil eine Eitura nur schwer zu kontrollieren ist. Palmer hat es Eric erzählt, doch der wollte nicht, dass der Zirkel dich darum ersucht. Ich meine, alle wissen, dass du sie von früher kennst, und Eric will dir das nicht zumuten.«

»Aber wenn ich dazu bereit wäre, würde man es gutheißen?«, frage ich überrascht.

»Der Zirkel würde vermutlich vor Freude im Kreis hüpfen. Na ja, nicht wirklich, aber du weißt, was ich meine.«

Ich kann nicht fassen, dass diese Sache tatsächlich im Raum steht. Sie wünschen sich also insgeheim, dass ich das Problem löse, indem ich Freddie wandle.

Bazilton legt mir die Hand auf den Unterarm und sieht mir geradewegs in die Augen. »Keine Sorge, Eric nutzt seine Verbindung zu Palmer, damit sie dich nicht damit behelligen.«

Die Schänke ist einer meiner Lieblingsorte auf der Insel. Das eher porös wirkende Gemäuer, nur schwach erleuchtet von Hunderten Kerzen. Ordentlich aufgereihte Holztische- und Bänke, die durch Tierfelle gepolstert sind. In der Luft liegt der Geruch von Grog, Whisky und Bier. An der Bar stehen Dutzende Holzfässer, und April Mirova läuft dahinter auf und ab, lässt hier und da einen Krug stehen.

Auch Jesper und mir stellt sie Bier hin, gerade als sich zwei Personen wie selbstverständlich an meine Seite schieben.

»Bereit für morgen?«, erkundigt sich Eric, greift nach meinem Krug und trinkt einen Schluck daraus. Ich mustere ihn mit hochgezogener Braue. »Was? Wir teilen nicht zum ersten Mal, und jeder von uns weiß das.« Er zwinkert Jesper zu.

Der hebt im Gegenzug nur sein Bier, um meinen Partner auf diese Weise zu grüßen.

»Wirst *du* denn morgen bereit sein für die Reise?«, frage ich mit einem Grinsen. Offenbar sind Eric und Bazilton schon länger hier.

»Klar.« Er tut es mit einer laschen Handbewegung ab. Zwar lallt er nicht, doch dass er betrunken ist, merke ich ihm an, denn er taumelt etwas. »Wo ist der Rest der Crew?«

»Deiner?«

»Nein, Milan und Vi schlafen bestimmt schon.«

»Colin und Melissa arbeiten in der Bibliothek«, berichte ich. Dann wende ich mich an Bazilton. »Und du? Heute keine Nettigkeiten auf Lager?«

»Nur aufrichtige«, erwidert er lächelnd, winkt April zu und ordert mit einer Handbewegung eine neue Runde für uns. »Da die Saufnase hier dein Bier gleich leer hat, bin ich mal so frei.«

»Was für ein aufmerksamer Gentleman du doch bist«, bemerke ich knapp, lächele nun aber ebenfalls.

Eric stolpert in meine Richtung und stellt mir, bei dem Versuch sich an der Theke abzufangen, den Krug wieder hin. »Hab doch gesagt, dass er einer von den Guten ist.«

»Du sagst viel, wenn der Tag lang ist, nur ist nicht alles davon immer nett«, necke ich ihn.

Er beugt sich zu mir. Keine Ahnung, ob er das mit Absicht tut oder Schwierigkeiten hat, aufrecht zu stehen. Auf jeden Fall weht mir eine Alkoholfahne entgegen. »Alles eine Frage der Zuneigung.«

»Und die ist wohl eine Frage des Pegels«, erwidere ich und drücke ihn von mir weg. Nur kurz streift mein Blick den von Jesper. Er grinst, ganz wie immer, aber seit unserem Gespräch vor einigen Tagen bin ich mir nicht sicher, ob er diesen Moment und den aufdringlichen Eric locker sieht.

»Und, Bazilton?«, lenke ich das Thema bewusst auf ihn. »Wieso kannst du noch gerade stehen?«

Er streckt stolz die Brust heraus. »Ich bin einfach hart im Nehmen.«

»Blödsinn«, äußert Jesper verräterisch. »Du bist ein Wasserelementar und absorbierst Flüssigkeiten anders als wir. Deshalb brauchst du länger, um dich volllaufen zu lassen. Glück für mich, denn auch wir brechen morgen zeitig auf.«

»Unsere erste Reise«, bemerkt Bazilton und klopft Jesper kumpelhaft auf die Schulter. »Das wird bestimmt ein voller –«

»Oh bitte«, sagt Freddie gekünstelt, die sich in diesem Moment zu uns stellt. »Du musst doch meinetwegen nicht schweigen. Es sei denn, du ziehst es vor, woanders unter vier Augen mit mir das Gespräch fortzusetzen.«

Es grenzt an ein Wunder, dass mir das gedankliche Kotzgeräusch über die Lippen kommt.

Jesper greift nach meiner Hand, zieht mich vom Hocker und mit sich einige Meter tanzend durch den Raum. Gut, dass wir zu dieser späten Stunde unter all den Betrunkenen und Feiernden nicht auffallen. Obwohl ich es mag, mit ihm Spaß zu haben, kann ich den Blick nicht von Freddie losreißen. Sogar aus dieser Entfernung ist nicht zu übersehen, dass sie sich regelrecht an Bazilton heranschmeißt. Der wäre vermutlich nicht mal abgeneigt, aber niemandem ist es geheuer, sich von einer Eitura anfassen zu lassen. Mir entgeht nicht, dass er ihrer Berührung ausweicht wie ein verklemmter Junge. Er schlägt Eric gegen den Arm, als wolle er ihn auffordern, zum Zimmer aufzubrechen, um von Freddie wegzukommen.

Ich hasse diese Art an ihr. Genau so hat sie sich früher schon verhalten, wenn sie einen Kerl für sich gewinnen wollte. Kaum zu glauben, dass sie hier damit weitermacht. Hat sie nicht erst vor einigen Tagen betont, sie könnte nie wieder jemandem nahe sein? Wieso legt sie es dann darauf an? Es ist keine gute Idee, wenn sie sich so nah bei Eric und Bazilton aufhält.

»Entschuldige«, sage ich knapp und löse mich aus Jespers Griff.

»Jo ...«

Doch ich lasse mich von ihm nicht zurückhalten und gehe zielstrebig auf Freddie zu. Ohne Umschweife komme ich auf den Punkt. »Was soll das hier?«

»Was mache ich denn?«, stellt sie sich unschuldig, grinst mir dabei aber frech ins Gesicht.

»Du ziehst wieder deine Nummer durch«, werfe ich ihr vor.

»Wenn es doch nur einen Weg gäbe, mich davon abzuhalten, nicht wahr?«, erwidert sie bissig. »Oh, warte. Den gibt es ja, aber du weigerst dich, meiner Bitte nachzukommen.«

»Als würdest du wollen, dass ich dich wandle, damit du dich nicht mehr wie ein Flittchen verhältst!«, platzt es aus mir heraus. Die angenehme Folkmusik im Hintergrund erlischt. Ein merkwürdiges Raunen dringt durch die plötzliche Stille.

»Wir sind wirklich weit davon entfernt, wieder beste Freundinnen zu werden«, bemerkt Freddie. »Du bist so viel taffer geworden, seit du hier bist. Gar nicht mehr zu vergleichen mit dem Mädchen, das du noch vor einigen Monaten warst. Früher hast du mir nie Konter gegeben, und heute rate ich dir dringend davon ab, Jo.« In ihren Worten schwingt ein merkwürdiger Ton mit.

»Drohst du mir?« Ich lasse den Blick zu ihr nicht abreißen und baue mich vor ihr auf.

»Zwing mich nicht, etwas zu tun, was du bereuen wirst«, warnt sie mich.

»Halt dich fern«, spreche ich eine Gegenwarnung aus.

»Was könntest du mir schon antun?« Freddie lacht abschätzig. »Das Einzige, worin du besonders bist, ist das, was ich von dir will. Na los, wandle mich, Jolie-Mai Bennett.«

Wenn mich dieser Ort inzwischen eines gelehrt hat, dann dass ich nicht nur das Wandeln nutzen kann, um jemanden in seine Schranken zu weisen. Ich bin so verdammt wütend, dass ich nicht mal darüber nachdenke. Ich nutze ihren achtlosen Moment und verpasse ihr eine saftige Ohrfeige.

Freddie stolpert zurück.

Ich deute mahnend mit dem ausgestreckten Finger auf sie. »Solange deine Haut meine nicht berührt, kann ich dir eine Menge Dinge antun. Du willst von mir gewandelt werden? Fein, aber vorher schlage ich dir das dumme Grinsen aus dem Gesicht, du giftiges Miststück.«

Freddie lacht. Wie eine Katze hält sie Blickkontakt und streckt die Hand aus, geradewegs in Erics Richtung. Ich halte den Atem an und erstarre, doch im selben Moment erscheint Jesper hinter ihr. Er packt sie und hält sie davon ab, meinen Partner zu berühren. Dieser Akt der Nächstenliebe schockt mich zuerst nicht minder, doch schnell merke ich, dass der Jesper, der Freddie so aufopferungsvoll durch den Raum und aus der Schenke herauszerrt, nur eine Replikation ist – und der kann ihr Gift nichts anhaben.

Erleichtert atme ich durch.

»Alles in Ordnung, Leute«, ruft Bazilton beschwichtigend durch den Raum. »Feiert weiter.« Dann greift er nach Erics Arm und wirft mir einen verheißenden Blick zu. »Wir sollten langsam gehen.«

Ich nicke, rühre mich aber nicht vom Fleck.

Nicht zu fassen, was Freddie tun wollte. Mein Herz rast. Sie wollte ihn vergiften. Wie kann sie dazu bereit sein, mich auf diese Weise zu erpressen? Sie wird Menschen, die mir nahestehen, wehtun, bis ich mache, was sie von mir verlangt.

Die Folkmusik startet im Hintergrund, doch das entschlossene Räuspern der Person, die sich zu mir stellt, höre ich deutlich heraus. »Ms Bennett«, grüßt Mr Palmer distanziert.

Wo kommt der denn jetzt her?

»Ja, ich weiß, sagen Sie nichts«, nehme ich ihm den Wind aus den Segeln. »Worum Eric sie gebeten hat, zählt nicht mehr.«

»Ms Cardinale ist eine Gefahr für die Weisen«, sagt er mit tiefer Stimme. »Es gibt nur zwei Möglichkeiten, wie wir damit verfahren können.«

Ich schaue ihn an. Nicht aufmüpfig oder besserwisserisch, nur müde von der inneren Anstrengung, die ich seit Freddies Ankunft auf der Insel verspüre. »Ich muss sie wandeln.«

Palmer wirkt zufrieden. »Das oder …« Er hält einen kurzen Augenblick inne. »Ms Bennett, Eric spricht nur positiv von Ihnen. Sie scheinen inzwischen mehr Weise zu sein, als der Zirkel je zu hoffen gewagt hat. Bestimmt sind Sie klug genug, um die einzig mögliche Alternative zu einer Wandlung zu erkennen.«

Seine Worte schmerzen mich mehr, als ich erwartet hätte. Aber er hat recht, das bin ich. Ich weiß, was sie ihr antun werden. Was *er* ihr antun wird.

»Das ist voll Ihr Ding, oder?«, bemerke ich tonlos. Allein die Vorstellung, wie er Freddie verbrennt, gruselt mich.

»Die Entscheidung liegt bei Ihnen, Ms Bennett. Sie haben das Schicksal Ihrer Freundin in der Hand.«

Genau davor wollte Eric mich schützen, da bin ich mir sicher. Der Zirkel schultert mir diese Last auf, diese fiesen Mistkerle. So wird am Ende alles meine Schuld sein, egal, wofür ich mich entscheide.

»Kriege ich ein wenig Bedenkzeit? Ich wollte morgen mit Eric nach Deutschland aufbrechen.«

»Für die Dauer Ihrer Reise werden wir Ms Cardinale in Gewahrsam nehmen«, nickt Palmer zustimmend. »So viel Zeit gesteht Ihnen der Zirkel zu, um Ihre Wahl zu treffen.« Ich nicke und will mich von ihm abwenden, als er mich noch einmal zurückhält. »Ms Bennett? Ich wünschte, es gäbe noch eine dritte Alternative.« Wieder nicke ich nur. Das wäre zu schön, um wahr zu sein. Doch der Schaden ist bereits angerichtet und es gibt kein Zurück mehr. »Genießen Sie Ihre Reise dennoch, Ms Bennett. Ich erwarte, dass Sie mit Spindel und bester Gesundheit zu uns zurückkehren.«

Beinahe klingen diese Worte mitfühlend, doch weil er bereit wäre, in dieser Sekunde einen Menschen in Asche zu verwandeln, fällt es mir schwer, ihm das positiv anzuerkennen.

Das Knacken unter meinen Stiefeln schreckt alles Lebende um uns herum im Wald hörbar auf. Immer wieder ertönt von irgendwo ein Rascheln. Wie viele Zweige mir bereits ins Gesicht gepeitscht sind, vermag ich nicht zu sagen, aber ich habe die Nase bereits gestrichen voll von diesem Wald – und das, obwohl wir schätzungsweise erst eine Stunde hier sind.

»Warum hat uns der Spiegel im tiefsten Dickicht ausgespuckt?«, beschwere ich mich. Meine Schuhspitze verhakt sich in einer Baumwurzel, ich stolpere und falle zu Boden. Bei dem Versuch, mich mit den Händen abzufangen, sticht mir ein spitzer Stein in die Haut und ich fluche laut auf.

Ich höre das Knacken unter Erics Stiefeln. Als ich den Blick hebe, sieht er grinsend auf mich herunter, die Hand ausgestreckt, um mir aufzuhelfen. »Und ich dachte, *ich* wäre heute der Übellaunige.«

Ich lasse mich von ihm auf die Beine ziehen, wende mich aber gleich danach schweigend von ihm ab und setze meinen Weg über den unebenen Grund fort.

»Willst du darüber reden?«, fragt er.

»Nein.«

»Lelant meint es nicht böse, er —«

»Ich sagte *nein*«, wiederhole ich betont und schlage nach einem dünnen Ast, der mir in den Weg ragt.

Ich habe keine Ahnung, ob Mr Palmer das nett oder berechnend gemeint hat. Ich weiß nicht mal, ob dieser Mann überhaupt in der Lage ist, so etwas wie Mitgefühl zu empfinden. Doch mir bleibt nur wenig Zeit, mir Gedanken über Freddies Wandlung zu machen. Uns hat mal eine Freundschaft verbunden. Mag sein, dass sie nicht viel wert war, aber damals habe ich es so empfunden. Nun war ich nach nur wenigen Monaten bereit, sie zu verletzen, anstatt sie in die Arme zu schließen. Ich habe Erics und Baziltons Wohl über das Ihre gestellt und bereue es nicht. Tief in mir weiß ich, dass ich zu allem bereit gewesen wäre, um sie aufzuhalten. Doch die Freddie, die mich erst vor wenigen Tagen unter Tränen angefleht hat, sie zu wandeln, war so hilflos ... Und dieser Person kann ich nicht antun, was man von mir verlangt.

Ich blicke mich um. In weiter Ferne ragt eine Schlossspitze in den Himmel. Zwischen diesem Punkt und uns befindet sich kilometerlanger Wald. Wenn ich daran denke, dass es dieses Schloss noch heute gibt, erschaudert es mich. Es ist nicht mehr als ein Touristenziel in dem kleinen Ort Königswinter in Deutschland, das vom Siebengebirge eingerahmt wird. Genau das tut man – um den Mythos des Sneewittchens und der bösen Königin plausibel zu erklären – als das ab, was die Grimms in ihrem Märchen von 1812 als die sieben Zwerge betiteln. Doch ich weiß es nun besser, nachdem ich mich in der Bibliothek über diese Reise informiert habe. Die sieben Zwerge waren real, es hat sie gegeben. Sie waren nur keine kleinwüchsigen Kerle, sondern normale Männer, die im Wald vor dem Dorf am Fuße des Schlosses lebten und in den Minen arbeiteten. In dem Schloss lebt Schneewittchen mit ihrer Mutter. Angeblich gibt es im Schlosspark einen Garten, in dem sogar die Bäume wachsen, die die sogenannten Blutäpfel tragen. Davon möchte ich unbedingt einen probieren. Gleichwohl weiß ich, dass es wohl sehr unklug wäre, in der Gegenwart von Schneewittchens Mutter einen Apfel zu essen.

Eric sagte, er bringt uns in die Zeit, in der Schneewittchens Vater bereits verstorben und die Königin an der Macht ist. In der Originalfassung der Grimm von 1812 handelte es sich bei der Frau um Schneewittchens leibliche Mutter. Aus irgendeinem Grund wurde dieser Fakt 1857 abgeändert und man machte aus der Königin die böse Stiefmutter. Ich bin gespannt darauf, herauszufinden, welche Wahrheit nun zutrifft. Und wir befinden uns geradewegs auf dem Weg zu den Personen, die uns vermutlich jede Frage beantworten können.

»Suchen wir jetzt eigentlich die Mine oder das Haus?«, erkundige ich mich ratlos. »Oder hoffst du, dass wir ihnen einfach in die Arme laufen?«

»Wir werden sehen.«

»Warum reisen wir nicht auf direktem Weg zu Dornröschen?«, frage ich.

»Weil das Königreich nie existiert hat«, erklärt Eric, während er sich sorgsam vorantastet, ohne sich die Ärmel an den Ästen zu ruinieren. »Nicht in unserer Welt. In den Überlieferungen steht geschrieben, dass die Grimms seinerzeit ein magisches Portal nutzten, um dorthin zu gelangen. Keine Ahnung, wie es aussieht, aber es soll im Besitz von Schneewittchen sein. Als Dornröschens Freundin beschützt sie ihr Königreich vor Eindringlingen und bewahrt auf diese Weise auch die einzigartige Magie, die sich darin verbirgt.«

»Was könnte noch eindrucksvoller sein als wir mit unseren verfluchten Fähigkeiten?«, grummele ich.

»Du kennst doch sicherlich das Märchen von Dornröschen. Bevor sie sich an der Spindel in den Finger stach, um hundert Jahre zu schlafen, lebte sie außerhalb des Schlosses im Wald bei drei Frauen, die sie zu schützen geschworen hatten.«

»Du meinst die drei Feen«, bemerke ich wie selbstverständlich.

»Ganz genau, sie waren Feen«, stimmt Eric zu. »In unserer Welt existieren Wesen wie Kobolde und Feen nicht. Elfric und die anderen lebten in einer magischen Welt, die nur über ein Portal zu erreichen war. Das war der Regenbogen. Und die Feen leben auch in solch einer Welt.«

»Aber wir haben keine Ahnung, was das Portal ist?«

»Genau, deswegen holen wir uns Hilfe bei den Männern, die Schneewittchen nahestehen. Sie können uns verraten, wie wir sie überzeugen können, uns durch das Portal zu lassen, damit wir an die Spindel kommen.«

»Grandioser Plan«, betone ich sarkastisch.

In der Ferne höre ich ein melodisches Pfeifen. Eric hält inne und greift nach meinem Arm, um mich zurückzuhalten. Hinter einem Gebüsch gehen wir in Deckung und ich klammere mich intuitiv an Erics Schulter fest, während mein Herz vor Aufregung heftig anfängt zu pumpen. Dann entdecke ich sie. Männer, mit Spitzhacken auf der Schulter, die ihres Weges gehen und dabei vergnügt ein Lied einstimmen. Es sind sieben.

Nervös klopfe ich Eric auf den Rücken, als wäre er selbst nicht in der Lage, sie zu sehen. Er wirft mir zuerst einen kritischen Blick zu, doch als er merkt, dass ich vor Aufregung und Freude beinahe platze, legt sich ein sanftes Lächeln um seine Lippen.

»Krieg dich wieder ein, sonst halten sie dich für eine Verrückte«, flüstert er und richtet sich auf.

Ich nicke entschlossen und atme tief durch. Das wird einer der besten Momente meines Lebens, da bin ich mir sicher. Ich treffe auf ein wahres Wunder.

Ich folge Eric aus dem Dickicht und gemeinsam treten wir auf den schmalen Trampelpfad.

Eric räuspert sich und das melodische Pfeifen der Männer verstummt schlagartig. »Verzeiht«, spricht mein Partner sie geschwollen an.

Sie schenken ihm nur kurz Aufmerksamkeit, dann gilt ihr Interesse mir. Von Kopf bis Fuß mustern sie mich, die Augenbrauen streng zusammengezogen und die Münder verkniffen zusammengepresst.

»Seid Ihr ein Junge?«, fragt einer von ihnen.

»Sieht aus wie ein Mädchen«, flüstert ein anderer.

»Aber sie trägt die Kleider eines Jungen«, murmelt ein dritter.

»Verzeiht«, spricht Eric sie erneut an.

Einer der Männer wendet sich ihm zu. »Was wünscht Ihr?«

»Wir kommen von weit her und brauchen —«

»Ist das Euer Weib?«, fährt ihm einer der Männer neugierig über den Mund.

Mich schaudert es direkt vor seinem lüsternen Blick und intuitiv schiebe ich mich ein wenig hinter Eric.

»Vielleicht seine Schwester«, mutmaßt einer.

Das behagt mir nicht. Doch in diesem Moment greift Eric nach meiner Hand und zieht mich dicht an sich. »Meine Versprochene«, sagt er höflich.

Enttäuschung spiegelt sich in den Gesichtern der Männer wider, doch sie scheinen sich mit der Antwort zufriedenzugeben und wenden die Blicke von mir ab.

»Wir suchen Schneewittchen«, setzt Eric dann hinzu.

Einer der Männer zieht überrascht die Brauen hoch. »Was wollt Ihr von der Königin?«

Eric scheint für einen Moment verdutzt zu sein. Offenbar hat er sich ein bisschen in der Zeit verschätzt, denn wir haben fest damit gerechnet, dass die böse Königin noch an der Macht ist.

»Verzeiht«, melde ich mich nun zu Wort. »Schneewittchen ist die Königin?« Sie ist also nicht im Wald, wo sie sich vor ihrer Mutter versteckt.

»Von wie weit her kommt Ihr denn?«, amüsiert sich einer der Männer. »Seit Dutzenden Monden herrscht unser Schneewittchen über das Königreich. An der Seite ihres Königs siegte sie über ihre Mutter und gemeinsam bestiegen sie den Thron.«

Fröstelnd reibe ich mir mit der freien Hand über den Arm. Hier herrscht – anders als bei uns auf Leyndarmál Eyja – Herbst. Die Sonne sinkt allerdings stetig und die Kälte legt sich über den Wald. Darauf war ich nicht vorbereitet. Den ganzen Tag ist es schön warm gewesen.

»Braucht Ihr einen Platz zum Ruhen?«, fragt einer der Männer.

O Gott, auf keinen Fall will ich in deren Nähe schlafen.

Doch zu meiner Überraschung bedankt Eric sich und stimmt zu, die Männer zu begleiten.

Wir folgen ihnen schweigend durch den Wald, bis wir eine Hütte erreichen, die um einiges größer wirkt als in dem Märchen beschrieben. Aber immerhin stehen vor mir auch sieben erwachsene Männer, die brauchen schließlich ihren Platz. Mir ist nicht wohl dabei, ihr Heim zu betreten. Doch außer gelegentlicher, lüsterner Blicke lassen sie mich in Frieden, beachten mich kaum. Stattdessen servieren sie Eric und mir ein kleines Mahl, bestehend aus trockenem Brot und einer roten Flüssigkeit, die im Abgang so sehr brennt, dass es mit Sicherheit irgendwas Alkoholisches ist.

»Apfelwein«, berichtet mir einer der Männer stolz und nutzt den Moment, um mir ziemlich dicht auf die Pelle zu rücken. »Selbstgemacht.« Er hat Mundgeruch und sondert außerdem einen strengen Körpergeruch ab. Aber weil die Männer so gastfreundlich sind, zwinge ich mich zu einem Lächeln. Unter dem Holztisch greife ich nach Erics Hand und drücke sie so fest ich kann.

Sofort räuspert er sich. »Ich danke Euch für das Mahl und den Wein. Doch ich fürchte, meine Versprochene ist erschöpft von der langen Reise.«

Einer der Männer, der unzählige Brotkrumen in seinem Vollbart beherbergt, nickt und erhebt sich. Wenige Sekunden später reicht er Eric ein Stück Stoff und deutet auf die Tür. »Hinter dem Haus«, brummt er.

Eric zieht mich auf die Beine.

Ich folge ihm durch den Raum, doch als die kühle Abendluft auf meine Haut trifft und ich an ihm vorbei in die Dunkelheit starre, zögere ich. »Willst du wirklich da draußen schlafen?«, flüstere ich ungläubig.

Eric grinst und spricht ebenfalls nur sehr leise, als er antwortet. »Willst du vielleicht lieber bei den Kerlen schlafen, die dir seit Stunden auf die Brüste starren?«

Gutes Argument.

Lieber friere ich mir draußen den Hintern ab, als Gefahr zu laufen, von einem dieser Männer angetatscht zu werden. Ein Wunder, dass sie Eric nicht einfach überwältigen und sich nehmen, was sie wollen. Aber dafür besitzen die berühmten *Zwerge*, die Schneewittchen bei sich aufnahmen und ihr das Leben retteten, wohl zu viel Ehre im Leib. Schweigend folge ich Eric um die Holzhütte herum, bis wir einen Verschlag erreichen, der mich an ein Carport erinnert. Im Inneren ist er ausgelegt mit Stroh.

»Schützt uns vor Wind und Regen«, bemerkt Eric schulterzuckend. »Könnte schlimmer sein.«

»Es ist kalt«, murmele ich verdrießlich.

Mit zittrigen Fingern schnüre ich die Ledercorsage über der Bluse auf, um sie abzustreifen. Viel kälter kann mir ohnehin nicht werden, und zum Schlafen ist sie alles andere als bequem. Auch Schuhe,

Gürtel, Dolch und Armschoner lege ich in die Ecke des Verschlags, bevor ich auf allen Vieren auf das Stroh krabbele.

Eric schmeißt seine Waffen und Schoner eher achtlos in die Ecke und steht dann zögernd vor mir, während ich versuche, mir möglichst wenig Stroh in die Haut piken zu lassen. »Hier, nimm«, sagt er und reicht mir den dicken Stoff, der wohl unsere Decke sein soll.

»Und was ist mit dir?«, frage ich verwundert.

»Wir haben nur die eine.« Er überreicht sie mir und rutscht dann neben mich auf das Strohbett.

Schnell breite ich den Stoff über mir aus, doch viel wärmer wird mir nicht, obwohl ich sie mir bis zur Nasenspitze ziehe. Anders als die Männer riecht sie angenehm.

»Frierst du nicht?«, frage ich mit bebenden Lippen.

»Feuerelementar«, erwidert er nur.

»Klar, muss schön sein.«

»Hat seine Vorteile. Was ist mit dir?«

»Alles gut.«

»Der Boden vibriert fast schon durch dein Schlottern«, merkt Eric an. »Ich kann dich wärmen.«

Zu gerne würde ich knapp ablehnen, aber verdammt – der Typ ist im wahrsten Sinne heiß. »Na dann, *Liebling* ...«, bemerke ich scherzend. »Genehmigt.«

Eric rutscht an mich heran und breitet die Decke über uns beiden neu aus. Er will mich in den Arm nehmen, zögert aber merklich. »Das macht dir wirklich nichts aus?«

»Nein, schon in Ordnung«, entgegne ich prompt. »Du oder Erfrieren, die Wahl fällt nicht schwer.«

»Schmeichelnd«, erwidert er und lacht leise. Dann umschließt er meine Mitte mit dem Arm und zieht mich an sich. Ich liege stockssteif da. Eine komische Situation ist das, wir beide zusammen, quasi in einem Bett. Daher beschließe ich, die Situation etwas aufzulockern, und knuffe ihm unter der Decke in die Seite. »Du bist immerhin der einzige Mann im Umkreis, der mich heute nicht mit seinen Blicken ausgezogen hat.« Und mit diesen Worten schließe ich die Augen und nehme mir fest vor, zu schlafen. Es ist nur Eric. Er ist mein Partner. Das hier ist halb so wild.

Sanftes Vogelzwitschern holt mich aus meinem Tiefschlaf, dicht gefolgt von einem tiefen Brummen und einer Stimme, die mich anweist, aufzustehen. Ohne die Augen zu öffnen, strecke ich mich und kuschele mich zurück in die wohlige Umarmung. Die Hand auf meinem nackten Bauch ist wie Heizpflaster, das die Wärme in meinen ganzen Körper leitet. Erschrocken schlage ich die Augen auf, rühre mich aber keinen Zentimeter. Ich brauche nur wenige Sekunden, um zu realisieren, dass ich nicht in meinem Bett liege, sondern auf pikendem Stroh, und dass ich in Erics Armen liege, dessen Hand in der Nacht unter meine Bluse auf meinen Bauch gewandert ist.

»Wir erwarten euch«, höre ich erneut die brummige Stimme eines Mannes, der sich wieder zu entfernen scheint.

Dicht an meinem Ohr höre ich nun ebenfalls ein Brummen, verschlafen.

Es dauert nur einen kurzen Moment, da zieht Eric ruckartig den Arm zurück und gibt mich frei. »Entschuldige«, stammelt er und wirkt dabei noch wenig zurechnungsfähig. Ich drehe mich zu ihm. Seine Haare sind zerzaust, das Hemd steckt nur noch halbherzig im Hosenbund und ist zerknittert.

»Nicht schlimm«, sage ich. »Aber kein Wort über meine Rettungsringe.«

»Niemals«, stimmt er prompt zu, schüttelt dann verwirrt den Kopf. »Ich meine ... Welche Rettungsringe?«

»Du bist so charmant, wenn du noch nicht richtig wach bist.« Er lächelt verlegen. »Ich wollte dich echt nicht betatschen.«

»Hast du nicht«, will ich ihn beruhigen. »Das war mein Bauch, nicht meine Brust.«

Darüber scheint er immerhin erleichtert.

Als Eric und ich wenige Minuten später die Hütte betreten, drückt mir der Mann mit dem Vollbart wortlos ein Kleid in die Hand. Verwundert sehe ich es mir an. Es hat einen hellen, bläulichen Ton und scheußliche Puffärmel.

»Entschuldigt, wofür ist das?«, frage ich.

»Ihr könnt *so* nicht ins Dorf. Es geziemt sich nicht, wie ein Mann herumzulaufen«, antwortet man mir. »Wir schenken Euch diese neuen Kleider. Sie sind aus den verloren gegangenen Gütern der Kutschen, die den Wald passieren.«

Beinahe bin ich geneigt, das einfach hinzunehmen. Doch dann fällt mein Blick auf all das Zeug, das in der Hütte herumliegt. Diverse Waffen, Lederbeutel, Goldstücke, feine Kelche. »Ihr meint von dem Gut, das ihr den Leuten stehlt, die mit Kutschen diesen Wald durchqueren?«, frage ich forsch.

Der Mann, der mir das Kleid gereicht hat, lächelt leicht. »Nun zieht Ihr Euren Nutzen aus diesem Umstand, also spart Euch diesen vorwurfsvollen Blick, Weib.«

Da bin ich so stolz auf mein Jägeroutfit und nun muss ich es eintauschen gegen ein sperriges, bodenlanges Kleid mit Puffärmeln. In keinem Zeitalter wäre ich wohl Mädchen genug, um so was freiwillig zu tragen. Aber ich will nicht auffallen, wenn wir das Schloss besuchen, daher bleibt mir wohl keine andere Wahl.

»Nach dem Mahl könnt ihr euch unten am Bach waschen und einkleiden.«

Ich nicke und lasse mich neben Eric auf die Bank sinken, um etwas zu essen.

»Ihr erwähntet noch nicht, warum ihr Schneewittchen sucht.«

Eric trinkt einen Schluck. »Wir kommen von weit her, von einem Ort, der Leyndarmál Eyja heißt. Wir befinden uns im Krieg und müssen die Königin ersuchen, uns zu helfen.«

»Noch nie von diesem Königreich gehört«, erwidert einer der Männer.

»Es ist wirklich sehr weit weg«, betont Eric.

»Dann war der lange Weg leider umsonst«, weist man uns darauf hin. Eric schaut verdutzt drein. »Habt Ihr erwartet, einfach so zur Königin vorgelassen zu werden?«

»Nun ...«

»Dachte Ihr, man spaziert ins Schloss?«

Eric seufzt.

Mit Problemen haben wir tatsächlich nicht gerechnet. Wir haben uns darauf verlassen, dass der Name der Grimms uns an den Wachen vorbeibringen würde.

»Es gibt doch bestimmt einen Weg, sie dennoch sprechen zu können? Könntet Ihr uns nicht begleiten?«, frage ich höflich.

»Zu weit«, sagt ein Mann. »Haben Arbeit.«

»Müssen in die Mine.«

Ich senke den Kopf. Irgendeine Möglichkeit muss es doch geben. Leise atme ich meinen Tee.

»Ihr sagtet, das Weib ist Euch versprochen«, bemerkt einer an Eric gewandt. *Nicht das schon wieder.* Mein Partner nickt. »Ehelicht sie.«

Gerade noch nippe ich an der Tasse, da pruste ich den Inhalt überrascht zurück.

Eric fängt sich schneller. »Wir haben es nicht eilig.«

»Hatte er sie schon?«, fragt einer.

»Welcher Mann wartet länger als er muss?«, bemerkt ein anderer.

Sympathisch. Echt.

»Wenn Ihr sie ehelicht, bekommt ihr eine Audienz bei Schneewittchen. Für den königlichen Segen.«

Oh.

»Nun ...«, druckse ich.

»Ihr seid gewillt, Euch diesem Mann zu versprechen.« Es klingt viel mehr wie eine Frage.

Unter strengen und kritischen Blicken schlucke ich bedacht ein wenig Tee und setze mein herzlichstes Lächeln auf. *Einfach lügen.* »Natürlich, aber —«

»Dann tut es noch heute. Seid Ihr nicht begierig, Euch hinzugeben?«

Hinzu... Was?

»Ja, Geliebte«, wirft Eric ein. »Wir müssten nicht noch länger warten und bekämen sogar eine Audienz.«

Ich stehe auf, stemme die Handflächen auf den Tisch. »Auf ein Wort«, sage ich bemüht beherrscht. Die Männer mustern mich irritiert. *Zu aufsässig?* »Bitte.«

Eric folgt mir aus der Hütte. Ich gehe so weit, bis ich glaube, dass wir außer Hörweite sind. Dennoch spreche ich leise, als ich mich Eric mit verschränkten Armen zuwende. »Bist du irre?«

»Okay, hör zu«, versucht er es diplomatisch. »Wir reden von einem Palast mit Hunderten Wachen. Da kommen wir niemals rein, wenn man uns nicht lässt.«

»Ein schöner Grund, zu heiraten«, brumme ich zurück. »Heiraten, Eric. Die Sache mit dem *Für immer und ewig.*«

»Wir brauchen die Spindel«, appelliert er. »Und es ist keine richtige Hochzeit. Das hat doch bei uns keine Gültigkeit.«

»Wir sind in Deutschland, nicht in Dornröschens magischer Welt. Und ob das real wäre.«

»Es wird darüber aber keine Papiere geben. Niemand in unserer Zeit wüsste davon. Es wird so sein, als hätte es nie eine Heirat gegeben.«

»Du *bist* irre!«, zische ich.

»Jo, hiervon hängt viel ab«, sagt Eric eindringlich. »Es ist nur ein kurzes *Wollt ihr* und dann geht's zu Schneewittchen. Denk an unser Ziel. Wir brauchen das Relikt.«

Das Leben der Weisen ist in Gefahr. Der Zweite Krieg steht bevor. Unschuldige werden sterben. Dargoth erlangt Unsterblichkeit. Tim wäre umsonst gestorben.

»Wie sollte etwas von solcher Bedeutung keine Bedeutung haben?«, werfe ich ein. »Es ist ein Versprechen vor Gott.«

»Bist du gläubig?«

»Darum geht es nicht«, entgegne ich aufgewühlt. »Es ist ein Eid. Wir müssen uns versprechen —«

»Was?«, fällt Eric mir behutsam ins Wort. »Wir versprechen einander, für den anderen da zu sein. In guten wie in schlechten Zeiten. Uns treu zu sein. Loyal. Das werden wir doch ohnehin tun, was ändert da eine nur vielleicht gültige Hochzeit in der Vergangenheit?«

Ich schließe die Augen, atme tief durch. »Wir sind verrückt.«

»Das sind alle, die heiraten«, scherzt Eric.

»Oh, schön, du glaubst so richtig an das Prinzip«, höhne ich.

»Eigentlich schon, aber ... ich dachte ehrlich gesagt nicht, dass ich jemals heiraten werde.«

Ich auch nicht mehr.

»Vielleicht kann Schneewittchen die ganze Sache auch annullieren, wenn ihr sagen, warum wir da sind. Es dient nur als Vorwand, überhaupt zu ihr zu kommen.«

Möglich.

»Das ist so bescheuert«, sage ich und seufze. »Aber wohl notwendig. Also gut, heiraten wir.«

Mit einem beklommenen Bauchgefühl kehre ich in die Hütte zurück. Zu meiner Überraschung erwarten uns die Männer mit neuer Garderobe.

»Das hier ist besser für eine Hochzeit.«

Mein Blick fällt auf das cremefarbene Kleid, das in fließendem Stoff auf den Boden fällt. Immerhin hat es keine Puffärmel, ist also eine Verbesserung zu dem anderen Ding.

»Und die werdet ihr brauchen.« Einer überreicht Eric einen kleinen Lederbeutel.

Ich nehme es hin, greife nach dem Kleid. »Und Ihr helft uns einfach so?«, frage ich irritiert. »Eine Bande Diebe und Plünderer?«

»Schneewittchen ist nicht unsere Königin, weil sie das Kind des alten Königs ist. Sie ist eine Anführerin, mutig und stark. Und zuweilen war sie die beste Diebin in diesem Haus.« Der Mann grinst zufrieden, als würde er in traumhaften Erinnerungen schwelgen. »Wir nahmen Euch auf, weil sie es getan hätte. Und wir helfen Euch, weil sie es auch tun wird.«

Obwohl diese Männer mir vom ersten Moment an nicht geheuer waren, sie lüsterne Kerle sind, Diebe obendrein, so sind sie doch die treuen Zwerge, die die Gebrüder Grimm in ihrem Märchen festgehalten haben. Sie sind ehrenhaft und stehen loyal hinter Schneewittchen.

»Was geschah mit der bösen Königin?«, erkundige ich mich neugierig.

»Der magische Spiegel beraubte sie ihrer Macht. Sie ist ein altes und hässliches Weib, der nur noch wenige Lebensabende bleiben. Sie lebt noch immer im Schloss, eingesperrt und zu schwach, um Schneewittchen je wieder nach dem Leben trachten zu können.«

»Sie durfte bleiben?«, frage ich verdutzt.

Das würde mir im Traum nicht einfallen. Unter einem Dach leben mit der fiesen Hexe, die mich umbringen wollte.

»Sie war machthungrig, verdorben und eine böse Königin ...«, bemerkt der Mann vor mir. »Schneewittchen ist jedoch zu reinen Herzens, um ihre Mutter zu verstoßen.«

Sie war also wirklich ihre leibliche Mutter. Die Originalfassung der Grimm entspricht der Wahrheit. Zum Glück schreibt keiner ein Märchen über meine Fake-Hochzeit.

Als wir nach einem halben Tagesmarsch endlich das Tor zum Dorf passieren, macht sich Erleichterung in mir breit. Eric nimmt sich nicht mal die Zeit, seiner Umgebung Aufmerksamkeit zu schenken.

Ich jedoch komme nicht umhin, das zu tun. Abgesehen von den merkwürdigen Gerüchen wegen der eindeutig fehlenden Hygiene zu dieser Zeit, wirkt es auf mich wie ein Mittelaltermarkt. Ob ich mich jemals daran gewöhnen werde, dass das hier echt ist und nicht von Schaustellern vorgegaukelt wird?

Mit einem Beutel voller Goldstücke betreten wir das Gebäude. Es ist keine Kirche, vielmehr ein relativ sauberes Haus, in dem ein Art Geistlicher uns empfängt. Während Eric mit ihm spricht, schaue ich aus dem Fenster. Das Schloss ragt nun deutlich näher empor. In meiner Vorstellung gefiel mir all das. Ein Palast, die langen Kleider, wahre Liebe. Doch ich stehe hier, bin keine Prinzessin und heirate gleich einen Mann, während mein Freund in der Zukunft mit der Nase in Büchern steckt und hiervon überhaupt nicht begeistert wäre.

Als wir vor den Trauredner treten, beginnt der mit wenigen Worten über die Bedeutung der Liebe und das Versprechen, das wir einander geben werden. Ich rechne damit, dass uns ein Blitz trifft, aber nichts geschieht, während wir dastehen und emotionslos seinen Worten lauschen.

»Seid Ihr bereit, Euer Versprechen zu geben?«

Muss ich wohl.

Ich nehme den Ring, den die Männer uns im Lederbeutel überlassen haben, und halte ihn an Erics Finger. »Ich gelobe, in guten und schlechten Zeiten an deiner Seite zu stehen. Dich zu ehren und ... loyal zu sein.« Ich spüre den irritierten Blick des Redners.

Eric hingegen lächelt leicht. Er ist dran. »Schon als ich dich das erste Mal sah, wusste ich, dass uns etwas verbinden wird. Ich verspreche dir, in deinen dunkelsten Momenten für dich da zu sein und dich immer zu beschützen.«

Obwohl wir es tun, weil das Schicksal es verlangt, ist eine gewisse Intensität spürbar, als wir die Ringe tauschen, die uns von den Männern in dem Lederbeutel überlassen worden sind. Sie sind kein Symbol für Liebe, aber für das Versprechen, das wir uns gegeben haben. Eric hat recht. Was wir gesagt haben, meinen wir. Das macht diese Zeremonie nur zu einer halben Lüge.

»Ich erkläre Euch hiermit zu Mann und Frau«, sagt der Redner. »Ihr dürft Euer Weib nun küssen.«

Verdammt.

Eric beugt sich vor, seine Augen fixieren meinen Blick. *Was ist schon ein Kuss?* Sein Atem streift meine Haut, ich schließe die Augen. Es könnte schlimmer sein. Er ist rücksichtsvoll und sieht gut aus. Reihenweise Frauen würden sicher gern mit mir den Platz tauschen.

Seine Lippen berühren meine Stirn. Ein kurzer, fast zärtlicher Moment, der mich völlig überrascht. Ich lasse mir meine Verwunderung nicht anmerken und öffne zaghaft die Augen. Eric lehnt sich zurück, mein Körper entspannt. Obwohl keinerlei Romantik Teil dieser Zeremonie gewesen ist, hatte sie etwas Schönes.

Als wäre unser Band als Partner bekräftigt worden. Ein harmloser Kuss. Rein, voller Verbundenheit und doch distanziert.

Möglicherweise ist diese Hochzeit doch nicht das Schrägste, das mir je passiert ist.

Ich sitze auf dem Rand des Bettes, das in einer geräumigen Kammer über dem Wirtshaus steht. Es wirkt beinahe einladend, gleichzeitig ein wenig drückend. Die Luft ist durchdrungen von einer Mischung aus Lüge und Unsicherheit. Ein schwaches Licht der Tischkerze taucht den Raum in einen sanften Schein, der die Schatten an den Wänden tanzen lässt.

Für eine Audienz bei Schneewittchen ist es bereits zu spät gewesen, also haben wir uns dem gängigen Ritual gefügt. Man hat uns für die Hochzeitsnacht ein Zimmer in diesem Wirtshaus gebucht. Eric geht immer wieder vor der Tür auf und ab und lauscht, ob jemand davor Stellung bezieht.

»Denkst du wirklich, jemand wartet darauf, dass wir ...«

»Keine Ahnung, man hat das mit dem Vollzug der Ehe vor einigen Jahrhunderten noch etwas ernster genommen als in unserer Zeit.«

In seiner Vorstellung lauert offenbar jemand vor dem Schlüsselloch und will zuschauen. Dumm nur, dass es nichts zu sehen geben wird.

»Also ... was machen wir jetzt?«, bricht Eric schließlich die Stille und sieht mich an.

»Erst mal schäle ich mich aus dem Ding hier und ziehe das Nachtgewand an, das da hängt.« Ein helles, langes Stück Stoff. Hoffentlich nicht so durchsichtig, wie es scheint. »Sieh du nur weiter zur Tür.«

»Klar.«

Eric wartet geduldig, bis ich ihn darauf hinweise, dass er wieder gucken kann. Ich habe mich inzwischen ins Bett gekuschelt und genieße, dass diese Nacht wärmer wird als die letzte. Er entledigt sich weitestgehend seiner Kleidung und legt sich nur mit Hemd und Shorts zu mir, die Tür wieder fest im Blick.

»Du denkst wirklich, da guckt einer durch?«, frage ich leise amüsiert.

»Man könnte uns die Audienz verweigern, wenn ... na ja«, flüstert er.

Ich weiß nicht, wieso ausgerechnet sein besorgtes Verhalten mich zum Lächeln bringt, doch ich betrachte unsere Situation inzwischen so, wie sie es verdient; mit Humor. Haben wir eben geheiratet. Das bedeutet gar nichts in unserer Zeit. Noch dazu ist der Ring, den die Zwerge mir überlassen haben, hübsch anzusehen. Schlicht, aus gehämmertem Stahl und schmal, perfekt für eine Frauenhand. Wenn wir wieder auf der Insel sind, können wir die Ringe abnehmen. Dann wird es so sein, als wäre nie etwas gewesen.

»Okay, du Schisser«, sage ich. *Wenn wir schon schauspielern, dann eben glaubhaft.* Ich schiebe die Decke so weit zurück, dass ich meine Beine befreien kann. Dann setze ich mich auf und steige über ihn. Unter Erics überraschtem Blick beuge ich mich runter, bis meine Lippen fast sein Ohr berühren. »Das ist nur eine Performance, nichts weiter als Schauspielerei. Du hast jetzt die einmalige Genehmigung, mir an den Hintern zu fassen. Für etwa fünf Sekunden.«

»Klingt wie eine Falle«, flüstert er.

»Feigling«, erwidere ich und zwinkere.

»Soll ich mich im Voraus dafür entschuldigen, oder –«

»Halt den Mund und mach einfach.«

Seine Hände gleiten meine Oberschenkel entlang. Er packt mich an der Hüfte und zieht mich merklich ein Stück höher. Seine Berührung durchfährt mich wie ein Schauer. Er ist sanft, spielt eine Rolle. Es soll nichts weiter sein als eine kalte Strategie und doch liegt eine Wärme darin, die mich überrascht. Er streicht mir eine Haarsträhne hinter das Ohr. Eine winzige Sache, die eine Welle von Empfindungen auslöst. Da ist ein Funke, ein Verlangen nach mehr.

Nicht gut.

Erics Augen kleben an meinen Lippen. Seine Finger mir den Rücken hinab bis hin zu meinem Po, viel zu authentisch. Die Zärtlichkeit darin ist weich und gleichzeitig fordernd.

»Okay«, flüstere ich. »Neben uns steht die Kerze. Du packst mich jetzt und drehst dich mit mir näher dahin, als würdest du die Oberhand haben wollen. Dann pustest du das Ding aus, es ist dunkel und der Rest bleibt der Fantasie überlassen.«

»Gefakter Sex nach Plan, klasse«, sagt er mit einem Grinsen und folgt der Anweisung.

Eric schließt den Abstand zwischen uns und hält mich in den Armen, als wäre es das Natürlichste der Welt. Ich lache leise. Authentisch. Fühle mich gefangen zwischen dem, was wir inszenieren, und den Empfindungen, die in mir aufkeimen.

»Du bist gut darin«, murmelte ich, um die aufkommende Verwirrung zu kaschieren.

Eric erwidert nichts, lächelt nur verschmitzt.

Mein Herz schlägt schneller. Der Raum scheint sich um uns herum zu verengen.

Dummes Ding, gib Ruhe!

Ihn zwischen meinen Beinen und auf mir liegen zu haben, ist nicht Teil meiner Vorstellung gewesen. Das bringt Improvisation wohl mit sich. Neulich wäre ich bereit gewesen, Colin in die Kronjuwelen zu treten, wenn er sich weiter aufgedrängt hätte. Aber das hier fühlt sich anders an. Die Dynamik zwischen uns ist elektrisierend. Damit hätte ich nie gerechnet. Es ist, als wären wir in den vergangenen Stunden von Fremden zu Verbündeten geworden. Einem Team. Mit Vertrauen.

Eric beugt sich zur Seite und pustet die Kerze aus. Der Raum wird von Dunkelheit verschluckt. Er gibt mich frei und sinkt neben mir in das Kissen. »War es für dich so gut wie für mich?«, neckt er mich.

»Spinner«, murmele ich.

Verdammt, was zur Hölle war das?

Ich ziehe die Decke wieder hoch und kuschele mich darin ein. Das darf nicht wieder vorkommen. Wir sind zu vertraut, da verschwimmen die Grenzen leicht.

»Kann ich auch mit drunter?«, fragt Eric.

Auf keinen Fall. »Ich friere nicht, danke«, entgegne ich ein wenig zu schroff.

»Alles klar. Ich bin hier, wenn sich das ändert.«

Ja, du bist hier. Direkt neben mir. Genau das ist das Problem.

Unser Weg führt uns den geschwungenen Pfad hinauf zu einer Treppe, die mich stark an die auf unserer Insel erinnert. Da sind wir also. Das Schloss der bösen Königin. Nein, das Zuhause von Königin Schneewittchen, das ist es jetzt. Hoffentlich haben die Zwerge sich nicht geirrt und sie wird uns helfen.

Die Wachen am Eingang schieben sich uns wortlos in den Weg. Keine Frage danach, wer wir sind oder was wir wünschen. Erst als Eric ihnen erklärt, dass wir für den Hochzeitssegen kommen, verändert sich der Ausdruck in ihren Augen.

»Folgt mir.«

So selbstbewusst wie irgend möglich gehe ich ihm nach. Als wir durch den Spiegel getreten sind, habe ich mit einem düsteren Gemäuer gerechnet. Doch allein die Eingangshalle wirkt prächtig und hell. Sie trägt eindeutig die Handschrift einer liebevollen und guten Regentin. Überall sind Blumen aufgestellt, Teppiche setzen farbige Akzente. Angestellte des Schlosses laufen mit zufriedenen Mienen an mir vorbei.

Ich bin mir sicher, dass mein positiver Eindruck nicht mehr zu toppen ist. Doch dann kommt die Wache an einer roten Tür zum Stehen, klopft, murmelt einige unverständliche Worte im Inneren des Raumes und bittet uns schließlich mit einer Geste herein.

Der Anblick verschlägt mir die Sprache. Der Märchentext hätte mich darauf vorbereiten können, wie wahr die Worte der Gebrüder Grimm gewesen sind, doch niemals hätte ich damit gerechnet, wie sehr sie zutreffen. Ihre Haut ist so weiß wie Schnee, ihre Lippen so rot wie Blut und ihr Haar so schwarz wie Ebenholz. Sie ist strahlend schön, während sie dasteht und uns freundlich mustert. Königin Schneewittchen.

Mir ist jeglicher Anstand entfallen, und ich erinnere mich an keinen einzigen Film, der mir sagt, was ich tun muss. Zu meinem Glück hat sich Erics Gehirn nicht in Brei aufgelöst. Er beugt sich galant vor, um seine Aufwartung zu machen. Und so fällt auch mir wieder ein, was man tut, wenn man vor Königen steht. Unbeholfen gehe ich in die Knie und versuche, so elegant wie möglich zu knicksen. Zum Glück sieht man meine Beine nicht, das wäre bestimmt zum Schreien komisch.

»Seid willkommen«, grüßt Schneewittchen uns mit zarter Stimme. »Ihr seid hier, um meinen Segen für Eure Vermählung zu erbitten.«

Eric ist sich einen Moment nicht sicher, ob er zu ihr gehen darf. Doch weil die Wache keine Anstalten macht, ihn aufzuhalten, setzt er sich langsam in Bewegung. Er kommt vor Schneewittchen zum Stehen und spricht merklich leise. »Ehrlich gesagt sind wir Freunde der Brüder Grimm und kommen, um ein Gespräch mit Euch zu ersuchen, Majestät.«

»Die Grimm?«, wiederholt sie überrascht. »Ich hoffe, meine Freunde sind wohlauf.«

»Ja, Majestät.«

»Und was ist Euer Begehr?«

»Majestät«, beginnt Eric ehrfürchtig und nennt nur knapp unsere Namen. »Wir kommen von weit her und ersuchen Euch um Eure Hilfe.«

»Einst waren es die Brüder, die mir halfen, meine Mutter zu besiegen. Ich schulde Ihnen mehr als nur meinen Dank.«

Ich weiß, dass es besser wäre, die Form zu wahren, doch mein Gefühl sagt mir, dass wir ehrlich zu ihr sein können. »Schneewittchen«, spreche ich sie daher ungezwungen an und trete näher. Zu meiner Überraschung wirkt sie nicht pikiert, und so lasse ich alle Informationen los, obwohl ich nicht glaube, dass sie jedes Wort versteht. »Wir sind Mitglieder der Weisen der Akademie auf Leyndarmál Eyja und kommen aus dem Jahr 2019. Wir haben erfahren, dass uns etwas Altes und Böses erneut einholt, um uns auszulöschen und die Menschheit zu unterwerfen. Wir stehen vor einem großen Krieg und sind auf der Suche nach Relikten, die wir für einen Zauber brauchen, um den Feind aufzuhalten. Unser Zirkel hat uns hergeschickt, weil in den Niederschriften der Grimm steht, Ihr wärt im Besitz eines magischen Portals, das uns zu Dornröschen bringen kann, damit wir sie um die Spindel bitten können, die sie in den Schlaf fallen ließ.« Ich halte angespannt die Luft an.

Eric wirft mir einen ungläubigen Blick zu.

Ja, ich weiß. Das war direkt.

Als Schneewittchen schließlich antwortet, dreht er den Kopf neugierig zu ihr. »William und Jacob waren auch ein Teil dieser Weisen«, sagt sie nachdenklich.

Vermutlich habe ich mit allem gerechnet, nur nicht damit, dass sie über uns Bescheid weiß.

»Sie haben mir im Kampf gegen meine Mutter geholfen und ich stehe für immer in der Schuld all jener, die so sind wie Ihr. Nun dann, Eric und Jo. Erzählt mir von Eurem Vorhaben und ich werde tun, was in meiner Macht steht, Euch zu helfen.«

E s dauert lange, Schneewittchen im Detail aufzuklären und ihr all
das anzuvertrauen, das uns seit einigen Monaten beschäftigt. Mit
jeder Information wird der Ausdruck in ihren Augen sanfter und
mitfühlender. Für jemanden, der vor nicht allzu langer Zeit gegen
schwarze Mächte ankämpfen musste, mag unser Anliegen winzig
erscheinen, doch wenn es so ist, lässt sie es sich nicht anmerken.

Nach all unseren Erklärungen nickt sie schließlich und erhebt sich.
»Nun denn, ich werde Euch selbstverständlich helfen.«

Ich glaube nicht mal, dass sie es aus Schuld gegenüber den Grimms
und den Weisen tut. Schneewittchen hätte uns auch geholfen, wären
wir ohne Verbindung zu ihren alten Freunden aufgekreuzt, da bin ich
mir ziemlich sicher.

»Verschwenden wir keine Zeit«, setzt sie hinzu. »Es gibt ein Portal,
und wir sollten uns gleich auf den Weg machen.«

Es bedarf keiner weiteren Aufforderung, ihr zu folgen, als sie aus
dem Raum eilt. Schweigend gehen wir ihr nach, über unzählige Flure
und Treppen. Mein Kleid ist ein Albtraum und wiegt inzwischen

gefühlt eine Tonne. Aber ich sehe ein, dass es zu dieser Epoche dazugehört, denn einfach jede Frau, der ich begegne, trägt etwas ähnlich Scheußliches.

Erst in einem Zimmer, das aussieht wie das Schlafgemach der Königin selbst, hält Schneewittchen inne und sieht sich kritisch um, als wolle sie sich vergewissern, dass niemand sonst im Raum ist. Dann tritt sie an den großen, golden eingerahmten Spiegel an der Wand heran und legt ihre Hand sanft auf die Oberfläche. Unter ihrer Berührung beginnen unsere Spiegelbilder zu flimmern und leichte Wellen sind zu erkennen. Gleich danach ist unser Anblick verschwunden. Stattdessen ist es, als starre ich in das Zimmer einer anderen Person. Für einen Moment glaube ich, dass es das Spiegelbild von Schneewittchens Raum ist, doch als mir der Mann darin auffällt, der uns mit einem sehr verdutzten Blick begutachtet, ist mir klar, dass ich durch den Spiegel geradewegs in die andere Welt blicken kann.

Schneewittchen tritt hindurch. Eric und ich zögern nicht und eilen ihr nach, um den Durchgang nicht zu verpassen. Wie immer schließe ich die Augen, doch auch diesen Spiegel zu durchqueren löst nichts Bestimmtes in mir aus – außer einem leichten Kribbeln auf der Haut.

»Schneewittchen.«

»König Philipp«, grüßt sie wie selbstverständlich zurück und deutet ohne Umschweife auf uns. »Das sind Jo und Eric, sie sind Freunde der Grimms.«

Das Gesicht des Mannes erhellt sich. »Wie schön.«

»Wo ist sie?«

»Im Garten, wo sonst?«, amüsiert sich Philipp. »Seit du ihr die Samen des Blutbaumes überlassen hast, verbringt sie all ihre Zeit verträumt dort draußen.«

Schneewittchen hält nicht inne. Ich bin verblüfft darüber, wie selbstverständlich das alles hier für sie zu sein scheint.

Ich bin in einem fremden Königreich. Vor mir steht Philipp, der Prinz, der Dornröschen mit dem Kuss der wahren Liebe aus dem tiefen Schlaf holte, nachdem er sich zuvor durch Rosensträucher gekämpft und die böse Fee in Form eines Drachen erschlagen hat.

Mein Knicks gleicht eher einer Beinahe-Ohnmacht, doch Eric greift nach meinem Ellbogen und schiebt mich voran, um die Königin nicht aus den Augen zu verlieren.

»Es ist also ein Spiegel«, murmelt er leise, als wir außer Hörweite aller anderen sind und Schneewittchen in einiger Entfernung den Gang entlangschreiten sehen.

»Denkst du, es ist unser Zauber?«, frage ich. »Haben die Grimms das getan?«

»Nein, wir öffnen keine Portale in fremde Welten, nur in vergangene Zeiten«, tut er meine Ahnung ab. »Aber ich frage mich, ob es *der* Spiegel ist.«

»Du meinst der von der bösen Königin? Die Zwerge sagten, er sei fast machtlos.«

»Wirkte auf mich anders, auf dich nicht?«

Wohl wahr. Ich beschleunige meine Schritte, um Schneewittchen einzuholen, erreiche sie aber nicht, bevor sie in den Schlossgarten abbiegt und ich bereits die Frau entdecke, die aller Wahrscheinlichkeit nach Dornröschen sein muss. Das wunderschöne, glitzernde und blaue Kleid. Dazu die langen, blonden Haare. Sie muss es sein.

Sie dreht sich um und wirkt in diesem Moment nicht weniger erfreut als Philipp. »Schneechen!« Die beiden Freundinnen fallen einander in die Arme, und gleich mustert man uns. »Du hast jemanden mitgebracht.«

»Das sind Jo und Eric«, erwidert Schneewittchen und teilt ihr daraufhin all das mit, was wir ihr in den vergangenen Stunden offenbart haben.

Dornröschen wirkt zuerst überrascht, doch als die Aufklärung unseres Vorhabens endet, sinkt sie seufzend auf die Bank zurück. »Die Spindel befindet sich gesichert in der Schatzkammer. Niemand sollte sie je wieder in die Finger kriegen, weil ich immer fürchtete, ihr Fluch könnte jedermann ereilen, nicht nur mich.«

»Sie ist wirklich wichtig für uns«, spricht Eric sie an. »Wir wissen, dass sie gefährlich ist, und wir würden niemals darum bitten, wenn sie nicht unabkömmlich für unseren Sieg wäre.«

»Ein komischer Zauber ist das, der diese Unsterblichkeit aufheben soll«, murmelt Dornröschen nachdenklich. »Aber gut, die Druiden werden sicher nicht irren.« Erneut seufzt sie, dann nickt sie entschlossen und erhebt sich. »Ich bin gewillt, sie Euch zu überlassen. Aber das erfordert etwas Zeit. Ich muss zuerst Philipp davon überzeugen, sie Euch auszuhändigen, und dann die Feen herbitten, damit sie den Zauber aufheben, der die Spindel vor Fremden schützt. Betrachtet Euch für den erforderlichen Zeitraum als meine Gäste.«

Eric scheint die Einladung nicht ganz so sehr zu passen, und auch ich muss zugeben, dass ich gern wieder nach Hause möchte. Sich in einer fremden Welt aufzuhalten, birgt ein komisches Gefühl.

»Wie lange wird es dauern?«, fragt Eric höflich.

»Ein oder zwei Tage. Entschuldigt mich nun, damit ich mich um diese Angelegenheit kümmern kann.«

Wir sind schon zwei Tage unterwegs und nun sollen wir weitere zwei bleiben?

Uns bleibt wohl keine Wahl.

Bis zum Abend bekommen wir keinen von ihnen zu sehen. Man hat uns lediglich Schlafgemache für die Nacht zur Verfügung gestellt und uns den halben Tag uns selbst überlassen. Zu meiner Überraschung war Eric plötzlich sehr angetan davon, die Nacht hier verbringen zu müssen, als er das Bett gesehen hat. Klar, im Vergleich zum Heuboden bei den Zwergen und dem knarrenden Bett im Wirtshaus ist das eine deutliche Verbesserung.

Ich kann nicht leugnen, dass es traumhaft an diesem Ort ist. Mit den Ausschmückungen dieser Märchenwelt haben die Grimms nicht übertrieben. Es ist schlichtweg malerisch, wenn ich die Bäume betrachte, deren Blätter im Wind rascheln. Besonders angetan bin ich vom Schlossgarten, weshalb ich mich keine zwei Minuten mit dem störenden Gefühl befasse, dass ich die kommende Nacht getrennt von Eric verbringen werde – und das in dieser fremden Welt. Stattdessen genieße ich den Sonnenuntergang am Horizont, den ich von dem Hügel aus – auf dem sich das Schloss befindet – perfekt beobachten kann. Hier ist es so traumhaft schön, dass ich kaum den Wunsch verspüre, wieder zur Akademie zurückzukehren.

Wenn ich daran denke, was mir dort bevorsteht, wird mir übel. Es schmälert das Glücksgefühl, das ich seit einigen Stunden verspüre. Doch ich muss zu einer Entscheidung finden, ob ich will oder nicht. Das Schlimme ist, dass es nur eine Möglichkeit gibt. Immerhin kann ich nicht zulassen, dass man Freddie etwas antut. Doch wie gut ist das, was *ich* ihr stattdessen zufügen werde? Und was ist damit, dass der Zirkel niemanden auf der Insel lässt, der unter meinem Bann steht? Was werden sie unternehmen, wenn ich Freddie gewandelt habe? Werden sie sie fortschicken? Wo soll sie hin? Dulden sie sie vielleicht? Doch was bedeutet das für mich? Kann ich damit leben, sie gewandelt zu haben, wenn ich tagtäglich durch ihre reine Anwesenheit daran erinnert werde?

»Darf ich dir Gesellschaft leisten?«, ertönt eine sanfte Stimme hinter meinem Rücken.

»Schneewittchen«, erwidere ich bloß melancholisch, wende den Blick von der traumhaften Aussicht aber nicht ab und halte mich an der steinernen Fassade fest, die verhindern soll, dass man den Hang hinunterstürzt.

»Bitte, nenn mich Schneechen, das tut Röschen auch.«

»Na ja, sie ist ja auch Eure Freundin.«

»Und du wirkst, als könntest du eine brauchen.«

Ich reiße mich von dem Ausblick los und wende mich ihr zu. Im selben Moment streckt sie mir einen Apfel entgegen und deutet mit der anderen Hand auf die Bank.

Ich folge ihrer Aufforderung und gemeinsam setzen wir uns, das Obst mit beiden Händen umklammert.

Sie schweigt, will mir anscheinend den Raum geben, ihr mein Innerstes zu offenbaren. Doch obwohl neben mir ein wahr gewordenes Märchen sitzt, ist sie eine Fremde, so faszinierend sie gleichermaßen sein mag.

»Darf ich Euch etwas fragen?«

Sie nickt.

»Was hat es mit dem Spiegel auf sich, durch den wir herkamen? Ist er *der eine*?«

Sie lacht herzlich. »Nein. Ist er nicht Teil der Geschichte, die die Grimms erzählen?« Auf mein Kopfschütteln hin, lächelt sie. »Bestimmt wollten sie diese Welt schützen und haben es nicht niedergeschrieben. Aber sie wussten von dem Spiegel und seiner Macht.«

»Kommt der Zauber darin von uns? Also von den Weisen?«

»Nein, er hat einen unbekannten Ursprung. So wie der meiner Mutter. Du kennst die Magie, die darin wohnte? Nun, es gab nicht nur ihren Spiegel. Es gab zwei. Der meiner Mutter schenkte ihr Macht und Schönheit. Als wir sie besiegten, wandte die Magie des Spiegels sich gegen sie und entzog ihr diese Macht. Aus ihr wurde ein altes Weib, das am Ende seiner Lebenskraft steht. Und der Spiegel verbrauchte beinahe alles an Magie, die er innehatte. Er opferte sich auf, denn im Grunde war er rein. So rein wie der Spiegel, der das Portal in diese wundervolle Welt darstellt.«

Der beste Beweis dafür, dass Magie sowohl gut als auch schlecht für die Welt ist. Doch wer weiß das besser als sie?

Ich schüttele verwundert den Kopf. »Dass Ihr Eure Mutter in Eurer Nähe behalten habt ... Wie konntet Ihr Euch dazu durchringen?«, frage ich.

Nun ist sie es, die über die Mauer hinweg den Sonnenuntergang beobachtet. »Liebe und Hass liegen nah beieinander, Jo. Es war die wohl schwerste Entscheidung meines Lebens.«

»Aber wie habt Ihr sie getroffen? Woher wusstet Ihr, dass Ihr Euch richtig entscheidet?«

»Das wusste ich nicht«, erwidert sie prompt. »Noch nicht mal heute, nachdem Zeit verstrichen ist. Ich habe nur den Menschen vor Augen gehabt, der sie ohne ihr magisches Schicksal hätte sein können. Und dann habe ich mich gefragt, was das Beste für alle Beteiligten ist. Ihr nach dem Leben zu trachten, so wie sie nach meinem, entsprach nicht meiner Natur. Sie gehen zu lassen, kam wegen der Gefahr für andere nicht infrage. Also sperrten wir sie ein, in ein Leben ohne Spiegel, ohne Macht. Wir nahmen ihr den freien Willen, je wieder eine böse Entscheidung treffen zu können.«

Mir steigen Tränen in die Augen, als mir bewusst wird, was das bedeutet. Schneewittchen stand vor einer schweren Entscheidung, und sie entschied sich für nichts anderes als das, was eine Wandlung von Freddie bedeuten würde.

Schneechen legt ihre Hand auf meine. »Kann ich dir irgendwie helfen?«, fragt sie mitfühlend.

Ich schüttele den Kopf und wische mir mit den freien Fingern über die Augen. »Das habt Ihr bereits.«

Ich kann mich nicht länger dagegen sperren. Nein, ich muss einsehen, dass es die einzige Möglichkeit ist, Freddie zu retten. Jeden anderen vor ihr zu bewahren, insbesondere diejenigen, die mir etwas bedeuten. Ihr Schutz steht für mich an oberster Stelle, und Freddies Freiheit ist der Preis, den ich dafür zahlen muss. Es ist – wie Alaric sagte – die Wahl zwischen dem besseren Weg und dem Leichten. Auch unangenehme Entscheidungen müssen getroffen werden, selbst dann, wenn sie etwas in uns zerbrechen lassen. Zumindest damit hatte Alois recht. Er hat mich mal gefragt, ob ich dazu bereit wäre, wenn der Moment kommt. Verdammt, nein, das bin ich nicht. *Das will ich nicht sein.* Aber jemand muss diese Wahl treffen, und ich bin die Einzige, die es kann. Meine Entscheidung ist gefallen.

Als ich in dieser Nacht in dem enorm weichen Bett liege mit den viel zu präsenten und mich beinahe erstickenden Kissen, werfe ich mir das Nachthemd über, das man mir auf einen Stuhl gelegt hat, und schleiche aus dem Raum. Mein Weg führt mich nicht weit, nur bis zur nächsten Tür. Als ich den Raum leise betrete, muss ich schmunzeln. Auch Eric hat offenbar seinen Kampf mit dem Bett ausgefochten, denn sämtliche Kissen liegen daneben, als seien sie achtlos hinuntergeworfen worden. Zu meiner Überraschung liegt er unbedeckt da, mit nichts weiter angezogen als einer tristen Hose, die wohl die mittelalterliche Umsetzung einer Boxershort sein soll.

Was mache ich hier?

Ich kann mich nicht von seinem Anblick losreißen. Von dem friedlichen Gesichtsausdruck, wenn er schläft, während er bäuchlings daliegt. Von den Muskeln, die seinen nackten Rücken umspielen. Ich habe mir bisher nie die Zeit genommen, seine Ausstrahlung auf mich wirken zu lassen. Nicht bis gestern Nacht. Und ich dachte, dass ich sowieso keinen Drang dazu verspüren würde, ihn genau in Augenschein zu nehmen. Da habe ich mich wohl geirrt. Eric ist ein gutaussehender Kerl. Wenn man von dem unnahbaren Ausdruck, den er oft ausstrahlt, mal absieht, finde ich nichts, was mir an ihm missfällt. Oft liegt in seinen Augen dieses rote Funkeln, das sein inneres Feuer widerspiegelt. Er hat ein freches Lächeln, das ich unglaublich sympathisch finde. Noch dazu ist er stattlich gebaut mit seinem trainierten Körper, der perfekten Größe und der Tatsache, dass ihm – im Vergleich zu mir – die mittelalterliche Kleidung hervorragend steht.

Eric bewegt sich und mir entfährt vor lauter Schreck ein knapper Laut. *Verdammt!*

Verschlafen hebt er den Kopf und sieht sich im Raum um. »Jo?«, fragt er verwundert.

Scheiße!

Was zum Teufel ist los mit mir? Was soll ich jetzt sagen? Wie soll ich rechtfertigen, dass ich nur dumm dastehe und ihn anstarre wie eine verrückte Stalkerin? »Hey«, bringe ich mit brüchiger Stimme heraus.

Das ist alles nur Jespers Schuld. Er und seine verdammte Fragerei haben diese Flausen hier doch erst zugelassen. Ich habe noch nie darüber nachgedacht, ob Eric mir gefallen würde – bis heute! Mist. Ja, er gefällt mir ganz offensichtlich, aber wieso lässt mich das jetzt keinen brauchbaren Satz herausbringen? Es spielt doch keine Rolle, denn er ist ... *Eric.* Ich bin mit Colin zusammen.

»Ist etwas passiert?«

Außer, dass ich mich wie eine Irre in fremde Schlafzimmer schleiche? Nein, alles super. Total perfekt. Ich schüttele bloß den Kopf.

Eric setzt sich auf und scheint allmählich klarer zu werden. Offenbar habe ich ihn mit meiner Anwesenheit aus dem Tiefschlaf gerissen.

Ganz toll, Jo.

Er rutscht vom Bett und kommt langsam auf mich zu. Beinahe mitfühlend legt er die Hand auf meine Schulter und sieht mir geradewegs in die Augen. »Alles in Ordnung?«

O Gott, ich kann ihn nicht ansehen. Nicht jetzt, wo er halb nackt vor mir steht, frisch aus dem Bett gestolpert, und so unverschämt gut aussieht.

Ich senke den Blick, der dann an seinen Brustmuskeln hängen bleibt. »Nein«, sage ich knapp. »Ich meine, ja ... doch ... also ...«

Ich werde Jesper umbringen für seine Andeutungen. Nur warum haben sie sich so dermaßen festgesetzt? Es kann doch nicht sein, dass mich ein Kerl – der bisher regelmäßig distanziert und gemein gewesen ist – nun so aus der Fassung bringt, nur weil er nicht viel anhat.

»Kann ich was tun?«, fragt Eric.

Zieh dir was an!

»Ich ...« Warum ist mein Kopf so leer? Ich kam doch her, weil ich etwas wollte, oder nicht? »Eigentlich ...«

»Es geht um Freddie, oder?«, bemerkt er. »Du kannst nicht schlafen, weil du darüber nachdenkst, was passiert, wenn wir wieder nach Hause kommen.«

Vielleicht. Nein, eigentlich nicht. Was diese Sache angeht, bin ich mir inzwischen sicher, was ich tun werde. Aber es ist wohl das perfekte Thema, um davon abzulenken, dass es keinen brauchbaren Grund für meine Anwesenheit in seinem Gemach gibt.

»Ich habe mich entschieden«, erwidere ich. »Es gibt keine andere Möglichkeit. Ich werde sie wandeln.«

Keine Ahnung, ob Eric das gutheißt oder nicht. Ich kann es nicht erkennen. Er sieht mich nur an und nickt nach einem kurzen Moment. Was wird er sagen? Dass es okay ist? Dass ich mich richtig entschieden habe? Dass ich einen Fehler machen werde?

»Es tut mir leid.« Seine Hand gleitet von meiner Schulter den Arm hinab. Eine überaus zärtliche Geste. Dass er halb nackt ist, spielt plötzlich keine Rolle mehr. Er reagiert völlig anders, als ich es habe kommen sehen.

»Ich werde bei dir sein, wenn du es tust«, flüstert er.

»Okay«, murmele ich. Tatsächlich beruhigt mich dieses Versprechen. Ich will ihn auf jeden Fall an meiner Seite haben, wenn ich diesen Weg einschlage. »Ich habe Angst«, spreche ich aus, bevor ich den Gedanken überhaupt klar erfassen kann. Er schließt mich in die Arme, sagt aber kein Wort. »Ich kann nicht schlafen, weil es mir Angst macht, nach Hause zu gehen«, sage ich leise. »Ich habe Angst davor, Freddie zu wandeln. Weil ich dazu bereit bin. Sie werden sich wieder alle vor mir fürchten.«

»Nein, das werden sie nicht«, will Eric mich beruhigen. »Sie wissen, dass du es wegen ihrer aller Sicherheit tust. Und wenn sie zu dumm sind, das zu begreifen, *ich* werde bei dir sein.«

»So fing mal alles an«, flüstere ich. »Du hast schon zu mir gehalten, bevor es irgendjemand sonst getan hat.«

»Und so wird es immer sein.«

Das weiß ich. Eric hat nicht erst in guten Zeiten zu mir gehalten, sondern bereits in den schweren. Ganz im Gegenteil zu allen anderen. Ob Colin meine Entscheidung gutheißen wird? Wird er mich dafür verurteilen? Es wühlt mich innerlich auf, nicht zu wissen, wie er reagieren wird. Er war immer nur in den sonnigen Zeiten bei mir. Als es schwer wurde, ist er verschwunden. Wer sagt mir, dass das nicht wieder so sein wird?

Ich schiebe Eric sanft zurück, um mich aus seiner Umarmung zu lösen. Mein Blick bleibt wieder kurz an den geformten Brustmuskeln hängen, bevor ich ihn hebe und ihm in die Augen sehe. Nun begreife ich, was los ist. Es ist nicht Jespers Schuld, dass Eric mir gefällt. Er hat mir keine Flausen in den Kopf gesetzt. Seine Worte sind es nicht gewesen, die mich dazu verleitet haben, bereits zum zweiten Mal in aller Stille Erics Nähe zu suchen, um einfach nur bei ihm zu sein und mich von ihm halten zu lassen. Es ist Colins Schuld. Die Art und Weise, wie er auf meine Wandlung von Julien reagiert hat, lässt mich noch immer an ihm und seiner Treue zweifeln. Obwohl er beteuert hat, dass ich mich deswegen nie wieder sorgen müsste, bin ich mir nach all der Zeit nicht sicher, ob er mich nicht wieder von sich stößt, wenn ich etwas tue, was er nicht gutheißen kann. Und während ich Eric in die Augen sehe und mir sicher bin, dass er immer eine Zuflucht für mich sein wird, bin ich mir leider ebenso sicher, dass Colins Zuneigung von meinen Entscheidungen abhängig ist.

»Komm ins Bett«, fordert Eric mich auf.

Es fühlt sich an, als hätte ich nur darauf gewartet. Aber wir sind in Sicherheit. Ich bin müde und emotional aufgewühlt. Vielleicht war es schon ein Fehler, überhaupt zu ihm zu gehen. Es muss eine Grenze zwischen uns geben. Andernfalls weiß ich nicht, was eine weitere Berührung in mir auslösen wird.

»Ich gehe zurück in mein Zimmer«, sage ich deshalb. »Gute Nacht.«

»Runter!«, schreie ich und werfe mich schützend vor Schneewittchen. Entschlossen blocke ich den Angriff ab, bevor ich mit dem Dolch in der anderen Hand aushole und ihn meinem Gegenüber in die Seite ramme.

Der Schlag, der mich daraufhin im Gesicht trifft, reißt mich von den Füßen. Ich stürze zu Boden und die Waffe gleitet mir aus der Hand und auf den Spiegel zu. Schneechen sieht immer wieder zu ihrem Bett. Als sie den Versuch startet, hinzusprinten, setzt sich auch der Umbra an meinen Füßen in Bewegung. Ich nach ihm und bringe ihn zu Fall, indem ich meine Füße zwischen seinen Beinen verhake.

Zu meiner Überraschung zieht die Königin ein Messer unter ihrem Kissen hervor. Einer der Männer bewegt sich beinahe tänzelnd auf sie zu. Die Frau, die den Angriff des Mannes pariert, seinen Arm gekonnt packt, ihm von außen gegen das Knie tritt und anschließend das Messer in seine Brust rammt, ist nicht unsicher. Sie ist Schneewittchen. Die Prinzessin, die sich einst in den Wald geflüchtet und dort an der Seite von sieben Plünderern und Dieben gelebt hat. Keine verweichlichte Erscheinung.

Als auch Eric seinen Gegner überwältigt, weicht der Mann nahe der Tür zurück. Er will aus dem Raum flüchten, macht einen Satz, geradewegs in das Schwert einer Wache. Dutzende stürmen den Raum und greifen sich den Mann, der vor mir auf dem Boden liegt.

»Lassen Sie sich unter keinen Umständen von ihm berühren!«, warne ich sie eindringlich.

Eine der Wachen holt mit dem Knauf des Schwertes aus und schlägt dem Gefangenen so heftig gegen den Kopf, dass mir das Geräusch einen Schauer über die Haut jagt. »Keine Sorge, der berührt niemanden.« Obwohl ich das Gesicht der Wache unter dem Helm nicht erkennen kann, könnte ich schwören, dass er kurz zufrieden gegrinst hat.

Schneechen stellt sich zu mir und reicht mir die Hand, um mir aufzuhelfen.

»Vielen Dank, *Majestät*«, erwidere ich voller Anerkennung.

»Nicht sehr königlich, ich weiß«, erwidert sie mit einem schelmischen Lächeln. »Aber außerhalb dieser Schlossmauern habe ich viel gelernt.« Daran zweifle ich nicht. »Wer waren diese Männer?«

»Umbra«, antwortet Eric, und in seinen Augen erkenne ich Besorgnis. »Und die hier werden sicher nicht die Letzten gewesen sein. Was auch immer sie hier gesucht haben, es werden weitere kommen, um es zu holen.«

»Dann sind sie offenbar so dumm wie gleichermaßen schlecht im Kampf«, erwidert Schneewittchen kühl. »Sollen sie ruhig kommen. Ihr werdet jetzt nach Hause reisen, um einen Krieg zu gewinnen. Und wenn die Zeit gekommen ist, könnt ihr auf meine Hilfe zählen.«

»Das funktioniert so leider nicht«, bemerke ich. »Ihr könnt nicht in die Zukunft reisen.«

»Oh nein, das würde ich auch nicht wollen«, erwidert sie abwehrend. »Sucht in eurer Zeit nach Männern des ...«, sie scheint zu überlegen, »Ferdinandordens. Ich werde ihn im Namen des Königs gründen. Er wird euch beistehen, wenn die Zeit gekommen ist.«

Das ist unfassbar ehrenhaft von ihr. Ich kann kaum glauben, dass meine Zeit an ihrer Seite vorbei sein soll. In kaum achtundvierzig Stunden ist sie mir so sehr ans Herz gewachsen, dass ich sie als Freundin ansehe. Doch es ist Zeit, sie zu verlassen und zurückzukehren. Auf uns wartet eine wichtige Aufgabe. Und da wir nun im Besitz der Spindel sind, gibt es keinen Grund mehr, die Reise aufzuschieben.

»Danke, Schneechen.«

»Ich danke *euch*«, erwidert sie und schließt mich zum Abschied in die Arme. »Und wenn ihr bei euren Reisen auf William und Jacob trefft, grüßt sie von ihrem Schneewittchen.«

Obwohl ich mit einer Entscheidung nach Leyndarmál Eyja zurückkehre, bin ich nicht dazu bereit, sie kundzutun, als ich aus dem Spiegel trete. Eric macht sich mit der Spindel auf den Weg zu Alois. Ich hingegen möchte mich fürs Erste in die Schneiderei zurückziehen. Möglichst unauffällig stehle ich mich durch die Bibliothek. Doch noch bevor ich den langen Flur vor der großen Halle verlassen kann, bemerkt mich jemand, nach dem mir überhaupt nicht der Sinn steht.

»Sieh mal an, wer wieder da ist«, höre ich die verhöhnende Stimme von Rebecca Parrish. Mir kommt es vor, als hätte sie exakt so lange gewartet, mich anzusprechen, bis Eric außer Hörweite ist. Ihr Blick streift auffällig die Treppe hinter mir, die er gerade erst hinaufgegangen ist.

»Sag bloß, du freust dich, mich zu sehen«, erwidere ich sarkastisch.

»Alles, nur das nicht.«

»Gut, dann geh mir aus dem Weg«, murmele ich. Sie schiebt sich mir stattdessen in den Weg. »Und was jetzt?«, frage ich amüsiert. Sie ist kaum größer als ich, nur etwas moppeliger. Außerdem ist sie das erste Mal allein – ohne ihre Rückendeckung – und trotzdem kann sie nicht anders, als mich zu provozieren. Ich bin in keiner guten Stimmung. Schneewittchen fehlt mir jetzt schon, und ich möchte nicht vom Zirkel entdeckt werden, weil der dann unweigerlich mit mir über Freddie sprechen wird. »Könntest du nur dieses eine Mal aufhören, dein Problem zu meinem zu machen?«

»Was beschäftigt mich denn deiner Meinung nach?«, bemerkt sie.

»Dass ich dich für ein Monster halte?«

»Dass du auf Eric abfährst, der sich verständlicherweise einen Dreck für dich interessiert«, kontere ich. Rebecca wirkt überrascht, zumindest bringt sie kein Wort heraus. »Eric hat kein Interesse an dir, das sollte dir klar sein. Du willst trotzdem auf mich eifersüchtig sein, obwohl jeder weiß, dass Colin und ich zusammen sind.« Mich das so entschieden sagen zu hören, überrascht mich in diesem Moment selbst. Vor allem nach den Geschehnissen in Deutschland.

»Das mit deinem Heiler bedeutet gar nichts«, entfährt es Rebecca nun bissig. »Vielleicht bist du ein Flittchen.«

Okay, zum Teufel mit der Raväis in mir.

Ich mache einen Schritt auf Rebecca zu, greife ihr an den Hals und presse sie an die Wand. Sie zuckt, als ihr Rücken auf den harten Stein trifft. Ein Raunen dringt zu mir, doch ich ignoriere es, weil es sich großartig anfühlt, Rebecca in ihre Schranken zu weisen. »Es gibt genau zwei Optionen für dich, *Bec*. Entweder du gehst mir künftig aus dem Weg oder ich werde dir zeigen, dass meine Fähigkeit, dich wandeln zu können, dein geringstes Problem ist.«

»Hallöchen, Schwarzauge«, höre ich Baziltons Stimme. Er gibt sich Mühe, scherzend zu klingen, doch ich weiß, dass er die Situation zu schlichten versucht.

»Habe ich mich klar und deutlich ausgedrückt?«, frage ich Rebecca dennoch.

Erst als sie nickt – den Schreck noch immer in das Gesicht geschrieben – lasse ich von ihr ab und weiche zurück. Dann wende ich mich an Baze, der mit teils besorgtem aber auch amüsiertem Blick dasteht. »Eric ist oben, falls du ihn suchst.«

»Aber nein, ihr wart lange weg, natürlich freue ich mich auch, *dich* wiederzusehen, meine liebe Freundin«, sagt er und legt kumpelhaft den Arm um meine Schultern.

»Übertreib es nicht«, erwidere ich und zwicke ihm in die Seite, damit er mich loslässt.

Ich versuche, Rebecca und die anderen Starrenden auszublenden. Das fällt mir leicht, als sich in diesem Moment auch Vi und Milan zu uns stellen, beide mit einem breiten Grinsen im Gesicht.

»Ms Bennett!«

Der strenge Tonfall in Alarics Stimme lässt mich kurz zusammenfahren. Vermutlich hole ich mir für die Zurechtweisung von Rebecca nun einen Rüffel ab, aber das war es wert.

Vi beugt sich, sie flüstert kaum hörbar. »Was auch immer da jetzt kommt ... *Ich* bin gerade mächtig stolz auf dich. Sie hat es verdient.«

Ein Lächeln erwidernd und mit der Gewissheit, dass ich inzwischen so viel Rückhalt habe, folge ich Alaric in sein Büro.

»Wie war deine Reise?«

Ich weiß nicht, warum, aber ich habe wirklich mit einem Donnerwetter gerechnet. Vielleicht hätte ich es aber besser wissen müssen, denn Alaric ist mir gegenüber noch niemals laut geworden.

»Schneewittchen und Dornröschen waren beeindruckend«, antworte ich.

»Das kann ich mir vorstellen«, erwidert er und schüttet mir einen Traubensaft ein. »Ihr habt also die Spindel?« Ich nicke. »Und gab es Schwierigkeiten?«

»Keine Nennenswerten«, bemerke ich. »Wir sind ein paar Umbra begegnet, aber Schneechen ist sehr taff.«

Alaric wirkt zuerst verwundert, scheint meine Worte dann aber als selbstverständlich hinzunehmen. »Und wann wollt ihr eure nächste Reise antreten?«

»In ein paar Wochen. Ich möchte erst mal wieder in meinem Bett schlafen und sollte wohl Zeit mit Colin verbringen.«

»Das glaube ich«, erwidert Alaric erheitert. »Ist bestimmt nicht leicht, so viel Zeit mit einem anderen Mann zu verbringen, wenn man gebunden ist.«

»Nein, ist es nicht«, stimme ich zu.

Offenbar neigt sich unser Small Talk dem Ende zu, denn Alaric mustert mich schweigend, während ich an meinem Becher nippe. Mir ist sein Starren unangenehm. Ich weiß, welche Frage ihm auf der Zunge liegt. Nur will er nicht mit der Tür ins Haus fallen und sie stellen. Wie rücksichtsvoll von ihm.

Ich beschließe, es ihm leichter zu machen. »Ich werde es tun.«

»Wirklich?«, äußert er überrascht.

Im selben Moment höre ich einen zufriedenen Ausruf aus Richtung der Tür. Ich muss mich nicht umdrehen, um zu wissen, wer da steht. »Du triffst die richtige Wahl«, sagt Alois und klingt, als wäre er das erste Mal zufrieden mit mir. »Wir sollten uns gleich um diese lästige Angelegenheit kümmern.«

Bestimmt befürchtet er, dass ich es mir anders überlege. Das werde ich nicht. Ich bin erschöpft von der langen Reise und dem Kampf mit den Umbra. Es ist nicht gelogen gewesen, dass ich mich auf mein Bett freue.

»Es ist spät«, setzt Alaric an, um mich zu unterstützen. Er legt mir mitfühlend die Hand an den Arm. »Diese Sache hat wohl noch Zeit bis morgen, nicht wahr?« Er wirft Alois einen Blick zu, als wolle er ihm keine Wahl lassen.

Der scheint den Aufschub nicht gut zu finden, nickt aber schließlich. »Morgen Abend dann.«

Es ist nicht selbstverständlich, dass er mir die Zeit einräumt, um mich zu erholen. Also will ich guten Willen zeigen, als ich den Raum verlasse. »Ich danke Ihnen.«

»Falls es das leichter für dich macht ...«, sagt Alois im selben Moment. »Der Zirkel hat entschieden, was im Anschluss mit ihr geschieht. Wir schicken sie nicht weg. Sie wird eine Gelehrte, und wir werden ihr sagen, dass sie ihre Zeit in der Bibliothek verbringen soll.«

»Nicht ihr tut das, sondern ich«, erwidere ich bloß und mache mich auf den Weg zu meinem Zimmer, um mich für den Rest des Abends zu verkriechen.

Der Geruch von Glühweinbonbons steigt mir in die Nase, während ich aus dem Fenster sehe – den Platz und die Leute darauf beobachtend – und teilnahmslos in dem kleinen Kessel rühre, der vor mir auf dem Tisch steht. Vor einigen Minuten habe ich mir den Ärmel an dem Feuer darunter angesengt, doch zu meinem Glück hat Marci beherzt eingegriffen und mich zumindest kurz aus meiner Trance geholt. Seitdem sieht sie immer wieder verstohlen zu mir. Als der Alchemieunterricht bei Alaric zu Ende ist, steht sie auf und zieht hörbar die Luft ein, als wolle sie etwas sagen. Doch dann scheint sie es sich anders zu überlegen und verlässt mit den anderen den Raum.

Alaric kommt auf mich zu und löscht an meiner statt das Feuer unter dem Kessel. Vermutlich hätte ich es vergessen. Aber wen kümmert das? Wenn ich diesen Ort abbrennen lasse, muss ich mich wenigstens heute Abend nicht um diese Sache kümmern.

»Wollen wir noch etwas üben?«, fragt Alaric auf eine Art und Weise, als wäre das ein ganz normaler Tag.

»Keine Lust.«

Meine gelangweilt klingende Stimme verschlägt ihm wohl für ein paar Sekunden die Sprache. »Aber denkst du nicht —«

»Was ich denke ...«, unterbreche ich ihn schroff, »geht nur mich etwas an.«

»Nun, das sehe ich anders, also lass mich dir sagen, dass —«

»Wie wär's, wenn du mal gar nichts sagst?«, fahre ich ihm erneut über den Mund. Müde wende ich den Blick vom Fenster ab und ihm zu. Ich habe vergangene Nacht kaum geschlafen, weil ich die Vorstellung von Freddies schwarzen Augen nicht aus meinen Gedanken verdrängen kann. »Alaric, bitte hab doch einfach mal keine guten Ratschläge für mich und sieh mich nicht so an, als würde alles wieder in Ordnung kommen. Heute ist ein mieser Tag, und nichts, was du dazu sagen möchtest, könnte mir in irgendeiner Weise helfen. Ich will nichts hören und ich will auch nicht mit dir *üben*. Das muss ich nicht mehr, denn ich weiß inzwischen genau, was ich tue. Das Problem ist also nicht, *wie* es getan werden muss, sondern *dass* es getan werden muss. Ich werde Freddie heute Abend wandeln und der Zirkel kann dann wieder beruhigt schlafen.«

»Aber du nicht«, flüstert Alaric besorgt. Ich spüre, dass er es nur gut mit mir meint. Er ist immer auf meiner Seite. Aber das allein hilft mir nicht.

»Zum Wohl aller sollte dich das nicht kümmern«, erwidere ich lächelnd.

»*Mich* kümmert es aber.«

Ich hebe den Kopf und entdecke Colin im Türrahmen. Alaric wirft mir noch einen knappen Blick zu, dann greift er an die Räder seines Rollstuhls und verlässt den Raum.

Da bin ich vier Tage weg gewesen, mein Freund sollte sich also freuen, mich zu sehen. Doch da liegt dieser Ausdruck in seinen Augen, der mir sagt, dass das hier kein netter Plausch wird.

Ich greife nach meinem Alchemiebuch und gehe gemütlich an ihm vorbei aus dem Raum, wohl wissend, dass er mir folgen wird.

»Ist das dein Ernst?«, fragt er aufgewühlt. »Du hast vor, deine Freundin zu wandeln?«

»Sie ist nicht meine Freundin«, erwidere ich leise.

»Und das macht es besser?«, entfährt es ihm ungehalten. »Jo, woher kommt das so plötzlich?«

Ich stoße das schwere Eingangstor auf und nehme die Stufen der weißen Treppe schnell aber konzentriert. »Bekommt ihr Gelehrten irgendwas mit, was außerhalb eurer Bücher geschieht?«, äußere ich. »Ich habe das nicht vor drei Sekunden entschieden, Colin, und ich bin nur dazu gezwungen, weil Freddie unberechenbar ist. Neulich in der Schenke hat sie —«

»Ich weiß, dass ihr dort einen Streit hattet«, fällt er mir ins Wort. »Aber das ist doch kein Grund, sie zu wandeln.«

»Wir hatten keinen *Streit*«, entgegne ich laut. »Sie wollte von mir gewandelt werden. Weil ich mich geweigert habe, drohte sie damit, jemanden zu vergiften. Sie war an diesem Abend dort und wollte Eric vergiften.«

Colin zeigt sich davon unbeeindruckt, während er an meiner Seite an den Hütten vorbeischreitet. »Und jetzt gibst du nach und sie bekommt doch, was sie will.«

»Mag sein, dass es so aussieht, aber am Ende bekommen *wir*, was wir brauchen«, rechtfertige ich meine Entscheidung. »Sie ist eine Gefahr für jeden hier. Der Zirkel hat mir zwei Optionen genannt und mir die Wahl gelassen. *Ich habe gewählt.*«

»Was war die andere Möglichkeit?«

»Der Zirkel wollte sie loswerden.«

»Und weil man dir nur die Wahl zwischen Tod und Wandeln gelassen hat, fügst du dich dem so einfach?«, fragt er ungläubig. »Meinst du nicht, dass du es dir da zu leicht machst?«

Ich halte abrupt inne, bevor ich die Tür zur Schneiderei öffne. »Wie bitte?«, entgegne ich fassungslos und drehe mich zu ihm. Er meint es ernst, und ich kann kaum glauben, dass das so ist.

»Eine Wandlung sollte nicht die erste Wahl sein, sondern der letzte Ausweg«, appelliert er an meine Vernunft.

»Das lässt sich leicht sagen, wenn man diese Entscheidung nicht treffen muss!«, ermahne ich ihn lautstark. Er sieht mich so an, wie er es getan hat, nachdem ich Julien gewandelt hatte. Es versetzt mir einen Stich und verstärkt diesen Zweifel in mir, den ich schon seit einigen Tagen mit mir herumtrage. »Mir war klar, dass du es nicht gutheißen wirst«, setze ich leiser hinzu. »Und weißt du was? Das ist in Ordnung.« Ich zucke mit den Schultern. »Geh den Weg mit mir, oder geh zur Seite. Das sind *deine* Optionen.«

Sie steht mitten im Raum. Man sollte meinen, dass sie in irgendeiner Weise wütend wirken sollte. Immerhin habe ich sie bei unserem letzten Aufeinandertreffen verletzt, und sie ist seitdem vom Zirkel Gott weiß wo festgehalten worden, war eine Gefangene auf dieser Insel. Aber Freddie wirkt so friedvoll, wie ich sie noch nie zuvor gesehen habe. Sie ist mit sich im Reinen und wartet nur darauf, dass ich endlich tue, was sie sich inständig von mir erhofft hat.

Außer uns beiden sind nur noch die Mitglieder des Zirkels im Raum. Alaric sitzt nah bei ihr und hält ein kleines Fläschchen in der Hand. Mit Sicherheit ist dort das gleiche Gegenmittel drin, das Colin Flynn verabreicht hat, als dieser von Freddie vergiftet worden ist. Die Gefahr besteht, dass ich es brauche. Denn auch wenn Freddie wie die

Ruhe selbst wirkt, könnte sie tief im Inneren Angst verspüren. Und ich muss sie berühren, in diesem Punkt habe ich keine Wahl.

An Alarics Schreibtisch sitzt Alois, den Blick außergewöhnlich sanft auf mich gerichtet und die Hände ineinander verschränkt auf dem Holz vor sich abgelegt. Zur Linken und Rechten neben ihm stehen Jonathan Ayres und Lelant Palmer.

Wenn ich jemandem in diesem Raum – außer Alaric – abkaufe, dass das hier ein grauenhafter Abend für ihn ist, dann nur Mr Ayres. Er wirkt nicht weniger betroffen wie in meiner Vision, in der man Julien verbrannte. Und das, obwohl Freddie hier heute nicht sterben wird. Nicht ganz. Nur ein Teil von ihr. Doch auch Mr Palmer sieht an diesem Abend nicht so streng und unterkühlt aus, wie das sonst so oft der Fall ist. Keine Ahnung, ob er wirklich mit mir mitfühlt oder nur so tut, weil ich Erics Partnerin bin.

»Wenn du dann soweit bist«, sagt Alois in diesem Augenblick.

»Nein«, erwidere ich. Innerlich bin ich so aufgewühlt, dass mein Herz schlägt wie verrückt und mir das Blut in den Ohren rauscht. Ich kann mich nicht von Mr Palmer losreißen. »Wo ist er?«

Eric hat mir versprochen, an meiner Seite zu sein. Auch Jesper wollte mich überzeugen, ihn mitzunehmen, doch das habe ich abgelehnt. Ich brauche die Gegenwart des einen Menschen – außer der Mitglieder des Zirkels – der mich für diese Sache heute nicht verurteilen wird. Nicht mal ein bisschen. Nicht mal im Geheimen. Mr Palmer weiß das, denn Eric wollte zu ihm gehen und ihn darum bitten. Doch nun ist er nicht hier, und ich habe das Gefühl, dass ich es ohne ihn an meiner Seite nicht fertigbringe.

»Man unterrichtete uns über den Wunsch deines Partners, dir heute beistehen zu dürfen«, antwortet Alois und zieht damit meine Aufmerksamkeit auf sich. »Doch der Zirkel hielt es nicht für angemessen, ihn an diesem Vorhaben in irgendeiner Weise teilhaben zu lassen.«

Manchmal frage ich mich, ob sie alle überhaupt gemeinsam solche Entscheidungen treffen oder letztlich nur tun, was Alois für richtig erachtet. Mr Palmer hätte seinem Schützling dieses Anliegen mit Sicherheit nicht verwehrt, und Mr Ayres und Alaric hätten schon aus Rücksicht auf mich zugestimmt.

»Er wartet da draußen auf dich«, spricht Alaric mich lächelnd an und deutet mit dem Blick auf die Tür.

Freddie greift nach meiner Hand. »Er weiß, was von dir verlangt wird, und —«

»Wag *du* es nicht, über ihn zu sprechen«, falle ich ihr ins Wort und entziehe mich ihr. »Du wolltest ihn vergiften.«

»Ich kann so nicht weitermachen, Jo.«

»Kein Mensch, der bei klarem Verstand ist, würde gewandelt werden wollen!«

»Dann bin ich wohl verrückt geworden«, erwidert sie bloß.

»Eine weitere liebreizende Eigenschaft an dir«, murmele ich verdrießlich.

Ich bin wütend auf sie, denn das hier passiert nur, weil sie ein egoistischer Mensch ist. Ihr Dilemma gibt mir einmal mehr das Gefühl, dass der Zirkel für immer über mich verfügen wird. Es macht mir Angst, dass er in der Lage ist, es nun wie meine eigene Entscheidung aussehen zu lassen. Ich möchte mir um jeden Preis einreden, dass *ich* es bin, die diese Wahl trifft. Immerhin habe ich sie energisch vor Colin verteidigt. Aber wenn ich an die Alternative denke, gibt es keine andere Möglichkeit. Und nun muss ich die Drecksarbeit erledigen, weil dem Zirkel kein Weg einfällt, Freddie am Leben und ungewandelt ihr Dasein fristen zu lassen. Aber noch nicht mal das wühlt mich innerlich so auf, dass mir schlecht wird. Denn es ist auch nicht die Schuld des Zirkels, dass wir hier stehen. Wenn Freddie versucht hätte, zurechtzukommen ... Wenn sie einfach ruhig geblieben wäre und ihre Arbeit in der Bibliothek aufgenommen hätte ... Aber sie entschied sich dafür, mich zu erpressen und mir damit zu drohen, meinen Partner zu vergiften.

Meine Hände zittern. »Ich hasse dich hierfür«, spreche ich die Wahrheit aus.

»Dann bist du wenigstens in der richtigen Stimmung.« Auf kühne Weise starrt sie mir in die Augen. Ich muss mir keine Sorgen machen, dass sie mich vergiftet. Sie hat keine Angst, das erkenne ich deutlich. »Sieh es als guten Ratschlag oder als eine letzte Gemeinheit meinerseits ... Trauere nicht der Vergangenheit nach, Jo. Deine Eltern sind ohne dich besser dran. Was du bist und was du kannst, ist dunkel und gefährlich. Dass es dich gibt, hat bereits Leben gekostet, und am Ende hätte es mit Sicherheit auch ihres ruiniert. Sei ruhig wütend auf mich. Hasse mich, wenn es dir damit besser geht. Aber ich werde nach diesem Abend ohne Angst sein, während du dich für immer verloren fühlen wirst.«

Ich will ihr in diesem Moment eigenhändig die verdammte Seele aus dem Leib prügeln. Aber sie hat recht, nun bin ich in der richtigen Stimmung. Ich bin bereit. Die Hitze, die in mir aufsteigt, ist inzwischen ein vertrautes Gefühl, das mir keine Angst mehr macht. Ich habe sie akzeptiert, sie als einen Teil von mir angenommen. Entschlossen strecke ich Freddie die Hand entgegen und warte darauf, dass sie sie ergreift. Sie lächelt. Vermutlich ist es ein freundliches Lächeln, das ihre Dankbarkeit ausdrücken soll. Doch ich sehe darin nur Abschätzigkeit. Etwas Siegessicheres, Ätzendes, das mich verhöhnt. Auch als ihre Augen von Schwärze verschluckt werden, umspielt dieses Lächeln ihre Lippen. Dann verschwindet die Dunkelheit aus uns beiden, und in ihren Augen bleibt nichts als Leere.

Jetzt ist sie nicht mehr sie selbst. Ihre Seele gehört mir. Und noch mehr als sie oder mich hasse ich in diesem Moment nur das grauenhafte Gefühl in meinem Inneren.

DANKE

Ich freue mich, dass du Jo auf ihren ersten Reisen begleitet hast. Ihre Geschichte wurde in vielen Schritten gestaltet und geformt, das geschah nicht nur durch mich allein.
Daher möchte ich mich an dieser Stelle bei denen bedanken, die maßgeblich zu den Spiegel-Chroniken beigetragen haben.

Renee, der das zauberhafte Gewand geschaffen hat.
Antonia, die dem Inhalt den (vor)letzten Schliff gegeben hat.
Mein Bloggerzirkel, der mich bei Entscheidungen und jeder Etappe bis über die Veröffentlichung hinaus unterstützt hat.

Außerdem möchte ich der Crowd danken, die mich im Rahmen des Fundings unterstützt hat: Andreas, Katharina, Lena, Julia A., Jadranka, Jaschka, Cornelia, Jochen, Julia S., Michaela, Antonia, Miriam, Christian, Monika und Angela.

GLOSSAR

Jo	Jesper	Alaric

Bazilton	Cara	Colin

Jesper	Melissa	Tombard

Der Erste Krieg

Vor über zweitausend Jahren tobte ein Krieg zwischen magischen Fronten. Auf der einen Seite standen die Raväis, die Umbra und die Teufelssteine. Auf der anderen die Weisen. Die Übermacht der dunklen Seite war so fundamental, dass sie siegreich aus dem Krieg hervorgegangen wären. Doch eine Raväis erkannte die finstere Zukunft, die sie damit im Begriff waren zu schaffen, und wechselte die Seiten. Durch ihren Verrat an den eigenen Reihen, wurde das Gleichgewicht wiederhergestellt. Die Weisen obsiegten, die Raväis wurden ausgelöscht, die Umbra vertrieben und die Teufelssteine flohen.

Umbra

Ein Umbra ist dazu in der Lage, durch eine Berührung Lebenskraft zu entziehen. Wird dieser grausame Akt vollzogen, kann man in den Augen des Opfers für einen Bruchteil der Sekunde ein weißes Aufleuchten erkennen. Die Geschichtsschreiber sind sich sicher, dass es sich bei dem Licht um die Seele handelt, die den Körper verlässt. Im Ersten Krieg wurden die Umbra besiegt und vertrieben, doch es ist gewiss, dass sie dort draußen lauern und auf eine Gelegenheit warten, zurückzukehren.

Teufelssteine

Die Teufelssteine erhielten ihren Namen aufgrund ihrer körperlichen Beschaffenheit. Sie sind nahezu unempfindlich gegenüber äußeren Einflüssen. Mit körperlicher Gewalt und Waffen sind sie nicht zu verletzen, nur Feuer zeigt Wirkung auf die sonst gänzlich schmerzresistenten Wesen. Die Teufelssteine zeichnen sich außerdem durch eine große Kraft aus. Sie können Dinge mit Leichtigkeit zertrümmern und Schweres stemmen. Seit dem Ersten Krieg, nach dessen Ende sie flohen, halten sich die Teufelssteine versteckt.

Raväis

Ein Raväis ist ein Wandler, der mit einer Berührung dazu in der Lage ist, sein Gegenüber zu manipulieren. Derjenige, der gewandelt wurde, fristet fortan ein Leben der Ergebenheit. Es ist ein grausamer Akt der Selbstberaubung. Während der Wandlung färben sich die Augen des Wandlers komplett schwarz und erinnern an einen Dämon. Ist die Wandlung abgeschlossen, erkennt man eben jene Dunkelheit für den Bruchteil einer Sekunde auch in den Augen des Opfers. Es lebt von da an einzig dafür, seinen Wandler und dessen Leben zu schützen, ohne jegliche Konsequenzen zu fürchten, nicht mal den eigenen Tod. Dieses starke Band der Loyalität kann durch keinen Zauber der Welt gebrochen werden. Nur der Tod desjenigen Wandlers, der die Tat ausführte, verspricht Heilung.

Die Weisen

Sie sind ein Zusammenschluss vieler besonders begabter Menschen und leben auf mehreren Inseln mitten im Ozean, die für Unwissende unsichtbar und nicht auffindbar sind. Auf den Inseln befinden sich Akademien, an denen neue Weise ausgebildet werden und eine Zuflucht finden.

Zirkel

Ein Zirkel ist der Vorstand der Weisen, eine Gruppe von besonders begabten Menschen, die in ihrer jeweiligen Fähigkeit die Mächtigsten sind. Die einzelnen Inseln, ihre Akademien und die Weisen, die dort leben, unterstehen in der Führung ihrem jeweiligen Zirkel. Der Oberste der Zirkel ist grundsätzlich jemand, der die Fähigkeit besitzt, die Erinnerungen eines Menschen zu manipulieren.

Mächtige

Die Beschreibung des Zirkels lässt schon darauf schließen: Es gibt eine besondere Art von Weisen, die mit ihrer jeweiligen Fähigkeit zu den mächtigsten ihrer Art gehören. Jeder einzelne von ihnen wäre in der Lage, die Welt ins Chaos zu stürzen. Sie beherrschen besondere Dinge, die andere ihrer Art nicht können. Sie sind stärker und ihre Fähigkeit weitreichender. In Band 2 erfahrt ihr, was genau das insbesondere beim Zirkel bedeutet.

Auszeit

Weise, die Regeln missachten oder einander mittels ihrer Fähigkeiten Leid zufügen, können als Konsequenz eine Auszeit erwarten. Man sperrt sie für einen bestimmten Zeitraum in Kerker in den Katakomben unter der Akademie.

Spiegelung

Entscheidet der Zirkel, dass ein Weise eine Gefahr für andere ist, so bestimmt er eine Spiegelung. Der Weise wird ohne Rückkehrzauber durch einen Spiegel in die Vergangenheit geschickt, an einen Ort, an dem er höchster Wahrscheinlichkeit nach sterben wird, z.B. die Zeit der Pest.

Wie es weitergeht …

Ich erinnere mich noch gut daran, wie aufgeschlossen und freundlich ich Colin an meinem ersten Tag gefunden habe. Natürlich lerne ich nach und nach auch seine schlechteren Seiten kennen. Und so habe ich schnell gemerkt, dass keiner meiner Freunde besonders viel von den Elementaren hält – insbesondere aber er nicht. Ich bin mir sicher, dass das eigentlich nur an Eric liegt, weil Colin eifersüchtig auf ihn ist. Dabei hat er dazu keinen Grund, denn mit meinem Partner habe ich seit Wochen kaum ein Wort gewechselt. Nicht alle Elementare sind gleich. Insbesondere seine Freunde scheinen tolle Menschen zu sein. Der Einzige, der meine Meinung diesbezüglich aber teilt, ist Jesper. Zwangsläufig, denn er und Bazilton sind so oft hinter den Spiegeln unterwegs, dass ich mich manchmal ein bisschen vernachlässigt fühle von dem Kerl, den ich – ohne zu zögern – meinen besten Freund nennen würde.

Doch auch heute, als wir in der Schenke sind und einen spaßigen Abend mit netter Musik verbringen, spüre ich die Feindseligkeit meiner Freunde, kaum dass Eric mit seinen den Raum betritt.

Wir sitzen nahe der Tür und bekommen es unweigerlich mit. Doch als Jesper und ich höflich grüßen und als Erwiderung ein überschwängliches Freudenspektakel von Bazilton ernten, sitzen Colin, Melissa und Rae nur stumm da und gucken kritisch aus der Wäsche. Dass Melissa nicht vor Freude im Kreis tanzt, wenn sie Eric sieht, kann ich verstehen. Aber nur weil Elementare im Allgemeinen als arrogant gelten, könnten Colin und Rae sie doch wenigstens zurückgrüßen, oder nicht?

Sogar Jesper verdreht genervt die Augen in meine Richtung, als ihm auffällt, dass unsere Freunde die einfachsten Höflichkeitsformen offenbar vergessen haben. Er greift nach seinem Krug mit Met, zuckt mit den Schultern und steht auf. »Kommst du, Jo?«

»Wohin?«, frage ich irritiert.

»Rüber zu den anderen«, antwortet er, als sei es selbstverständlich. »Ich würde mich gern ein bisschen mit Baze unterhalten.«

Zu dem sehe ich kurz hinüber. Als sich unsere Blicke treffen, grinst er. Ihm ist bestimmt nicht entgangen, dass nicht jeder an unserem Tisch ihm und seinen Freunden wohlgesonnen ist.

Jesper stupst mich an der Schulter an. »Also? Musst du nicht sowieso noch mit Eric sprechen? Wegen eurer nächsten Reise?«

»Jaaa«, antworte ich gedehnt und bemerke bereits, dass ich von der Seite kritisch beäugt werde. »Das kann ich später noch machen.« Colin räuspert sich. »Oder morgen«, füge ich schnell hinzu. »Hat ja noch ein bisschen Zeit.«

Obwohl Jesper mich vor einigen Wochen darauf hingewiesen hat, nicht allzu vertraut mit Eric umzugehen, um Colin nicht unnötig zu verunsichern, scheint er nun nicht zu verstehen, wieso ich nicht mit ihm komme. Doch er zuckt nur erneut mit den Schultern und wendet sich von uns ab.

Ich setze ein Lächeln auf, als ich mich Colin zuwende. Sein genervter Blick löst allerdings im selben Moment ein ähnlich negatives Gefühl in mir aus. »Wird bestimmt wieder interessant«, sage ich bloß.

Er lässt es sich nicht nehmen, gleich auf den Punkt zu kommen. »Du reist also wieder mit Eric los?«

»Habe ich dir doch erzählt«, erwidere ich gezwungen sanft, obwohl ich mich innerlich darüber aufrege, dass er bereits beim letzten Mal wie ein bockiges Kind reagiert hat. »Wir müssen zu dem Müller, dessen Tochter Stroh zu Gold spinnt.«

»Aber du hast nicht gesagt, dass das schon so bald sein wird«, reagiert er angesäuert. »Wie lange werdet ihr weg sein?«

Innerlich seufze ich deutlich genervt und laut, aber äußerlich zwinge ich mich, weiterzulächeln. »Lässt sich schwer sagen. Eine Nacht. Vielleicht zwei. Wir müssen ihn zuerst finden und dann überzeugen, seine Tochter aufzusuchen und das goldene Stroh zu besorgen.«

»Ihr solltet euch beeilen, damit ihr nicht Rumpelstilzchen in die Arme lauft«, belehrt er mich.

»Ja«, erwidere ich nur knapp, weil mir ehrlich gesagt die netten Worte ausgehen.

»Also wieder über Nacht, ja?«, greift Colin es auf. »Jesper ist ständig unterwegs, aber eigentlich nie einen ganzen Tag weg.«

»Und was jetzt?«, entfährt es mir unhöflich, bevor ich mir dessen überhaupt bewusst bin. Sofort bereue ich es, und Colins überraschter Blick zeigt mir, dass mein patziger Unterton angekommen ist.

Ich versuche, mich zu sammeln und die Kurve zu kriegen. Mein Blick bleibt an Jesper hängen. Dabei fällt mir auf, dass Eric zu mir sieht. Er prostet mir mit seinem Krug kurz zu, dann trinkt er genüsslich daraus. Ich tue es ihm gleich, um die plötzliche Stille zwischen Colin und mir zu überspielen. Als ich mein Bier absetze, lächele ich wieder.

Es macht mich wütend, dass Colin so auf eine Reise reagiert, die nun mal mein Job ist. Was Eric und ich tun, ist wichtig. Außerhalb dieses Auftrages mache ich echt alles, um Colin nicht zu verunsichern. Ich habe seit Wochen keine Unterhaltung mit Eric geführt, die länger gewesen ist als zwei Sätze. Doch wenn das nicht hilft, frage ich mich, wozu ich überhaupt noch Rücksicht nehme. Denn nicht Eric scheint hier das Problem zu sein, sondern Colins Eifersucht.

»Die Reisen dauern so lange, wie sie eben dauern«, kommentiere ich meinen kleinen Wutausbruch nun etwas freundlicher. »Ich kann mir Schöneres vorstellen, als mich im Mittelalter herumzutreiben, wo man mir ständig ungeniert auf die Brüste starrt und der Meinung ist, dass ich ja *nur* eine Frau bin. Aber leider haben wir keine Wahl, denn uns steht ein Krieg bevor. Manchmal frage ich mich, ob du das vergisst, weil du dich lieber damit beschäftigst, dir irgendeinen Blödsinn einzubilden.«

»Tja ...«, reagiert Colin ruhig, aber angespannt. »Vielleicht könnte ich das, wenn du mir nicht das Gefühl geben würdest, dass es eben kein *Blödsinn* ist.«